LE LIVRE DES MERVEILLES

DES MÊMES AUTEURS :

ROMANS :

Le Rituel de l'ombre, Fleuve noir, 2005.
Conjuration Casanova, Fleuve noir, 2006.
Le Frère de sang, Fleuve noir, 2007.
La Croix des assassins, Fleuve noir, 2008.
Apocalypse, Fleuve noir, 2009.
Lux Tenebrae, Fleuve noir, 2010.
Le Septième Templier, Fleuve noir, 2011.
Le Temple noir, Fleuve noir, 2012.
Le Règne des Illuminati, Fleuve noir, 2014.
L'Empire du Graal, Lattès, 2016.
Conspiration, Lattès, 2017.
Le Triomphe des ténèbres, Lattès, 2018.
La Nuit du mal, Lattès, 2019.
La Relique du chaos, Lattès, 2020.
Résurrection, Lattès, 2021.
Marcas, Lattès, 2021.
669, Lattès, 2022.
Le Royaume perdu, Lattès, 2022.
Le Graal du Diable, Lattès, 2023.
La Clef et la Croix, Lattès, 2024.

NOUVELLE :

In nomine, Pocket, 2010.

ESSAI :

Le Symbole retrouvé : Dan Brown et le Mystère maçonnique, Fleuve noir, 2009.

SÉRIE ADAPTÉE EN BANDE DESSINÉE :

Marcas, maître franc-maçon. Le Rituel de l'ombre (volume 1), Delcourt, 2012.
Marcas, maître franc-maçon. Le Rituel de l'ombre (volume 2), Delcourt, 2013.
Marcas, maître franc-maçon. Le Frère de sang (volume 1), Delcourt, 2015.
Marcas, maître franc-maçon. Le Frère de sang (volume 2), Delcourt, 2016.
Marcas, maître franc-maçon. Le Frère de sang (volume 3), Delcourt, 2016.

www.editions.jclattes.fr

Éric Giacometti
Jacques Ravenne

LE LIVRE DES MERVEILLES

La Saga du *Soleil noir*

Roman

JC Lattès

Design de couverture : Augustin Manaranche.
Couverture : lepetitatelier.com.
Images de couverture : Tous droits réservés.
Images intérieures : Tous droits réservés.
Photographie des auteurs : Patrice Normand.

ISBN : 978-2-7096-7080-7
© 2024, éditions Jean-Claude Lattès (Première édition octobre 2024).

Chœur des sorcières :
Gravissons le Brocken ensemble.
Le chaume est jaune, et le grain vert,
Et c'est là-haut, dans le désert,
Que toute la troupe s'assemble :
Là, Monseigneur Urian s'assoit,
Et comme prince il nous reçoit.

Goethe, *Faust*,
traduction de Gérard de Nerval.

Prologue

1324

Les retardataires qui se pressaient dans le dédale de ruelles en dessous de la cathédrale ralentirent le pas face à la haute maison de John le Poer. Toutes les fenêtres étaient illuminées et on voyait l'intérieur comme en jour de fête. Il faut dire que Sir John était un homme favorisé par la chance. Il avait hérité de son père une fortune enviable et – grâce aux voies du destin – il avait épousé l'une des plus belles femmes de la ville, Alice Kyteler. C'est d'ailleurs elle que l'on voyait, assise à côté de la cheminée. Vêtue d'une robe rouge sur laquelle dansait le reflet des flammes, elle vidait lentement une coupe de vin, les bras nus et la gorge palpitante. Les fidèles qui rentraient de la messe en furent scandalisés – les femmes car Alice était leur rivale de toujours, les hommes parce qu'ils enviaient le Poer d'avoir épousé une beauté que tous désiraient depuis longtemps.

— Regarde-moi cette vipère lubrique, comme elle se pavane ! s'écria une jalouse. Pas étonnant qu'elle ait fait perdre la tête à tant d'hommes.

En ville, tous savaient qu'avant d'épouser John, Alice avait été mariée à trois reprises et avait eu le malheur d'être veuve autant de fois.

Le livre des merveilles

— William Outlaw, Adam le Blunt, Richard de Walle…, récita une autre, tous riches, tous maris d'Alice et tous morts dans la fleur de l'âge. On ne m'ôtera pas l'idée que…
— Tais-toi donc, s'écria son mari, tu oublies qui est son beau-frère ? Sir Robert, le sénéchal de la ville, et tu sais ce qu'on dit…
Ce qu'on disait, c'est que Robert ne rêvait que de remplacer son frère dans le lit conjugal. Il n'était pas le seul, d'ailleurs, car dans les tavernes de la ville ses anciens maris ne s'étaient pas fait prier pour raconter les incomparables talents d'alcôve d'Alice avant de mourir. Et désormais, c'était John le Poer qui en jouissait.

Dans la grande salle où le couple dînait, Alice fit signe à la servante d'approcher. Petronilla, jusque-là immobile dans l'embrasure d'une porte, se précipita.
— Descends à la cave et tire un pichet du tonneau qui vient de Bordeaux.
Le Poer, la voix encore épaisse d'avoir vidé tout un carafon de cidre, haussa le ton :
— Du vin de France, ma mie, mais nous ne sommes ni jour de Noël, ni jour de Pâques ?
— Et pourtant nous sommes jour de fête. Ne vous rappelez-vous pas ce que je vous ai promis ?
John reposa son tranchoir[1] qui dégoulinait de sauce. Il porta la main à sa ceinture de velours et la fit sauter, libérant son ventre tout gonflé de viandes et de libations. Son visage graisseux était aussi rouge que les braises de la cheminée. Il s'était empiffré comme un goret, pour sa plus grande joie, mais ce ne serait pas le seul plaisir de la soirée.

---
1. Épaisse tranche de pain qui sert d'assiette à l'époque médiévale.

Le livre des merveilles

— Ma mie, vous savez combien j'attends ce moment avec impatience !

Alice contempla son mari. L'œil aguiché, la babine humide, ce n'était plus à un porc qu'il ressemblait, mais à un chien en rut. Comme tous les autres.

— Vous savez que votre plaisir est ma vocation.

Les mains potelées de John s'agitèrent fébrilement. Il avait hâte de toucher ce corps qui désormais lui appartenait.

— Et vous m'en avez donné beaucoup !

— Je suis là pour servir mon Seigneur et Maître.

La servante arriva avec le vin.

— Petronilla, commanda Alice, prends le chandelier, celui à cinq branches, nous passons dans l'oratoire.

Son mari se leva, fasciné. L'oratoire était la pièce privée d'Alice. C'est là qu'elle se retirait pour prier. Il n'y entrait jamais.

— Allons-nous célébrer Dieu, ma mie ?

— Pas celui que vous connaissez.

John frémit. Il pensa aux anciens maris d'Alice qui pourrissaient dévorés par les vers et sa joie en fut décuplée.

— Je vous ai promis des plaisirs exceptionnels, John, mais d'abord il faut que vous fermiez les yeux.

Alice sortit un bandeau qu'elle tendit à Petronilla.

— Dès que nous serons devant l'oratoire, tu banderas les yeux de mon mari, puis tu me donneras le chandelier et tu te retireras.

La servante s'inclina. Elle n'avait pas pour habitude de discuter les ordres de sa maîtresse.

Ce que John sentit en premier, ce fut la chaleur, mais pas celle d'un feu de bois. Une chaleur de terrier. Une chaleur animale. Puis l'odeur, capiteuse et entêtante comme de l'encens mais mêlée à des parfums d'Orient.

Le livre des merveilles

— Vous êtes prêt, mon époux ?
John hocha la tête. Alice lui retira le bandeau. Autour d'une table où brillait le chandelier se tenaient quatre femmes qu'il ne connaissait pas. Si leur beauté n'égalait pas celle d'Alice, leur tenue – des tuniques aussi rouges que légères – ravissait le regard. Même dans ses rêves les plus fous, John n'avait jamais imaginé pareille invitation au plaisir.
— Sont-ce vos amies ?
Alice s'approcha du prie-Dieu.
— Mes sœurs.
John fut surpris. Il croyait pourtant bien connaître la famille de sa femme. Les Kyteler habitaient la ville depuis des décennies.
— J'ignorais que vous aviez des sœurs...
— Oui, nous sommes cinq, dit l'une.
— Nous sommes toujours cinq, précisa l'autre.
— Et nous serons toujours cinq, répliquèrent les deux dernières.
John se demanda s'il n'avait pas abusé du cidre. Puis, d'un coup, il comprit. Des sœurs, oui, mais des sœurs dans le plaisir ! Voilà ce que lui promettait Alice. Et voilà pourquoi elle avait tout inversé dans l'oratoire. Le crucifix avait été placé à l'envers, de même que le bénitier. Ce n'était plus un oratoire pour le Crucifié, mais pour la divinité païenne des plaisirs.
— Maintenant, il est temps de franchir la porte.
Une des femmes, la plus jeune, se leva et se plaça paume ouverte vers l'occident.
— Le soleil doit être derrière nous et la Grande Ombre apparaîtra.
Une seconde l'imita.
— Bientôt, elle sera couronnée de gloire !

Le livre des merveilles

John ricana. Qu'avaient besoin ces femelles de dégoiser ! Que cessent donc ces vaines paroles et que les plaisirs commencent ! Il se retourna vers Alice, mais elle avait sorti du prie-Dieu un livre relié qu'elle posa sur la table. Un livre, pour quoi faire ?
Lui ne savait ni lire ni écrire, et ses affaires n'en étaient pas moins prospères. Et puis les livres étaient le domaine de l'Église.
— Allons, ma mie, vous savez bien que les livres sont affaire d'hommes de Dieu. Les femmes n'y ont point part !
Sans répondre, Alice ouvrit le volume. Il était creux. Elle en sortit un rouleau manuscrit.
— Par Dieu, arrêtez ces singeries ! Vous êtes là pour m'honorer ! Prêtez-vous-y promptement.
— Justement, mon ami, tout est prêt. Les cinq sœurs sont présentes et le livre est ouvert. Il n'y manque plus que vous.
John déboutonna le col de sa tunique.
— Je suis tout à vous.
Alice lui tendit une coupe de vin de Bordeaux.
— Vous ne croyez pas si bien dire. Buvez de ce nectar, il va vous donner force et vigueur.
John avala la coupe d'un trait. Il était pressé de jouir.
— Venez, ma mie !
L'une des femmes avait pris le rouleau et murmurait à voix basse.
— *Buail a'bhuidh'bhoicionn ! Sgrìob an craiceann ás a'bhoicionn ! Cailleach's a'chùl...*

John reconnut l'ancien gaélique que parlaient les vieillards du village. Les quatre femmes avaient repris en chœur sans regarder le parchemin. Elles semblaient toutes connaître les paroles.

Le livre des merveilles

— *Is cailleach an aire air an teine, 'S i'na coire, 'S i'na teine, 'S i'na teine dearg*[2] !

Alice le scrutait en souriant, faisant frissonner John. Il tituba et lâcha sa coupe. Du vin éclaboussa ses chausses. Sa vue se brouillait. Soudain, devant lui, apparut une silhouette qui avait surgi des ombres de la cave et s'avançait dans sa direction.

— William Outlaw, dit une voix.

Brusquement, John vit le premier mari d'Alice, mais il n'avait plus ni peau ni chair sur les os.

— Adam le Blunt.

John s'effondra. Le squelette d'Adam venait de le saisir aux jambes.

— Richard de Walle.

John hurla de terreur. Du fond d'une fosse, grouillante de vers, Richard tendait vers lui ses bras décharnés.

— Sauve-moi !

Alice se pencha vers lui.

— Laisse-toi guider. Tu vas entrer dans un monde de merveilles…

---

2. Traduction : « En ce nouvel an, Frappez la peau de chèvre jaune, Raclez la peau de chèvre, Vieille femme dans le coin, Vieille femme s'occupant du feu, Elle se trouve dans le chaudron, Elle se trouve dans le feu, Elle se trouve dans le feu ardent. »

I

Là où croît le danger croît aussi ce qui sauve.
Friedrich Hölderlin,
traduction de Philippe Jaccottet.

Avril 1937

1.

Allemagne, sud de la Basse-Saxe
Nuit de Walpurgis, 30 avril 1937

Le Harz était une vaste étendue de forêts, sombres, presque minérales, plantées à l'infini sur des soubresauts de granit forgés quand l'humanité n'était même pas un rêve. D'une époque hostile où les divinités de la terre et de l'eau régnaient en maîtres sur ces verts et noirs espaces peuplés de sapins, de hêtres, d'épicéas et d'étranges animaux effacés de la mémoire des hommes.

L'arrivée tardive du Crucifié et l'instauration de son règne avaient sauvé les âmes sans modifier les anciennes croyances païennes. Elles s'étaient juste transformées. Et ici, aux portes des premiers massifs, dans la charmante bourgade d'Ilsenburg, on se plaisait à perpétuer la tradition. Surtout en cette nuit magique.

— Gloire au diable !
— Qui me touche se transforme en crapaud baveux !

La nuit était tombée sur la place du marché. Des femmes déguisées en sorcières chantaient et virevoltaient dans un tourbillon de cris, de martellements de tambours et de fifres. La trentaine de villageoises grimées dansaient en robes traditionnelles blanches de printemps. On ne pouvait identifier leurs visages car toutes portaient un masque

Le livre des merveilles

rouge au nez crochu et à la bouche déformée. Leurs maris, habitants de la bourgade, faisaient cercle autour de la place et levaient des chopes de bière à leur santé.

— Le premier que j'embrasse deviendra mon esclave, lança l'une des danseuses à un groupe d'hommes assis autour d'un énorme tonneau en bois qui servait de table.

Des flambeaux fichés sur des piquets de bois éclairaient le spectacle d'une couleur fantasmagorique. Des enfants de tous âges se mêlaient à la sarabande. Ils portaient des masques d'animaux, de chiens, de loups et même de lynx, disparu depuis un siècle. Une poignée d'hommes groupés contre une charrette arboraient un autre déguisement. Chemises brunes, brassard à croix gammée à la manche gauche, casquette de toile plate, ils levaient le coude avec autant d'entrain que les villageois. Un déguisement devenu singulièrement populaire à Ilsenburg et aux quatre coins de l'Allemagne.

En cette nuit enchantée, les rires et la musique étaient si bruyants que personne ici n'aurait eu l'idée d'aller au lit, même les plus anciens du village.

C'était *Walpurgis Nacht*. La nuit de Walpurgis.

Comme dans chaque ville et village du Harz, on célébrait cette nuit sacrée avec ferveur. Elle honorait Walburge, la mystérieuse sainte venue des terres boréales d'Angleterre, au VIIIe siècle, pour évangéliser les tribus germaniques et leur apporter la lumière du Christ. L'Église, dans sa grande sagesse, avait réutilisé la date d'une fête païenne populaire, celle du passage de l'hiver au printemps, pour la transformer en célébration de l'évangélisatrice saxonne. Mais personne n'était dupe. Ici la sainte servait uniquement de paravent pour donner libre cours à la célébration des forces de la nature.

Dans le Harz, ces festivités exhalaient une saveur unique. Celle du brouet des sorcières du Moyen Âge. La nuit de

Le livre des merveilles

Walpurgis était celle du sabbat de tous les ennemis du Christ. La seule nuit où les forces païennes régnaient en maîtres. Ici on perpétuait les traditions ancestrales des sorcières. Pas pour invoquer le diable et ses démons, mais pour festoyer et danser en prenant un malin plaisir à défier curés et pasteurs, qui pour une fois s'abstenaient de sermonner qui que ce soit.

— Ton âme pour un baiser, susurra l'une des sorcières qui tournait autour d'un policier débonnaire qui fumait une pipe.

— Avec plaisir, ma belle.

L'ambiance était incandescente de joie. Comme dans toute l'Allemagne, une douce euphorie régnait dans ce petit coin perdu de la Saxe depuis l'arrivée au pouvoir du Führer. Les récoltes dans les plaines étaient abondantes, les vaches et les poulets n'avaient jamais été aussi gras. Les travaux publics s'en donnaient à cœur joie, deux ponts et deux routes principales étaient à nouveau praticables en hiver. Une vraie bénédiction pour les habitants de ce labyrinthe géant de forêts denses et sombres qui s'étendait sur des milliers d'hectares.

La prospérité revenue, personne ne se souciait des bouleversements à l'œuvre dans tout le pays, métamorphoses plus sombres que les bois impénétrables. Ici, aucun habitant d'Ilsenburg n'avait l'impression de vivre sous une dictature. Les tourments et les privations du temps de la maudite république de Weimar s'étaient évaporés comme par enchantement et l'avenir s'annonçait radieux.

Des portraits du nouveau dirigeant de l'Allemagne placardés dans tous les villages rappelaient à chacun qu'une nouvelle ère avait commencé. Une ère de joie et de félicité promise à tous les Allemands de bon sang aryen qui suivaient la voie glorieuse du national-socialisme.

Le livre des merveilles

Depuis l'arrivée au pouvoir d'Adolf Hitler, tout ce qui rappelait les anciennes traditions germaniques avait été remis au goût du jour. Les Églises protestantes et catholiques avaient observé cette résurrection des anciens dieux d'abord avec dédain, puis avec effarement, sans pouvoir s'y opposer. Le retour à l'ordre et l'élimination des communistes impies valaient bien certaines indulgences envers le nouveau pouvoir en place.

Assises à une table de l'auberge du Héron couronné qui jouissait d'une vue imprenable sur la grand-place, deux femmes sirotaient leur limonade glacée en observant la danse des sorcières. La plus âgée, la quarantaine avancée, présentait un visage émacié et des yeux clairs. Sa voisine, plus jeune d'une dizaine d'années, arborait une expression joviale avec ses deux tresses blondes nouées au sommet du crâne comme le voulait la coutume.

Toutes les deux portaient l'uniforme de ville du BDM, le Bund Deutscher Mädel, la ligue des jeunes filles allemandes nazies, chemisier blanc avec cravate noire et croix gammée brodée sur l'épaule gauche, assorti d'une jupe sombre qui descendait jusqu'au mollet. Le BDM était l'équivalent féminin des jeunesses hitlériennes. Depuis deux ans toutes les Allemandes de plus de quatorze ans avaient l'obligation de l'intégrer. Camps de vacances en plein air, activités parascolaires, travaux dans les champs, gymnastique, cours d'instruction politique sur les bienfaits du national-socialisme, on y formait de futures mères du Reich, saines et épanouies. La maternité n'était-elle pas la seule destinée glorieuse de la femme selon Hitler ?

Alors que les deux cheftaines du BDM observaient la danse folklorique avec intérêt, une dizaine de leurs ouailles, derrière elles, de seize ans en moyenne, étaient en train de festoyer à une longue tablée autour de plats de saucisses et de choux cuits à la bière.

— La fête a pris de l'ampleur cette année, murmura l'une des deux femmes qui fumait une cigarette brune.

— Oui, il paraît que le curé d'Ilsenburg a été outré d'apprendre que la section locale du parti avait financé l'achat des masques et commandé deux tonneaux de bière. Il s'est plaint à son évêque qui à son tour a demandé des explications au gauleiter de Saxe.

— Et que s'est-il passé ?

— Le prêtre est à l'hôpital.

La plus âgée, Marta, sourit et avala une gorgée de limonade.

— Bien fait. C'est comme cela qu'il faut traiter ces chiens de catholiques.

Deux sorcières passèrent devant elles en tourbillonnant. L'une d'entre elles subtilisa l'un des verres de limonade et, enlevant son masque, avala une grande gorgée puis le remit. La plus jeune cheftaine du BDM, Léa, lui adressa un sourire et dit à sa collègue :

— Ils auraient pu choisir des masques plus seyants pour honorer les sorcières.

— Ils ne savent pas... des centaines d'années d'ignorance, estimons-nous heureux qu'ils gardent un vieux fond de paganisme dans leur sang, répondit l'autre. Quant à nos supérieures du BDM, imagine si elles apprenaient ce que nous faisons ici chaque année avec les nouvelles recrues. Ce n'est pas à l'hôpital que nous finirions mais dans le camp de Dachau.

Celle qui fumait esquissa un sourire.

— Je sais que tu détestes Hitler et son régime.

— Je me méfie de lui. Il est l'incarnation de tout ce que j'abhorre chez les hommes. Leur stupide doctrine

Le livre des merveilles

du KKK³. Quelle imbécillité. Et dire qu'en Europe nous avons été l'un des tout premiers pays à avoir le droit de vote.
— Il faut faire avec. Et je t'ai déjà dit, nous avons un allié avec Himmler, il déteste l'Église et éprouve une incroyable fascination pour les sorcières. Il pense que l'une de ses ancêtres en était une, brûlée vive au Moyen Âge. Il m'autorise à conduire mes recherches à condition que tout cela reste confidentiel. Il s'est arrangé pour que le BDM nous laisse tranquilles.
— Tu ne l'as toujours pas mis au courant pour le Brocken ?
— Non. L'enjeu est trop grand.
Un officier de police passa devant elles et les salua d'une inclinaison de la tête. L'homme jeta un regard bienveillant à la petite troupe.
— Bonsoir, mesdames, que nous vaut le plaisir de voir d'éminentes représentantes du BDM dans notre petite ville à cette heure tardive ? Vous voulez faire participer vos ouailles à un sabbat de sorcières ?
La plus âgée secoua la tête.
— Non, monsieur l'officier. Nous venons de Munich pour aider les paysans dans leurs travaux. C'est la fin du séjour. Ce soir nous partons camper sur le Brocken.
Le policier hocha la tête et jeta un œil à la montagne pelée qui se dressait derrière le village.
— Vous savez que c'est la nuit de Walpurgis. Vous ne craignez pas de faire de mauvaises rencontres ? C'est là-haut qu'elles menaient le sabbat.
La plus jeune éclata de rire.

---

3. Kinder, Küche, Kirche. Enfants, cuisine, Église. Les trois piliers qui devaient régler la vie d'une Allemande.

Le livre des merveilles

— Nous sommes au XXe siècle. Le national-socialisme n'a que faire de ces superstitions. Il faut respecter nos traditions, pas en avoir peur.

— Auriez-vous l'obligeance de me montrer l'autorisation de circulation pour votre section. N'y voyez aucune suspicion de ma part, je dois contrôler toute personne étrangère à la ville. Aucune de ces jeunes filles n'est d'origine juive ?

— Quelle absurdité, inspecteur. Le BDM est interdit à cette race depuis sa création ! répondit celle qui fumait en sortant un papier cartonné de son sac qu'elle tendit au policier.

Deux gamins aux masques de loup passèrent entre les jambes de l'inspecteur pour disparaître sous la table. Le flic inspecta longuement le document, puis le remit à la femme.

— Je vous souhaite une belle balade ce soir. Faites attention, la nuit est fraîche là-haut. Et on attend du brouillard dans la matinée, ne vous perdez pas.

— Rassurez-vous, nous menons l'expédition chaque année. Je connais ces chemins mieux que vous.

Le policier les salua, puis continua sa tournée d'inspection dans la foule.

Les deux femmes échangèrent un long regard.

— C'est un nouveau, dit celle qui portait des tresses, ils ont dû mettre l'ancien à la retraite.

Sa voisine contempla le sommet qui leur faisait face. Le Brocken était une montagne repue à laquelle on aurait poli le crâne. Si elle ne culminait qu'à un peu plus de mille mètres d'altitude, elle dominait néanmoins le Harz d'une arrogance placide.

— Il est temps d'y aller, dit la plus âgée en payant l'aubergiste, on doit monter les tentes pour la nuit et se lever tôt demain matin. Nous ne devons pas rater notre rendez-vous.

— Je suis impatiente de savoir qui sera l'élue.

Le livre des merveilles

La plus âgée se leva puis se tourna vers la troupe, sortit un sifflet et donna trois coups brefs.

— Mesdemoiselles, nous levons le camp.

Les filles affichaient des moues dépitées, certaines avaient repéré des garçons qui leur tournaient autour. Mais elles s'étaient quand même levées dans un parfait mouvement d'obéissance.

— Cheffe, vous êtes sûre ? demanda Inge, l'une des plus enhardies. C'est notre dernier soir ici, il paraît qu'il va y avoir un bal juste après le carnaval des sorcières.

La cheffe secoua la tête et lui posa une main ferme sur l'épaule.

— Ce n'est pas un carnaval, petite ignorante. Les sorcières étaient des femmes d'exception et de savoir, des guérisseuses. Elles ont été persécutées, martyrisées et brûlées par milliers dans toute l'Europe par l'Église cruelle. Tu n'as rien retenu de mes leçons ?

La jeune fille baissa la tête, rouge de honte.

— Et pour le bal, vous aurez bien tout le printemps et l'été pour trouver des garçons à vos goûts.

— Pardon, madame.

Trois sorcières masquées avaient surgi de nulle part et dansaient autour des tablées. L'une d'entre elles houspilla une des filles avec son balai comme pour la provoquer.

— Vous voyez, elles ont entendu que vous vous moquiez d'elles, puis se tournant vers la troupe : Rassurez-vous, je vous promets un spectacle unique sur le mont Brocken. Vous vous en souviendrez jusqu'à l'heure de votre mort.

2.

Allemagne, mont Brocken
1ᵉʳ mai 1937

La nuit fut courte. Les filles n'avaient dormi qu'une poignée d'heures à mi-hauteur de la montagne dans une clairière touffue. Le réveil à six heures les avait surprises dans leur sommeil et maintenant elles arpentaient un sentier escarpé et boisé qui semblait ne jamais finir. Des nappes onctueuses de brouillard s'effilochaient entre les arbres. Plus elles grimpaient, plus il semblait gagner en épaisseur.

— Il fait froid, grommelait Inge qui marchait à moitié éveillée, on aurait dû passer la nuit à Ilsenburg au lieu de faire du camping. J'espère que ça vaudra vraiment la peine d'arriver au sommet.

Sa camarade qui marchait à ses côtés se rapprocha d'elle.

— Mon père a déjà fait la balade, il m'a dit que c'était sans intérêt.

— Et en plus on n'y voit rien avec ce maudit brouillard. Ça me fout la trouille toutes ces histoires de sorcières. Tu ne les trouves pas bizarres nos cheffes de section ?

— Un peu. Parle moins fort, elles vont nous entendre.

— Je les ai surprises un soir quand nous étions chez le gros fermier, elles s'étaient cachées dans un coin et marmonnaient des paroles étranges.

Le livre des merveilles

— Tu délires, continue de marcher.
La file serpentait entre de hautes rangées de sapins dont on ne voyait qu'une partie des troncs. Aussi loin que portait son regard, Inge ne voyait que du blanc. Au détour d'un chemin, le rideau de brouillard se dissipa pour révéler un décor irréel. Une bâtisse en ruine avait surgi du néant, entourée de dalles plantées çà et là. Comme si les pierres avaient eu le pouvoir de chasser la brume. Il n'y avait aucune croix, seulement des stèles plates fichées dans le sol herbeux.
Un coup de sifflet retentit. Plongée dans ses pensées, Inge faillit percuter sa camarade qui s'était figée devant elle. Il s'écoula un silence de quelques secondes, puis deux autres coups de sifflet très brefs jaillirent à nouveau. Le signal pour déposer les affaires en cercle et se regrouper autour de la cheffe de groupe. Les jeunes filles obéirent comme de bons petits soldats, conditionnées depuis longtemps. Il s'écoula à peine trois minutes qu'avant qu'elles ne se retrouvent toutes en cercle autour de leur cheffe qui se tenait devant une pierre tombale recouverte d'une gangue de mousse vert émeraude.
— Nous voici arrivées à la première étape de notre expédition. Qui peut me dire où nous nous trouvons ?
Une herse de bras se dressa d'un même élan. La cheffe de groupe afficha un sourire enjoué et désigna l'une des filles, la plus grande. Sa favorite, Birgit.
— C'est le cimetière des sorcières du Brocken.
— Absolument. Et que se passait-il en ces lieux ?
— On y célébrait chaque année la nuit de Walpurgis. La plus grande fête annuelle des sorcières d'Allemagne. La seule nuit pendant laquelle Dieu lui-même ne pouvait intervenir auprès des humains et laissait les anciennes forces païennes se régénérer. Même les curés ne prenaient pas le

risque de venir les chasser, ils craignaient trop ce pouvoir. C'était le seul endroit en Allemagne où on ne brûlait pas les sorcières. Le mont Brocken inspirait même la peur au pape.
— C'est bien. Et qui invoquait-on ?
— Toutes les grandes déesses qui ont aidé le peuple germanique. Freya en premier.
Inge restait mutique. Elle ne voyait pas en quoi les paroles de sa camarade pouvaient provoquer autant d'enthousiasme chez sa cheffe. On leur avait rabâché cette légende la veille de leur arrivée dans la ferme du Harz. Birgit ne faisait que répéter par cœur ce qu'elle avait entendu. Inge en savait beaucoup plus qu'elle, elle avait lu des tas de livres de magie où l'on parlait de sorcières et de leur pouvoir. Elle leva le bras à son tour. Marta la toisa d'un regard froid.
— Oui, Inge...
— C'est en l'an 1320 que l'on retrouve la première mention de la nuit de Walpurgis, dans un traité d'un évêque de Cologne. Il était dit que les sorcières y emmenaient les bébés les moins vigoureux pour y être jetés du sommet de la montagne et assurer la fertilité des villageoises plus bas dans la vallée.
La cheffe de groupe secoua la tête.
— La propagande catholique dans toute sa splendeur, ma chère Inge, jamais les sorcières ne faisaient de mal à leur peuple. Tout ce que l'on a pu lire sur leurs supposés méfaits n'est que pure invention des prêtres pour maintenir leur pouvoir et celui de leur dieu faible. Bien, passons au jeu de piste que je vous avais promis. Vous avez toutes votre carnet avec les indications. Vous avez un quart d'heure pour résoudre l'énigme. Ensuite nous irons rencontrer celui qui règne sur cette montagne.

Le livre des merveilles

Les jeunes filles s'éparpillèrent sur toute la surface du cimetière sauvage. Marta et son amie les contemplaient se pencher sur les tombes et les pierres gravées qui jonchaient le sol.

— Tu crois qu'il apparaîtra cette fois ?

— Oui, j'ai regardé hier les conditions météorologiques. Le temps nous est favorable. Le brouillard devrait se dissiper sur les hauteurs dans une heure tout au plus.

— Je ne parlais pas de ça. Tu vois très bien ce que je veux dire. Cela fait des années que nous revenons à la même date.

— Je crois en notre destinée. Regarde ce qui s'est passé en Allemagne depuis l'arrivée au pouvoir de notre Führer. Tout change à une vitesse extraordinaire. De grandes choses se déroulent en ce moment. C'est un bouleversement majeur qui va se répandre dans toute l'Europe. Une force invincible est en marche. Celle du national-socialisme. Ils partagent avec nous la haine du christianisme, notre ennemi de toujours.

— Oui, mais ils veulent nous cantonner au rôle de poulinières et de mères. Ils interdisent des métiers aux femmes. L'appétit de pouvoir de cet homme est démesuré. Qui te dit qu'il ne commettra pas des actes affreux ?

— Peu importe, ce qui compte est de profiter de ce nouveau système, d'y faire notre place. Regarde les postes que nous avons eus. Et le pouvoir que nous avons sur ces jeunes filles est incroyable.

L'une d'entre elles les héla depuis un gros bloc de granit coincé entre deux chênes.

— J'ai trouvé, venez !

Elles arrivèrent devant l'ancienne bâtisse. La jeune fille était accroupie devant l'un des murs.

— L'inscription est là !

Le livre des merveilles

— Félicitations. Tu peux nous la lire ?
— Oui. *Ici j'établis mon pouvoir. Là-haut je vous donnerai ce pouvoir.*

Les filles avaient reconstitué le cercle autour des deux cheffes.

— Cette inscription a été gravée il y a des siècles pour nous enseigner le chemin. Nous allons maintenant nous rendre au sommet pour assister à… l'apparition. Laissez vos sacs ici, nous reviendrons les chercher à notre retour.

Il fallut encore une bonne demi-heure pour que le groupe atteigne un vaste plateau herbeux qui constituait le sommet. Le soleil ne culminait pas encore, mais il régnait déjà en maître. Le brouillard se dissipait par nappes, laissant entrevoir la vallée en contrebas.

Le groupe se rassembla autour d'un alignement de pierres éparses qui courait sur une trentaine de mètres le long de la paroi la plus escarpée.

— Faites cercle à nouveau, mes amies. C'est ici que les sorcières conduisaient leurs rituels. Ressentez-vous l'énergie qui s'en dégage ? Il est temps de s'avancer.

Les jeunes femmes échangèrent des regards inquiets, mais ne voulaient pas montrer leur peur.

— Penchez-vous et observez, en contrebas, les nappes de brouillard.

Le groupe s'exécuta. Il s'écoula de longues minutes dans le silence le plus absolu, même le vent semblait s'être évanoui.

Marta s'approcha de son amie, sachant ce qui allait arriver. Elle leva les yeux vers le ciel, le soleil était positionné dans son inclinaison maximale.

— Les nuages sont épais, commenta Marta, ça ne devrait plus tarder.

C'était toujours un moment exaltant. L'apparition allait surgir grâce à l'une des filles. Ce serait elle la nouvelle élue de l'année.

L'attente se prolongeait. Les jeunes femmes contemplaient les coulées de brume qui ressemblaient à une mer de coton. Soudain un cri jaillit.

— Je le vois ! Le spectre de Brocken ! Il est apparu sur le nuage. Regardez !

Marta et Léa échangèrent un sourire et marchèrent dans la direction de celle qui les avait alertées. La silhouette gigantesque d'un être humain s'étalait sur un nuage de brouillard. Il devait mesurer une centaine de mètres. Ses bras étirés, ses jambes effilées, son torse allongé. Il bougeait par moments.

Des exclamations de surprise jaillissaient de partout.

— C'est magnifique !

— Merveilleux. On dirait qu'il est vivant.

Marta murmura :

— Ce n'est pas suffisant, tu le sais.

— Ne sois pas impatiente. Le signe va apparaître.

Une autre exclamation se produisit.

— Vous avez vu ? Tout autour !

Une série de cercles lumineux aux couleurs de l'arc-en-ciel était apparue tout autour du géant. Le halo scintillait de mille feux. Toutes les jeunes femmes restaient muettes de stupeur.

— Le fantôme de Brocken auréolé de gloire... Inge sera donc l'élue, susurra Marta, il est temps de l'aider à trouver le passage.

La jeune fille restait figée comme une statue, hypnotisée par l'apparition. Les autres ne bougeaient pas, mais elles voyaient elles aussi le fantôme.

Les deux femmes se postèrent de chaque côté d'Inge.

Le livre des merveilles

— Que vois-tu ?
— Le spectre... c'est comme s'il écartait les nuages avec ses mains.
— Oui, c'est bien. Laisse-toi guider. Il veut que tu viennes avec lui dans son monde.
— Non, j'ai peur...
Les deux femmes l'entourèrent et posèrent leurs bras sur ses épaules.
— N'aie crainte. Tu reviendras parmi nous.
— Je ne veux pas...
Des larmes perlaient sur ses joues.
Marta la pressa contre elle.
— Je suis passée par là moi aussi, il y a longtemps. Léa aussi. Tu ne risques rien. Que vois-tu ? Décris-nous son visage.
— C'est une femme. Elle porte un manteau noir.
— Merveilleux, Inge. Merveilleux.
Les autres jeunes filles du groupe tournaient leurs têtes en direction d'Inge, mais n'arrivaient pas à entendre. Elles observaient avec effroi leur camarade qui s'approchait du précipice, comme irrésistiblement attirée par l'apparition gigantesque.
— J'entre dans les nuages. C'est si beau.
Soudain elle se figea, son regard bascula et elle tomba à terre. L'une des filles voulut se porter à son secours et quitta sa place.
— Reste où tu es ! C'est un ordre.
La jeune femme revint devant sa pierre.
Inge se tordait à terre, comme possédée.
— Elle est passée dans l'autre monde.

La chambre d'hôpital baignait dans une semi-obscurité. Les deux cheffes du BDM se tenaient debout autour du lit sur lequel reposait Inge. Un médecin en blouse blanche arriva vers elles. C'était un échalas d'une cinquantaine d'années, le visage creusé par des sillons de rides épaisses tracées dans les tranchées pendant la dernière guerre.

— Mes chères sorcières. Ravi de vous revoir. La nuit de Walpurgis s'est déroulée comme convenu. Le spectre est-il apparu ?

Il semblait goguenard.

— Bonjour, docteur, épargnez-nous vos sarcasmes. Vous garderez cette jeune fille la semaine entière.

— Pas de souci du moment que vous me payez.

Il passa la main sur le front d'Inge et prit son pouls.

— Comme pour les précédentes, cela ne cesse de m'étonner, reprit-il. Avec toute ma science je n'arrive toujours pas à comprendre pourquoi elles m'arrivent toujours dans cet état. Je suis persuadé que vous les droguez, non ?

— Ne dites pas de bêtises, docteur.

— Qu'est-ce qui m'empêche de vous dénoncer ? Si vos supérieures du BDM savaient ce que vous faites avec ces jeunes filles, je doute qu'elles apprécieraient. Ce culte des sorcières, ce n'est pas vraiment national-socialiste. Je n'ai pas souvenir d'avoir lu un passage de notre Führer dans *Mein Kampf* à ce sujet.

Marta lança un regard cinglant au médecin.

— Ce qui est écrit en revanche dans les lois raciales, c'est que les Juifs ne doivent pas exercer la médecine auprès de patientes aryennes. Sous peine de finir en prison. Ou plutôt en camp.

Le médecin haussa les épaules.

— Ne le prenez pas comme ça. Je vous faisais juste part de mon étonnement. Entre nous, le coup du fantôme de Brocken dans les nuages, c'est vraiment grossier. Vous savez très bien ce que c'est. Il n'y a rien de surnaturel.

Le livre des merveilles

Ce sont les rayons du soleil qui projettent l'ombre de vos gamines sur les nuages de brouillard en contrebas. Tous les paysans du coin le savent.

La plus âgée ricana.

— Et vos paysans savent-ils pourquoi nos élues tombent dans le coma chaque année ?

— Je vous l'ai dit, je ne sais pas. Pourquoi ces filles ont-elles tant d'importance à vos yeux ?

— Vous ne comprendriez pas. Elles sont l'avenir de l'Allemagne. Elles sont la clef pour changer le cours de l'Histoire.

Octobre 1944

3.

Île de Corfou
Octobre 1944

On atteignait la crique uniquement par la mer, parfois par un raidillon qui escaladait la colline avant de descendre en serpentant vers la ville, mais les pluies de l'automne avaient définitivement raviné le chemin. Une aubaine pour la sécurité, car la forêt enchevêtrée au-dessus de la maison était impénétrable. Seules des bêtes au pelage sombre et aux yeux luisants l'habitaient. Laure prétendait même qu'elle entendait des loups hurler la nuit, mais elle dormait de plus en plus mal en se rapprochant du terme de sa grossesse.

À peine levé, Tristan se pencha sur son visage. Ses paupières étaient veinées de bleu, mais sa respiration semblait apaisée. Elle allait dormir jusqu'à dix heures, le temps pour lui d'aller au marché et de revenir, les mains pleines de ces gâteaux au miel que Laure dévorait à toute heure depuis qu'une autre vie grandissait en elle.

Il sortit sur la terrasse dallée de pierre. Le soleil illuminait la cime feuillue des chênes. Pour une île de la Méditerranée, Corfou ressemblait plus à l'Irlande qu'aux Cyclades, la couleur verte éclatait de partout, des arbres innombrables aux sources parsemées de cresson qui jaillissaient entre les roches. Parfois, Tristan avait l'impression de vivre dans un paradis retrouvé, loin de la guerre qui ravageait l'Europe. Il retourna dans la maison, enfila un pull – les matinées devenaient fraîches –, chaussa des espadrilles et, après avoir jeté un regard amoureux à Laure toujours endormie, il se dirigea vers l'embarcadère.

Laminé par l'eau, dévoré par le sel, le canot semblait toujours sur le point de couler dès qu'on posait un pied dans sa coque, néanmoins Tristan savait qu'il le mènerait à bon port. Il tourna les yeux vers l'est pour estimer la force de la houle, mais les vagues léchaient paresseusement les rochers qui protégeaient la crique. Il lui suffirait de les contourner et, en quelques coups de rame, il serait en vue de Corfou. Il adorait voir la ville se réveiller au petit matin, la lumière éclairer les hautes citadelles bâties par Venise, puis plonger lentement dans les ruelles tortueuses pour enfin dévaler dans le port, pareille à une longue coulée de miel. Comme le canot s'éloignait, Tristan se dit que si la vie ne l'avait pas épargné, ces cinq dernières années, elle lui offrait d'un coup ce à quoi il avait toujours aspiré : la lumière du ciel, le bleu de la mer et une femme aimée qui allait lui donner un enfant.

Le port était déjà en effervescence quand il accosta. Partis à l'aube, les pêcheurs déversaient leurs prises sur des étals en bois sous les yeux attentifs de chats errants qui n'attendaient qu'un moment d'inattention pour s'emparer d'un poisson odorant. Après s'être lavé les mains dans une fontaine, Tristan remonta lentement le quai, fixant discrètement les vêtements des inconnus qu'il croisait. Un pantalon sans tache, une chemise boutonnée trop haut, des souliers bien vernis, autant d'indices qui trahissaient un étranger fraîchement arrivé. Corfou était l'un des carrefours de la Méditerranée. On y venait d'Europe comme d'Orient : un sanctuaire pour les trafics, une bénédiction

Le livre des merveilles

pour les espions. Et même si Laure et lui s'étaient volatilisés depuis des mois, le couple n'avait certainement pas disparu de la mémoire du chef des SS.

Ses agents zélés devaient les chercher dans toute l'Europe. Une traque longue, patiente et obstinée, à l'image d'Himmler. Le Reichsführer n'abandonnait jamais.

Un vrombissement lourd se superposa aux bruits du marché et une nuée d'oiseaux de mort apparut dans le ciel. Tristan reconnut une escadrille de bombardiers de la Royal Air Force. Dans quelques heures, une ville allemande allait connaître l'enfer. Un déluge de feu tomberait des nuages et réduirait la vie en cendre. Tout un peuple allait payer pour la folie meurtrière d'un moustachu reclus dans son bunker. Il secoua la tête, ne comprenant toujours pas comment l'Europe avait ainsi pu sombrer dans le feu et le sang, et encore moins comment il s'était retrouvé pris dans ce tourbillon d'horreur. Depuis 1939, il n'avait fait que survivre, passant des geôles de Franco aux prisons d'Hitler, de l'Angleterre bombardée de Churchill à la Russie dévastée de Staline, du Paris sanglant des collabos à la guerre civile des Balkans. Ses souvenirs lui tournaient la tête, Tristan s'arrêta à la terrasse d'un bar et commanda un verre de Koum Kouat[4]. Quand il contemplait sa vie, il avait besoin d'alcool.

Ce n'était pas son passé gâché qu'il regrettait, ni d'avoir risqué sa vie trop souvent, non, ce qui le hantait – et qu'aucun alcool n'effacerait jamais – c'étaient tous ceux qu'il avait abandonnés. Ceux pour lesquels il n'avait rien fait, ni même tenté. Comme s'il avait dû les sacrifier pour pouvoir, lui, s'en sortir. Souvent, il pensait à Erika qu'il

---

4. Liqueur acidulée, typique de Corfou, à base d'un fruit exotique, le kumquat.

Le livre des merveilles

avait sans doute aimée autant que Laure et qu'il n'avait vraiment connue que pour la voir mourir. Mais, curieusement, ce n'était pas la jeune Allemande qui revenait le plus souvent à sa mémoire. Non, c'était une autre femme dont Laure n'avait heureusement jamais entendu parler. Il l'avait connue alors qu'il se cachait dans un village perdu d'Espagne, juste avant que les SS ne le retrouvent.

Elle s'appelait Lucia. Ils ne s'étaient aimés que quelques semaines, brèves et brûlantes, pourtant Tristan ne l'avait jamais oubliée. Et au moins une fois par jour, alors que la mort fauchait toute l'Europe, lui se demandait ce que Lucia était devenue.

Marcas se fit servir un nouveau verre de Koum Kouat. Ça ne diluerait pas ses souvenirs, mais cela ôterait le goût amer qu'il sentait monter à sa bouche et qui risquait de lui embuer le regard. Il avait un rendez-vous et, à ce genre de rencontre, on arrivait les yeux secs.

L'église Saint-Spyridon, aussi appelée Agios Spyridon et cachée dans la vieille ville, servait de point de ralliement à tous les marins grecs qui transitaient par Corfou. Quand ils ne se saoulaient pas dans les tavernes voisines ou les maisons closes du port, ils venaient dans ce lieu antique se faire pardonner leurs péchés et implorer la Vierge de les protéger lors de leurs prochaines traversées. Avec son vieux pull, son pantalon taché de sel et sa tignasse éclaircie par le soleil, Tristan passait facilement pour l'un des leurs. C'est la raison pour laquelle, une fois par mois, il y retrouvait son contact des services britanniques. Pour une fois, Londres n'avait pas envoyé un rouquin aux dents ébréchées, facilement identifiable, mais un Anglais aussi brun et bronzé qu'un Crétois de naissance.

Le livre des merveilles

— Cette icône de saint Georges est vraiment remarquable, vous ne trouvez pas ?
— Dommage que la fumée des cierges ait noirci les couleurs.

Dix mots, compta Marcas, pas un de plus, sinon cela signifiait qu'un danger était possible, qu'ils risquaient d'être repérés. L'envoyé de Londres se détendit.

— Comment se passe la vie dans la crique ? Pas de visites impromptues ?

Tristan se rappela le visage endormi de Laure qu'il venait de quitter.

— Aucune. Le chemin par la terre est devenu inaccessible à cause d'éboulements, quant à la vue sur la mer, elle est très dégagée. Dès le matin, on voit arriver les bateaux de loin.

— S'*ils* viennent, *ils* viendront de nuit.

Marcas hocha la tête. Il savait bien que si les SS survenaient, ce serait au cœur de l'obscurité comme des bêtes fauves. Leur meilleure protection contre les nazis, c'était que personne n'identifie leur refuge ici et surtout que la guerre finisse au plus vite.

— Vous avez des nouvelles du front ? Les journaux sont très discrets, ces jours-ci.

— Les Russes n'avancent plus. Ils sont bloqués sur la Vistule. Cet été, les Polonais ont tenté de se soulever à Varsovie, les SS les ont anéantis. On parle de plusieurs dizaines de milliers de morts. Ce salopard de Staline les a laissés crever pour se débarrasser des résistants non communistes[5].

— Mais l'aviation alliée ne les a pas aidés ?

---

5. Lors de l'insurrection de Varsovie, du 1er août au 2 octobre 1944, qui s'est soldée par le massacre de 200 000 Polonais, essentiellement des civils, Staline a donné l'ordre de ne pas intervenir.

Le livre des merveilles

— Churchill y a renoncé. Trop de morts. Sur six missions aériennes, nous avons eu quatre-vingt-cinq pour cent de pertes. Un massacre.

Tristan n'en revenait pas. Depuis des mois, Russes et Alliés ne cessaient de prédire l'effondrement de l'Allemagne, mais c'était tout le contraire qui semblait se produire.

— Et sur le front de l'Ouest ?

— Nous ne parvenons pas à atteindre le Rhin, sans compter que nous avons subi plusieurs déconvenues sur le terrain.

Marcas ne se fit pas préciser le sens du mot *déconvenues*, mais une rumeur courait à Corfou : une division entière de parachutistes anglais avait été décimée en Hollande.

— Partout, les Allemands résistent beaucoup mieux que prévu. Leur appareil de production tourne à plein régime. Ils ont même réussi à créer et équiper plusieurs divisions de chars : une armée blindée, entièrement constituée de SS aguerris, prête à déferler sur nos lignes. Autant le dire tout de suite, la guerre ne sera pas terminée pour la fin de l'année.

Tristan accusa le coup. Leur enfant, qui devait naître à la fin du mois, ne connaîtrait pas son premier Noël dans un monde en paix.

— Sans compter que les armes secrètes des nazis deviennent réalité. Leurs bombes volantes, les V1, ravagent Londres depuis cet été. Et on parle d'un nouveau modèle, plus rapide et précis… nos services prennent très au sérieux ces armes nouvelles, d'autant que l'Ahnenerbe y est très impliqué.

Tristan connaissait bien cet institut de recherche, une organisation directement placée sous l'autorité des plus hauts dignitaires SS, et qui cherchait des reliques ésotériques aux quatre coins du monde. Des reliques dont Himmler pensait encore qu'elles pouvaient lui faire gagner la guerre.

— S'il s'est montré plutôt discret ces derniers mois, l'Ahnenerbe déploie de nouveaux groupes de recherche.

Le livre des merveilles

Plusieurs ont été identifiés à Varsovie et à Prague, mais aussi dans les pays nordiques jusqu'en Irlande.

Incrédule, Marcas haussa les épaules.

— Les nazis n'ont plus les moyens de projeter un commando de recherche aussi loin !

— Justement si ! Désormais, l'Ahnenerbe utilise des sous-marins de combat – les U-Boote – pour ses missions. Preuve de l'importance de l'organisation. Des membres ont été signalés dans les îles Canaries, mais aussi en Amérique du Sud.

Tristan essaya de ne pas montrer de surprise. Que pouvaient donc faire des agents de l'Ahnenerbe si loin de Berlin ? À moins qu'Himmler n'ait un nouveau projet ? Comme s'il devinait ses pensées, l'envoyé de Londres ajouta :

— Cette recrudescence d'activités suspectes nous inquiète. Nous risquons d'avoir besoin de vos services.

Cette annonce figea Marcas. Depuis que les Anglais l'avaient récupéré avec Laure dans les Balkans pour les mettre au vert à Corfou, il vivait dans la crainte du moment où on allait lui présenter la note. Les services secrets n'accordaient jamais leur protection pour rien. C'était une avance qu'il fallait rembourser un jour.

— Nous surveillons de près leurs agissements. Bientôt nous saurons ce que cherche Himmler à travers les missions de l'Ahnenerbe. Et à ce moment-là…

Le Français hocha lentement la tête, comme s'il approuvait. Avant que les Britanniques aient une certitude, il se passerait plusieurs jours, plusieurs semaines même.

— Je suis ravi de voir que nous nous comprenons.

Tristan jeta un œil scrutateur dans l'église. Des marins en train de prier devant la Vierge, des vieilles tout en noir qui allumaient des veilleuses… personne ne semblait les observer.

— Comment vous appelez-vous ?

Le livre des merveilles

Malgré sa moustache, l'émissaire anglais ne put s'empêcher de sourire. Il avait pensé à tout pour cette rencontre, sauf à s'inventer un prénom.
— Mes amis m'appellent Tony, lâcha-t-il au hasard.
Marcas lui tendit la main.
— Alors, à bientôt, Tony.
Quand il sortit sur le parvis, brûlant de soleil, il savait déjà qu'il ne reverrait jamais Tony et qu'il était temps de disparaître à nouveau dans l'ombre.

4.

*Île de Corfou
Octobre 1944*

Tristan n'avait pas prévenu Laure de sa rencontre avec Tony. Pas la peine de l'alarmer à un mois de sa délivrance. Au contraire, il se montrait encore plus serein que d'habitude, comme si les tribulations de la guerre appartenaient à un passé définitivement révolu. Pas question de provoquer un climat d'inquiétude qui rejaillirait forcément sur sa santé : pour protéger sa femme et son enfant à venir, il devait être parfaitement concentré pour prendre les meilleures décisions. D'ailleurs la principale était déjà prise : tous deux devaient quitter Corfou et disparaître jusqu'à la fin de la guerre. Heureusement, les pays redevenus libres ne manquaient pas. Même s'il se voyait mal retourner en Italie ou en France où il avait laissé quelques souvenirs sous forme de cadavres. Et puis, il lui fallait aussi se tenir hors de la zone d'influence des Britanniques, ce qui rendait l'Orient impraticable. De même pour l'Espagne où il était réputé mort, fusillé par les sbires de Franco… en revanche, le Portugal, pays neutre, avait une façade atlantique qui donnait sur l'Amérique, et quoi de mieux pour se faire oublier que l'immensité entre Pittsburgh et San Diego ? Mais pour cela il fallait des papiers, des armes et donc de l'argent… ce dont Tristan ne manquait pas.

Le livre des merveilles

Durant les quelques mois où il avait exercé comme antiquaire à Genève, il avait déposé des fonds conséquents dans plusieurs banques suisses, tout en se constituant, discrètement et à l'écart, un trésor de pirate. Une précaution salutaire, car les espions allemands comme anglais grenouillaient à chaque étage des banques suisses. Voilà pourquoi il avait dissimulé une somme rondelette dans un endroit imprévu où personne n'irait jamais chercher. Plus exactement, dans l'une des salles du musée d'Art et d'Histoire, au deuxième étage, là où dormait, dans une indifférence absolue, une quantité sidérante d'objets du Moyen Âge. Des haches au tranchant émoussé, des épées en faisceau sur tous les murs et assez de lances pour équiper une armée entière. Mais ce qui avait fasciné Tristan, c'étaient les armures. Alignées dans le coin le plus désolé, elles semblaient monter la garde depuis des siècles. Marcas avait jeté son dévolu sur la troisième à partir de l'entrée. Le casque avait connu des jours meilleurs, le pectoral étalait ses bosses, en revanche les jambières étaient intactes. Un après-midi d'automne, Tristan les avait tranquillement ôtées du reste de l'armure, pour les remplir à ras bord de billets verts, avant de les remettre en place. Une petite fortune qui n'attendait plus que lui.

Sauf qu'il fallait se rendre en Suisse. Ce qui signifiait inventer un prétexte plausible pour ne pas alarmer sa compagne et trouver un moyen de rallier Genève sans se faire repérer. L'avion était proscrit, ne restait que le bateau et la terre ferme, ce qui multipliait les risques. Plus il y songeait, plus ce voyage lui paraissait impossible. Certes il lui fallait absolument de l'argent pour disparaître avec Laure, mais il allait devoir en trouver ailleurs. Voilà pourquoi, depuis quelques jours, il s'était lancé dans le dessin. De vues de Corfou, ses rues, ses églises, ses tavernes et même la façade de la banque du Pirée où, tous les samedis après-midi, les paysans qui vendaient sur le marché venaient apporter leur recette. En moins de deux heures, le coffre se remplissait sans discontinuer pour n'être vidé que le lundi matin. Quant au directeur qui habitait juste au-dessus de l'établissement, il avait l'habitude de passer la nuit de samedi à boire dans les tavernes du port avant de s'encanailler dans une maison de plaisir jusqu'à l'aube.

Une fois de plus, Tristan regarda le dessin de la façade de la banque. Il l'avait représentée de biais pour mettre en évidence une porte de service qui donnait sur une ruelle déserte. La porte ne résisterait pas longtemps et ensuite... une ombre qui se dessina sur la terrasse le fit sursauter.

— Bonjour, Tristan.

Une cigarette à la main, le sourire aux lèvres, Tony venait d'apparaître comme par enchantement.

— Par où êtes-vous arrivé ?

L'Anglais montra un canot amarré au débarcadère.

— Par la mer.

Tristan serra les poings de colère. Les flots étaient agités ce matin et, trop concentré sur sa fuite, il n'avait rien entendu. Une distraction qui aurait pu lui être fatale. Il referma son cahier à dessin. Si Tony était là, c'est que les services anglais avaient besoin de lui plus vite que prévu. Désormais sa préoccupation majeure n'était plus de fuir, ni de trouver de l'argent. Il jeta un œil sur la cuisine. Elle était vide. Un tiroir était ouvert d'où dépassait le couteau à pain. Laure dormait encore.

— Vous voulez une tasse de café ?

L'Anglais secoua la tête. Marcas repéra une bosse sous sa veste.

— Quelqu'un veut vous voir.

Tristan ne réagit pas. Il avait songé à se débarrasser de Tony, même armé. Mais deux hommes, ce serait impossible.

Le livre des merveilles

— Arrivé directement de Londres, je suppose ?
— On ne peut rien vous cacher.
Tony mima une révérence ironique et s'écarta. Une forme massive surgit, les épaules larges, le crâne luisant, les yeux fous. Et Tristan reconnut Crowley.
Aleister Crowley.
Le dingue qui se considérait comme le mage le plus puissant et le plus craint d'Angleterre.

La réputation d'Aleister Crowley était du soufre pur. Adepte d'une des sociétés secrètes les plus influentes d'Europe, la Golden Dawn, dont il avait atteint le sommet, Crowley avait fini par structurer son propre groupe occulte, l'Ordre du temple d'Orient, qui avait défrayé la chronique. À Londres, des pairs de la Chambre des Lords aux ouvriers de la lointaine banlieue, tout le monde connaissait Crowley et le détestait. En réalité, on l'enviait autant qu'on le craignait. Ne disait-on pas que des adeptes étaient morts durant ses cérémonies magiques et qu'il avait inventé un nouveau rituel qui faisait de pratiques sexuelles déviantes le plus court chemin vers le divin ?
Pourtant la renommée de Crowley ne semblait pas troubler Marcas. Il connaissait l'envers de la légende. L'aristocrate décadent était ruiné, drogué, et ses excès avaient eu raison depuis longtemps de sa virilité, en revanche c'était l'homme qui connaissait le mieux les groupes ésotériques et les réseaux occultes en Europe. Tristan se contint pour ne rien laisser paraître ; que les Anglais lui envoient Crowley n'était vraiment pas bon signe.
Une fois dans la cuisine, Marcas rangea le couteau à pain et ferma le tiroir. Sans un mot, il posa une tasse de café devant Aleister.
— Vous n'avez pas l'air heureux de me voir, Tristan ?

Le livre des merveilles

— Vous connaissez quelqu'un qui est heureux de vous voir, Crowley ?

Le mage bomba le torse. Rien ne pouvait lui faire plus plaisir que de déplaire. Tristan nota qu'il ressemblait de plus en plus à Mussolini et risquait fort de finir comme lui.

— C'est un long voyage depuis Londres...

— Que je n'ai accepté que par pure amitié pour Winston Churchill.

Tristan faillit éclater de rire. Le Premier ministre anglais n'avait jamais fréquenté Crowley qu'il considérait comme un bouffon sinistre. En revanche, il l'avait déjà employé dans des opérations d'intimidation ou de manipulation. Par la fenêtre, Marcas montra le ciel que le vent lavait des derniers nuages.

— La journée s'annonçait plutôt bonne. Elle le redeviendra quand vous serez parti, alors videz votre sac.

Aleister dégusta lentement sa tasse de café puis annonça d'une voix de speaker de radio.

— Sur suggestion des organes de renseignement, Churchill a décidé la création d'un nouveau service dont on m'a fait l'honneur de me nommer expert de référence.

Tristan allait prononcer une phrase assassine, mais il se retint. Sa curiosité l'emporta sur son cynisme.

— Je crois que Tony vous a parlé de l'augmentation subite des missions extérieures de l'Ahnenerbe. On les retrouve en Irlande, officiellement pour déchiffrer des inscriptions celtiques, aux îles Canaries à la recherche d'éventuels vestiges de l'Atlantide et en Amérique du Sud en quête de cités incas perdues...

Dans une Allemagne qui mobilisait toutes ses ressources pour combattre à la fois les États-Unis et la Russie, déployer pareilles opérations d'exploration paraissait incohérent.

— Vous pensez que ce sont des missions de couverture ?

Le livre des merveilles

— Oui, car dans leurs équipes a été détectée la présence de banquiers et de juristes, ce qui signifie que des négociations sont menées avec les autorités locales.
— Vous voulez parler de négociations financières clandestines ?
— Au début, nous avons pensé à des missions pour acheter des métaux rares. L'Allemagne en a un besoin crucial pour ses blindés. Mais aucun de ces pays n'exploite des minerais pouvant intéresser le Reich.
— Et donc ? demanda Tristan qui se prenait au jeu.

Crowley haussa le menton. Il adorait être au centre de l'attention.

— Ensuite, nous avons pensé que les nazis tentaient d'acheter des propriétés isolées pour abriter leurs dignitaires en cas de défaite. Certes l'Allemagne résiste mieux que prévu, mais elle finira par s'effondrer.

Dubitatif, Tristan secoua la tête avant de répliquer :
— Je n'y crois pas. L'Irlande ne prendra jamais le risque d'abriter des criminels de guerre, l'Espagne pourrait servir d'asile, mais uniquement pour du menu fretin, Franco n'est pas fou. Quant à l'Amérique du Sud, je vois mal Himmler se reconvertir en producteur de bananes.

Aleister sourit comme si le raisonnement était de lui. Il avait la flatteuse impression d'avoir mené Tristan exactement où il le voulait.

— Tout juste ! Mais nous savons désormais ce qui se cache derrière ces missions mystère…

Comme le Français restait silencieux, les yeux de Crowley scintillèrent. Il tenait son public.

— … le projet Sanctuaire.

5.

Île de Corfou
Octobre 1944

De la plage, on entendait les vagues se briser sur le débarcadère. Plus que tout, Marcas souhaitait que la houle ne réveille pas Laure. Si elle voyait Crowley, qu'elle avait déjà rencontré à Londres et qu'elle détestait, elle risquait un malaise, qui pouvait être grave pour sa grossesse. Aleister s'était resservi une tasse de café, la moindre de ses addictions. Le Français remarqua que ses mains étaient marbrées de bleu. La drogue sans doute.

— Vous êtes le mieux placé pour savoir combien les nazis sont friands de reliques, surtout si elles sont censées détenir un pouvoir ésotérique, reprit le mage.

Tristan masqua à peine une grimace. Entre la quête effrénée des svastikas sacrés et la poursuite du suaire de Turin, il n'avait cessé de parcourir l'Europe à leur recherche.

— Il y a peu, des unités spécialisées ont investi tous les musées allemands. Le but était de mettre à l'abri des œuvres d'art pour les protéger des bombardements alliés. Plusieurs convois, escortés par des SS, se sont dirigés vers les Alpes autrichiennes avant de s'éparpiller à proximité du Berghof[6].

---
6. Résidence secondaire d'Adolf Hitler.

Le livre des merveilles

En Allemagne, Marcas avait plusieurs fois entendu parler de ce réduit alpin, mais le Führer, accaparé par la guerre, n'y résidait plus. C'était devenu le refuge d'Eva Braun, sa maîtresse qu'il cachait à toute l'Allemagne. Crowley continua :

— Les nazis en ont aussi profité pour retirer de Vienne les reliques accumulées, durant des siècles, par les empereurs d'Autriche. En particulier, la plus sacrée, la lance du destin.

Selon la tradition chrétienne, le centurion romain, Longinus, avait transpercé le flanc du Christ sur la croix pour abréger ses souffrances. Tristan se souvenait avoir étudié à l'université un tableau de Grünewald qui représentait cette mise à mort.

— On dit qu'il y a encore le sang séché de Jésus sur le fer de la lance. Vous imaginez si on la donnait à Hitler ?

Le Français doutait fort que le Führer apprécie de mélanger son sang à celui d'un Juif.

— Que sont devenues cette lance et les autres reliques réunies par les Habsbourg ?

— Officiellement, elles ont été déposées à Nuremberg, la ville sainte du nazisme, une sorte d'offrande aux dieux de la Victoire, mais désormais il est question de les transférer ailleurs, c'est le projet Sanctuaire. Voilà pourquoi les services anglais ont créé dans l'urgence un nouveau groupe qui a pour fonction de récupérer les reliques avant qu'elles ne se volatilisent définitivement.

— C'est donc un sanctuaire à l'étranger que recherchent les expéditions de l'Ahnenerbe, commenta Tristan, un lieu totalement isolé, quasi inaccessible.

Brusquement, il pensa aux missions que les SS avaient menées aux confins de la Norvège. Si les nazis cachaient les reliques près du cercle polaire, nul ne les retrouverait.

Le livre des merveilles

— Nous pensons que l'Ahnenerbe a déjà décidé d'une implantation, même si nous ignorons encore sa localisation exacte.

Crowley semblait très informé. Les Anglais devaient disposer d'une source sur place. Un informateur recruté au cœur du système. Sans doute un nazi qui voulait sauver sa peau.

— Désormais, reprit le mage, c'est une question de semaines avant que le trésor occulte du Reich ne disparaisse. – Aleister baissa la voix. – Vous imaginez si les Russes s'en emparent ? Ou pire, si les nazis s'en servent pour leur résurrection ? Ce n'est pas envisageable pour les Alliés. Tout doit être récupéré à n'importe quel prix.

Aussitôt Marcas vit clair.

— Un prix exorbitant que j'ai déjà payé pendant cinq ans en risquant ma vie à chaque minute ! Alors si vous comptez que je reprenne du service, j'ai le regret de vous informer que vous avez fait le déplacement pour rien.

— Vous croyez avoir le choix ? Vous êtes en Europe celui qui connaît le mieux les secrets ésotériques du Reich. Vous avez fréquenté Himmler, Laure a été la prisonnière du docteur Kirsten Feuerbach, c'est la directrice de l'Ahnenerbe désormais.

Tristan fixa le regard ardent du mage qui depuis toujours avait le mal pour compagnon de route. Alors qu'il était encore jeune, tous ses camarades avaient disparu lors d'une ascension dans le massif de l'Himalaya. Lui seul en avait réchappé et, quelques jours plus tard, il tuait deux hommes qui soi-disant l'avaient agressé. La route de Crowley était tachée de sang et jonchée de cadavres.

— Vous jouez dans le camp du Bien, maintenant ?

— Et vous allez m'y rejoindre, vous et Laure, rit cyniquement Crowley. D'ailleurs comment se porte-t-elle ?

Le livre des merveilles

Sa délivrance est pour bientôt. Je pense souvent à votre enfant...

Marcas poussa lentement la tasse de café qui les séparait.

— Dans votre intérêt, je vous conseille de ne me parler ni de Laure ni de notre enfant, je pourrais abréger votre vie brusquement et dans la souffrance.

Comme s'il n'avait rien entendu, Aleister posa sur la table un jeu de cartes directement sorti de la poche intérieure de son veston.

— Le tarot de Thoth. J'ai passé deux ans à le concevoir. J'ai imaginé chaque lame, jusqu'au moindre symbole. C'est la synthèse de mon œuvre, peinte par mon amie Lady Frieda Harris.

— Elle a fait tout le boulot, commenta Tristan avec une ironie non dissimulée.

Crowley ne releva pas.

— J'y ai réuni tout mon savoir, de mon initiation maçonnique à ma révélation spirituelle en Égypte.

— Y compris vos rites sexuels en Sicile ? Comment s'appelait cette ville où vous vous étiez installé avec vos disciples ? Ah oui, Cefalù ! On dit que vous aviez créé un temple de la Mort ?

— Pas de la Mort, de la Puissance.

Tristan saisit les poignets du mage.

— Vos rites n'étaient qu'orgies, drogues et débauches. Vous avez fait de tous vos disciples des déchets humains. C'est Mussolini, écœuré, qui vous a chassé d'Italie. Alors pour la dernière fois...

Une porte claqua et la voix de Laure s'imposa dans la pièce.

— Ni Tristan ni moi nous ne travaillerons avec ou pour vous, Crowley. Non pas parce que vous êtes un dépravé, un escroc, un drogué, un criminel... mais parce que chacun de nous a vraiment servi la cause du Bien, celle des Alliés.

Le livre des merveilles

Marcas s'était retourné. Laure descendait les dernières marches de l'escalier, pieds nus, à peine couverte d'une robe étroite.

— Nous avons fait notre devoir d'homme et de femme libres, mais désormais nous en avons un autre qui prime tout. Celui envers notre enfant.

Elle posa la main sur son ventre tendu.

— Et pour lui, nous devons rester vivants !

Crowley la fixa sans répondre, puis brusquement déploya son jeu de cartes sur la table.

— Choisissez une lame, Tristan.

— Si vous croyez que je crois en ces inepties…

— Tirez une carte, Marcas, et je ne vous importune plus.

Pour la première fois, il y avait comme un soupçon de sincérité dans sa voix.

— Fais-le, chéri, et il partira.

Le conseil de Laure décida Tristan. Il saisit une carte et la retourna.

Le livre des merveilles

On y voyait une femme nue chevaucher un animal à pattes de lion et aux multiples visages humains. Jaillissant de la chevelure, un serpent nimbé de soleil fixait les seins et le ventre de la jeune femme. Mais ce qui frappa le plus Tristan, c'est ce qu'elle portait en triomphe, comme un vase incandescent d'où semblait sortir une lave de lumière.

Curieusement, Crowley ne dit rien, mais regarda longuement Laure comme si la signification cachée de cette figure étrange s'adressait à elle. Enfin il rangea ses cartes et se leva.

— Je transmettrai votre réponse à Londres, Tristan.

Puis il se retourna vers Laure.

— Prenez soin de votre fille.

Tristan sursauta.

— Comment ça, une fille ?

Mais le mage avait déjà disparu.

La houle avait baissé d'intensité et le canot, piloté par Tony, filait droit vers Corfou. Assis à la proue, Crowley semblait serein, occupé à contempler l'immensité de la mer, mais son front était strié d'une veine bleue qui palpitait de rage. La migraine le menaçait et il savait pourquoi. Dans moins d'une heure, il lui faudrait rendre compte de son échec.

— Que vous a dit le Français ? demanda Tony que le silence du mage inquiétait.

— Il refuse de coopérer.

— Londres ne va pas aimer.

Crowley ne le savait que trop.

— Vous ne pourriez pas le *convaincre* ? suggéra Tony.

Le mage eut un sourire amer. Encore un qui croyait en ses pouvoirs immédiats. Malheureusement, pour décider Tristan, il en faudrait un peu plus.

— Vous allez les *convaincre*, n'est-ce pas ? insista son compagnon.

Le livre des merveilles

Brusquement Crowley se demanda si, en cas d'échec, Tony n'avait pas été sommé de l'éliminer. Sa veine bleuit plus encore. Il se retourna vers la crique. La maison où se cachaient Laure et Tristan disparaissait peu à peu entre les rochers. Ces deux rebelles ne lui laissaient pas le choix.

— Oui, j'ai un moyen de les convaincre, mais ce n'est pas celui que vous croyez.

6.

Île de Corfou
Octobre 1944

Un coup violent à l'estomac obligea Laure à s'asseoir sur le banc de la cuisine. Elle saisit la cruche d'eau et se versa à boire. Le bébé bougeait de plus en plus ces derniers jours. À chaque nouveau mouvement dans son ventre, elle craignait de perdre les eaux et paniquait d'accoucher sur les dalles fraîches de la maison. Un nouveau coup la plia sur la table. Ce n'était pas une fille qu'elle portait en elle, mais un vrai démon ! D'un coup, elle s'aperçut qu'elle avait fait sienne la prédiction de Crowley. Une fille ! Comment ce mage de malheur avait pu être aussi affirmatif ? Elle tenta de visualiser la carte que Tristan avait tirée. Une femme nue chevauchant une sorte de lion. Laure se redressa et déboutonna sa robe qui lui serrait la poitrine. L'autre jour, Crowley avait raconté n'importe quoi. Un de ces coups de bluff dont il avait le secret. Elle ne pouvait pas être cette femme montée sur une bête sauvage… c'était insensé. Elle se servit un nouveau gobelet d'eau. Toute cette histoire était ridicule. Pourtant un détail l'étonnait. Cette femme dénudée brandissait une sorte de coupe où ombre et lumière se mêlaient. Laure se leva pour aller à

Le livre des merveilles

la fenêtre. Le ciel était d'une pureté absolue ce matin. Il fallait qu'elle se sorte ces idées de la tête.

Elle aperçut Tristan qui montait vers la forêt. Elle n'aimait pas le savoir trop éloigné, mais il ne tenait plus en place depuis la visite de Crowley. Lui non plus ne croyait pas que les services britanniques allaient les oublier. Elle repensa à cette coupe brandie par la femme sur la carte de tarot. Elle ne pouvait s'en détacher, comme s'il y avait une correspondance entre cette coupe mystérieuse et son ventre qui allait bientôt s'ouvrir. C'était de la folie ! Elle était fatiguée, voilà tout. Elle sortit sur la terrasse. Tout était calme. La lumière du soleil miroitait sur la mer paisible. Il n'y avait aucune ombre et pourtant Laure en sentait la présence obscure tout au fond d'elle. Il lui suffisait de se souvenir.

Se souvenir de ce qu'elle n'avait jamais dit à Tristan.

De ce jour où, déjà enceinte et détenue par les nazis, elle avait vu surgir le docteur Feuerbach – Kirsten – dans la chambre qui lui servait de cellule. Celle-là même qui était devenue la directrice toute-puissante de l'Ahnenerbe.

Elle n'avait pas eu le temps de résister que ce médecin maudit lui avait injecté le contenu d'une seringue dans le sang. Depuis, elle n'avait cessé d'y songer en secret. Songer seulement, car elle n'osait se poser les vraies questions. Parfois, certaines nuits, elle se réveillait, tremblante et en sueur. Un cauchemar revenait la hanter. Toujours le même.

Elle était sur son lit d'accouchement et on lui présentait son bébé. Sa tête était recouverte d'un voile. Elle tendait la main pour l'ôter...

Laure se cacha le visage. Elle ne voulait pas revoir cette image. Elle ne voulait pas revoir cette horreur. Ce n'était pas un enfant qu'elle avait mis au monde, mais une bête. Une bête immonde.

Le livre des merveilles

Tristan se retourna pour regarder l'immensité bleue. Depuis la visite de Crowley, ce n'était plus la mer qu'il fixait avec attention, mais l'horizon. C'est de là que la menace risquait de surgir. Il se méfiait des bateaux de pêcheurs, surtout ceux qui venaient poser leurs filets à quelques encablures de la crique. Au fil des jours, il avait appris à reconnaître la plupart d'entre eux, mais certains échappaient à toute identification. Sans doute parce qu'ils faisaient de la contrebande avec l'Italie. C'étaient eux que redoutait Tristan. Depuis qu'il avait refusé les offres du mage, il se doutait bien que les services anglais n'allaient pas en rester là. Churchill ne laisserait jamais les reliques accumulées par le Troisième Reich disparaître. Il tenterait de s'en emparer à tout prix. Tout comme les Russes. Beria[7] devait lui aussi organiser ses commandos de récupération, car une fois les nazis liquidés, ce serait les Alliés les nouveaux adversaires. Et n'importe quelle arme, même occulte, serait bonne pour les anéantir.

Marcas souffla. Ce n'était pas que la côte fût trop raide. Simplement, il voyait le monde plonger dans une autre guerre, celle où les amis d'hier seraient les ennemis de demain. Et une fois encore, on lui demandait d'intervenir. Mais cette fois, ce serait non.

Désormais, le chemin pierreux dépassait la ligne des pins parasols. À travers les plus hautes branches, on voyait la toiture de la maison. À l'intérieur, Laure devait compter les jours. Moins de quatre semaines avant sa délivrance. Tristan s'interrogeait. Fallait-il s'enfuir avant l'accouchement ?

Il avait repris son cahier à dessins et, avec lui, le projet de détrousser la banque du Pirée. Il était retourné à Corfou

---

[7]. Chef du NKVD, la police secrète soviétique, et bras armé de Staline.

Le livre des merveilles

pour prendre de nouveaux croquis. La banque n'était pas surveillée dans la nuit du samedi au dimanche, période où les coffres étaient pleins et les habitants du quartier en train de festoyer sur le port. Sauf que le prochain samedi tombait dans trois jours et qu'il fallait prendre une décision. Il s'arrêta sous l'ombre d'un chêne vert, ouvrit sa besace et sortit son carnet de croquis. Il savait exactement ce qu'il devait faire. Gagner Corfou par les terres pour éviter de se faire repérer en arrivant au port, puis, déguisé en marin, rejoindre le quartier de la banque, et là...

Forcer la porte de service ne lui prendrait que quelques minutes, ensuite, il faudrait s'attaquer au coffre, mais il n'avait pas fait la guerre d'Espagne pour rien. Les Brigades internationales, où il avait combattu, recelaient pas mal d'anciens malfrats, venus se faire oublier, qui s'entretenaient en pillant les banques des zones de combat. À moins que le coffre ne soit une production italienne ou anglaise récente, en moins de deux heures, il en viendrait à bout. Il lui suffirait ensuite de se mêler à la vie nocturne du port pour que toute la ville le voie et de rentrer au petit matin dans la barque d'un pêcheur. Tout était prêt.

Il n'avait plus qu'à décider.

Le sentier déboucha sur un chemin plus large dont chaque bord était hérissé de buis redevenus sauvages. L'ancienne allée menait à une chapelle perdue dont la porte dégondée achevait de pourrir sous des amas de mousse. À l'intérieur, des nids d'hirondelles remplaçaient des statues de saints dans les niches. Le sol dallé était couvert de déjections et les vitraux avaient disparu au fil des intempéries. Seule la toiture en tuile semblait encore tenir et éviter que la chapelle ne s'effondre en un tas de pierre. Tristan s'assit près de l'autel dont la dalle s'était renversée. Il se

Le livre des merveilles

demandait si Dieu habitait encore cette demeure oubliée des hommes. Lui qui avait pillé des abbayes, dépouillé des églises, se demandait comment la colère divine ne l'avait pas encore frappé, mais il lui suffisait de se rappeler tout ce qu'il avait vécu depuis le début de la guerre pour savoir que si Dieu ne l'avait pas foudroyé, en revanche il l'avait maudit tant le malheur lui collait à la peau.

Assis seul dans la chapelle, il se tourmentait sur la meilleure décision à prendre et la prière ne pouvait pas l'aider. Il savait déjà que personne ne lui répondrait. Au moment où il secouait la tête de dépit, un rayon de lumière passa à travers un vitrail détruit et illumina l'intérieur de la colonne de l'autel. Tristan se pencha et ramena au jour une fiole de verre qui contenait de minuscules fragments d'ossements. Sans doute les reliques qui avaient servi à la sacralisation du lieu. Autour du col scellé de la fiole pendait un ruban de papier fripé dont Marcas tenta de déchiffrer l'encre presque effacée. En passant le message sous la lumière, le Français lut : *Sanctus Gregorius*. Saint Grégoire, dont une pincée d'ossements gisaient là depuis des siècles. Il en aurait souri et aurait jeté la fiole si la rue où donnait la porte de la banque ne portait justement le nom de ce saint.

Un instant, il se demanda si le Très Haut venait de lui envoyer un signe, à moins que ce ne soit le diable qui lui fasse un clin d'œil.

En tout cas, il s'était décidé. Il jeta le cahier à croquis dans la colonne de l'autel et empocha la fiole aux reliques. Désormais, il avait trois jours pour préparer un vol et une fuite.

Laure caressa son ventre et déboucha à pas lents sur la terrasse. Pour échapper à l'ardeur naissante du soleil, elle alla s'asseoir sous la tonnelle de lierre. Tristan avait oublié sa tasse de café sur le rebord du muret. Ça lui arrivait

Le livre des merveilles

souvent ces derniers jours. Enfoncée dans son fauteuil en osier, elle voyait toute la crique, du débarcadère à la ligne opposée des cyprès dont le vent du matin faisait trembler les pointes luisantes. Parfois, il lui semblait être au paradis. Mais comme Adam et Ève, ils risquaient fort d'en être chassés. Il en fallait pourtant peu pour se sentir dans le jardin d'Éden : le bruit apaisant des vagues, le parfum de la terre, la fraîcheur bienfaisante du vent et la lumière qui projetait l'ombre douce des arbres au sol. *L'ombre des cyprès...* elle manqua de se lever de son fauteuil, mais se retint. Toujours se contrôler. Ne jamais laisser apparaître une émotion. L'entraînement qu'elle avait reçu au SOE[8] venait peut-être de la sauver. Immobile, elle compta les arbres. Cinq. Sauf que, au sol, il y avait six ombres.

Beaucoup plus petite que celles des arbres, une silhouette se détachait sur le sol sablonneux. Un homme était dissimulé entre deux cyprès. Une présence que le soleil venait de dénoncer.

Elle tourna son regard vers la mer, comme perdue dans sa rêverie, mais son cerveau, lui, recensait chaque élément de la cuisine. La maison ne recelait aucune arme, en revanche le tiroir de la table était bien fourni en couteaux et Laure savait parfaitement s'en servir. Aussi bien pour arrêter un agresseur que le tuer, même enceinte jusqu'aux yeux. Il lui fallait seulement s'y rendre, ouvrir le tiroir, se placer derrière la porte... elle allait se lever quand une voix l'arrêta net.

Une voix qu'elle connaissait.

Le hurlement atteignit Tristan comme il sortait de la chapelle. Aussitôt, il dévala la pente, faisant rouler les

---
8. Acronyme de Special Operations Executive. Direction des opérations spéciales.

Le livre des merveilles

pierres sous ses pieds. Les bras en croix devant le visage pour se protéger des branches acérées, il fonçait à travers la broussaille. Déjà, il voyait la toiture de la maison. Le second hurlement vrilla ses oreilles. Laure devait être en train de sentir les premières douleurs de l'accouchement. À travers une trouée entre les arbres, il aperçut le débarcadère où était amarré le canoë. Si la mer ne se réveillait pas, il lui faudrait moins d'une heure pour atteindre le port de Corfou et le dispensaire tenu par des médecins anglais. Sinon… sinon sa fille naîtrait en pleine mer. Tristan pesta. *Sa fille !* Voilà qu'il parlait comme Crowley maintenant ! En tout cas, fille ou garçon, il fallait faire vite. Laure ne hurlait plus. Elle avait peut-être atteint un lit. Tristan déboucha sur la plage au pas de course.

Il aperçut la terrasse. Vide. Elle avait réussi à rentrer. Tout en courant, il éclata de rire. Dans quelques heures, il serait père. Père.

Il ne vit pas l'ombre surgir d'entre les cyprès. Ni le reflet du soleil sur le canon.

7.

Octobre 1944

Quand Laure tendit la main, elle sentit la laine rêche d'un chandail. Sans ouvrir les yeux, elle continua son exploration et tomba sur la toile usée d'un pantalon. Quelque chose ne collait pas. Dans la maison de la crique, elle portait une robe légère, et là... subitement paniquée, elle posa la main sur son ventre, il était toujours arrondi ! Dieu soit loué, elle n'avait pas accouché pendant son enlèvement. Simplement, on avait changé ses vêtements. Sans doute pour la protéger du froid. D'ailleurs, elle ne cessait de grelotter. Mais il n'y avait pas que sa peau qui ressentait de nouvelles sensations, ses oreilles, elles, bourdonnaient comme si un bruit sourd résonnait sans cesse. Et puis, elle respirait mal, gênée par une senteur amère de caoutchouc. S'il n'y avait pas eu cette odeur précise, elle aurait juré qu'on l'avait jetée au fond d'un cercueil tant elle se sentait oppressée. Sa respiration se comprimait, ses mains devenaient moites, si elle ne se décidait pas à ouvrir les yeux, elle allait crever de peur.

Et tuer son enfant avec elle.

Ce qu'elle vit la rassura à moitié. Juste au-dessus de son visage passaient des tuyaux de métal en rangs serrés. La peinture semblait écaillée depuis longtemps et certains

Le livre des merveilles

joints de cuivre laissaient échapper de minuscules jets de vapeur. Laure avait appris à observer et à ne négliger aucun détail, pour autant elle ne comprenait toujours pas où elle était. Elle tenta de se tourner vers le sol, mais un son imprévu la fit s'immobiliser, paupières closes. Quelqu'un ouvrait la porte. Le bruit n'était pas habituel, ce n'était ni une poignée qu'on abaisse, ni une serrure qu'on déverrouille… une main glacée appuya sur son front tandis que le métal froid d'un stéthoscope se calait sous son sein gauche.

Elle ouvrit les yeux. Une femme en blouse blanche l'examinait.

Laure se garda bien de parler. Dans un rapport de force, celui qui pose des questions le premier est toujours perdant. La femme testait maintenant ses réflexes en frappant son genou d'un coup de marteau. La Française remarqua, posée sur le côté, une trousse d'où émergeait la pompe levée d'une seringue. Elle pourrait s'en emparer et frapper au cou ou alors la voler, la glisser sous son chandail…

Mais ce n'était pas le moment. Tant qu'elle ne savait pas où elle se trouvait, passer à l'attaque ne servait à rien. La femme en blanc lui fit signe de se lever. Elle posa à nouveau la main sur son ventre et se mit lentement debout. Le plancher semblait inégal comme s'il n'était pas droit. Elle eut la nausée. Quand devait-elle accoucher ? Dans quatre semaines, trois ? Tout dépendait de combien de temps elle était restée inconsciente dans ce cercueil de métal.

L'infirmière, à moins que ce ne soit une médecin, déverrouilla une lourde porte métallique à l'aide d'un volant qui coulissa sans bruit. Laure eut une intuition. Le bruit sourd et continu qu'elle entendait depuis son réveil devait servir à renouveler l'air intérieur. Cette fois, elle avait compris.

Le livre des merveilles

Elle était dans un bunker souterrain. Crowley n'avait pas renoncé. Les Anglais l'avaient récupérée. Elle, et Tristan.

La nouvelle pièce était aussi étroite que la précédente, mais encombrée par des hommes qui la fixaient avec attention. Tous portaient le même chandail qu'elle et le même pantalon quelconque. Vu leur âge et leur coupe de cheveux, c'étaient des militaires, mais aucun ne portait ni signe d'unité, ni épaulette de grade. Des membres d'un service de renseignement sans doute. Elle chercha du regard une bosse suspecte sous l'aisselle, mais ne détecta aucune arme. Après tout, ils n'en avaient pas besoin pour garder une femme enceinte. L'un d'eux, en revanche, avait les mains maculées de cambouis. Sans doute un technicien affecté à la maintenance.

— Qui est l'officier de garde ?

Par habitude, elle s'était exprimée en français. Elle recommença en anglais, sans plus de succès. Elle connaissait ces méthodes. Les Britanniques s'en servaient pour faire craquer ceux qu'ils soupçonnaient d'être des espions. *Isolation sensorielle.* On les maintenait dans un univers déroutant, oppressant et sans jamais répondre à leurs questions ou leur adresser la parole. Au bout d'un certain temps, les suspects se sentaient comme des fantômes, invisibles, transparents. La plupart finissaient par avouer même ce que l'on ne demandait pas.

Moins rapides que les méthodes de la Gestapo, mais au moins on n'arrachait ni ongles ni dents. La femme en blanc lui tapa sur l'épaule et d'un geste muet lui fit signe d'avancer. Tout en marchant, Laure s'aperçut que le plafond n'était pas plat. Il avait la forme d'une demi-lune. Ils devaient se trouver dans un tunnel reliant deux bunkers. Peut-être étaient-ils toujours à Corfou, détenus dans les sous-sols de l'ambassade anglaise. Les *services* devaient attendre un moment favorable pour les exfiltrer. Laure sourit. Elle n'avait jamais envisagé que son enfant naisse en Angleterre. La femme en blanc s'arrêta et écarta un rideau. Une civière apparut. Tristan semblait inconscient.

Laure recula comme si elle avait vu un cadavre. Seul son entraînement l'empêcha de hurler. Sur une table en inox, une seringue usagée avait roulé près d'une fiole de sédatif. Si les Anglais avaient utilisé un antidouleur, c'est que son compagnon était vivant.

Elle tendit son bras vers l'épaule entourée d'un bandage taché de sang. Que s'était-il passé ? Tristan avait-il résisté ? Pourquoi les Anglais avaient-ils tiré ?

Elle fit volte-face. Cette fois, elle allait avoir des réponses et vite.

Elle saisit la blouse de la femme en blanc.

— Tu vas me dire qui...

Un choc sourd retentit dans la pièce. Une sirène se mit à hurler. Le sol se déroba sous ses pas et Laure roula contre la civière. En instant, le plancher avait basculé sur le côté.

— Ce n'est pas possible...

Un second choc retentit qui la fit s'écraser contre la paroi d'en face. Un jet d'eau sous pression, échappé des tuyauteries, lui inonda le visage, et brusquement elle comprit. Elle n'était pas dans un tunnel d'acier entre deux bunkers. Elle n'était pas sous terre. Mais sous l'eau. Dans un sous-marin.

Une nouvelle détonation, plus proche, l'envoya rouler au sol. Elle se releva, hurlant de terreur. Juste au-dessus d'elle, un navire de guerre venait de les prendre en chasse et ce qu'elle entendait était le choc des grenades larguées en surface pour les envoyer par le fond. Il suffisait d'un tir bien placé et son enfant ne verrait jamais la lumière.

Le livre des merveilles

Folle d'angoisse, elle se précipita vers la femme en blanc.
— Espèce de salope !
Un canon surgit devant elle et Laure reconnut l'arme. Un Luger. Elle y vit clair.

Ce n'étaient pas les Anglais qui l'avaient enlevée.

8.

Ville de Corfou
Octobre 1944

Tony se précipita pour tirer les rideaux de la porte-fenêtre. Crowley ne supportait pas la lumière crue du matin. Son visage comme son humeur n'y résistaient pas. Il préférait l'ombre, surtout pour intégrer ce que Tony venait de lui apprendre.
— Alors, ils ont disparu ?
— Comme par magie. Nous avons mis la maison sens dessus dessous, fouillé toute la crique. Rien, pas une trace. Leur canot est toujours amarré et il y avait encore une tasse de café sur la table de la cuisine. On dirait qu'ils se sont volatilisés.
Aleister jaugea Tony du regard. Un bon agent de transmission, mais un très mauvais enquêteur. Incapable de la moindre vision d'ensemble.
— Ils n'ont même pas pris d'affaires personnelles. La femme est enceinte jusqu'aux yeux et a laissé toutes ses robes, ses chaussures, même ses sous-vêtements... vous vous rendez compte ? Et s'ils s'étaient suicidés ?
De profil, Crowley ressemblait à un sphinx. Un sphinx en nette surcharge pondérale, mais à un sphinx quand même. Et il aimait jouer de cette ressemblance.

Le livre des merveilles

— Vous en pensez quoi ? s'inquiéta Tony. On aurait pu les enlever ?
Le mage restait silencieux. Hors de question d'éclairer la lanterne d'un sous-fifre. Il n'y avait pas plus de suicide que d'enlèvement. En revanche, avant de s'enfuir, Laure et Tristan avaient tout fait pour qu'on croie à ces deux hypothèses. Un départ précipité, une tasse de café encore tiède, aucun vêtement emporté... tout avait été pensé, calculé, pour égarer leurs poursuivants sur de fausses pistes, mais pas Crowley. Pas un initié comme lui.
— Il faut prévenir Londres, gémit Tony.
— Non. À moins que vous préfériez être rappelé immédiatement pour rendre compte ?
À cette perspective, Tony sentit ses aisselles se tremper.
— Dites-moi ce que je dois faire.
— Me faire confiance. Reprenez vos activités à Corfou comme si de rien n'était. Je m'occupe de tout.
D'un geste de la main, Crowley congédia l'espion. On aurait dit un roi chassant un manant. Balbutiant, Tony s'inclina et disparut.

Une fois seul, Aleister se dirigea vers son bureau, ouvrit un tiroir et en sortit deux dossiers. De même couleur, ils portaient chacun un prénom différent. Du premier, Crowley fit jaillir une photo de Laure prise dans une rue de Londres. Elle souriait à l'objectif, comme si ce jour-là avait été plus heureux que les autres. Aleister ne s'attarda pas sur les détails. D'abord parce que depuis longtemps ce n'était plus la beauté féminine qui le troublait, et ensuite parce qu'il avait besoin de cette photo pour tout autre chose. Le cliché de Tristan, lui, semblait plus ancien, pris dans une ville du Sud. En Espagne, peut-être. Le Français n'avait pas trop changé, si ce n'est son regard qui s'était durci. La

Le livre des merveilles

guerre était passée par là. En tout cas, il apparaissait très séduisant. Le mage posa à plat les deux photos sur la table. Il n'était pas là pour son plaisir, mais pour retrouver ces deux tourtereaux de malheur. Et il savait comment faire. Il ferma la porte d'entrée à clef et débrancha le téléphone. Nul ne devait le déranger dans ces moments-là. Aleister jeta un œil à la bouteille de whisky sur l'étagère, le coffre à cigares sur le bureau, jusqu'à la fiole de morphine dans le tiroir. Il aimait se confronter à ses vices avant d'agir, se prouver qu'il les maîtrisait, cela impressionnait les *démons*. Surtout quand on devait les appeler à la rescousse.

Toutes ces années passées à fréquenter les sociétés secrètes lui avaient appris ce que les autres hommes ignoraient. Sur terre les morts étaient innombrables, dans le ciel les démons étaient légion. Depuis longtemps, Aleister savait où se trouvaient les âmes errantes, dans quel lieu elles se réunissaient et surtout par quels rites les faire apparaître ; depuis longtemps, il savait quelles catégories d'anges perdus, de démons pervertis, habitaient les régions invisibles du ciel, et il savait mieux que personne invoquer leurs langues en feu et leurs pieds fourchus.

Il regarda encore les photos. Cette fois, il ne se servirait pas des morts, car le seul qu'il pouvait invoquer était le major Malorley, la seule âme qu'il avait en commun avec Laure et Tristan. Mais il refuserait de l'aider. Il n'était pas mort depuis assez longtemps et n'avait pas encore assez faim. Sur lui, même les rites du sang les plus actifs seraient inutiles.

Crowley se leva et posa les deux photos, chacune de part et d'autre du rayon de lumière qui traversait le plancher. D'un coffre, il sortit une poignée de clous très fins et un marteau d'argent. Méticuleusement, il planta une série de clous autour de chaque photo. Un au sommet, un de chaque côté, gauche et droite, et deux à la base. En tout cinq, le nombre symbolique le plus puissant. Puis, il saisit une pelote de fil blanc et soigneusement lia chaque clou, formant une étrange figure géométrique. Désormais, les visages de Laure et de Tristan étaient comme pris dans un réseau inextricable : un roncier de fil et de métal.

Ils ne pouvaient plus s'échapper.

Aleister sortit une craie de sa poche, entoura la figure géométrique d'un double cercle et, à la pointe de chaque angle, nota une lettre de l'alphabet hébraïque. C'était un rituel obligatoire quand on invoquait les puissances diaboliques. Il fallait d'abord écarter les démons les plus avides, les plus dangereux, ceux qui pouvaient vous sucer la cervelle en une fraction de seconde et faire de vous une loque soumise pour l'éternité. Les lettres sacrées disposées autour du pentacle permettaient de se protéger durant tout le rituel. Restait désormais à invoquer le démon dont Crowley avait besoin.

Il passa dans la salle de bains, se lava lentement les mains à l'eau froide, puis plongea la tête sous le robinet. Il fallait toujours se purifier avant de pratiquer toute invocation. Aleister se regarda dans le miroir. Il n'y avait plus aucune ressemblance avec le jeune homme qu'il avait été, son crâne pelait sous la lumière blanche du matin, ses joues tombaient, son menton se perdait dans la graisse, mais son regard n'avait pas changé. La même étincelle brillait toujours, celle de la quête de l'absolu.

Une fois encore il allait tenter l'invisible.

Les démons n'obéissaient que s'ils y étaient contraints. À la différence du diable qu'il fallait payer de son âme, les puissances qui s'agitaient entre ciel et terre, elles, ne pouvaient refuser de servir les hommes. Enfin, les initiés qui savaient leur imposer leur volonté. Et Crowley en faisait partie.

Il reprit la craie. À chaque intersection des différents triangles qui composaient le pentacle, il inscrivit une nouvelle lettre. Cinq en tout.

Rien que des consonnes, jamais de voyelles, afin de priver l'entité de son souffle vital et ainsi l'obliger à l'obéissance. Mais il s'arrêta avant la dernière.

Il devait d'abord décider de quelle manière le démon allait se manifester. Les entités qui hantaient l'invisible ne se matérialisaient que dans les romans. Dans la réalité, elles empruntaient d'autres voies. Les connaître, c'est ce qui différenciait le mage véritable du charlatan. Crowley sourit. Il savait où le démon allait s'incarner. D'un coup de craie, il traça la dernière lettre.

Cette fois, Laure et Tristan ne lui échapperaient plus.

9.

Berlin, Charlottenburg
Octobre 1944

La vieille Traction grise stoppa devant une porte d'entrée d'immeuble de même couleur. Une grosse pluie malveillante mouillait le pare-brise d'une eau sale, presque poisseuse. Le commissaire Joachim Vogel détestait la pluie, surtout quand elle était mêlée aux résidus de la centrale à charbon de la ville.

Il coupa le contact tout en s'allumant une cigarette. Une Sondermischung Typ 4 Pfg. Pour avoir un nouveau paquet il fallait rapporter l'ancien chez l'épicier débitant. Splendeur et misère du grand Reich. Il ne savait pas pourquoi il s'en grillait une, fumer du foin aurait été plus agréable. Cela faisait presque deux ans que l'on ne trouvait plus de tabac digne de ce nom, à moins d'être riche ou de faire partie de la SS. Et encore, il ne connaissait aucun de ses membres qui pratiquait ce vice. Ils suivaient tous les préceptes de leur chef, Himmler, tous obsédés jusqu'au bout de leurs bottes, de leur gorge et de leurs poumons. Le Führer lui-même vouait une haine féroce au tabagisme après avoir été un gros fumeur dans sa jeunesse. Vogel avait lu quelque part que, selon Hitler, le tabac était *la vengeance de l'homme rouge contre l'homme blanc*. En référence au

Le livre des merveilles

troc du tabac contre des bouteilles d'alcool pendant la conquête de l'Amérique.

Vogel jeta un œil à la façade. C'était un immeuble de style prussien typique du quartier bourgeois de Charlottenburg et il affichait une prestance insolente en ces temps de bombardements incessants. Un clapier à riches pourvu de chambres et de salons grands comme son appartement. Ça le mettait de mauvaise humeur. La révolution national-socialiste n'avait rien changé aux inégalités. Les riches étaient restés riches, voire plus, et les pauvres peut-être un peu moins pauvres avec le miracle économique d'avant-guerre et les deux premières années glorieuses de la conquête de l'Europe.

Vogel, comme des millions de ses compatriotes, avait cru aux promesses du Führer. Il avait même adhéré, enthousiaste, au parti à la fin des années 1920, sa carte d'adhérent des SA dans son portefeuille. Mais la SA tendance rouge brune, plus socialiste que nationaliste. Un courant nazi schizophrène jusqu'à la visière de la casquette, qui fracassait avec entrain les caboches des communistes dans les rues, mais rêvait du grand soir où les patrons et les ploutocrates se balanceraient au bout d'une corde. Hitler avait mis au pas ces trublions. Après la nuit des Longs Couteaux en 1934 et la dissolution de la milice, Vogel avait été incorporé dans la police de Berlin comme nombre de ses camarades et s'était empressé de faire oublier ses sympathies pour l'aile révolutionnaire du parti. Il avait gravi les échelons dans la Kripo[9], évitant l'incorporation dans la Wehrmacht et la SS. Un État a toujours besoin de policiers, même en temps de guerre.

La pluie avait cessé. Vogel ouvrit la vitre et jeta son mégot dans la rue. Il contempla à nouveau la façade de

---

9. Police criminelle allemande chargée des délits et des crimes.

Le livre des merveilles

l'immeuble où avait été commis le crime. Il s'était renseigné sur les occupants avant de venir. Pour la plupart des propriétaires aisés, médecins, avocats, rentiers, le tiers d'entre eux avait racheté à vil prix leurs appartements à des familles juives spoliées par les lois raciales. Ça aussi, ça le mettait en rogne. Il se moquait éperdument du sort des Juifs, mais il trouvait injuste que des bons Allemands comme lui n'aient pas profité de l'aubaine. Vogel se massa la tempe, une mauvaise migraine le tenaillait depuis une semaine. Il maudissait le ciel et son patron de l'avoir mis sur ce meurtre. Il n'avait aucune envie de se lancer dans une nouvelle enquête. Il n'arrivait même plus à assurer le suivi des cinquante autres homicides qui encombraient son bureau. Comme si la guerre ne suffisait pas à décimer l'espèce humaine, il fallait en plus que les hommes s'étripent de pius belle pour des motifs qui n'avaient rien de patriotique. 1944 avait été la pire année en matière de criminalité depuis l'arrivée des nazis au pouvoir. Vogel chérissait sa théorie. Les truands et les meurtriers anticipaient la défaite de l'Allemagne et donc la déroute des pouvoirs constitués, ils n'avaient plus de frein pour assouvir leurs penchants mortifères.

Il sortit la fiche de la victime de la poche de sa veste et la parcourut à nouveau : « Inge Unterkempf. Infirmière à l'hôpital Hindenburg. Célibataire, pas d'enfants. Originaire de Munich, d'une famille modeste. Pas d'antécédents politiques. Membre du BDM dans sa jeunesse. »

Il n'y avait pas de photographie dans le fichier de la police. Ce qui était normal. Si toute la population allemande était fichée, seuls les opposants, les personnalités ou les délinquants possédaient leurs photos. Inge Unterkempf n'était qu'une Berlinoise sans importance. *Une petite infirmière qui habite quand même dans un immeuble de richards.*

Le livre des merveilles

On frappa à la vitre. Le capitaine Vogel cessa de maugréer et aperçut un visage souriant, familier et déplaisant. Son jeune adjoint était déjà arrivé. Le lieutenant Markus Barnhart rutilait presque au soleil. Vogel sortit de la voiture en prenant soin de pousser la portière avec rudesse pour écarter le jeune coq. Un planqué qui avait échappé à l'armée grâce à ses relations.

— Bonjour, monsieur le commissaire, ravi de vous accueillir.

— Pas moi. Je vous avais ordonné d'arriver à dix heures, pas avant, jeta Vogel, vous êtes là depuis combien de temps ?

— Je voulais préparer le terrain. J'ai fait un repérage des lieux et interrogé la concierge. Les empreintes ont été relevées, le terrain est dégagé pour votre enquête.

Vogel lui lança un regard plus noir qu'un uniforme de parade de la SS et, tentant de freiner ses pulsions de meurtre, chassa l'image apaisante de ses mains autour du cou de son adjoint. Il détestait travailler en équipe et la seule pensée d'avoir à interroger un témoin juste après son subordonné le hérissait.

Barnhart avait ouvert la porte de l'immeuble et la tenait avec une obséquiosité remarquable, comme s'il était portier à l'hôtel Adlon. Vogel passa lentement devant lui, mit sa main dans la poche et trouva une pièce de dix pfennigs. Il brûlait d'envie de la lui donner, petite humiliation, mais se ravisa. Barnhart était le neveu du général SS Hermann Fegelein, lui-même marié à la sœur d'Eva Braun, favorite du Führer. Se le mettre à dos signifiait aussi se faire expédier sur le front de l'Est, en Pologne, là où les Russes actionnaient avec passion le hachoir sur la viande aryenne. Il garda la pièce dans la poche et se contenta de rester silencieux.

Le livre des merveilles

La cour de l'immeuble était déserte. Deux policiers en uniforme s'étaient chargés de faire remonter les habitants dans leurs appartements. Vogel leva les yeux vers les fenêtres. Des visages de femmes et de vieillards apparaissaient derrière les carreaux. Pas un seul homme vaillant puisqu'ils portaient tous l'uniforme vert-de-gris sur les fronts du grand Reich qui rétrécissait de jour en jour.

Vogel traversa la cour avec son adjoint.

— Ça a donné quoi avec la concierge ?

— Pas grand-chose. Elle n'a rien vu ni entendu. Je vous ai épargné du temps.

En entrant dans le hall de style Empire, il croisa une femme à l'allure très digne, aux manières gracieuses, mais amaigrie par les rationnements, qui tenait un enfant dans les bras. Elle lui renvoya un regard hostile. Presque méprisant. Ce n'était pas la première fois qu'il croisait ce genre de regard. Ces femmes avaient connu la Première Guerre qui les avait humiliées, leur avait fait perdre des millions de maris et de pères parfois en pleine jeunesse, et voilà que pour la fin de leur existence elles replongeaient en enfer. Les grands-pères et les grands-mères du Reich étaient devenus les adversaires silencieux de ceux qui avaient jeté le pays dans ce purgatoire. Mais Vogel n'arrivait pas à les plaindre. Il n'avait jamais connu ses grands-parents et tous avaient quand même voté avec joie pour le maître de l'Allemagne. Ils ne pouvaient s'en prendre qu'à eux d'avoir fait le mauvais choix aux urnes. Tout comme lui.

Il dédaigna l'ascenseur et monta l'escalier cossu recouvert d'un tapis épais, gris, à motif de petits svastikas noirs.

— La fille vivait seule ? demanda Vogel à son adjoint.

— Non. Elle partageait l'appartement avec l'une de ses camarades. C'est d'ailleurs elle qui l'a retrouvée. Karla Vetlinger. Elle nous attend.

Le livre des merveilles

— C'est curieux.
— Quoi donc ?
— Je ne savais pas que le ministère du Travail avait augmenté les salaires des infirmières. Au point de pouvoir louer un appartement dans ce genre d'immeuble.
— Le logement appartient au père de sa colocataire.
— Ça aide d'avoir des amis à l'abri du besoin.

Quand Vogel et son adjoint arrivèrent dans l'appartement au troisième étage, la porte en chêne massif, incrustée d'une large poignée dorée en forme d'anneau, était ouverte. Ils passèrent dans un vestibule qui donnait sur un salon cossu au haut plafond, orné d'un imposant lustre en cristal de Bohême rougeoyant, et aux immenses fenêtres, agrémenté d'un tapis flamboyant et de vastes canapés rococo. Un piano à queue laqué noir trônait devant une opulente bibliothèque. Il n'y avait que trois personnes présentes, y compris la victime qui gisait sur le tapis, le visage recouvert d'une serviette grise. Vêtue d'un peignoir vert pomme, elle était repliée en position fœtale. Une tache rouge maculait le haut de son crâne. Vogel braqua son regard sur les autres occupants du salon. Il y avait un policier qui avait largement dépassé l'âge de la retraite – même le cadavre aurait pu lui mettre une dérouillée – et, assise sur le canapé, une jeune femme vêtue d'un pantalon de toile épais et d'un pull de laine usé. Elle avait pleuré et s'essuyait les joues avec un mouchoir.

— Je n'ai pas besoin de vous, dit Vogel au planton. Gardez la porte et veillez à ce que personne ne nous dérange.

Le vieux flic s'exécuta avec empressement, comme soulagé de quitter la compagnie du cadavre. Vogel s'accroupit devant le corps et retira la serviette déposée sur le visage, de profil. Il écarta l'un des pans du peignoir au niveau de la cuisse et le remonta jusqu'à la taille. Elle portait une culotte qui semblait intacte. Il s'attarda sur le cou qui ne portait pas de marque de strangulation. L'arme du crime avait apparemment disparu. D'après l'aspect du haut du crâne, un cratère de la taille d'un poing, ce devait être un objet massif.

— A priori, elle n'a pas été violée, commissaire, lança son adjoint, j'ai vérifié, mais le légiste nous le confirmera à la morgue.

— Avec des policiers aussi perspicaces que vous pas besoin de médecin. On se demande même si on aura besoin de prendre les empreintes digitales. Laissez-moi interroger la fille seul, dit Vogel, allez faire un tour dans les appartements voisins, il y a peut-être quelque chose à tirer.

— Mais, j'ai vérifié dans...

— Barrez-vous ! grogna le commissaire.

Le jeune lieutenant battit en retraite et s'éclipsa vers la sortie. Désormais il était seul dans le salon avec la colocataire. Il la laissa pleurer et revint au cadavre. Il ouvrit les autres pans du peignoir et inspecta le corps. Aucune ecchymose. Ni bleus ni plaies. Il n'y avait pas eu de lutte apparemment. Vogel écarta la serviette avec le canon de son arme et tourna le visage de la morte pour la voir de face. Il resta figé quelques secondes, son cœur s'accéléra, puis il redéposa la serviette sur la tête de la victime.

Cette fille présentait un air de ressemblance avec la sienne, Katarina. Le front bombé, les joues un peu rebondies, la coiffure. Une onde de tristesse soudaine se propagea en lui. Ça recommençait. Katarina était morte depuis presque six ans. Vogel tenta de reprendre le contrôle de ses émotions. C'était stupide, sa fille n'avait rien de commun avec ce cadavre.

Le livre des merveilles

Au moment où il allait rabattre les pans du peignoir, son regard s'arrêta sur l'aine de la jeune femme. Il se pencha pour mieux voir. Il y avait un tatouage. Pas très grand, de la taille de l'ongle d'un pouce. C'était une étoile. Une étoile à cinq branches.

10.

Mer du Nord
Octobre 1944

À nouveau Laure entendait le choc sourd des grappes de grenades explosives qu'un navire allié avait larguées pour couler le U-Boot où elle se trouvait. Elle qui avait travaillé pour les services britanniques allait crever sous des bombes alliées. Sinistre ironie ! Elle pensait à Crowley qui devait les chercher partout, croyant qu'ils avaient pris la fuite, sans même se douter que les nazis avaient été les plus rapides. D'ailleurs comment les avaient-ils retrouvés ? L'Allemagne était sur le point d'être envahie et les sbires d'Hitler avaient été capables et de les déloger et de les enlever. Elle manqua de ricaner de dépit. Décidément, Tristan et elle avaient de la valeur pour que Churchill comme Himmler jouent la course pour les récupérer. Une valeur qui pouvait encore les maintenir en vie quelque temps. À moins que ce ne soit ni elle ni Tristan qui préoccupait les SS, mais ce qu'elle portait dans le ventre. Cet enfant qui intéressait tant Kirsten Feuerbach. On frappa à la porte.

La mystérieuse femme en blanc apparut. Depuis deux jours, elle avait quitté son rôle de soignante pour mener un interrogatoire répété dont le degré de précision sidérait Laure. Comment les nazis pouvaient-ils en savoir autant

Le livre des merveilles

sur elle ? Après une courte visite à Tristan prisonnier dans une partie du sous-marin, on l'enfermait à nouveau dans la pièce où elle s'était réveillée et les questions pleuvaient comme dans un orage terrifiant.
— Reprenons, vous êtes bien née à Foix, le 25 avril 1921 ?
— Vous le savez déjà.
Une copie conforme de l'acte de naissance apparaissait en tête de l'épais dossier posé sur la table.
— Votre père est bien Jean d'Estillac, historien spécialiste des hérésies médiévales ?
Cette fois, Laure n'eut pas le temps de répondre qu'une nouvelle question fit son apparition.
— Nous savons aussi qu'il a enseigné à Cambridge durant deux ans. Très exactement en 1897 et 1898.
— Pourquoi me le demander puisque vous connaissez déjà les réponses ?
Tirée d'une main leste des profondeurs du dossier, une photo apparut devant Laure.
— Vous connaissez cet homme ?
Si les mêmes questions se répétaient à chaque interrogatoire, en revanche, c'était la première fois qu'elle voyait ce cliché. C'était un homme jeune au nez étonnamment rectiligne et au menton saillant. Il aurait pu être séduisant si son œil droit n'était pas qu'une fente sous une paupière trop lourde.
— En tout cas, ce n'est pas mon père.
— Vous le connaissez pourtant, vous l'avez rencontré à Londres en novembre 1941, au siège du SOE. Vous avez bien travaillé pour le Special Operations Executive sous la direction du major Malorley ?
Cette fois Laure se tut. Elle fixait la photo. Quelque chose dans les vêtements ne collait pas. La cravate. Large.

Rigide. Sans compter le col de la chemise qui montait trop haut. Personne ne s'habillait ainsi à Londres en 1941.
— Vous essayez de me manipuler. Cette photo ne date pas de la guerre.
— Vous avez raison, elle a été prise en 1898. À l'époque où votre père enseignait à Cambridge. Et l'homme sur la photo y était étudiant. Vraiment, vous ne le remettez pas ? Il est vrai que, depuis, il s'est beaucoup empâté et il est devenu chauve.
Laure recula comme si la table brûlait. Ce n'était pas possible.
— Je vois que vous avez reconnu Aleister Crowley. Vous ne saviez pas qu'il avait été l'élève de votre père, mademoiselle d'Estillac ?
La femme fixa le ventre de la Française.
— Vous me permettez de vous appeler *mademoiselle* ? Car même enceinte, vous n'êtes toujours pas mariée avec le père de votre enfant, ça aussi, nous le savons.
Laure avait pris la photo entre ses doigts. Impossible de reconnaître Aleister Crowley en ce jeune dandy aux traits fins et élégants. Impossible aussi qu'il ait été l'élève de son père… une coïncidence pareille, ça n'existait pas ! Non, on essayait de lui faire perdre pied en mêlant le vrai au faux.
— Et si nous parlions de Venise ? Vous y étiez bien présente en décembre 1941 ?
— Je ne suis jamais allée à Venise.
— Ce n'est pas ce que disent nos amis italiens.
— Vous n'avez plus d'amis en Italie et Mussolini finira pendu comme un cochon à un croc de boucher, massacré par sa propre population. Je serais votre Führer, j'éviterais les sorties publiques.
Laure s'attendait à voir une lueur de rage s'allumer dans le regard de cette femme jusque-là imperturbable, mais il

Le livre des merveilles

ne se passa rien. Soit elle était très bien entraînée, soit elle avait déjà fait son deuil. C'était la question qui taraudait la Française. Elle avait en tête le projet Sanctuaire dont Crowley avait parlé à Tristan : faire disparaître les reliques sacrées que le Reich avait accumulées. Et si ces nazis ne se préoccupaient plus de sauver le régime agonisant de Berlin, mais préparaient le Reich à venir ?

— Les Italiens nous ont transmis un dossier à votre nom. Ils ont retrouvé votre trace dans la lagune vénitienne. Vous faisiez partie d'un commando anglais envoyé pour tuer le Führer[10]. Vous voulez les noms des autres membres de ce commando ? Malorley, Fleming…

La Française fixa la table pour que son regard ne la trahisse pas. Ces ordures savaient tout !

— Vous connaissez la peine pour une tentative d'attentat en Allemagne ?

— Nous ne sommes pas en Allemagne.

La femme regarda une pendule fixée au mur.

— Nous y serons dans quelques heures. Et sitôt le pied posé sur le territoire du Reich, nous vous livrerons à un juge.

— Un juge ? – Laure éclata de rire. – Parce qu'il y a une justice en Allemagne ?

— Une justice et des lois auxquelles, même enceinte, vous n'échapperez pas. Votre enfant mourra avec vous.

Instinctivement, Laure porta la main à son ventre, puis se reprit et abattit son poing serré de colère sur la table.

— Bien sûr, le père de votre fils mourra aussi, mais avant il sera interrogé. Son dossier fait le double du vôtre et j'ai repéré quelques zones d'ombre que je veux éclaircir. D'ailleurs, lui aussi était à Venise, non ?

---

10. Voir *La Nuit du mal*. JC Lattès, 2019.

Le livre des merveilles

— Vous savez que prêcher le faux pour obtenir le vrai ne marche pas avec moi.

— Vous avez tout à fait raison.

La capitaine SS reprit la photo de Crowley, ferma le dossier et se leva. Juste avant d'atteindre la porte, elle se retourna.

— Puisque vous avez parlé de pendaison...

Laure se figea.

— ... le croc de boucher, c'est une spécialité allemande. C'est d'ailleurs comme ça que vous allez mourir. La gorge cisaillée par un fil de nylon. On se débat beaucoup.

— Espèce de...

— Vous avez pensé à votre enfant ? Quand l'oxygène n'arrivera plus ? Lui aussi va se débattre. Vous allez le sentir mourir.

II

*Dans la graine, la vie est cachée dans la mort ;
dans le fruit, la mort est cachée dans la vie.*

Louis-Claude de Saint-Martin.

11.

Berlin, Charlottenburg
Octobre 1944

Le commissaire Vogel s'était assis sur le canapé, à côté de la jeune femme. Le coussin plia dangereusement sous son poids. Elle tourna ses yeux humides vers lui.
— Je suis le commissaire Vogel de la Kripo. Êtes-vous en état de répondre à mes questions ? On peut aussi prendre rendez-vous au poste.
— Non, ça ira. Je suis juste sous… sous le choc. C'est horrible. Horrible. Je l'ai vue hier soir, elle était si joyeuse. Et là…
— Je comprends. Expliquez-moi depuis le début. Vous êtes arrivée à huit heures ce matin dans l'appartement ? C'est bien tardif.
— Je ne comprends pas…
— Vous n'avez pas dormi ici. Vous passiez peut-être la nuit chez quelqu'un ? Des parents ? Un petit ami ? Ne m'en veuillez pas d'être indiscret, mais je dois tout savoir.
La fille rangea son mouchoir et se redressa.
— Vous vous méprenez. Je travaille comme chef d'atelier à l'usine Messerschmitt, dans l'équipe de nuit cette semaine. Je participe à l'effort de guerre du Reich.

Le livre des merveilles

Vogel marqua sa surprise, cette fille de famille bourgeoise jouait les ouvrières pour la patrie. Il la regarda d'un œil différent.

— Je vous demande pardon, continuez.

— Quand je suis entrée, la porte était ouverte. Ça m'a tout de suite inquiétée. Inge la ferme toujours quand elle dort. À double tour de préférence. Et je l'ai trouvée à terre.

Elle s'interrompit et éclata en sanglots. Vogel sortit son mouchoir de sa poche et le lui tendit.

— Avait-elle des ennemis ? Un petit ami qu'elle aurait éconduit ?

— Non... ça doit être un voleur... et dire que j'aurais pu me trouver à sa place.

— Ce qui est étonnant c'est que la serrure n'a pas été forcée. Donc elle a ouvert à quelqu'un ou alors elle a passé la nuit avec.

La jeune femme secoua la tête.

— Elle n'emmenait jamais d'hommes ici.

— Et à son travail, pas d'amourette avec un médecin ? Un patient ? Une belle jeune femme comme elle, ça pourrait se comprendre.

Karla le toisa, outrée. Le comportement de bourgeoise reprenait le dessus. Vogel ricana.

— Bien, nous avons affaire à une sainte. Formidable. Je passerai voir le curé de la paroisse pour instruire son procès en canonisation. Autre chose ?

— Non... je suis un peu fatiguée, j'ai travaillé toute la nuit.

Vogel la regarda fixement, sans bouger de son siège. Il n'y avait plus rien à en tirer, elle paraissait vraiment à bout. Mais quelque chose sonnait faux dans ses explications. Des hésitations qui ne semblaient pas dues au chagrin. Il hésita quelques secondes, puis lui posa la main sur l'épaule.

Le livre des merveilles

— Les voleurs reviennent parfois sur les lieux de leur crime. Voulez-vous que je laisse l'un de mes hommes en poste devant votre appartement ?
— Non, ce ne sera pas nécessaire. Je ne suis pas de nature peureuse.
Vogel patienta quelques secondes, puis se leva.
— Où est sa chambre ?
— Au fond du couloir sur la droite. Votre adjoint l'a déjà inspectée.
Vogel crispa son poing droit, mais ne laissa rien paraître. Il longea un couloir orné de luxueuses estampes japonaises dans des cadres laqués, il n'en avait jamais vu auparavant, puis pénétra dans la chambre de la victime. La pièce était moins faste que ce à quoi il s'attendait. Un lit recouvert d'un édredon épais du même vert que le peignoir, une commode de style prussien, un fauteuil grenat et un large placard en bois cérusé. Il passa devant la commode sur laquelle il y avait un porte-collier en bois peint et un cadre photo représentant un couple d'âge avancé en tenue bavaroise, les parents probablement. Il n'y avait aucun crucifix accroché au mur. Tout était soigneusement rangé. Le lit était impeccable comme si personne n'occupait la chambre. Il ouvrit les placards remplis à craquer de robes. Il passa sa main sur la manche d'un manteau de fourrure argentée. La texture était douce, soyeuse. Du loup ou du renard. Vogel sourit. Si Inge Unterkempf était infirmière de jour, alors elle devait avoir une autre activité la nuit pour se payer tous ces vêtements hors de prix. Il referma les placards l'air songeur, puis s'arrêta devant le seul tableau accroché au mur, juste au-dessus de la tête de lit.
Il représentait une femme aux cheveux blond foncé attachés sur la nuque et vêtue d'une robe du Moyen Âge ou de la Renaissance, il n'était pas spécialiste. Mais la facture

Le livre des merveilles

était récente. L'inconnue arborait une étrange expression, mi-ironique mi-inquiétante, appuyée par ses sourcils arqués qui rehaussaient des prunelles d'une sombre arrogance. Elle semblait suivre Vogel du regard. Une curieuse tache en forme de demi-lune apparaissait sous la paupière inférieure de son œil droit. Si le peintre s'était appliqué à donner vie à son modèle, il avait bâclé le décor. Une volée d'arbres jetée à la hâte et une montagne vaguement esquissée. Il remarqua alors un curieux symbole sur la broche que la femme arborait sur le devant de sa robe. Il se pencha et distingua une sorte d'étoile. Comme celle des Juifs, mais en plus pointue. C'est absurde, songea le policier. *Aucune Aryenne digne de ce nom n'aurait le portrait d'une femme juive dans sa chambre à coucher.* Il avait déjà vu cette étoile. La même que celle tatouée sur l'aine de la morte.

Il revint au salon. Karla se tenait devant la fenêtre et fumait une cigarette en se rongeant les ongles. Vogel s'approcha d'elle et remarqua le paquet posé sur le rebord de la fenêtre. Des Modiano. Des italiennes. Suaves et boisées. Elle intercepta son regard et lui tendit le paquet.

— Vous fumez, commissaire ?

— Hélas oui. Un vice difficile à assouvir en ce moment.

Il accepta en la remerciant. Décidément la petite ouvrière avait des goûts de luxe. Il l'alluma avec impatience et sentit la fumée douce se répandre dans ses narines. Un plaisir si

Le livre des merveilles

intense qu'il en ferma les yeux. Ce meurtre présentait au moins un avantage.

— Prenez le paquet, il appartenait à Inge, dit la jeune femme, moi je ne fume pas. Sauf exception, comme aujourd'hui.

— Comment se l'était-elle procuré ? Même au marché noir c'est introuvable.

Karla haussa les épaules et écrasa son mégot dans le cendrier.

— Inge ne me confiait pas grand-chose. Elle était très mystérieuse. Et ces derniers temps, à cause de mon travail, on se voyait peu.

Vogel hocha la tête. La cigarette était à son goût, pas la conversation, et encore moins cette fille de bonne famille.

— Mademoiselle, mon métier c'est d'éclaircir les mystères, c'est pour ça que le Reich me verse un salaire à peine décent.

Vogel se dressa devant la jeune femme de toute sa masse de quatre-vingt-dix-huit kilos. Il pouvait sentir son parfum fleuri, ça le changeait des odeurs âcres et suintantes des types qu'il interrogeait à longueur de journée et des effluves corporels de ses collègues. Il posa sa main sur l'épaule de Karla en appliquant une pression adaptée.

— Je ne vous crois pas. Soit vous m'expliquez ce que faisait réellement cette pieuse et chaste infirmière au crâne défoncé, soit je vous embarque au siège de la Kripo dont les bureaux sont mitoyens de ceux de mes charmants collègues de la Gestapo.

— Je ne… comprends pas, répondit-elle en blêmissant.

Vogel aspira une nouvelle bouffée.

— À l'évidence vous mentez. Comme je n'ai pas de temps à perdre, je peux moi aussi mentir et transférer votre dossier à quelques amis au motif que je vous suspecte de mener une action politique contre notre bien-aimé Führer.

Le livre des merveilles

— Vous n'oseriez pas ! Je suis la fille du directeur des travaux publics de Berlin. J'ai ma carte du parti depuis...
Le commissaire serra l'épaule de la fille de sa main puissante.
— Votre mère pourrait être la maîtresse cachée du Führer que je m'en tamponnerais, mentit-il. Si je dois répéter ma question, dans un quart d'heure vous dormirez dans une cellule d'interrogatoire bien moins confortable que votre magnifique appartement.
Vogel plongea dans son regard. Il se réjouissait toujours de l'effet magique du mot *Gestapo* chez ceux qu'il interrogeait. Il reprit d'une voix bienveillante.
— Et quand je dis dormir c'est un bien grand mot. La Gestapo s'est toujours positionnée comme une adversaire résolue des bienfaits du sommeil.
Karla se dégagea de son étreinte et tenta une nouvelle fois de le défier.
— Mes parents viendront me chercher. Mon père est plus puissant que vous ne croyez. Il travaille dans le programme d'armement d'Albert Speer. Ce n'est pas un petit policier qui va m'impressionner.
— J'ai oublié de vous préciser que j'ai fait partie des premiers SA quand vous n'étiez même pas née.
— Et alors ?
— Ça m'a donné une certaine expérience de la persuasion.
Cette gosse de riche l'agaçait au plus haut point. Il opta pour retrouver ce qui avait été son meilleur atout, plus jeune, en tant que chef de section. La brutalité. Sans prévenir, clope au bec, il la saisit par les épaules, la souleva et hurla :
— Ton papa te retrouvera au bout de combien de temps, petite idiote ? Deux jours. Trois peut-être. Entre-temps tu perdras les ongles de ta main droite, sans compter un tympan percé à vie et les os du genou réduits à l'état d'une boîte d'allumettes. Je t'écoute.

12.

Allemagne, Dresde
Octobre 1944

La pluie avait cessé de s'abattre sur la capitale de la Saxe depuis le début de la matinée. Cela faisait presque une semaine que des trombes d'eau glacée noyaient même l'Elbe qui débordait. Puis le soleil avait fait son apparition. Un véritable miracle, comme celui qui avait sauvé la vie d'Adolf Hitler le 20 juillet dernier. Les édiles de la ville, le gauleiter de la province en premier, avaient poussé un soupir de soulagement. La grande manifestation mensuelle de loyauté au Führer avait été maintenue et les prestigieux invités étaient arrivés en avion de Berlin.

Comme dans toutes les grandes cités du Reich, la cérémonie de loyauté au Führer était devenue un événement populaire qui avait dépassé les espérances de son concepteur, le docteur Joseph Goebbels, Reichsminister de la Culture et de la Propagande, bombardé depuis le mois d'août responsable en chef de la guerre totale. Ce qui subsistait de l'empire nazi transformait l'Allemagne en bunker à mesure que ses frontières rétrécissaient. Les Alliés campaient sur les bords du Rhin à l'ouest, les Russes s'avançaient inexorablement à l'est, et pourtant des dizaines de millions d'Allemands croyaient encore en la victoire. Le gouvernement n'avait pas eu besoin d'envoyer ses SS sortir les habitants de leurs appartements pour battre le pavé. Ce ne pouvait être que la Providence qui avait épargné le Führer. Et s'il était sorti indemne de l'explosion dans son bunker, à peine quelques estafilades, cela voulait dire que le Reich lui-même était protégé par Dieu.

La matinée s'annonçait plus sereine. Une escouade de prisonniers polonais faméliques avaient installé une magnifique estrade. Juste aux pieds de la Frauenkirche, l'impressionnante église protestante au dôme massif qui ressemblait à un Sacré-Cœur sombre.

En guise de décoration, l'estrade était occupée par une haie de cinquante SS, statues de basalte noir alignées au garde-à-vous. L'orateur principal, le docteur Goebbels, était monté sur scène pour égrener l'un de ces longs, très longs discours dont il avait le secret. Au pied de la tribune on avait disposé une dizaine de rangées de chaises en bois pour accueillir les autres officiels venus de Berlin, dont Heinrich Himmler, le maître des SS. À perte de vue, de longues oriflammes rouges à croix gammée noire bariolaient les édifices.

— Et je vous l'affirme, bientôt le soleil de la victoire va se lever sur le Reich. Je suis porteur de bonnes nouvelles. Des nouvelles qui viennent de la bouche de notre Führer bien-aimé. Nous sommes à la veille de découvertes extraordinaires, de découvertes qui vont faire trembler nos ennemis.

Assis en retrait, Himmler écoutait, le visage impassible, son fidèle adjoint à ses côtés. Il contemplait avec commisération le nabot au pied bot qui gesticulait sur scène, flottant dans sa veste brune trop large pour lui. D'un point de vue racial, il avait toujours pris Goebbels comme l'antithèse de l'Aryen type. Petit, brun, handicapé, jamais il

Le livre des merveilles

n'aurait été incorporé dans la SS. Il aurait presque pu passer pour un Juif. Et pourtant le bon docteur était l'un des plus féroces antisémites du parti nazi depuis son adhésion.

— Mes amis. J'ai visité des usines secrètes et je peux vous dire qu'elles recèlent des machines de destruction comme le monde n'en a jamais connu jusqu'à présent.

L'homme au visage émacié braqua ses prunelles sombres sur la foule et reprit d'une voix démesurément amplifiée par les haut-parleurs disposés un peu partout sur les murs des hautes maisons qui encerclaient la place :

— Au moment où je vous parle, nous mettons au point nos Wunderwaffen ! Les armes miracles qui vont changer définitivement le cours de la guerre. Je vous le dis, le feu et la foudre vont s'abattre sur nos ennemis.

Un tonnerre d'applaudissements retentit.

Himmler inspecta l'assistance d'un œil froid. Il n'y avait pas de doute, la ferveur du peuple allemand était intacte, voire supérieure à la période précédant l'attentat de juillet. Il se pencha vers le gauleiter de la ville.

— Vous savez combien de temps durera l'allocution du Reichsminister ?

— Pas plus d'une demi-heure, il est attendu à Berlin, mais sa femme Magda restera parmi nous ce soir.

— Magnifique, la providence est vraiment avec vous, sourit Himmler, hélas moi aussi je dois partir plus tôt que prévu. Je ne suis pas certain d'attendre la fin de ce magnifique discours.

L'édile se pencha, le visage luisant de respect.

— J'ai hâte de voir ces fameuses armes. On dit qu'elles seront capables de frapper les Américains sur leur propre sol. Tout le monde ici est si impatient de leur rendre la monnaie de leur pièce. Il y a même des concours de dessin dans les écoles pour imaginer les armes les plus incroyables. Regardez ce qu'a fait mon fils de huit ans.

L'édile sortit un dessin froissé de son manteau et le tendit à Himmler qui l'examina avec un sourire poli. On y voyait un géant surmonté d'une tête grossière barrée d'une moustache et d'un épi noir sur le front qui fit sourire Himmler, le colosse écrasait de sa botte un char. Des croix gammées parsemaient un peu partout en arrière-fond. Un court texte était écrit : *Je donne ma vie à mon Führer.*

— C'est intéressant, commenta Himmler poliment.

— Vous pourriez le transmettre au Führer en main propre ? Je l'ai promis à mon fils.

Himmler fut tenté de ricaner, mais il hocha la tête et enfouit le dessin dans sa vareuse. Il devait reconnaître que Goebbels faisait du bon travail. Les cerveaux des Allemands étaient de la glaise dans laquelle il gravait ce qu'il voulait.

Le chef des SS attendit une nouvelle envolée lyrique pour s'éclipser. Au moment où il allait descendre l'escalier, une main se posa sur son bras. Il se retourna. C'était une femme blonde vêtue d'un manteau de vison, le visage énergique, mâchoire affirmée et regard clair. Magda Goebbels était presque aussi populaire que son mari. Parmi toutes les épouses des caciques du régime, c'était la favorite d'Hitler, qui avait été témoin de leur mariage. Mère de six enfants qu'elle exhibait à toute occasion, elle incarnait l'épouse modèle et la femme idéale selon la vision du régime.

— Ma chère Magda, comment vous portez-vous ? demanda Himmler en mimant un baisemain.

— À merveille, ne me dites pas que vous partez vous aussi ?

— Hélas, je dois me rendre au Wewelsburg pour une réunion avec mes généraux sur la conduite de la guerre.

Le livre des merveilles

Magda Goebbels se rapprocha de l'homme à lunettes d'argent et le prit par le bras.
— Comme c'est regrettable. Le chef Karajan joue ce soir au Semperoper[11] *Tristan et Yseult*.
— Quelle tristesse, répondit Himmler d'une voix navrée, cette œuvre m'arrache des larmes. Surtout la dernière scène, la mort de cette pauvre Yseult. Vous transmettrez mes amitiés à votre mari.
— Je n'y manquerai pas.
Le chef des SS la quitta en la saluant respectueusement, puis s'engouffra dans une berline noire.

Une demi-heure plus tard, le docteur Goebbels avait terminé son discours. Il était en sueur et s'épongea le front sous les yeux de sa femme et de l'une de ses amies qui s'était mise en retrait à son arrivée.
— Alors, comment j'étais ?
— Merveilleux, mon chéri, comme toujours.
Goebbels jeta un œil à la rangée de sièges des personnalités invitées et fronça les sourcils.
— Heinrich n'est plus là ?
— Non. Il a prétexté une réunion importante dans son château du Wewelsburg. Comme pour toi, la conduite de la guerre passe avant tout.
Un sourire mauvais déforma les lèvres fines de Goebbels.
— La conduite de la guerre... il t'a prise pour une idiote. Tu sais ce qu'il va faire dans son foutu château d'opérette ?
— Non, mais je suis sûre que tu vas me le dire.
— Oh ça oui, il ne s'y rend pas pour parler des armées russes ou alliées, non, il va pratiquer ses cérémonies

---
11. Opéra de Dresde.

moyenâgeuses stupides. Je suis allé une seule fois au Wewelsburg. Un décor de film digne des studios de Babelsberg. Il a construit une immense crypte sous le château où il pratique soi-disant la méditation avec ses généraux. On m'a dit que c'étaient des rituels païens.
— Vraiment ? Ça donne des frissons, dit la femme qui se tenait à côté de Magda.

L'homme au pied bot s'inclina pour se coller contre elle.
— Pardon, Madlen, je ne vous avais pas vue. Toujours aussi ravissante.

Magda fronça les sourcils, son mari ne pouvait s'empêcher de roucouler dès qu'il croisait une femme qu'il trouvait séduisante. Même en sa présence. C'était plus fort que lui. Elle était au courant de ses multiples incartades et le Führer avait dû intervenir quelques années plus tôt pour l'empêcher de divorcer pour une actrice tchèque. Madlen remarqua la gêne de son amie et recula d'un pas.

— Himmler est fasciné par la magie et les forces occultes.

— On ne dirait pas à le voir comme ça. C'est intéressant, dit Madlen d'une voix polie.

Un sourire mauvais déforma la bouche de Goebbels.
— Intéressant n'est pas le mot. Délirant serait plus juste.

13.

Corfou
Octobre 1944

Juste avant de sortir, Crowley vérifia le col de sa chemise dans le miroir de l'entrée. Ces derniers temps, ses finances en perdition ne lui permettaient pas de se payer le luxe d'une blanchisseuse et il devait se contenter d'une petite main dans la basse ville pour lustrer son linge. Néanmoins, satisfait de son apparence, il emprunta la rue pavée qui descendait dans le quartier historique. Aux maisons bourgeoises dont les balcons pansus s'ornaient de drapeaux grecs, succédaient des tavernes animées où des marins exubérants venaient dépenser leur solde en beuveries et amours tarifés. Aleister ne leur concéda pas un regard et prit la ruelle qui tournait vers la basilique Agios Spyridon. Juste avant d'apercevoir le dôme rouge de l'église, l'Anglais s'arrêta devant une façade aux volets tirés et frappa trois coups. Après le cliquetis d'un guichet et le coup d'œil d'un cerbère, la porte s'ouvrit et Aleister s'engouffra dans l'escalier comme s'il revenait chez lui. Il y avait pourtant des années que le mage n'était pas entré dans une maison de plaisirs mais il retrouvait avec joie l'entrain juvénile qui était le sien quand il fréquentait avec assiduité ces lieux. Pendant quelques instants, juste avant d'entrer dans le salon, il se

Le livre des merveilles

revit étudiant à Cambridge, sortant d'un cours austère pour se précipiter dans un bordel où tout n'était que luxe, calme et volupté. Pour reprendre une expression de Baudelaire, son poète préféré, un décadent comme lui, mais qui savait aussi voir derrière l'apparence. N'avait-il pas écrit : « La nature est un temple où de vivants piliers laissent parfois sortir de confuses paroles[12]. »

Et justement de *confuses paroles*, c'est ce qu'était venu chercher Crowley chez la Pythie qui allait les prononcer pour lui.

Le grand salon devait dater de l'époque vénitienne. Le sol était pavé d'une mosaïque de marbre rouge et gris où se reflétait la lumière vacillante des chandeliers tandis qu'au plafond une Vénus, digne de Tiepolo, entraînait dans son sillage une cohorte d'anges à la chair rosie de désir. Aleister se demanda si de tout temps ce lieu n'avait pas été un bordel. Peut-être que s'il interrogeait les esprits présents, il aurait une réponse. Il regarda autour de lui les bourgeois à la bedaine précoce qui peuplaient le salon, il imaginait leur tête si d'un coup il s'emparait de l'esprit de l'un d'eux et faisait parler un mort par sa bouche. Ce serait le chaos et l'exode. Il repéra la mère maquerelle, dans une robe noire comme le deuil, très droite derrière un guéridon. Crowley s'approcha et la salua dans un italien parfait. C'est tout ce qu'il avait gardé de ses frasques occultes en Sicile. La tenancière montra du doigt un canapé où se tenaient, une coupe à la main, trois jeunes femmes en déshabillé de soie noire.

— Si vous voulez faire votre choix...

Aleister élimina d'office une blonde aux yeux inquiets. Sans doute une Allemande peu pressée de rentrer dans

---
12. Vers du poème « Correspondances » dans le recueil *Les Fleurs du mal* de Charles Baudelaire.

Le livre des merveilles

la mère patrie. Il ne s'attarda pas plus sur une pseudo-Orientale, constellée de bijoux, qui ne devait être qu'une Italienne oubliée là par les soldats de Mussolini. Décidément, toute l'Europe se retrouvait à Corfou. En revanche, la dernière jeune femme, plus discrète, accrocha le regard du mage. Ses cheveux couleur de feu, sa peau blanche tamisée de taches de rousseur… elle devait venir de la verte île d'Irlande. Exactement ce qu'il lui fallait. Crowley avait besoin de sang celte. Un sang qui, depuis des siècles, dialoguait avec l'invisible. Elle ferait parfaitement l'affaire.

Etna, car tel était son surnom, se déshabilla aussitôt entrée dans la chambre. Elle devait avoir l'habitude de clients pressés. Aleister la laissa faire, mais quand elle fut sur le point d'ôter ses sous-vêtements, il l'arrêta d'un geste.

— Pas la peine.
— Je ne vous plais pas ? s'exclama la jeune femme.
— Je ne suis pas venu pour ce que tu crois.

Etna eut un mouvement de recul. On lui avait parlé de ces clients qui avaient des exigences particulières…

— Ne t'inquiète pas. Je ne vais pas te faire de mal. Ce qui m'intéresse, c'est ce que je vais faire jaillir en toi. On t'a déjà prédit ton avenir ?

Crowley posa son jeu de tarot sur le rebord du lit et étala négligemment les lames majeures en arc de cercle.

— Il y a 22 cartes, tu dois en tirer une.

Etna n'en revenait pas. Elle avait souvent entendu parler de ces diseurs de bonne aventure et voilà que le destin lui en apportait un dans une chambre de bordel. Si ce n'était pas un signe !

— Comment je fais pour choisir ?
— Rien de plus simple ! Tu fermes les yeux et tu poses ton doigt sur l'une des cartes.

Le livre des merveilles

L'Irlandaise s'exécuta, fit errer sa main, puis brusquement tendit son index.
— Celle-là !
— Surtout garde les yeux fermés !
En un instant, Aleister battit tout le jeu, fit jaillir la carte qu'avait tirée Laure et la posa en évidence.
— Regarde !
Etna écarquilla ses paupières. Le dessin était vraiment étrange. Une femme nue montée sur un lion qui brandissait une sorte de coupe flamboyante, le tout entouré de têtes de monstres, voilà ce qu'elle voyait, quant à y comprendre quelque chose... brusquement, elle se sentit fatiguée, une étrange torpeur la gagnait. Il lui semblait que cette femme lui parlait. Elle entendait des paroles confuses. Etna tenta de mieux se concentrer pour parvenir à comprendre, mais cet effort la fit sombrer. D'abord sa tête tomba vers sa poitrine, puis ses bras ne lui obéirent plus et elle s'affaissa sur le lit.
— Tu es et tu n'es pas. Tu dors, mais tu ne dors pas, psalmodia Crowley, ton corps est ici, mais ton âme est ailleurs.
Etna avait les yeux ouverts, mais ce n'était plus le plafond de la chambre qu'elle voyait. Elle errait dans un monde inconnu où des présences mystérieuses et invisibles la frôlaient dans un froissement d'ailes noires. Aleister observa ses pupilles qui se dilataient, prit son pouls devenu plus lent... elle était prête pour la possession. Comme s'il priait à voix haute, il prononça les paroles sacramentelles.
— Ô toi, ange des ténèbres dont j'ai fixé le nom aux pointes du triangle ! Ô toi, ange déchu dont j'ai enfermé la volonté dans le cercle sacré ! Ô toi, qui fus lumière et n'es plus qu'ombre, viens posséder le corps de cette femme,

Le livre des merveilles

que sa chair soit ta maison, que sa langue devienne ta parole !

Le front en sueur, Aleister recula vers la fenêtre. Désormais l'entité qu'il avait invoquée ne pouvait plus lui résister. Elle allait s'incarner dans Etna et parler par sa bouche. Depuis les civilisations de l'Euphrate jusqu'aux rives du Jourdain, les sages, que l'invisible fascinait, avaient toujours su qu'entre Dieu et l'homme il existait des mondes intermédiaires. Selon ces maîtres de l'occulte, il y en avait sept qui chacun correspondaient à des royaumes d'anges. Certains bénéfiques, situés au plus près du Très Haut, comme le royaume des Séraphins ou des Chérubins, d'autres beaucoup plus troubles, pareils à des marécages où erraient les anges déchus ou démons, ceux que la colère de Dieu avait jetés dans l'exil… *la colère de Dieu,* ricana Crowley, il n'y avait que les prêtres et la masse des profanes qui y croyaient. Les initiés, eux, connaissaient la vérité. Si des anges avaient perdu leurs ailes, ce n'était pas pour s'être opposés à Dieu, mais à cause de leur folle passion pour les femmes de ce monde… pour s'être perdus dans leur chair. Et depuis, chaque fois qu'on leur intimait de revenir dans le corps d'une femme, ils ne pouvaient résister.

— La coupe… la coupe de feu… c'est l'enfant voulu par les Ténèbres… c'est la main de la sorcière… c'est l'avenir du Mal…

D'une voix rauque, Etna venait de parler. Crowley secoua la tête. À son tour il regarda la coupe incandescente. Pouvait-elle symboliser l'enfant de Laure ? Mais alors quel rapport avec une sorcière ? Non, ce ne pouvait pas être la Française. Le problème avec les démons, c'est qu'ils s'exprimaient à travers le prisme d'un esprit humain et que leur parole en devenait confuse.

— Le ventre qui s'arrondit jaillira à minuit, à l'heure du sabbat sur la montagne des damnées.

Aleister se demanda si finalement il avait bien fait de choisir une Irlandaise. Cette fille devait avoir l'esprit embrumé par des légendes de sorcières en train de pactiser avec le diable, d'où ces mots : *minuit, sabbat* qu'employait le démon à travers elle. En tout cas, pensa Aleister, l'enfant de Laure et de Tristan ne semblait pas promis à un avenir de lumière, mais ce n'était pas là son problème. Lui voulait savoir où étaient les deux Français.

— Maintenant écoute le vent qui bruisse en toi. Pour l'instant, il n'est que murmure, mais bientôt il sera parole.

Jusque-là inerte, le corps d'Etna se mit à frémir. Sous la peau, des soubresauts musculaires se déplaçaient tels d'invisibles serpents. Crowley laissa échapper un grognement de plaisir. Le démon était en train de prendre possession d'Etna, corps et âme. Brusquement, son buste s'arqua sur le lit, son dos ne toucha plus le drap. Aleister fixait le visage de la jeune femme. Sous ses paupières closes, ses yeux roulaient, déjà ses lèvres pâlissaient… il était temps de maîtriser l'ange perdu avant qu'Etna ne devienne une proie.

— Par les angles acérés de la Croix, par le nom du Père, par le sang du Fils, je te conjure démon de répondre à mes questions, sinon je te chasserai de ce corps où tu te vautres comme un chien en rut.

Un hurlement jaillit de la bouche convulsée d'Etna en retour. L'ange déchu n'aimait pas qu'on le contraigne.

— Par le feu de l'Esprit, je te conjure, maudit éternel, de parler ! Sinon, je te chasse de ce corps et te condamne à l'errance sans fin.

Une voix stridente lui répondit.

— Ce que tu cherches n'est ni sur terre ni au ciel.

Le livre des merveilles

Aleister fit la grimace. Les démons parlaient toujours par énigme.

— Dis-moi s'ils sont morts.

Etna se mit à haleter et un voile de sueur couvrit son front. Encore plus aiguë, la voix répliqua.

— L'humus ne les connaît pas.

Cette fois, Crowley saisit le message. Ni Laure ni Tristan n'avaient de la terre dans la bouche. Ils étaient donc toujours vivants, mais où se cachaient-ils ? Le mage posa la main sur la poitrine d'Etna. Son cœur s'accélérait. La possession ne pouvait se prolonger sans risque vital. Les démons, quand ils s'étaient repus du corps, voulaient toujours s'emparer de l'âme. Crowley allait devoir ruser.

— Désormais, je sais ce que je voulais. Il est temps pour toi de quitter ce corps et de retourner d'où tu viens. Par la serpe du temps, par l'épée du destin, je tranche...

Un rugissement sortit de la bouche d'Etna. Ses yeux s'ouvrirent, veinés de sang. Crowley saisit sa chance.

— Si tu me dis où ils sont, je te l'abandonne !

— Ni sur la terre, ni dans le ciel, ni au feu !

De dépit, Aleister jura avant de se reprendre. Le démon avait cité les trois éléments, mais le quatrième ?

— Sont-ils sur l'eau ? Sur un bateau ? Ils se sont enfuis sur un bateau, c'est ça ?

Etna éclata de rire comme s'il avait fait une bonne blague.

— L'avenir qui te vaincra est dans les profondeurs.

14.

Berlin, Charlottenburg
Octobre 1944

Suspendue à vingt centimètres du sol entre les mains de Vogel, Karla restait tétanisée. On ne l'avait même jamais menacée. Ce gros policier s'était transformé en bête terrifiante et la jeune femme sentait son haleine gorgée de tabac infect. Elle lui lança un regard de haine et de peur mélangées.
— D'accord ! Mais lâchez-moi. S'il vous plaît.
— Je fais partie de la Kripo, pas de la Gestapo. C'est une chance.
Il la reposa à terre, réajusta sa tenue et reprit une attitude bienveillante assortie d'un vouvoiement onctueux.
— Vous allez me dire la vérité. Nous sommes bien d'accord ?
— Oui… elle a abandonné son travail à l'hôpital cet été. C'était trop dur et mal payé, avec des horaires épuisants. Elle a trouvé un emploi dans un cabaret du Kurfürstendamm[13]. Le Flamant rouge.
— Quel genre d'emploi ?
— Au début, elle accueillait les clients au vestiaire, mais très vite elle a intégré l'équipe de serveuses.

---
13. Avenue chic de Berlin.

Le livre des merveilles

— On ne se paye pas un manteau de fourrure de loup en servant des cocktails.
— Je sais qu'elle avait rencontré quelqu'un. Une sorte de protecteur. C'est lui qui faisait tous les cadeaux. Elle n'a jamais voulu me dire son nom, je vous le jure.
— Il ne venait jamais ici ?
— Non. Je ne sais pas. C'est possible...

Vogel avait pris note du nom du cabaret. Sa curiosité monta d'un cran. Il avait entendu parler du Flamant rouge. Une boîte pour les pontes du régime et leurs affidés, les diplomates. Lui n'y avait jamais mis les pieds. L'établissement était le dernier de sa catégorie encore en activité. Officiellement le régime avait déclaré l'état de guerre totale. Il était sous le contrôle d'un service de la SS, le RSHA[14], celui qui s'occupait en son temps des bordels de luxe de la ville.

— Eh bien voilà, assena Vogel en souriant, mon enquête peut avancer. Avant de vous laisser tranquille, du moins pour le moment, j'ai une dernière question. Dans la chambre de votre colocataire, il y a un tableau représentant une femme.
— Inge m'a dit que c'était un cadeau d'une amie, censé représenter une ancêtre.
— Vraiment ? La peinture est récente... dans mon métier on s'attache toujours à certains détails. J'ai cru que la modèle était juive à cause de l'étoile sur la broche de sa robe. Il paraît que certains d'entre eux reviennent sous forme de spectres pour tourmenter les nouveaux locataires aryens.

Pour la première fois, Karla sourit et ce sourire avait un goût d'amertume.

---
14. Le Reichssicherheitshauptamt, service central de sécurité de l'État.

Le livre des merveilles

— Si vous voulez me faire peur avec ce genre d'histoire c'est raté, commissaire. Vos *autres* méthodes sont nettement plus efficaces.

— Je n'y crois pas non plus.

— Ce qui me terrifie, outre le meurtre de mon amie, ce sont les Américains et les Anglais avec leurs bombardements. Berlin, ma ville chérie, devient un champ de ruines. J'ai perdu ma mère et une sœur le mois dernier. Leur maison a été pulvérisée.

Vogel s'adoucit d'un coup.

— Je vous présente mes condoléances.

Le regard de Karla s'obscurcit.

— Peut-être que les Juifs nous présentent l'addition depuis l'au-delà.

— Pardon ?

— C'est ce que disait Inge. Elle croyait en ce genre d'histoires, les revenants, les fantômes. Et pour l'étoile vous faites erreur, je lui avais posé la question. C'est un pentacle à cinq branches, la marque des sorcières. Au Moyen Âge les inquisiteurs appliquaient ce dessin au fer rouge sur les épaules des pauvres malheureuses qui échappaient au bûcher.

— Et elle s'est fait tatouer le même symbole ? Pas très courant pour une jeune fille de bonne famille.

— Elle le considérait comme un porte-bonheur. Inge était un peu bizarre, elle croyait aux pouvoirs de la nature, aux énergies. Les anciennes forces païennes germaniques. Les esprits des morts. Elle tirait les cartes parfois. Ce genre de choses, vous voyez.

— Oh oui, je vois très bien.

— Moi ça me mettait un peu mal à l'aise. En fait je ne voulais pas vous en parler par respect pour sa mémoire, mais Inge était persuadée être la réincarnation de cette femme sur le tableau.

— Vous m'en direz tant...

Vogel se gratta le menton. Il détestait toutes ces superstitions paganistes et ces cultes propagés dans certains cénacles du parti. Il en avait eu un avant-goût amer après la nuit des Longs Couteaux. Une centaine de cadres de la SA, lui compris, avaient été envoyés au château d'Himmler, pour suivre des cours de rééducation politique et spirituelle sur les fondamentaux du national-socialisme. Entré dans le parti et la SA pour faire la révolution et casser du rouge, il avait découvert, effaré, les doctrines quasi mystiques des SS. Culte des ancêtres nordiques, cours d'écriture runique, conférences sur les théories apocalyptiques du feu et de la glace, préservation du sang aryen porteur d'énergies vitales...

Ces foutus SS avaient eu la peau des SA et tenaient désormais les rênes du parti. Durant le mois entier passé à se faire purifier le cerveau, il avait fait bonne figure, mais n'en pensait pas moins. Le sommet de l'absurde avait été atteint lors d'une conférence ennuyeuse à mourir, tenue par le timbré qui servait de directeur à l'Ahnenerbe, sur une pseudo-énergie aryenne, le Vril, qui baignerait tout l'univers. Et quand cinq ans plus tard le chef suprême des SS avait créé le RSHA et pris le contrôle de toutes les forces de police, de sécurité et d'espionnage, Vogel avait compris que le parti et l'Allemagne étaient tombés entre les mains de fous furieux mystiques. Lui, le militant matérialiste, nationaliste et révolutionnaire, méprisait au plus haut point ces imbéciles. Il avait préféré continuer sa carrière sans faire de vagues et jouir d'un salaire inespéré pour un Allemand issu d'un milieu populaire.

Vogel observait la colocataire de la victime. Elle paraissait sincèrement affectée. Il lui laissa le temps de reprendre ses esprits et tourna la tête vers une étagère sur laquelle trônait une photo encadrée d'Inge Unterkempf toute souriante. Une onde de tristesse le submergea à nouveau. Karla remarqua le changement d'expression du policier. Ce n'était plus cette masse brutale qui l'avait malmenée, mais un homme au visage perdu.

— Vous avez une drôle de façon de regarder cette photo, commissaire.

— Votre amie présente un vague air de ressemblance avec ma fille.

Il prit le cadre entre ses mains. Des yeux clairs et rieurs, presque le même sourire malicieux. Il songea qu'Inge Unterkempf aurait pu avoir le même âge. Elles avaient aussi un autre point commun. Katarina, elle aussi, avait été victime de meurtre, ou plutôt d'un assassinat officiel. Organisé par l'État et les institutions médicales. Atteinte d'une maladie rare de la moelle épinière et placée en institution spécialisée, Katarina avait été euthanasiée à seize ans dans le cadre du programme Aktion T4 avant-guerre. Comme presque cent mille handicapés considérés comme des dégénérés par l'État. Le jour où le médecin-chef l'avait appelé à son bureau pour lui faire part de son décès, *pour la préservation de la race*, le sol s'était effondré sous ses pieds. Sa femme en était morte de chagrin deux mois plus tard, elle avait le cœur fragile, et lui s'était enfoncé dans une existence solitaire, racornie et acide envers ce régime monstrueux qu'il avait contribué à bâtir. Le gouffre n'avait jamais été entièrement remblayé…

Il reposa le cadre sur l'étagère et chassa Katarina de la pièce.

— Revenons à votre amie, dit Vogel en se ressaisissant. Inge pratiquait la sorcellerie ? demanda-t-il d'une voix douce. Elle invoquait le diable ?

Karla secoua la tête avec fermeté.

— Non ! Elle ne pratiquait rien de la sorte.

— Elle fréquentait des gens qui partageaient ses croyances ?

— Il y avait cette femme qui venait de temps à autre quand je n'étais pas là. Je l'ai croisée parfois dans l'escalier quand elle partait. Une fois j'ai entendu leur conversation sur le palier, elles parlaient de rituel et de coq, mais je n'y ai pas prêté attention. La dernière fois que je l'ai vue, elle s'était disputée avec Inge, mais ça remonte à deux semaines environ.

— Disputée comment ?

— Assez violemment. J'étais en bas de l'escalier et elles étaient en train de se séparer. La femme a failli me bousculer en descendant et Inge était livide quand je l'ai rejointe sur le palier.

— Vous connaissez son nom ?

— Non. Inge ne mélangeait pas ses amis. Elle était plus âgée qu'elle. La trentaine ou la quarantaine.

Vogel prit soin de noter ces détails sur son carnet en lui demandant une description sommaire de l'inconnue. Il y avait peut-être une deuxième piste à côté de celle du cabaret.

— Je me souviens maintenant d'un détail. Je ne sais pas si ça peut vous aider. C'est cette femme qui a offert le tableau à Inge.

15.

*Allemagne
Octobre 1944*

Depuis qu'ils avaient quitté le port, la voiture n'avait emprunté aucun grand axe. Précédés d'un side-car sans sigle militaire, ils roulaient sur des routes désolées de campagne. De chaque côté du chemin, la terre semblait désertée. Des corbeaux avaient remplacé les vaches dans les champs et les maigres hameaux traversés paraissaient abandonnés. En revanche, les animaux sauvages pullulaient. Renards, chevreuils et même sangliers surgissaient de partout comme si le monde désormais leur appartenait. Assis près du conducteur, les mains menottées, Tristan pensait au roi Amfortas, dans la quête du Graal, dont la maladie incurable avait envahi son royaume, le transformant en une terre gaste, pourrie comme un fruit rongé de l'intérieur. Voilà ce qu'Hitler avait fait de l'Allemagne.
  Il n'avait aucune nouvelle de Laure qui faisait le trajet dans un autre véhicule. On lui avait juste dit qu'ils seraient à nouveau réunis, sans donner de précisions. Une façon de lui mettre la pression.
  — Stop !
  La voiture freina brusquement. Juste au-dessus de la route, un pont éventré avait laissé échapper un véhicule

carbonisé qui s'était fiché tout droit dans le fossé. Le chauffeur baissa la vitre. Une odeur épouvantable envahit la voiture. Tristan la connaissait bien, il l'avait beaucoup sentie ces dernières années.

— Le pont a été bombardé. Il y a quatre macchabées dans la voiture. Il faut la déplacer.

Aussitôt, Marcas sentit le canon d'un pistolet s'enfonçant dans sa nuque. La voix du garde à l'arrière retentit :

— Si tu bouges…

Le chauffeur sortit de l'habitacle pour aller prêter main-forte aux soldats qui poussaient la voiture dans le champ voisin. Tristan aurait aimé parler à Laure, la prendre dans ses bras, lui assurer qu'une fois de plus ils allaient sortir de ce cauchemar. Que non, leur enfant n'allait pas naître dans ce pays maudit qu'était devenue l'Allemagne… mais Laure avait été placée dans un véhicule différent qui empruntait un autre itinéraire. Les SS avaient pris leurs précautions : le Reichsführer n'avait pas pour habitude de mettre tous ses œufs dans le même panier.

Dans un fracas de tôle, la carcasse calcinée s'écrasa dans le champ. Marcas put voir ce qui restait du conducteur : un morceau de charbon soudé au volant. À côté, ce qui avait dû être sa femme n'était plus qu'un trou dans le siège d'où s'échappaient des fragments gélatineux et noircis. Tristan n'eut pas le courage de continuer à regarder. D'une des vitres de l'arrière, là où devaient se trouver les corps des enfants, sortait une laisse en métal, vide et noircie, pendant dans le vide. Tout ce qui restait du chien de la famille.

Marcas eut envie de vomir. Le chauffeur, après avoir vérifié les menottes, redémarra la voiture. Comme le canon quittait sa nuque, le Français se demanda si les dignitaires nazis avaient conscience du calvaire meurtrier qu'ils faisaient vivre à leur peuple ou si, au contraire, ils habitaient

Le livre des merveilles

un monde parallèle, hallucinés par leurs propres certitudes. C'était surtout le cas du chef des SS qui le préoccupait. Désormais, le Reichsführer était l'homme le plus puissant du territoire, après Hitler. Goering avait sombré dans la drogue, Goebbels dans la démagogie, seul Himmler tenait un cap, mais lequel ? Préparait-il une guerre totale en forme d'apocalypse ou, au contraire, envisageait-il de négocier avec les Occidentaux ? Car déjà Churchill et Roosevelt s'inquiétaient de la menace communiste. Qui arrêterait les Soviétiques si Staline faisait déferler ses armées sur toute l'Europe ? Dans le grand jeu qui allait s'ouvrir, Himmler et ses centaines de milliers de SS fanatisés étaient une carte que personne ne pouvait négliger.

Un soubresaut réveilla Tristan. Ils étaient partis depuis l'aube et l'obscurité déjà commençait à tomber. Le Français écarquilla les yeux pour tenter de se repérer, mais la campagne était la même : désespérante de solitude. Des arbres décharnés comme des squelettes, des champs pelés à perte de vue. Marcas calcula qu'ils étaient partis depuis plus de dix heures, même en roulant sur des petites routes, ils avaient dû faire plusieurs centaines de kilomètres. De nouveau, il sentit le froid du canon sur sa nuque.
— Tu ne bouges pas.
Tristan manqua d'éclater d'un rire forcé. Il ne comptait plus le nombre de fois où il s'était fait arrêter et, à chaque coup, après l'avoir attaché, menotté, entravé, ligoté, bâillonné... son gardien lui servait la même phrase magique et inutile. « Tu ne bouges pas. » Ça ne risquait pas. Les deux soldats, descendus du side-car, se tenaient comme des sentinelles face à un carrefour. Un bruit sourd de moteur monta de la gauche. Tristan tourna la tête. Tous feux éteints, un camion surgit de la pénombre naissante,

Le livre des merveilles

avançant lentement, comme s'il transportait une cargaison fragile. Le Français se demanda s'il ne s'agissait pas d'une de ces reliques évoquées par Crowley dont la sauvegarde était devenue l'obsession des nazis. Mais le pont arrière du camion était bien trop massif et ce qu'apercevait Marcas n'avait rien d'une relique sacrée.

La première image qui lui vint fut celle d'un gigantesque requin de métal, dont les ailerons se situaient au niveau de la queue. Quant à la gueule de la bête immonde, elle ressemblait à un cône aiguisé. Les deux soldats se mirent au garde-à-vous, comme mus par un respect invisible. Tristan tourna son regard vers le conducteur. Son visage respirait la fierté.

— V2 !

Pour la première fois, il venait de voir une de ces armes secrètes promises depuis des mois par la propagande. Le Führer n'avait pas menti. Le Reich possédait désormais des armes dignes de l'apocalypse et ce n'était que le début. Le monde allait bientôt redécouvrir la puissance terrible de l'Allemagne. Du doigt, le chauffeur montra la fusée à Tristan.

— Bientôt, elle frappera Paris, Londres, New York… et à nouveau l'univers tremblera.

Malgré les menottes qui l'entravaient, Marcas se débattit. Il rêvait du V2. L'arme secrète des Allemands s'était transformée en un loup volant dont le museau sanglant reniflait le sol pour débusquer des ennemis qu'il dévorait aussitôt. Un coup de frein ramena Tristan à la réalité. Et brusquement, elle prit la forme d'une masse noire et minérale autour de laquelle la voiture tournait en suivant une route en lacet. Plus bas, des toitures sombres et trapues laissaient deviner un bourg enseveli sous l'obscurité.

Le livre des merveilles

La voiture ralentit. Un pont apparut qui enjambait une douve. Le Français comprit. La masse de lave solidifiée était un château. Et un château tenu par les SS, vu les deux gardes en uniforme de parade qui en contrôlaient l'entrée.

— Bienvenue au Wewelsburg !

Tristan ne répliqua pas. Il connaissait déjà cette forteresse réhabilitée par Himmler pour en faire le château sacré de l'ordre. C'est là, dans la crypte, que le Reichsführer devait être enterré avec les plus prestigieux généraux SS. Une sorte de table ronde de l'au-delà, car bien sûr le modèle voulu pour le Wewelsburg était Camelot, le château mythique du roi Arthur. Les gardes inspectèrent minutieusement la voiture, sondant les pare-chocs, passant des miroirs sous le moteur. Depuis l'attentat de juillet contre le Führer, Himmler vivait sous protection constante. Hors de question de mourir maintenant, et aussi bêtement que son âme damnée, Heydrich, tué à Prague par un jet de grenade. Jamais le Reichsführer n'avait été si proche du pouvoir. L'Allemagne qui allait venir serait la sienne.

— C'est bon, vous pouvez passer.

La voiture entra dans la cour intérieure du château. D'autres véhicules venaient d'arriver. Des SS installaient des projecteurs qui s'allumaient l'un après l'autre. Tous convergeaient vers une voiture aux vitres opaques. Un vrai corbillard, pensa Tristan.

— Allez, sors.

Le garde ouvrit la portière et défit ses menottes. Le Français se massa les poignets et, aussitôt dehors, vacilla sur les pavés. Ses jambes, trop longtemps immobiles, le lâchaient.

— Alors Marcas, on a bu une chope de trop ?

Cette voix arrêta net le Français. La dernière fois qu'il l'avait entendue, c'était à Berlin et son propriétaire venait de tuer un homme. Otto Skorzeny venait de

Le livre des merveilles

sortir de la voiture à l'allure mortifère. Vêtu d'une tenue de camouflage, son arme aussi visible que ses cicatrices au visage, le reître préféré d'Hitler venait de rentrer de mission.

— Cette fois, c'est sûr, ce n'est pas Mussolini que vous avez enlevé ! lui lança Tristan.

Otto portait toujours à son poignet la montre que le dictateur de l'Italie lui avait offerte[15]. En amitié comme en politique, le SS était d'une fidélité absolue.

— Ne me dites pas que c'est Staline ? renchérit le Français.

Le regard de Skorzeny se durcit. Il n'aimait pas qu'on lui rappelle son seul échec : l'assassinat raté du *petit père des peuples* en plein Kremlin. L'opération, montée par Otto, avait pourtant semé la terreur de Londres à Washington ; le commando de tueurs avait réussi à traverser la moitié de l'URSS sans se faire repérer et avait été arrêté in extremis aux portes de Moscou. Un échec, certes, mais qui avait fait entrer le SS dans la légende.

— Connaissez-vous la Hongrie, mon cher Marcas ?

Tristan fit un geste vague.

— Figurez-vous que son dirigeant, l'amiral Horthy, a eu l'idée incongrue de vouloir signer une paix séparée avec les Russes ? Insensé, non ?

Marcas n'en revenait pas de l'ironie provocante de Skorzeny. De tous les dignitaires nazis, c'était le seul à avoir de l'humour. C'était aussi le seul à avoir un cerveau en état de marche. Si un nazi devait survivre au Troisième Reich, ce serait Otto.

— Et bien sûr, vous êtes intervenu pour remettre l'amiral sur le droit chemin ?

---

15. Le 12 septembre 1943, Skorzeny avait réussi à enlever Mussolini, renversé et emprisonné deux mois auparavant.

Le livre des merveilles

Le reître eut le sourire d'un chasseur qui voit le gibier apparaître dans le viseur de son arme.

— Je me suis contenté de lui prodiguer mes conseils amicaux, répliqua modestement le SS.

— Et de quelle manière ? demanda Marcas.

Skorzeny montra la voiture aux vitres opaques.

— En enlevant son fils.

Tristan resta sans voix. La conception que se faisait Otto des relations diplomatiques le sidérait.

— Et d'ailleurs, je vais de ce pas présenter le fiston Horthy à notre bien-aimé Reichsführer.

Le Français n'arrivait pas à trouver les mots. De toutes les armes secrètes d'Hitler, Skorzeny était la plus imprévisible.

— Eh bien, Tristan, vous ne dites rien ? Vous avez tort ! La capture du rejeton de l'amiral va faire grand plaisir à Himmler ! Tant mieux pour vous !

— Je ne comprends pas.

Le SS déploya son sourire le plus carnassier.

— En fait, je ne sais toujours pas si le Reichsführer vous a fait venir pour vous employer ou pour vous tuer.

16.

*Berlin, siège du RSHA, Prinz-Albrecht-Strasse
Octobre 1944*

— Un peu de discipline ! Messieurs les policiers nous font l'honneur de nous recevoir.

Le chef de section des jeunesses hitlériennes et du BDM, la ligue des jeunes filles allemandes, aligna sa trentaine d'ouailles au cordeau quand le commissaire Vogel et son homologue de la Gestapo, le Standartenführer Meisner, les rejoignirent dans le hall du siège du RSHA. Deux jours s'étaient écoulés depuis que Vogel avait découvert le cadavre d'Inge Unterkempf. Il ne voulait pas se l'avouer, mais cette affaire l'intriguait. Il n'avait pas eu une minute pour s'y replonger, mais comptait bien s'y remettre. Encore fallait-il se plier à ce rendez-vous avec les jeunes du parti, ordre exprès de son supérieur. Leur montrer la puissance du RSHA. Comme s'il n'avait rien d'autre à faire. Il pestait intérieurement, mais faisait bonne figure.

Le RSHA, organe le plus puissant du Reich après celui de la chancellerie du Führer, avait pris ses quartiers juste avant la guerre dans l'ancien palais du prince Albert, bâti au XIXe siècle, puis s'était agrandi dans un autre bâtiment de la même rue tant il y avait de travail.

Le livre des merveilles

C'était un édifice massif et austère de style prussien, aux moellons apparents, doté de larges baies vitrées arrondies laissant passer le peu de lumière qui nappait la capitale du Reich la moitié de l'année. Paradoxalement, compte tenu des sinistres activités de ce que les Allemands surnommaient ministère de la terreur, l'intérieur du hall de pierre claire aux plafonds arc-boutés en ogives distillait presque une atmosphère de sérénité. La salle principale du rez-de-chaussée était si vaste que l'on aurait pu y donner un concert. Quelques bannières réglementaires à croix gammée pendaient du plafond à intervalles réguliers, mais sans excès comme dans d'autres ministères. En revanche les sigles de la SS s'affichaient sans vergogne un peu partout. Gravés sur des plaques de bronze ou sur des panneaux d'acier poli.

Vogel et Meisner, un quadragénaire sec au regard vif et aux cheveux ras, se tenaient debout de chaque côté d'un piédestal de marbre noir surmonté d'un buste en bronze d'Hitler. Le mur derrière eux était décoré par un impressionnant cadre photo de feu le général SS Reinhard Heydrich, premier directeur du RSHA, planificateur de l'extermination des Juifs à la conférence de Wannsee[16]. Celui qui avait érigé la terreur, le chantage, la torture et le meurtre en piliers fondamentaux de l'efficacité des services. Assassiné deux ans plus tôt par des résistants tchèques à Prague, le défunt au visage d'oiseau de proie était respecté et détesté par presque tous ses collaborateurs et chacun avait dû passer devant son portrait en levant le bras. Au fil des ans la plupart des officiers s'abstenaient de ce rituel imbécile, à commencer par Vogel.

---

16. Conférence tenue à Wannsee, banlieue chic de Berlin, pour organiser l'extermination des Juifs.

Le livre des merveilles

Le chef des jeunes militants, un borgne à la jambe de bois d'une soixantaine d'années, fit un signe à l'équipe de tournage et aux journalistes qui les avaient accompagnés puis lança d'une voix forte :

— Herr commissaire et Herr Standartenführer, j'ai la joie de vous présenter la toute première section des jeunes de l'armée Volkssturm[17] de Berlin. Tous volontaires, ils ont obtenu les meilleures notes aux épreuves de combat et de tir à balle réelle.

Les adolescents des deux sexes, en uniforme réglementaire, chemise brune pour les garçons, blanche pour les filles, saluèrent d'un même élan en aboyant le nom du Führer et en levant le bras droit avec un entrain féroce.

Les deux policiers les saluèrent à leur tour alors que Vogel pestait intérieurement. Il avait autre chose à faire que de présenter l'organisation des forces de police du Reich à des gamins. Mais c'était un ordre exprès du chef du RSHA, il fallait encourager les jeunes à s'engager dans le Volkssturm. *Nur du.* Toi seul, c'était le slogan de la campagne d'enrôlement. Vogel avait quand même exigé de ne pas apparaître dans l'angle de la caméra, contrairement à son collègue de la Gestapo qui jouait déjà les cabotins et avait revêtu pour l'occasion sa tenue noire d'apparat. Ce dernier attendit que le chef de section ait terminé, puis bomba le torse.

— Quel plaisir de voir la jeunesse se dresser fièrement pour défendre la patrie. Vous avez répondu à l'appel de notre glorieux Führer tout comme notre population prête à défendre par tous les moyens notre magnifique civilisation européenne si évoluée face aux barbares de l'Est et à leurs alliés ploutocrates de l'Ouest qui veulent la détruire.

---

17. Armée de civils allemands, entre 16 et 65 ans, levée le 16 octobre 1944 pour s'occuper de la défense intérieure.

Vogel se retint de sourire en entendant le mot civilisation prononcé avec onctuosité par le SS. L'officier avait obtenu sa promotion dans la Gestapo après avoir supervisé le massacre de cinquante mille Juifs, hommes, femmes et enfants, en Ukraine, au début de la guerre, quand il était à la tête d'un Einsatzgruppe.

— Je serai bref, continua le SS, je sais que vous attendez de filer au stand de tir situé au sous-sol pour essayer nos nouveaux pistolets-mitrailleurs. Comme je le dis toujours, la parole est aux commères ce que la balle est au guerrier. Pardon, mesdemoiselles, je ne parlais pas de vous. Vous êtes vous aussi des guerrières. Une fois que vous saurez manier le fusil et la grenade, je n'aimerais pas me trouver à la place de ces animaux de Russes s'ils tentent de mettre un pied sur le sol allemand.

Des éclats de rire jaillirent de la troupe. Le cameraman, lui, avait changé d'angle pour prendre le groupe en plan large. Ravi de son effet, l'officier de la Gestapo continua d'une voix enjouée.

— Nous sommes au siège du Reichssicherheitshauptamt, qui regroupe toutes les forces de police et de sécurité du pays pour plus d'efficacité. Une merveilleuse idée d'Heinrich Himmler quand il a été nommé ministre de l'Intérieur en 1939. Il a mis sous la même direction la Sicherheitsdienst, ou SD, le service de sécurité de la SS, et la Sipo, Sicherheitspolizei, les services de police composés de la Geheime Staatspolizei, la fameuse Gestapo, dont je fais partie...

Il voyait dans les regards l'effet provoqué par le nom de la redoutable police politique du Reich.

— Et bien sûr la Kriminalpolizei, ou Kripo, représentée par le commissaire Vogel ici présent. Voyez-vous, notre chef bien-aimé Heinrich Himmler avait compris

Le livre des merveilles

que quatre catégories d'ennemis menaçaient le Reich. Les ennemis raciaux, avec les Juifs en première ligne, les opposants politiques, les criminels de droit commun et les agents de l'étranger. Le RSHA c'est une tête et quatre bras forts et puissants munis de glaives pour trancher le cou de ces ennemis. Je vous passe les détails de l'organisation devenus complexes au fil du temps, mais le principe reste d'une simplicité biblique. Bien que je déteste ce ramassis de superstitions enjuivées.

À nouveau les rires jaillirent. Une main se leva. C'était une jeune fille au regard exalté.

— Herr Standartenführer, notre professeur principal à l'école nous a dit que les lois avaient été changées pour aider la police.

Le SS se tourna vers Vogel pour le laisser répondre.

— Ton maître a raison. Avant l'arrivée au pouvoir du Führer, nous étions entravés dans notre action. On ne pouvait pas arrêter et interroger les ennemis du Reich comme on le voulait. Il fallait rendre compte à des juges qui souvent ne comprenaient pas nos difficultés. Depuis, les choses ont changé dans le bon sens. Je peux arrêter n'importe quel suspect, l'emprisonner et lui poser des questions. Sauf pour des personnes importantes où là il faut un mandat. Mais au final, je dérange peu la justice, les truands et les meurtriers sont la lie de la société. Les juges peuvent ainsi se concentrer sur leur métier de base, comme condamner les coupables. Et nous ne leur envoyons que des coupables !

— Mais il peut y avoir des innocents ? osa demander une fille.

— Oui bien sûr, reprit le SS à son tour, nous ne sommes pas à l'abri d'erreurs et nous en relâchons parfois. Rassurez-vous, il ne s'agit pas de vos parents. Nous sommes au service du pays, les bons Allemands n'ont rien

Le livre des merveilles

à craindre. Mais ce qui est sûr c'est que tous les suspects envoyés devant les tribunaux sont déclarés coupables. Je ne parle pas des Juifs qui eux sont coupables du fait même de leur nature et ont été envoyés dans des camps de travail et de rééducation.

— J'espère qu'ils ne reviendront jamais ! jeta l'un des garçons qui arborait fièrement son brassard à croix gammée.

— Ça ne risque pas, murmura le SS en affichant un petit sourire.

Le commissaire balaya la jeune assistance du regard. Ils arboraient tous la même expression fanatique, en tant qu'ancien SA, il était impressionné. Lui n'avait jamais goûté au lait maternel du nazisme. Il s'était converti au national-socialisme quand il était jeune adulte. Ces gamins, eux, étaient passés dès leur sixième année par les organisations de jeunesse du parti qui avaient forgé leur esprit, tel du fer brûlant coulé dans les moules à canons d'une aciérie. Il les jaugea, ils devaient avoir entre 16 et 19 ans, chacun d'entre eux avait au moins dix ans d'endoctrinement dans le cerveau. Une génération de chair et d'acier qui allait rebâtir le Reich, fanfaronnait le docteur Goebbels quand il avait lancé la création du Volkssturm.

Vogel soupira. C'était plutôt la génération de l'abattoir. La guerre était perdue, ils périraient les armes à la main dans l'affrontement final avec les rouges. Il sentit presque une pointe de tristesse en les contemplant et n'écoutait plus le jeu des questions-réponses. Le visage de sa fille, Katarina, surgit à nouveau dans son esprit. Tous ses proches avaient perdu une partie de leur progéniture dans cette foutue guerre.

Inge Unterkempf continuait à lui rappeler sa fille, mais il ne savait pas si c'était la vague ressemblance ou les circonstances étranges qui le focalisaient plus que de raison sur ce meurtre. En tout cas cela le changeait de la plupart des crimes sordides qui faisaient son ordinaire. Cela faisait longtemps qu'il n'avait pas pris goût à une enquête. Le tatouage en forme d'étoile de la morte et la présence de ce symbole sur le portrait l'intriguaient au plus haut point. Ainsi que son activité au cabaret du Flamant rouge et son protecteur. Par habitude il savait que son intérêt pour une enquête démarrait souvent sur un détail insolite. Comme celle qu'il avait menée l'année précédente sur une série de meurtres de trois jeunes femmes sans lien apparent, à plusieurs mois d'intervalle, si ce n'était la présence de poupées d'enfant à côté des victimes. Il avait fini par coffrer l'assassin, un soldat qui revenait de permission, lui-même ancien ouvrier dans une fabrique de jouets et devenu prédateur sexuel sur le tard.

Vogel avait sa petite idée pour trouver des informations sur l'étoile du tatouage. Et puis, il se l'avouait avec délectation, il n'était pas mécontent d'aller faire un tour le soir même dans le cabaret des huiles du régime.

Une autre main se leva.

— Que faites-vous des suspects ?

— Au moment où je vous parle, deux cents personnes sont détenues dans les caves au-dessous de vos pieds. Et certaines d'entre elles font partie des comploteurs qui ont planifié l'attentat contre notre bien-aimé Führer.

Des murmures de réprobation agitèrent la troupe.

— Salauds !

— Il faut les tuer tous !

— Allons, calmez-vous, tempéra mollement l'officier de la Gestapo, c'est prévu. Mais ils doivent avouer l'étendue de leurs complicités. Il y a du beau monde, des généraux, des maires, des professeurs. Ça vous plairait de voir ces rats dans leurs cellules ?

Le livre des merveilles

— Oui !
Les regards étaient plus féroces encore.
— Bien... bien. Mon ami le commissaire Vogel va quand même vous présenter son service et ensuite l'un de mes adjoints continuera la visite.
Vogel expédia la présentation en une dizaine de minutes, conscient que les gamins se moquaient éperdument des enquêtes de police. Puis la section du Volkssturm quitta le hall en compagnie d'un autre officier SS. Le policier avait l'esprit ailleurs. Il était temps de continuer son enquête. Cette histoire de sorcière le tracassait et une idée avait germé dans sa tête.

17.

Londres, 10 Downing Street
Octobre 1944

Pour l'occasion, Crowley avait passé une chemise empesée, un col amidoné et un nœud papillon, dont il se rendait compte qu'il le faisait passer pour un guignol face à ses interlocuteurs. Et ce qu'il leur avait raconté n'avait pas arrangé sa situation.
— Vous vous foutez de moi, Crowley ? Vous prétendez savoir que Laure d'Estillac et Tristan Marcas ont été enlevés par les nazis et ont rejoint l'Allemagne à bord d'un sous-marin ?
L'homme qui parlait était John Colville, secrétaire particulier de Churchill qui partageait avec son patron la même nature colérique.
— Et vous affirmez avoir appris cela d'une prostituée de Corfou, possédée par un démon ?
— C'est-à-dire que…
— Démon que vous avez convoqué à grands coups d'invocations et qui s'est poliment rendu à votre invitation en investissant le corps d'une pensionnaire de bordel ?
Aussi brun et anguleux que Churchill était rond et dégarni, Colville avait la réputation de ne jamais s'embarrasser de nuances.

Le livre des merveilles

— Je vais vous envoyer dans un camp d'internement, Crowley, avec les autres tarés de votre espèce. Croyez-moi, vous n'y survivrez pas trois jours. Et si par hasard vous dépassiez cette date de péremption, je paierais moi-même un Irlandais affamé pour qu'il vous étripe.

Aleister devint livide. Il avait déjà entendu parler de ces camps où l'Angleterre détenait tous ceux qu'elle soupçonnait de sympathie trop prononcée en faveur de l'Allemagne. On y crevait de faim et les différentes communautés, Irlandais indépendantistes ou fascistes britanniques, s'y entre-tuaient pour un quignon de pain. Une voix plus grave intervint.

— Avant que notre ami ne se transforme en un garde-manger, il convient peut-être de vérifier cette information, même si elle provient d'une source pour le moins inhabituelle.

Colin Gubbins dirigeait le Service des opérations extérieures depuis 1943. Militaire de carrière, spécialiste de la guérilla, il connaissait parfaitement la vie de terrain des hommes de l'ombre. Il avait lui-même dirigé plusieurs missions de sabotage dans les territoires occupés par l'Allemagne. Manipuler et tuer faisaient partie de son quotidien.

— La vérifier ? s'exclama Colville dont la colère ne retombait pas. Vous voulez qu'on passe un coup de fil à Himmler ? Qu'on lui demande s'il n'a pas récupéré un couple de Français en fin de croisière sous-marine ?

— Nous disposons d'une source au cœur de la SS. Nous l'avons déjà avertie. Si Tristan et Laure réapparaissent en Allemagne, nous le saurons aussitôt.

Mais Colville était lancé.

— Vous imaginez si les SS les font parler ? Ces deux tourtereaux sont mêlés à toutes nos opérations spéciales depuis 1940 !

Gubbins secoua la tête.

— Si Himmler a pris la peine de les enlever alors que l'Allemagne se bat sur tous les fronts, ce n'est pas pour les interroger sur leurs missions passées, mais bien pour en lancer une nouvelle. Et pour être sûr que Tristan coopère, ils ont enlevé Laure et son enfant à naître.

Crowley passa un doigt dans son col, respirant à nouveau. L'orage n'était plus au-dessus de sa tête.

— Vous voulez dire qu'ils vont tenter d'impliquer Tristan dans cette opération de récupération de reliques ?

À la demande de Churchill, Gubbins avait pris la direction du nouveau bureau en charge de ce dossier sensible et c'est lui qui avait envoyé Crowley à Corfou pour ramener Tristan.

— Je ne pense pas... cette opération est vraiment cruciale pour les nazis. Ils ne prendront pas le risque d'y mêler un Français. À moins de le tuer immédiatement après.

Aleister était aussi impassible qu'une tombe. Gubbins était en train de lui sauver la mise. Le fait que tous deux aient reçu *la lumière* et s'appellent *frères* jouait bien sûr, mais Crowley savait aussi que le chef du SOE allait lui présenter la note. Toutefois, il lui restait encore une carte à jouer. Il fallait l'abattre au bon moment. Le secrétaire de Churchill tortura le bout de sa moustache. Une habitude quand il pressentait une mauvaise nouvelle.

— Quand vous dites une *nouvelle mission*, à quoi pensez-vous ?

— Ce pour quoi Tristan a un savoir-faire reconnu aux yeux d'Himmler : retrouver ce qui est caché. Parfois depuis des siècles.

— Une nouvelle relique ?

Gubbins fit signe à Aleister. Cette fois, le mage avait intérêt à être convaincant.

Le livre des merveilles

— Nous avons pu établir que l'Ahnenerbe a connu un regain d'activité ces derniers mois...
— Des missions en Irlande, aux Canaries et en Amérique du Sud, je sais tout cela !
— Ce qui confirme que les nazis cherchent activement un sanctuaire pour abriter leurs trésors les plus précieux, toutefois nous avons eu de nouvelles informations sur leur périple en Irlande.

Même bouillant d'impatience, le secrétaire de Churchill se garda bien d'interrompre à nouveau Aleister. S'il avait soutenu la création de ce nouveau service, ce n'était pas pour remettre la main sur des reliques aux hypothétiques pouvoirs, mais parce qu'il était convaincu que cette opération de récupération était une couverture. Si les nazis cherchaient un sanctuaire, c'était pour assurer la fuite des principaux dignitaires du Reich et ainsi continuer la guerre. Qu'Hitler, Himmler ou Goebbels puissent se volatiliser donnait des sueurs froides à tous les dirigeants alliés ! Aleister toussa légèrement pour attirer l'attention de Colville.

— Un de nos informateurs en Irlande nous a relaté que, lors du séjour des membres de l'Ahnenerbe, il y avait eu une série d'effractions dans différents lieux de l'île. Un musée et des églises.
— Et vous pensez que ce sont les sbires d'Himmler qui en sont responsables ?

Gubbins reprit la parole.

— À la différence des missions aux Canaries et en Amérique du Sud, les nazis, cette fois, n'ont pas agi à visage découvert. Ils se sont déplacés dans l'île avec des passeports suédois. Et s'ils ont effectivement visité plusieurs lieux pour acheter un domaine isolé, la coïncidence avec ces cambriolages n'est peut-être pas fortuite.

Le livre des merveilles

— Une mission dans la mission ? commenta Colville incrédule. Alors vous savez ce qui a été volé ?
— Apparemment rien, comme s'ils n'avaient pas trouvé ce qu'ils cherchaient. Un total mystère.
— Pas pour moi ! annonça Crowley subitement.

Colville le foudroya du regard. Il n'en pouvait plus de cet escroc de l'occulte doublé d'un mythomane. En 1940, il avait réussi à convaincre les journaux que c'était lui qui avait inventé le V de la victoire dont usait et abusait Churchill !

— Tous les lieux qui ont été *visités* par l'Ahnenerbe ont un point en commun. Tous ont un lien avec un certain Fridge, un évêque allemand, venu évangéliser l'Irlande autour du vi^e siècle. Les églises cambriolées lui sont dédiées, le musée contient des témoignages de sa vie.

— Mais enfin, puisqu'ils n'ont rien volé ! s'exclama Colville.

Aleister allait exhiber un sourire triomphant quand il se souvint que sa dentition n'était plus ce qu'elle était.

— Tout simplement parce que ce qu'ils cherchaient n'y était plus.

— Expliquez-vous, Crowley !

— Le musée victime d'une tentative de cambriolage contient une pièce rare. La vie de Fridge qu'il a lui-même rédigée. Un unique exemplaire, très fragile, qui est en restauration dans un laboratoire spécialisé depuis quelques semaines à peine. Une information que les nazis ne pouvaient connaître.

Le chef du SOE fixa le mage avec stupéfaction. Décidément ce vieux renard avait de la ressource. C'était du Crowley tout craché. Une fois encore l'équilibriste du destin était retombé sur ses pieds fourchus. Mais Colville n'avait pas l'air convaincu.

Le livre des merveilles

— Pourquoi diable vouloir s'emparer d'un vieux bouquin retraçant la vie d'un évêque, mort il y a des siècles ?
— À cause de la personnalité de ce Fridge. S'il est parti évangéliser une terre aussi lointaine et surtout hostile, c'est parce qu'en Allemagne il s'était taillé une réputation de fanatique à grands coups de bûchers purificateurs.
— Ils brûlaient qui, des païens qui refusaient de se convertir ?

La voix du secrétaire de Churchill commençait à monter dans les tours, mais Aleister, emporté par sa verve, ne s'en aperçut pas.

— Justement non ! Ni païens ni hérétiques. Uniquement des femmes. Des sorcières. Et comme vous le savez, les sorcières sont devenues l'obsession d'Himmler, je suis sûr que...

Cette fois Colville explosa :

— Vous êtes fou, Crowley ! Vous voulez me faire croire qu'Himmler, en pleine guerre totale, a envoyé un commando en Irlande pour s'emparer de morceaux d'écorce ? Que le chef des SS, quand il a bien rempli ses camps de concentration de Juifs et résistants, fantasme sur des sorcières ? Que l'ancien éleveur de poulets s'est mis en tête de chevaucher un balai pour sauver le Reich ? À moins qu'il ne se rende au Sabbat en compagnie de Goering le camé et Goebbels l'obsédé sexuel ?

Furibond, Colville se retourna vers le chef du SOE.

— Général Gubbins, j'exige que vous mettiez fin immédiatement à toute collaboration avec cet illuminé ! Quant à l'avenir du bureau qui travaille sur ces foutues reliques nazies, laissez-moi vous dire qu'il a du plomb dans l'aile !

Le secrétaire de Churchill pivota sur lui-même.

— Quant à vous, Crowley, je vous conseille de quitter Londres au plus vite avant que je ne vous fasse arrêter !

Le livre des merveilles

Pourquoi n'iriez-vous pas en Écosse ? Vous possédiez bien un manoir en face du Loch Ness[18] ? Au moins il y aura un véritable monstre sur place.

Aleister se garda bien de lui révéler que c'était lui qui avait donné le nom de Nessie à la bête des profondeurs. Un surnom passé à la postérité. Un coup discret retentit à la porte.

— Un télégramme pour le général.

Gubbins lut rapidement et annonça :

— Laure et Tristan sont en Allemagne.

Un sourire de satisfaction envahit le visage flasque de Crowley. Il ne s'était pas trompé. Le démon ne l'avait pas trompé. Il était toujours le Maître des Ténèbres.

— Notre informateur nous précise qu'ils viennent d'arriver au château du Wewelsburg.

— La forteresse occulte d'Himmler, précisa Aleister.

— Cette fois, il n'y a aucun doute. C'est Himmler lui-même qui a commandité leur enlèvement, commenta Gubbins. Et il a un projet avec eux. Un projet pour nous anéantir.

Jusque-là Colville était resté assis. Il se leva et regarda par la fenêtre. Un *bobby* sifflotait en montant la garde. Il faisait beau. Londres était paisible. Tout le contraire de l'été 1940 quand la mort avait surgi du ciel, quand les bombardiers de Goering avaient transformé la capitale en un gigantesque cimetière... plus jamais ça !

— Je ne laisserai pas les nazis menacer à nouveau notre destin.

Colville se détourna de la fenêtre.

— Général, éliminez ces deux Français.

---

18. Boleskine House, vendu par Crowley en 1913.

18.

*Allemagne, Wewelsburg
Octobre 1944*

Tous les matins, le Reichsführer lisait la presse internationale. De discrets agents du SD l'achetaient à l'aube en Suisse pour qu'elle soit sur le bureau d'Himmler à l'heure de son petit-déjeuner. De tous les dignitaires nazis, il était le seul, avec Goebbels, à avoir une vision géopolitique détaillée. Sauf que le ministre de la Propagande finissait par croire ce qu'il déclamait à longueur de discours, pas Himmler. À la différence de la cour de fanatiques zélés qui entouraient Hitler, le chef des SS savait que les armes secrètes ne changeraient pas le destin de la guerre : elles arrivaient trop tard. Certes, l'Allemagne, maintenant qu'elle était acculée à ses frontières, résistait mieux que prévu, mais ce sursaut ne servirait qu'à gagner du temps, pas la victoire. Désormais, il fallait penser l'impensable : l'après-Hitler.

Himmler reposa les journaux américains. Beaucoup d'éditorialistes outre-Atlantique s'inquiétaient de l'avancée des Russes, déjà prêts à ne faire qu'une bouchée de la Hongrie et de la Roumanie. Des communistes qui risquaient de faire main basse sur toute l'Europe, inacceptable pour

Le livre des merveilles

les Américains. Ils ne le toléreraient jamais et, pour éviter cette catastrophe, ils avaient besoin de lui, Himmler.
Le Reichsführer posa sa tasse de thé. Il devait trouver un moyen de s'imposer aux yeux des Alliés. Le plus simple serait d'entamer des négociations secrètes. Il avait les contacts nécessaires en Suède ou en Suisse, mais si le Führer l'apprenait, c'était assurément le croc de boucher. Non, ce qu'il fallait, c'était faire douter les Anglo-Américains, leur faire croire que l'Allemagne n'avait pas dit son dernier mot. Les récentes missions de l'Ahnenerbe, en quête d'un sanctuaire suprême, y contribuaient. Plus que tout, Churchill comme Roosevelt craignaient que les dirigeants nazis s'échappent et continuent la lutte dans la clandestinité, et, plutôt que d'être jugés et punis comme criminels de guerre, deviennent des légendes vivantes. On ne gagne jamais contre des mythes errants.
Himmler soutenait aussi le projet d'Hitler d'une contre-offensive éclair[19] sur le front Ouest. Bien sûr, les nazis ne terrasseraient pas les soldats alliés, mais une série frappante de victoires populariserait dans le monde entier la combativité des troupes allemandes et pourrait amener Américains et Anglais à la table des négociations. C'est là qu'Himmler les attendait. Malgré la pression sur ses épaules, Heinrich avait la capacité, non seulement d'analyser froidement la situation, mais d'en intégrer pleinement les conséquences. Désormais, il allait attendre patiemment que les Alliés viennent à lui, tel un chat aux aguets devant un trou à souris. Ce qui lui laissait l'esprit libre pour son nouveau projet.
Le Reichsführer se leva. La fenêtre de son bureau donnait sur la cour pavée du château. Skorzeny venait d'éjecter

---

[19]. La bataille des Ardennes qui aura lieu en décembre 1944.

Le livre des merveilles

de sa voiture le fils de l'amiral Horthy. On verrait comment aller réagir son traître de père quand il entendrait au téléphone les hurlements et pleurs de son rejeton.
En attendant ce moment privilégié, il devait une fois encore se concentrer sur son nouveau projet.
Et pour ça, il avait besoin de Tristan Marcas.

Laissé libre de ses mouvements, Tristan observait le décor de la salle où l'attendait son destin. Décidément, Himmler avait un goût exécrable en matière de décoration. Contre chaque mur s'alignaient des armures rutilantes. Au détail près que toutes étaient fausses. Les casques, les gantelets et les jambières étaient ornés de dragons vomissant du feu, de licornes en furie, de griffons menaçants. Tout un bestiaire imaginaire révélant combien le Reichsführer vivait dans un monde fantasmé. Un monde où il se prenait pour le roi Arthur et ses SS pour les chevaliers de la table ronde. Alors que l'Allemagne était cernée de toute part, Himmler poursuivait son rêve éveillé devenu un cauchemar pour toute l'Europe. Tristan secoua la tête de colère. Depuis son arrivée en Allemagne, il n'avait aucune nouvelle de Laure et cette incertitude commençait à le rendre irascible. Une double porte s'ouvrit d'un coup et un Skorzeny en grand uniforme entra.

— Le Reichsführer va vous recevoir. Le temps de mettre sous pression le jeune Horthy, puis d'appeler son amiral de père. J'ai hâte de rentrer à Berlin pour annoncer au Führer que la Hongrie est toujours notre alliée.

Du doigt, Marcas désigna sa poitrine tout étincelante de décorations.

— Vous avez hâte de rajouter une nouvelle breloque à votre quincaillerie ?

— Ne soyez pas amer, Tristan !

Le SS s'approcha d'une des armures dont il caressa le métal étincelant.

— Je me demande s'il y en a une à ma taille ?

— Je ne vous conseille pas de les porter dans un tournoi. Vous vous retrouveriez aussitôt au sol et en caleçon. Comme l'Allemagne dans très peu de temps.

Skorzeny se retourna brusquement.

— Je ne vous permets pas...

Tristan lui fit face. Depuis qu'il avait été enlevé, il n'avait pu faire exploser sa rage. Et cette fois, l'heure était venue.

— Depuis des années, vos maudits amis nazis se servent de moi, m'utilisent, me manipulent...

— Ne me prenez pas pour un imbécile, Marcas, nous savons très bien que, depuis le début, c'est vous qui tentez de nous manipuler au bénéfice de vos amis anglais. D'ailleurs, vous êtes devenu un tel expert en la matière que je me demande si, à Corfou, c'est bien nous qui vous avons enlevé...

— Vous vous foutez de moi, Otto, j'ai pris une balle dans le bras et Laure est entre vos mains !

— ... et si vous vous étiez laissé enlever ? Volontairement et avec préméditation.

La colère de Tristan retomba aussitôt. À aucun moment il n'avait pensé que les nazis pourraient imaginer que cet enlèvement était en fait prévu et préparé.

— Et si votre *retraite* à Corfou n'était qu'un appât ? lança Otto, soupçonneux. Une maison isolée, une crique déserte, des forêts à perte de vue... si ce n'était pas un refuge, une cachette, mais un traquenard ?

— Vous m'auriez déjà exécuté ! À moins qu'une fois de plus le Reichsführer n'ait un absolu besoin de mes

Le livre des merveilles

services ? Je vais finir par lui suggérer de prendre un abonnement !

— Cessez votre insupportable humour français ! Je me fiche de ce que veut Himmler, ce que je veux, moi, c'est savoir si vous ne jouez pas double jeu.

Tristan haussa les épaules.

— Si je me suis fait enlever volontairement, expliquez-moi donc comment je vais transmettre des infos à Londres ? Je n'ai pas vu de bureau de poste au Wewelsburg.

— Justement, il n'y a aucun moyen de communiquer avec l'extérieur ! Vous êtes au milieu de l'élite du Reich et je réponds de tous les officiers présents ici.

— Vous croyez quoi ? Que je vais corrompre un fanatique SS, soudoyer un des gardes surarmés, acheter une des secrétaires qui hurlent Heil Hitler cent fois par jour ?

— Je vous l'ai dit, je réponds personnellement de tous les hommes.

— Vous vous répétez, Otto. Est-ce l'âge ou la peur ?

— Je réponds de tous sauf d'un.

Tristan secoua la tête. Il ne comprenait plus. De qui parlait Otto ?

— Nous avons un traître dans l'entourage d'Himmler. Nous en sommes sûrs depuis aujourd'hui. Nos doutes ont été confirmés.

— Je ne vous suis pas.

— Il y a une semaine, le Reichsführer a annoncé à son état-major les nouveaux itinéraires de transport des V2, les armes les plus secrètes du Reich.

Marcas pensa au squale d'acier qu'il avait croisé quelques heures plus tôt.

— Il y avait cinq convois. Quatre ont été détruits par bombardement aérien. Ce qui signifie que nous avons parmi nous une taupe qui informe les Alliés.

Le livre des merveilles

Le Français ne put s'empêcher de réagir.

— Mais comment un informateur pourrait-il prévenir les Alliés de l'intérieur du Wewelsburg ? Vous-même dites que c'est impossible.

Otto fit rouler sa moustache entre ses doigts. Depuis quelque temps, elle s'affinait en pointe et s'éloignait du modèle Adolf dont la cote commençait à baisser.

— Je vois que vous commencez à comprendre… alors, apprenez qu'après cette annonce, l'intégralité de l'état-major s'est rendue auprès du Führer pour une conférence militaire…

La phrase volontairement interrompue de Skorzeny mit Marcas en éveil.

— Je doute qu'à Berlin ou à la Tanière aux loups, votre *traître* ait pu faire passer l'information, en revanche…

— … en revanche, reprit Otto, il a pu la transmettre à quelqu'un dont le statut empêche toute surveillance et qui a des connexions sûres avec l'étranger.

Brusquement le Français saisit. Skorzeny soupçonnait un proche d'Hitler. Et il n'y en avait que trois. Goebbels, Goering et Ribbentrop, son conseiller. Tous des adversaires d'Himmler à la succession du Führer. Si Otto parvenait à en compromettre un, le chef des SS se rapprocherait encore plus du pouvoir suprême.

— Alors c'est pour ça que vous m'avez enlevé ? Pour que je serve d'appât.

Otto se pourlécha les babines comme s'il était à la veille d'un bon dîner.

— C'est pour *ça* que j'ai soutenu l'excellente idée du Reichsführer de faire de Laure et vous ses *invités privilégiés* au Wewelsburg.

— Vous êtes une ordure, Otto ! D'ailleurs, qui me dit que cet informateur, ce n'est pas vous ?

145

Le livre des merveilles

Le SS éclata de rire.

— Vous avez une imagination débordante, Tristan. Tant mieux pour vous...

Skorzeny baissa brusquement d'un ton.

— ... parce que cette fois, vous allez devoir vous surpasser.

19.

Berlin, RSHA
Octobre 1944

Au moment où Vogel allait saluer son collègue de la Gestapo et regagner son bureau, ce dernier le prit par le coude.
— Comment ça se passe en ce moment ? demanda le SS.
— Bien, répondit prudemment Vogel, beaucoup de travail et on manque de collaborateurs. J'ai encore découvert un nouveau cadavre avant-hier.
Le SS émit un petit rire.
— Un cadavre... voyez-vous ça. Vous m'amusez à la Kripo. Je suis passé dans le camp d'Auschwitz la semaine dernière, ils avaient gazé quatre cents Juifs en une journée. L'Europe entière charrie des monceaux de cadavres et vous gaspillez votre temps pour un mort. Ne le prenez pas mal, mais je trouve cela... rafraîchissant.
Le commissaire savait que Meisner prenait un malin plaisir à le dévaloriser. Il connaissait aussi son passé de SA et ne manquait jamais de le lui rappeler. Le SS croisa les bras.
— Et qui est ce mort ? Je suis sérieux. Quand j'étais gamin j'adorais lire les histoires du détective anglais. Celui avec son ami médecin...

Le livre des merveilles

— Sherlock Holmes. L'affaire est intéressante. Une jeune femme. Ex-infirmière qui travaillait au Flamant rouge. Pour une fois que je peux enquêter dans un monde un peu rutilant, je ne vais pas me priver. J'allais justement vous demander un conseil.

Vogel était sûr que la Gestapo surveillait l'établissement, voire en était responsable. Meisner garda son sourire intact, mais sa concentration avait décuplé.

— Tiens donc. Expliquez-moi ?

— Pour le moment pas grand-chose, il faut que j'aille là-bas pour continuer mon enquête. Peut-être pourriez-vous m'aider ? Vous avez la haute main sur cet établissement compte tenu de sa clientèle.

— Nous gardons juste un œil, pas question d'intervenir dans la gestion de l'établissement. Le temps du salon Kitty[20] est révolu.

Vogel savait pertinemment que le SS mentait, mais il fit semblant d'acquiescer.

— Je dois vous laisser, j'ai beaucoup de travail.

— Quand devez-vous aller au Flamant rouge ?

— Ce soir je pense.

— N'hésitez pas à me tenir au courant de votre enquête.

Le commissaire ne se fit aucune illusion, son collègue allait prévenir la direction de l'établissement de son arrivée.

— Je n'y manquerai pas.

Vogel le salua et gravit le majestueux escalier principal pour atteindre le deuxième étage où se trouvaient ses nouveaux bureaux. Ceux de l'Alexanderplatz, dans un château du XIXe, avaient été en partie soufflés par un bombardement le mois précédent. La moitié de l'édifice encore

---

[20]. Célèbre maison close tenue par la SS où les conversations des clients et des hôtesses étaient enregistrées.

debout était encombrée de gravats et de restes calcinés. Lui qui n'était pas croyant bénissait la providence d'avoir été absent ce jour là. Une quarantaine de ses collègues et le double de prisonniers avaient été réduits en bouillie, ensevelis, ce jour-là, sous des tonnes de blocs de pierre ouvragée.

Il arriva à son bureau un peu essoufflé et eut la surprise de découvrir son jeune adjoint assis sur le bureau de sa secrétaire, une charmante et souriante quadragénaire brune aux cheveux tirés en arrière. L'inspecteur roucoulait à la puissance d'un Panzer fonçant sur les plaines d'Ukraine au bon vieux temps de l'invasion de la Russie. La secrétaire rougit et s'empressa de classer des papiers qui traînaient sur la table alors que Barnhart bondissait de son perchoir comme s'il avait été piqué par une guêpe. Vogel en profita.

— J'ai l'impression que vous manquez de travail en ce moment. Vous allez récupérer quelques dossiers en cours.

— Merci, commissaire, trop heureux de vous aider. Et pour l'affaire Unterkempf ?

— Je m'en occupe personnellement. Cas sensible, si vous voyez ce que je veux dire.

La secrétaire lui renvoya un timide sourire.

— Commissaire, vous avez reçu de nombreux appels en votre absence. Je vous laisse un récapitulatif ?

Vogel ne lui renvoya pas son sourire. Il aurait pu l'apprécier, n'eût été sa fâcheuse manie d'espionner tous ses faits et gestes pour le compte de ses homologues de la SS. Il avait découvert plus d'une fois certains de ses dossiers confidentiels légèrement déplacés dans son tiroir fermé à clef.

— Je suis sur une nouvelle affaire. Essayez de décaler mes rendez-vous ou alors mettez un collègue dans la boucle.

Le livre des merveilles

La secrétaire tapota son mémo, l'air soucieux.
— N'oubliez pas la réunion de coordination des services de sécurité, votre présence est obligatoire, lança la femme. Elle a d'ailleurs été avancée à six heures trente, demain matin.

Vogel détestait se lever tôt. Son nouveau bureau était à trois quarts d'heure de trajet, ce qui impliquait de se lever à cinq heures du matin. Il s'engouffra dans son bureau, claqua la porte derrière et s'assit dans un fauteuil qui donnait sur la Prinz-Albrecht-Strasse. Il alluma une Modiano pour chasser sa mauvaise humeur et le début de migraine qui pointait. Il n'arrivait pas à repousser le visage de sa fille et d'Inge. À son grand déplaisir, il faisait preuve de sensiblerie, ce qu'il avait toujours considéré comme une tare. *Secoue-toi.*

Il sortit son calepin pour fixer ses idées. En l'absence d'éléments nouveaux, l'identification d'empreintes digitales répertoriées dans le fichier notamment, deux pistes s'offraient à lui. Celle du cabaret dans lequel elle travaillait et celle de la mystérieuse femme qui venait lui rendre visite et avec qui elle s'était disputée. Le portrait dressé par sa colocataire ne l'aidait pas vraiment. De taille moyenne, blonde, la quarantaine. Des millions d'Allemandes correspondaient à ce signalement. Quant aux vêtements, rien n'indiquait une catégorie sociale plutôt qu'une autre. Restait l'étoile des sorcières, symbole présent sur le tatouage et le tableau de la femme du Moyen Âge.

Le téléphone sonna et Vogel décrocha, vaguement irrité.
— Monsieur le commissaire, c'est le service de l'identité judiciaire. Je vous les passe ?
— Oui, et tant que vous y êtes trouvez-moi la fiche d'inspection du cabaret le Flamant rouge. Elle doit se trouver au service des archives centralisées avec la Gestapo.

Dites-leur que c'est une demande directe de ma part dans le cadre d'une enquête.

Il prit l'appel de son collègue de l'identité, Hans von Daslow, un policier efficace, quinquagénaire à la bedaine respectable et aux manières polies. Il était l'un des rares rejetons de la noblesse que l'on trouvait à ce type de poste. Les aristocrates détestaient faire carrière dans la police et ses basses besognes, préférant les Affaires étrangères ou le ministère de la Guerre, infiniment plus prestigieux.

— Alors, Daslow, avez-vous une bonne nouvelle à m'annoncer ?

— Peut-être. Mis à part les empreintes de la victime et sa colocataire, il n'y avait pas grand-chose. On en a quand même récolté une autre sur le rebord de la fenêtre et le canapé, nous allons les comparer avec la base du fichier central, mais ça va demander du temps. Et en ce moment le temps est une denrée de luxe, aussi rare qu'un plat de viande à la sauce forestière. Je suis submergé de demandes pour identifier les corps réduits en bouillie lors du dernier bombardement.

— Comment puis-je vous procurer cette denrée ? Ça m'aiderait vraiment si vous pouviez accélérer ce dossier.

— Un ordre écrit du Führer ou d'Himmler ? plaisanta le spécialiste.

— Sérieusement…

Il s'écoula quelques secondes, le temps que son interlocuteur réfléchisse, puis ce dernier répondit :

— Il y aurait peut-être un petit service. J'ai un neveu qui est revenu du front avec deux bras en moins il y a trois mois. Sa pension n'est toujours pas versée et les bureaucrates du ministère du Travail s'en foutent royalement.

Le livre des merveilles

Vous connaîtriez quelqu'un qui pourrait accélérer la procédure ?
— C'est comme si c'était fait. J'ai une connaissance qui travaille là-bas.
— Merci. Je mets votre dossier en haut de la pile, mais comptez deux trois jours, j'ai quand même d'autres vérifications à terminer.

Vogel raccrocha, un sourire de satisfaction aux lèvres. Au fil des ans il avait constitué un carnet d'adresses un peu spécial. Celui de ses obligés d'une nature très particulière. Des hommes, et quelques femmes, impliqués dans certaines affaires compromettantes qui ne menaçaient pas la sécurité du Reich et dont il avait classé l'affaire, en échange de quelques menus services. En l'occurrence, il allait se rappeler au bon souvenir d'un cadre du ministère du Travail prit en flagrant délit d'homosexualité avec un soldat dans une chambre d'hôtel, deux ans plus tôt. Vu la répression féroce du régime à ce sujet, ce quinquagénaire père de famille ne demandait pas mieux que de lui rendre service pour manifester sa gratitude. Vogel nota sur son calepin d'activer le contact.

Il était temps de se pencher sur la piste du tatouage. L'étoile des sorcières. Il prit le petit annuaire administratif des services du RSHA et tourna les pages rapidement avant de trouver ce qu'il cherchait dans l'organigramme du SD, le Sicherheitsdienst, service de sécurité de la SS. Son index glissa sur les différents bureaux pour s'arrêter à l'Amt III, le pléthorique service de la sécurité intérieure. Dans l'État SS tout était indexé et codifié. L'Amt III hébergeait un sous-service un peu particulier, la section C2, le service consacré à la surveillance de l'éducation religieuse. Un département dûment appointé dont l'activité avant-guerre était consacrée à la lutte contre les sociétés secrètes, les francs-maçons, les cultes magiques et les sectes hostiles au régime. L'activité du service avait drastiquement baissé depuis le début de la guerre et la décapitation de toutes les sociétés ésotériques et parareligieuses, mais il existait toujours, transformé en une sorte de bureau des archives suranné.

S'il y avait un spécialiste des sorcières et des foutaises ésotériques, c'est bien là qu'il devait se trouver. Il composa le numéro et patienta. Au bout d'une bonne minute, une secrétaire lui répondit que l'officier responsable ne serait présent que le lendemain. Vogel prit rendez-vous, le temps n'avait jamais été pour lui une contrainte, il en profiterait pour s'avancer sur d'autres dossiers urgents. Le visage d'Inge Unterkempf s'estompa progressivement dans son esprit alors qu'il s'attaquait à la pile posée sur son bureau. Mais dans un coin de sa tête il savait que la petite sorcière qui ressemblait à Katarina n'avait pas entièrement disparu.

20.

Allemagne, Wewelsburg
Octobre 1944

Le docteur Kirsten Feuerbach fit jouer le commutateur électrique. Subtilement répartis dans toute la salle, des effets progressifs de lumière dévoilèrent de longues travées boisées emplies de livres dont les couvertures usées avaient défié les siècles. On avait peine à croire que la bibliothèque se trouvait sous terre. Plus exactement dans les anciens cachots du château, à la demande d'Himmler qui voulait mettre ses précieux livres en lieu sûr par crainte des bombardements. Cet antre était l'exacte doublure de son esprit. Un sanctuaire où ses démons intimes pourraient se révéler dans une pénombre propice.

Dans un angle uniquement éclairé par des chandeliers, un canapé minimaliste et deux fauteuils de cuir fauve entouraient une table basse où était posé un dossier. Une dernière fois, Kirsten en vérifia le contenu. Tous les éléments dont le Reichsführer pouvait avoir besoin étaient réunis. Des preuves, des témoignages, des indices, rassemblés dans l'Europe entière par l'Ahnenerbe. Un travail énorme, qui, aujourd'hui, avait autant de valeur que les nouvelles armes technologiques du Reich. Concentrée, Kirsten balaya du regard la salle. Tout devait être parfait. Entre ses milliers

Le livre des merveilles

de livres nappés de lumière et ses lieux de pénombre où méditer, Himmler n'était pas la bête traquée et angoissée que ses adversaires imaginaient. Bien au contraire, il préparait sa résurrection et l'accomplissement de son destin.

Quand le chef des SS entra, Kirsten se statufia en un salut hitlérien auquel son chef répondit d'un simple hochement de tête. Depuis longtemps, avec ses proches collaborateurs, le Reichsführer se dispensait du rituel nazi. Skorzeny, quand il avait vidé un carafon de bourgogne, racontait qu'Himmler, un jour, avait calculé combien de minutes volait à son emploi du temps ce salut inlassablement répété. Un temps précieux qui pouvait être bien mieux occupé : à déporter des Juifs par exemple.

— Tout est là ?

La voix d'Himmler avait toujours une sonorité métallique.

— Oui, tout ce que nous avons collecté dans l'Europe entière depuis 1939. Vous le savez…

— Combien en tout ?

— Depuis la dernière fois nous en sommes à dix-neuf mille volumes, issus aussi bien de bibliothèques privées que publiques. Des textes imprimés, des manuscrits, des correspondances, des traductions…

— Où en est-on du traitement des nouveaux arrivages ?

— Nos spécialistes ont travaillé jour et nuit. Chaque ouvrage a été étudié, annoté, résumé, fiché.

Kirsten fit un geste théâtral vers la bibliothèque.

— Tout ce qui a été publié ou écrit en Europe sur la sorcellerie, depuis le Moyen Âge, est réuni ici. Une collection unique, un savoir exceptionnel.

— Dites-m'en plus sur les entrées les plus récentes ?

— Des incunables en provenance d'Italie, pris en particulier dans les monastères. La situation politique, troublée,

Le livre des merveilles

nous a permis des actions ponctuelles pour récupérer des œuvres rarissimes.

Derrière ses lunettes cerclées, Himmler sourit. Que des couvents aient été pillés, des moines éliminés, tout en faisant porter le chapeau aux résistants qui combattaient Mussolini, n'était pas pour lui déplaire.

— Je vous avais aussi demandé de mener des recherches en Espagne et au Portugal. Comme vous le savez, l'action de l'Inquisition contre les sorcières a été particulièrement intense dans ces deux pays.

Kirsten ne jugea pas utile de préciser que c'étaient principalement les Juifs et les musulmans hâtivement convertis qui avaient fait les frais de la répression catholique.

— Nous finançons, depuis plusieurs mois, un vaste travail de copie de tous les manuscrits de l'Inquisition espagnole. De même au Portugal. Le fait que les régimes de Franco et de Salazar soient des alliés du Reich est d'une grande aide.

Himmler hocha la tête, satisfait. Kirsten, elle, se força à sourire. Elle savait déjà que tout ce travail n'arriverait jamais en Allemagne. D'ailleurs, comment convoyer des tonnes de documents à travers une France devenue libre et une Méditerranée dominée par les Anglais ? Aucun copiste ne travaillait pour le Reichsführer dans une bibliothèque de Séville ou un monastère du Douro. Tous les crédits prévus – et jamais dépensés – avaient été versés sur un compte dans une banque madrilène dont le docteur Feuerbach était la seule titulaire. De quoi s'assurer une retraite discrète loin de la curiosité des tribunaux alliés qui s'annonçait dévorante.

— Ainsi, nous couvrons toute l'Europe, de Varsovie à Lisbonne…, murmura Himmler.

Le livre des merveilles

— La vérité m'oblige à vous dire, Reichsführer, qu'un pays nous a refusé l'accès à ses archives. Il s'agit de la Suisse. Les protestants ont mené une répression féroce contre la sorcellerie et...
Himmler haussa ses minces épaules. Pour lui, seuls les catholiques étaient des persécuteurs, des bourreaux qui avaient martyrisé et massacré, par dizaines de milliers, les femmes allemandes en les accusant de sorcellerie. Un véritable holocauste !
— Nous nous occuperons de la Suisse après la victoire. Nous avons encore besoin de leurs banques pour financer la guerre, ensuite...
— Bien sûr. Si vous voulez vous rendre près de...
Elle montra l'angle où se trouvait le canapé. Tout en faisant résonner ses bottes sur le parquet, Himmler désigna la table basse.
— C'est le dossier ?
— Oui. Des mois de recherche à étudier et surtout à recouper des récits, des interrogatoires, des légendes, des témoignages, certains datant de l'aube du christianisme en Europe, d'autres des grandes hérésies médiévales, et nous avons fini par trouver.
— J'ai lu votre rapport initial, enthousiasmant !
— Merci ! Le dossier reprend notre rapport ainsi que toutes les preuves qui l'étayent. Tout est à votre disposition.
Une étrange lueur brilla dans le regard d'Himmler.
— Combien de chercheurs ont travaillé dessus ?
— Dix-sept, mais tous séparément et chacun sur un domaine de recherche particulier. Aucun n'a pu avoir de vue d'ensemble. J'y ai veillé.
Kirsten n'était pas naïve. Elle connaissait bien les nazis. Leur méfiance était légendaire. On disait que tous les ingénieurs, les techniciens, qui avaient travaillé à la

Le livre des merveilles

construction de la Tanière aux loups, le quartier général d'Hitler, étaient morts dans un accident d'avion. Quant aux ouvriers polonais, ils avaient tous fini dans un de ces camps dont personne ne revient.

— À part vous, qui est au courant ?
— L'Obersturmbannführer[21] Skorzeny. Vous l'avez vous-même choisi pour organiser la mission de récupération.

Le docteur Feuerbach n'avait jamais apprécié Otto, qu'elle prenait pour un vrai butor, doublé d'un horrible phallocrate. Le genre de mâle nazi, arrogant et viriliste, qu'elle détestait, mais qu'il était bon désormais d'avoir dans les parages car il était devenu son paratonnerre.

— Skorzeny organisera la logistique de l'opération, mais ce n'est pas lui qui ira sur le terrain.

Kirsten tenta de se fondre dans la pénombre. Moins elle en savait, plus elle avait de chances de rester en vie. La voix sèche d'Himmler la ramena sur le devant de la scène.

— Allez me chercher Tristan Marcas.

---

21. Équivaut au grade de lieutenant-colonel.

21.

Berlin, RSHA
Octobre 1944

Le service C2 des affaires religieuses de la section Amt III se situait tout au fond d'un large couloir éclairé par des lustres qui diffusaient une lumière douce, presque tamisée. Le commissaire Vogel avait dû passer par le bâtiment annexe du 9 Prinz-Albrecht-Strasse pour pénétrer dans l'enceinte et grimper au dernier étage qui abritait les sections les plus insolites du service de sécurité du SD. Il n'avait jamais mis les pieds dans cette partie du bâtiment et ne cachait pas sa stupéfaction devant le luxe et l'apparat des lieux. Jamais la Kripo n'avait eu droit à un tel faste, même le couloir du bureau de son directeur ressemblait à celui d'un chef de gare comparé à ce qu'il avait sous les yeux. Les SS ne dédaignaient pas le luxe. Les portes étaient capitonnées de cuir sombre et le sol rutilait d'un marbre clair du plus bel effet. Tout au long du couloir de la section C, entre les portes des différents services, le visiteur découvrait des tableaux représentant des rois et des dirigeants de l'ancienne Prusse et du Saint Empire germanique. Il n'en connaissait pas la moitié, mais avait identifié le chancelier Bismarck et le roi Frédéric II, l'une des idoles du Führer.

Le livre des merveilles

Chaque porte était surmontée d'un panonceau en argent gravé de lettres noires gothiques. Quand on arrivait dans le couloir, les bureaux des différentes sections défilaient en sens inverse de la numérotation. Il passa devant le département C4, « presse, littérature, radio et censure », puis le C3 consacré « à la culture, aux folklores et à l'art » pour arriver au C2, celui qui l'intéressait. Apparemment il n'existait pas de C1. Il avait pris soin au préalable de contacter le responsable qui lui avait accordé un rendez-vous dans l'heure, intrigué par sa demande. Il appuya sur le bouton de cuivre doré fiché à côté de la porte et en profita pour consulter sa montre. Il ne devait pas s'éterniser, il lui fallait ensuite repasser chez un tailleur, l'un de ses obligés, voyeur dans les jardins publics à ses heures perdues, pour se changer avant d'aller au cabaret. Pas question de passer pour un flic mal dégrossi dans ce genre d'endroit.

La porte du bureau C2 s'ouvrit, laissant apparaître un homme vêtu d'un complet civil, le visage affable et les cheveux argentés. Pas vraiment le prototype des SS qui pullulaient dans l'édifice.

— Je suis le Hauptsturmführer Alder, c'est un plaisir de recevoir un officier de la Kripo, lança le fonctionnaire en lui offrant une poignée de main aussi chaleureuse que son sourire. Entrez je vous prie.

Vogel pénétra dans le grand bureau qui ressemblait à une bibliothèque. Deux murs encadrant la vaste fenêtre en arceaux étaient remplis à ras bord de rayonnages encombrés. Les deux autres étaient eux aussi décorés d'étagères et de tableaux de représentations bibliques. Il n'y avait aucun signe distinctif d'une appartenance à l'Ordre noir comme c'était le cas habituellement chez les fonctionnaires zélés. Un bureau élégant, de style art déco, était planté au milieu

Le livre des merveilles

de la pièce. Deux fauteuils confortables étaient collés à l'un des murs et se faisaient face.

— Veuillez prendre place, dit le fonctionnaire, et m'expliquer en quoi je puis vous aider.

Vogel s'installa dans l'un des fauteuils. Il avait l'impression d'être dans le bureau d'un professeur ou d'un avocat. Pas dans celui d'un SS en charge de la surveillance des cultes en tous genres.

— Vous avez l'air surpris, commissaire ?

— Belle bibliothèque, vous les avez tous lus ou c'est pour la décoration ?

Alder éclata de rire.

— Oui, bien sûr. Je suis universitaire de formation avec une spécialité en histoire des religions. Je dirige ce service depuis huit ans.

— Je n'ai pas l'impression d'être dans un bureau de la police. C'est charmant au demeurant.

Le SS plissa ses lèvres.

— C'est pour mettre mes interlocuteurs en confiance. Je suis plus habitué à recevoir des hommes d'Église que des souteneurs. Il faut respecter un certain apparat. Mais ne vous fiez pas aux apparences. Regardez le mur à votre gauche. Que voyez-vous ?

Vogel tourna la tête et aperçut deux tableaux dans des cadres. Il n'y avait pas prêté attention. Le premier représentait des anges au-dessus d'un nuage. Au milieu de la tribu angélique trônait saint Pierre qui ouvrait ses bras en grand. Juste en dessous un couple nu montait vers le ciel pour rejoindre le gardien du paradis. Le second sur la droite était une vision cauchemardesque d'un diable, cornu noir et hideux, dévorant deux hommes, l'un par la bouche, l'autre par son ventre. Des hordes de damnés brûlaient dans les flammes. Mais le plus curieux était le trousseau de grosses clefs dorées à larges pans crénelés accroché entre les deux toiles.

— Ces œuvres ont été peintes par des maîtres italiens du XVe siècle, reprit le SS. Remarquez la qualité des détails. Ces peintures et le trousseau m'aident dans mon métier.

— Pardon, je ne comprends pas.

Alder décrocha les clefs et les fit osciller entre ses doigts.

— Quand je reçois des ecclésiastiques dans ce bureau, ce n'est pas bon signe pour eux. Ça veut dire qu'ils sont suspectés d'activités contre le Reich. La semaine dernière, l'un d'entre eux était assis à votre place. Un curé de Cologne. Nous le soupçonnons d'appartenir à un réseau d'entraide catholique mal intentionné à notre égard. Savez-vous ce que je lui ai expliqué ?

— Non, mais vous allez me le confier, répondit Vogel d'un ton poli où pointait toutefois de l'agacement.

Alder fixa le policier dans les yeux. Son sourire s'était évaporé.

— Je lui ai dit : « Mon père, voyez-moi comme saint Pierre. Si vous collaborez, je vous ouvre les portes du paradis et vous repartirez de ce bureau sain et sauf. Si vous mentez, je prends mon téléphone et j'appelle mes collègues de la Gestapo pour vous expédier en enfer. Et je peux vous assurer que ce tableau n'est qu'un pâle témoignage des souffrances que vous endurerez. » La majorité de ces hommes de foi choisissent la porte du paradis. Je me souviens encore d'un prélat qui était arrivé ici drapé dans sa morgue cardinalice et ressorti tremblant comme un lapin avant de se faire écorcher.

Le claquement des clefs qui s'entrechoquaient ponctua sa démonstration. Le SS attendit quelques secondes puis reprit d'une voix claire :

Le livre des merveilles

— Donc vous êtes bien dans un service de police, commissaire. Que puis-je pour vous ?
Vogel sortit son calepin et l'ouvrit à la page griffonnée d'un dessin.
— M'expliquer ceci, cher collègue !

22.

Allemagne, Wewelsburg
Octobre 1944

Himmler avait ouvert le dossier et lisait avec attention les ajouts du docteur Feuerbach. À la différence des autres hiérarques nazis, Heinrich était méthodique. Une qualité qui faisait défaut aussi bien à Goebbels, toujours fébrile, qu'à Goering, sans cesse exalté. Durant des années, tous deux l'avaient ridiculisé : un éleveur de poulets à la tête des troupes d'élite du Reich ! Nul n'avait prévu qu'Himmler, par ses SS, deviendrait le grand maître de la violence et de la mort. Seul Hitler avait vu juste. Le guide du Reich avait compris que, si le charisme permettait de conquérir le pouvoir, seule une organisation implacable permettrait de le conserver. Et Himmler était l'ordre incarné. Rien n'échappait à son regard. Pas même la lisière du réel, là où se tenaient des forces obscures. Pour Himmler, même les ténèbres devaient servir au grand dessein du Reich. Rien ne devait être laissé au hasard. Encore moins ce qui relevait du surnaturel.

Voilà pourquoi le chef des SS parcourait avec attention le dossier. Attention qui se muait en enthousiasme. Depuis des années, il n'avait pas ressenti un tel espoir s'éveiller en lui. Un espoir insensé, absurde, qui ferait éclater de rire

Le livre des merveilles

Goering et Goebbels, mais pas Himmler. Lui savait que la victoire n'obéit pas qu'aux masses et aux chiffres. On ne gagne pas les guerres uniquement avec des hommes, mais avec des idées, des intuitions, des miracles. Et pour la première fois depuis longtemps, Himmler pressentait que le miracle était là, à portée de main.

Un de ces miracles qui renversent les situations désespérées, bouleversent les évidences, changent jusqu'à la face du destin. Un miracle absolu.

Des bruits de pas résonnèrent. Himmler leva lentement la tête. Il reconnut la large stature de Skorzeny avant de découvrir le visage de Tristan. La paternité l'avait changé. Il n'avait plus ce regard espiègle et exaspérant, ce sourire railleur : quelque chose s'était voilé. Désormais il connaissait la peur, pas pour lui, mais pour les siens. Désormais il devenait vulnérable.

— Votre compagne, Laure d'Estillac, a été confiée à un médecin dès son arrivée. Il a confirmé que, malgré son long périple depuis Corfou, sa grossesse se passait au mieux. Sa délivrance serait d'ailleurs proche.

Tristan ne broncha pas. Désormais le Reichsführer n'aurait pas un, mais deux otages à sa disposition.

— Si vous me disiez plutôt ce que vous me voulez.

— Votre regard a changé, Tristan, mais votre impatience est toujours la même. Très français. Mais passons. Vous et moi avons mieux à faire.

Himmler consulta une page du dossier, se leva et retira avec précaution un livre de l'une des travées. C'était un volume relié en parchemin, initialement fermé par des cordelettes rongées par le temps. Plus surprenant, un anneau en métal rouillé pendait au bas du livre.

— À l'origine, ce manuscrit était enchaîné à la table de travail du copiste qui en remplissait les pages de vélin.

Le livre des merveilles

Il provient de l'abbaye cistercienne de Fontfroide, dans le département de l'Aude. Disparu à la Révolution, ce manuscrit est resté près de deux siècles dans la bibliothèque d'un érudit local. Un franc-maçon, comme par hasard.
— Comment l'avez-vous récupéré ? ne put s'empêcher de demander Marcas tout en maudissant son insatiable curiosité.
— Ce *fils de la lumière* a fait un mauvais choix politique. La Milice française s'est occupée de lui en 1941, nous de ses livres.

Tristan se demanda comment l'Ahnenerbe avait pu être mis au courant de la découverte de ce manuscrit au fin fond d'un département français. Sans doute la Gestapo, qui collaborait avec la Milice, avait-elle reçu des ordres précis.

— Une fois prévenu, reprit Himmler, le docteur Feuerbach a envoyé sur place un H-Sonderkommando[22] chargé de la récupération.

Le Reichsführer ouvrit le volume à l'endroit d'un signet, dévoilant deux pages couvertes d'une écriture fine et penchée vers la droite.

— Ce texte en latin correspond à un mode d'emploi. Il recense les questions précises qu'un inquisiteur doit poser à un hérétique supposé pour savoir s'il est coupable. Ainsi si un suspect refuse la communion, la confession ou les derniers sacrements, l'accusateur sait exactement à qui il a affaire.

Tristan ricana.

— Vous voulez savoir si je suis un hérétique ?

Himmler ne releva pas la raillerie.

---

22. Hexen-Sonderauftrag, soit le Commando spécial sorcières, plus communément désigné comme le « H-Sonderkommando ».

Le livre des merveilles

— Nous avons comparé les questions posées à celles d'autres manuels d'inquisition en Allemagne et en Italie de la même époque. Ce sont toutes les mêmes sauf une.
— De quand date ce manuscrit ?
— Le copiste a marqué la date sur le verso de la première page : 1317.

Le Français réfléchit. À cette date, les Templiers, liquidés par le roi de France, n'étaient plus qu'un souvenir. En revanche, dans le sud-ouest de la France, l'hérésie albigeoise survivait encore. Guilhem Bélibaste, le dernier parfait, avait été brûlé en 1321. C'est Laure qui lui avait parlé de cet ultime martyr.

— C'est sans doute un manuel d'inquisition contre les cathares. À cette époque, ils sont encore très présents, des contreforts des Pyrénées aux forêts du Périgord.
— Je vois que j'ai bien fait de vous *inviter* au Wewelsburg. En effet, l'abbaye de Fontfroide, où a été rédigé ce manuel, a servi de base opérationnelle pour la croisade contre les albigeois.
— Quelle est cette question qui ne figure pas dans les autres manuels ?

Himmler désigna trois lignes en bas de page.

— Il s'agit d'une question très précise à propos d'un livre inconnu. On demande aux suspects d'hérésie s'ils l'ont eu entre les mains. Mais le titre, *Le Dit des merveilles,* ne correspond à aucun des traités cathares connus à ce jour. Comme si cette interrogation avait été ajoutée pour d'autres raisons.
— *Le Dit des merveilles...* comme c'est charmant, presque un conte de fées, répondit Tristan avec une pointe d'ironie.

Il jeta un œil à Skorzeny. Depuis le début de l'entretien, il n'avait pas dit un mot. Dans la SS, tout le monde

Le livre des merveilles

savait qu'il ne partageait en rien l'intérêt de son maître pour l'ésotérisme. Que venait-il faire dans cette affaire ?

— Et ce livre, d'autres textes y font référence ?

Le chef des SS se tourna vers la bibliothèque dont les travées couvertes de reliures se perdaient dans la pénombre.

— Parmi ces dix-neuf mille volumes, pour la plupart consacrés à l'hérésie, la magie, les religions ou la sorcellerie, il est cité cinq fois du vi^e au xixe siècle.

— Cinq occurrences parmi des centaines de milliers de pages et durant plus de mille ans ? Ce n'est plus un livre, c'est une chimère !

— Pas pour moi ! Vous n'avez jamais chassé, Marcas ? Ce sont parfois les traces les plus infimes qui mènent au plus gros gibier.

Prudent, le Français se garda bien de demander ce que ce livre contenait pour autant fasciner Himmler.

— Je suppose que vos spécialistes ont étudié dans le détail ces uniques sources. Quel est le résultat ?

Le Reichsführer posa la main sur le dossier comme un dévot sur un livre sacré.

— Toutes les recherches sont là. Analyse linguistique, contexte historique, approches ethnologiques. Pour moi, il n'y a aucun doute. Ce livre existe et il a traversé le temps.

Tristan n'était pas convaincu. Il savait combien les chercheurs de l'Ahnenerbe étaient soucieux de leur carrière, ce qui signifiait abonder systématiquement dans le sens des fantasmes d'Himmler. Sans états d'âme, les archéologues nazis n'avaient pas hésité à falsifier d'innombrables résultats de fouilles pour les faire coïncider avec l'idéologie officielle du régime.

— Vous me permettrez d'en douter.

Derrière ses lunettes, le regard d'Himmler devint fixe.

— Votre parole pèse peu par rapport à celle d'experts.

Le livre des merveilles

— Vous savez que je dis la vérité. Eux vous racontent ce que vous avez envie d'entendre.
Otto se pencha vers le Français.
— Vous parlez au Reichsführer, Tristan, ne l'oubliez pas.
— Je n'oublie pas que le Reichsführer m'a fait enlever justement pour avoir mon opinion. La voici : il y a très peu de chances que ce *Dit des merveilles* ait existé, il y a beaucoup plus de chances que ce soit un mythe, il n'y en a quasiment aucune qu'il existe encore.
— Et que faites-vous des affirmations des meilleurs spécialistes ? s'exclama Otto.
— Justement je serais curieux de les lire.
Himmler posa sa main sur le dossier.
— Il n'en est pas question.
— Alors pourquoi ne pas les rencontrer ?
La voix du chef des SS se fit coupante.
— Je viens justement de décider de les réunir en séminaire. La Gestapo va se charger de porter mes invitations. Considérez qu'ils ne sont plus disponibles.
Tristan jeta un œil effaré à Skorzeny qui resta impassible.
— Je ne vois pas, sans preuve, comment je pourrais changer d'avis, Reichsführer.
Himmler croisa les mains sur sa poitrine comme un pasteur qui va délivrer son sermon.
— Alors c'est moi qui vais vous convaincre.

23.

Berlin, RSHA
Octobre 1944

Le bureau des affaires religieuses baignait dans une semi-pénombre. L'universitaire SS observait Vogel qui sortait son calepin. Ce dernier montra au fonctionnaire le dessin de l'étoile du tatouage qu'il avait griffonné.

— Est-ce que ce symbole vous dit quelque chose, Herr Hauptsturmführer ?

Alder sortit une paire de lunettes et les chaussa.

— C'est une étoile pentacle, répondit-il en opinant de la tête. Vous me demandez ça à cause des francs-maçons ?

— Pas vraiment.

— Alors pourquoi voulez-vous des infos là-dessus ? demanda le SS d'un air méfiant.

Le livre des merveilles

— On a retrouvé ce symbole tatoué sur une jeune femme assassinée. C'est assez inhabituel.
— C'est un coup des francs-maçons. Ou alors elle en faisait partie !
— Je n'en sais rien. N'y a-t-il pas d'autres interprétations ? répondit prudemment le policier.

Le SS prit un air songeur.

— Vous avez raison, je me laisse emporter par mon enthousiasme. Vous avez réveillé de vieux souvenirs. J'ai commencé à m'intéresser à ce symbole en travaillant sur l'interdiction de la franc-maçonnerie dans le Reich en 1933. Ces satanés frères l'utilisaient dans leurs infâmes rituels.

Il se leva d'un bond, fila vers sa bibliothèque, hésita quelques instants, puis revint avec un livre volumineux. L'édition semblait récente.

— Évidemment que cette étoile n'est pas seulement un signe maçonnique. Voyons voir, que je me rafraîchisse la mémoire. Cela fait des années que je n'ai plus vu un tel symbole.

Il parcourut la table des matières, puis ouvrit l'ouvrage et en sortit une fiche dactylographiée volante. Il la lut rapidement en silence, puis tourna le livre vers Vogel. La page de garde était recouverte de différentes variantes d'étoiles à cinq branches. Alder reprit sur un ton professoral.

— C'était à l'époque où j'écrivais des résumés sur les sujets qui m'intéressaient. Ce symbole est très ancien. Il existait il y a quatre mille ans chez les Sumériens, en Mésopotamie. Sa signification était un peu obscure, l'étoile représentait les cinq régions de l'univers. On le retrouve chez les anciens Grecs. Pythagore en fait le symbole de la santé et de l'harmonie du corps. Par la suite, des sectes hérétiques ou gnostiques en font l'incarnation du chiffre 5.

Le livre des merveilles

La concrétisation des quatre éléments fondamentaux, air, terre, eau, feu, ajoutés à un cinquième élément, l'esprit. Mais je vous ennuie peut-être ?

— Pas du tout, mentit Vogel qui faisait preuve d'une patience qu'il ne soupçonnait pas chez lui.

Alder retourna la fiche, hocha la tête et reprit.

— Je vous passe toutes les interprétations possibles. Et concentrons-nous sur l'essentiel. Il y aurait trois courants spirituels ou ésotériques qui l'utilisent. Commençons par le premier : Lucifer.

Vogel écoutait attentivement.

— Il pourrait s'agir de l'étoile de Vénus, l'étoile du matin, celle qui symbolise Lucifer, le porteur de lumière. Les adeptes du démon l'ont utilisée couramment au fil des siècles. Donc si votre morte arbore ce tatouage elle était peut-être adepte du diable. Les courants satanistes pullulaient en Allemagne avant l'arrivée au pouvoir du Führer. Je m'en suis occupé dès la création de ce service. Les dirigeants de ces sectes dégénérées et leurs adeptes ont été emprisonnés comme il se doit.

— Je vous félicite.

— Merci. Le deuxième courant marqué par ce symbole est celui qui touche à la sorcellerie et à la magie. Ici, ce symbole est nommé pentacle ou pentagramme. Il est utilisé dans des grimoires de maléfices en tous genres. Si on le porte autour du cou, pointe en haut il porterait bonheur, renversé la pointe en bas il attire la désolation et la maladie. Les adeptes de la magie noire l'utilisent toujours dans ce sens. J'ai fait interdire une dizaine de mouvements de ce genre, mais ils étaient plutôt inoffensifs à la différence des satanistes.

— Et le troisième courant ?

Le livre des merveilles

— Les francs-maçons ! Je vous l'ai dit. C'est ce qu'ils nomment l'étoile flamboyante, le symbole du passage au deuxième degré, celui de compagnon qui doit faire cinq voyages. Le croisement entre le microcosme et le macrocosme.

Vogel sentait qu'il décrochait. Tous ces concepts philosophiques obscurs le mettaient mal à l'aise. Pourquoi les gens se compliquaient-ils la vie avec ce genre de recherches qui ne menaient à rien ?

— Vous avez l'air perdu, commissaire.

— Oui, un peu. Si je résume, ma morte était soit une franc-maçonne, soit une adoratrice de Satan, soit une pratiquante de magie ou de sorcellerie.

— Exactement, je pense que je vous ai induit en erreur avec mes francs-maçons. Ils interdisaient leurs loges aux femmes.

Le policier de la Kripo restait pensif. Il repensait au portrait de la femme dans la chambre.

— Si je vous disais que j'ai aussi vu cette étoile sur un tableau représentant une femme du Moyen Âge ou peut-être de la Renaissance. Je ne suis pas un spécialiste en histoire de l'art.

Le SS plongea son regard dans le sien puis tapota un de ses livres.

— Sans hésiter je vous répondrai qu'il s'agit d'une sorcière. Et si elle fait partie d'un mouvement clandestin occulte, mon service est concerné au premier chef. Je fais la chasse à tous les cultes religieux ou parareligieux non autorisés.

Vogel sentit les poils de ses avant-bras le picoter. Il n'avait aucune envie d'avoir ce type dans les pattes. Il se leva en prenant un air obligé.

Le livre des merveilles

— Merci pour votre aide, Herr Hauptsturmführer. Je vous tiendrai au courant des avancées de mon enquête. Mais si vous possédez des dossiers, même anciens, sur des affaires de sorcellerie, n'hésitez pas, je serais votre obligé.

Alder se leva à son tour.

— Je vous promets de regarder. Dès demain, j'irai faire un tour au service des archives.

En prenant le chemin de la sortie, le commissaire passa devant un cadre posé sur une étagère où l'on voyait la photo d'un groupe d'une dizaine de SS attroupés devant l'entrée d'un château d'apparence médiévale qu'il connaissait bien.

— La forteresse du Wewelsburg, commenta-t-il d'une voix neutre.

— En effet, répondit Alder surpris, vous la connaissez ? C'est étonnant pour un policier.

— J'y ai fait un séjour avant-guerre. Une sorte de retraite spirituelle et de formation aux préceptes philosophiques du national-socialisme.

Le visage du Hauptsturmführer s'éclaira.

— Vous auriez dû me le dire plus tôt ! J'interviens là-bas régulièrement. Des cours sur les religions et les croyances occultes. Quel endroit merveilleux ! C'est un grand honneur qui vous a été fait : peu de membres du parti n'appartenant pas à la SS ont le privilège d'y aller. Serait-ce indiscret de savoir pourquoi ?

— Je peux vous le dire, vous l'auriez découvert dans mon dossier. J'ai fait partie des SA jugés aptes à prendre des postes à responsabilité après la purge de 1934.

— Ah oui. Une bien triste affaire. Je comprends mieux.

Alder prit l'épaule de Vogel en le raccompagnant.

— Commissaire, vous m'êtes sympathique ! Voilà pourquoi je voudrais vous adresser une mise en garde en tant que collègue du RSHA.

— Laquelle ?

L'universitaire lui adressa un regard qui se voulait bienveillant.

— Vous ne le savez peut-être pas, mais le Reichsführer Himmler est passionné par tout ce qui touche à la sorcellerie. Il possède la plus importante collection au monde de livres et de manuscrits sur le sujet. Elle se trouve d'ailleurs au Wewelsburg.

— Je n'étais pas au courant, répondit Vogel d'une voix froide.

En son for intérieur il n'était pas vraiment surpris. Les SS et leurs croyances stupides...

— Il a beaucoup de sympathie pour ce courant spirituel qu'il estime avoir été martyrisé par les grandes religions monothéistes depuis des siècles. Si vous avez affaire dans votre enquête à des pratiquants de sorcellerie, prévenez-moi. On ne sait jamais.

— Je n'y manquerai pas, merci pour ce conseil. À bientôt.

Il quitta le SS affable et le bâtiment. Le temps lui était compté. Avant de passer chez lui pour se changer puis se rendre au Flamant rouge, il devait d'abord visiter un lieu très particulier. Le genre d'endroit où il glanerait des informations précieuses sur le cabaret de la haute, l'Unterwelt, les bas-fonds de la ville. Le furoncle de la capitale du Reich.

24.

Allemagne, bibliothèque du Wewelsburg
Octobre 1944

Placé de profil, Marcas observait le visage d'Himmler. Cinq ans de guerre à outrance ne l'avaient pas changé. Au contraire, le visage semblait s'être affiné, sans devenir ni émacié ni laminé de rides comme Goebbels dont la face de craie ressemblait de plus en plus à un billet de banque fripé. L'apocalypse en marche qui avait fait sombrer Goering dans la drogue et Hitler dans la paranoïa n'avait pas de prise sur Himmler, véritable responsable des millions de morts du Reich. Troublé, Tristan se demandait ce qui faisait encore avancer le Reichsführer au milieu d'un monde en ruine. Il n'eut pas longtemps à attendre pour connaître la réponse.

— Ce livre, *Le Dit des merveilles*, est aujourd'hui l'espoir du Reich, affirma Himmler. Depuis des années, nous menons une guerre occulte contre nos adversaires. Parfois, nous l'avons gagnée, parfois pas, mais cette fois nous ne pouvons pas perdre.

Tristan mesurait à leur juste valeur les propos de son interlocuteur. Lui-même avait passé les quatre dernières années à sillonner l'Europe pour le compte de cet homme

Le livre des merveilles

redoutable afin de retrouver des précieuses reliques censées avoir des pouvoirs immenses.

Himmler ôta ses lunettes et fixa Tristan.

— Comme vous d'ailleurs. Je sais que vous ne voulez pas perdre votre famille. Surtout au moment de l'agrandir. Il est des instants de vie qui d'un coup deviennent des pivots. Subitement, l'existence, jusque-là linéaire, s'enroule sur elle-même, se tend comme un ressort, et il n'y a plus d'autre choix que d'affronter seul la violence de son destin.

— Je vous écoute.

Himmler ouvrit le dossier.

— *Le Dit des merveilles* est cité la deuxième fois, quelques années plus tard, dans une lettre destinée au pape Jean XXII. Un moine allemand, du nom de Lobard, écrit au souverain pontife qu'il a transcrit un livre, écrit sur des tablettes récupérées après un procès en sorcellerie en Bavière, et qu'il l'envoie à Avignon pour rejoindre la bibliothèque papale car « ce livre contient moult choses merveilleuses ».

Tristan remarqua que c'était sans doute le dernier mot de cette phrase qui avait donné son titre ultérieur au livre.

— On trouve à nouveau une référence à ce même ouvrage en Irlande dans la seule copie existante de la vie d'un saint local du VIe siècle, un certain Fridge, qui dit être venu de Germanie dans « les terres d'Hyperborée » pour apporter la parole du Christ et, affirmation étrange, « fermer les portes de l'enfer dont il a ouï parler dans *Le Dit des merveilles*, afin d'éviter le Grand Retour et, pire, la Nuit des Temps ». J'ai envoyé une équipe de l'Ahnenerbe sur cette île, ils sont revenus bredouille.

Himmler ouvrit une nouvelle page du dossier.

— Nous en arrivons à la quatrième occurrence. Au début des guerres de religion en Allemagne, Ludvig von

Le livre des merveilles

Wittelsbach, le Grand Électeur du Palatinat, a laissé une série de notes personnelles intrigantes. À l'époque il s'était fait une spécialité de traquer et brûler les sorcières par charrettes entières. Dans l'une d'elles, il écrit : « Tous ceux qui servent le démon entendent le chant du *Dit des merveilles*, selon ces impies il existerait un autre monde où la ligne est un cercle, un monde où les chemins marchent à l'envers, où le passé est l'avenir, ou le possible est toujours ouvert. Un ignoble blasphème ! »

Himmler s'arrêta pour jauger la réaction de son interlocuteur. Le Français fronça les sourcils. *Mais où voulait donc en venir le Reichsführer avec ces délires mystiques ?* Le chef des SS sourit en voyant sa réaction et continua.

— Je reprends. C'est toujours le Grand Électeur qui s'exprime dans ses notes privées : « L'existence du *Dit des merveilles* m'a été rapportée dans une autre affaire. Mais je ne peux l'évoquer sans trembler. Une femme a révélé au cours d'un interrogatoire en suspicion de sorcellerie que la localisation de ce grimoire maudit avait été dissimulée dans un autre ouvrage d'apparence très chrétienne. En revanche, que celui qui comprenne sache que ces merveilles ne sont pas des miracles. Là est la clef. Je sais maintenant que le mal nous est venu de la verte Erin. Des terres du bienheureux saint Patrick. Méfiez-vous des divinités païennes qui veulent retrouver leurs pouvoirs et corrompre les âmes faibles ! Fuyez tous les faux miracles rapportés dans cet ouvrage impie qui a trompé les plus hautes autorités. Personne ne doit lire *Le Dit des merveilles*, ce livre maudit. Si vous trouvez des exemplaires, brûlez-les et éparpillez leurs cendres aux quatre vents, car ils sont l'œuvre du diable. Pour moi, j'ai échoué à le faire interdire. Puisse le Christ me pardonner et accueillir mon âme d'humble mortel. »

Le livre des merveilles

Il est encore fait référence à l'Irlande, sans rien de concret sur une localisation précise.

Tristan hocha la tête. S'il avait bien saisi, ce fameux *Dit des merveilles* avait été dissimulé quelque part et ses sectateurs, réputés démoniaques aux yeux de l'Église, auraient crypté sa cachette dans un autre ouvrage. Astucieux.

Himmler se frotta l'aile du nez comme s'il voulait chasser un moucheron, puis reprit.

— Enfin, la cinquième et dernière référence qui, elle, ne nous apprend pas grand-chose apparaît au début du XIXe siècle. Un général français, un franc-maçon à la retraite dans la ville de Varenne, un certain Radet, raconte dans ses mémoires demeurés inédits que lorsqu'il s'est emparé des archives du Vatican sur ordre de Napoléon, il y a découvert la lettre d'un jésuite qui l'a intrigué. Il en cite un extrait : « quant au *Dit des merveilles*, que nous cherchons depuis tant d'années pour le détruire, j'ai la certitude qu'il est toujours caché en lieu sûr. Peut-être est-il mieux ainsi. S'il tombait entre de mauvaises mains, ce maudit grimoire conduirait le monde à l'Apocalypse. »

Himmler ferma le dossier et reprit d'une voix lente.

— Vos compatriotes des armées de l'Empereur pillaient eux aussi les pays occupés, nous ne faisons que suivre leurs traces, ricana-t-il. Bref, le docteur Feuerbach a préparé, à votre intention, une synthèse qui réunit les éléments essentiels. Vous les analyserez, vous les contextualiserez et vous les croiserez.

Le Français se demandait pourquoi le Reichsführer ne faisait pas plutôt appel à des chercheurs allemands. Ils étaient bien plus compétents que lui. À moins que le chef des SS ne veuille garder ce secret totalement à l'abri.

— Si, en étudiant ces documents de près, je trouve une piste, que m'offrez-vous en échange ?

Le livre des merveilles

— La vie de Laure et de votre enfant.
— Je veux qu'ils soient libérés et exfiltrés dans un pays neutre.
Skorzeny intervint.
— Ce n'est plus du tout le même prix.
— Dites-moi ce que vous voulez !
La voix sèche d'Himmler résonna dans l'immensité de la bibliothèque.
— Trouvez *Le Dit des merveilles* et ils trouveront la liberté. Vous pourrez accéder à cette bibliothèque, j'ai donné des ordres en ce sens. Prévenez-moi si vous aboutissez. Même en pleine nuit. – Le Reichsführer fit un geste ample de la main. – Tâchez de trouver. Mes trésors sont à vous.
— Vous voulez dire vos rapines ?
Himmler lui jeta un regard glacé.
— Je vous laisse jusqu'à demain matin. Après...

Tristan avait quitté la bibliothèque souterraine car le docteur Feuerbach l'attendait. Seul Skorzeny était resté. Dès qu'Himmler lui en donnerait l'ordre, il partirait pour Berlin, mais le Reichsführer ne semblait pas pressé.
— Que pensez-vous de l'issue de la guerre, Otto ?
— L'Allemagne se bat avec courage et détermination.
— C'est tout ?
Skorzeny n'avait jamais été un flatteur. Il rentrait de Hongrie où les Russes étaient aux portes du pays et les troupes allemandes au bord de la débandade. Bientôt, ce serait la Roumanie avec ses champs de pétrole. Alors la panne sèche menacerait le Reich et l'immense machine de guerre allemande s'arrêterait net. Et ce serait la fin.
— Parlez franchement, Otto.
— La victoire est improbable, Reichsführer.

Himmler ne réagit pas.

— Nos adversaires sont trop nombreux, trop puissants. Nous pouvons faire durer la guerre, mais nous ne pouvons plus la gagner.

— À moins d'un miracle.

— Je ne crois pas aux miracles.

— Moi si.

Stupéfait, Otto contemplait le dossier. Se pouvait-il que dans ces pages se cache... Il se tourna vers Himmler qui venait de lui résumer les recherches titanesques de Kirsten.

— Vous voulez dire que ce livre...

Les mots lui manquaient. Il nageait en plein délire. Même au moment où il avait délivré le Duce, il n'avait pas connu pareille tension.

— Vous comprenez qu'il est impératif que Tristan Marcas le trouve.

— J'ai une question, Reichsführer, pourquoi ne pas avoir dit au Français ce que contenait vraiment ce livre ?

— Parce qu'il aurait refusé la mission.

— Même au risque de perdre sa femme et son enfant ?

— Oui.

Cette affirmation glaça Otto. Ce qu'exigeait Himmler, c'était de trouver la boîte de Pandore et de l'ouvrir.

III

Le sentiment de l'infini est le véritable attribut de l'âme.

Madame de Staël, *De l'Allemagne.*

25.

Allemagne, Berlin
Octobre 1944

Vogel avait laissé sa voiture et marchait d'un pas traînant dans l'une des ruelles qui menaient au quartier de Kreuzberg, les Mercedes banalisées de la Kripo étant aussi discrètes qu'un char Panzer au milieu d'un stade de foot. Il n'était pas encore six heures, pourtant l'air devenait nettement plus frais. L'automne s'installant, un tapis de feuilles jaunies crissait sous ses semelles. Il longea le gigantesque tas de gravats qui avait été autrefois l'une des maisons closes les plus raffinées de Berlin, le Chalet des songes, un hôtel particulier où se pressait la bonne société berlinoise du temps de la République de Weimar.

Un temps, lui aussi avait pris ses habitudes dans cet établissement de bonne tenue. À la vue des décombres, une bouffée de nostalgie le saisit. C'était au deuxième étage. La chambre bleue. Jeune inspecteur, il y avait savouré des plaisirs que ne lui accordait pas sa charmante épouse. Comme son supérieur de l'époque, lui aussi client, il fermait les yeux en échange d'une rétribution en nature. Non seulement tout le monde s'y retrouvait, mais il avait réussi au fil de ses visites à se constituer un réseau d'informateurs, dans toutes les couches de la société. Le patron, un ancien

Le livre des merveilles

boxeur qui avait eu son heure de gloire avant la Première Guerre mondiale, lui fournissait chaque semaine les noms de tous ses clients. Vogel les notait scrupuleusement dans des petits carnets qu'il utilisait ensuite dans certaines de ses enquêtes. C'était incroyable comme un client de bordel, d'origine modeste ou aisée, pouvait se révéler enthousiaste à collaborer avec la police, surtout quand il était marié.

Mais ce temps béni avait cessé avec la montée en puissance de l'ordre moral national-socialiste. Avant sa prise du pouvoir, Hitler avait toujours considéré le bas quartier de Kreuzberg comme un furoncle. Une incarnation de la déliquescence de la République de Weimar, rempli d'immigrés et de malfaiteurs. La pègre régnait en maître dans la partie est, offrant aux Berlinois tout ce que le vice demandait, pour assouvir tous les instincts, à l'instar des capitales européennes dignes de ce nom. Tripots, cabarets et bordels fleurissaient à un point tel que la police de l'époque avait préféré composer avec les seigneurs du crime qui tenaient le quartier d'une main de fer. Aristocrate, bourgeois ou ouvrier, chacun venait, selon ses moyens, se plonger dans l'Unterwelt et y dépenser qui sa rente, qui son salaire.

Mais, arrivé à la chancellerie, le Führer avait changé les règles du jeu. Le furoncle devait disparaître. La capitale du Reich ne pouvait couver en son sein un foyer d'infection morale aussi déliquescent. Dans un premier temps Hermann Goering, éphémère ministre de la Police, avait remis de l'ordre et fait semblant de nettoyer les rues, mais très vite il s'était aperçu de l'inanité de ses efforts. À peine un tripot fermait que deux autres surgissaient dans un autre secteur des bas-fonds de Kreuzberg. Le monde du crime résistait beaucoup mieux au national-socialisme que ses opposants politiques. Si les chefs de bande les plus voyants avaient été expédiés à Dachau, pour tenir compagnie aux ennemis du régime, leurs successeurs avaient compris que la discrétion était devenue la meilleure assurance pour faire prospérer leurs affaires.

Le successeur de Goering, Himmler, avait fait preuve d'un pragmatisme éhonté. En échange de la disparation totale des signes les plus visibles, il avait autorisé certains établissements à recommencer leurs activités. Sous contrôle de la police, puis de la SS. Vogel jeta sa cigarette et obliqua sur sa gauche en direction de la Burgstrasse. Il n'allait pas tarder à arriver à destination. Le quartier mal famé n'était plus que l'ombre de lui-même. Ce n'était pas le national-socialisme qui avait eu sa peau, mais la guerre. À quoi servait un bordel ou un tripot clandestin quand tous ses clients portaient un uniforme et se faisaient trouer la peau sur un champ de bataille ? Ne subsistaient que quelques vestiges de l'ancien temps comme le Stradivarius café. Naguère florissant cabaret fréquenté par les gangsters les plus puissants, il restait le quartier général de toute la fange qui avait survécu. Le commissaire arriva devant l'établissement, toutes les vitres avaient été badigeonnées à la peinture noire pour ne pas laisser passer le moindre rai de lumière. La double porte peinte d'un rouge écarlate était recouverte de planches de palissades accrochées avec des gros clous rouillés.

Un homme livide d'une soixantaine d'années, à la jambe de bois apparente, fumait une cigarette d'un air maussade. Il reconnut tout de suite Vogel et lui ouvrit la porte d'un air cérémonieux.

— Ça faisait longtemps qu'on ne vous avait pas vu, commissaire.

— Ce bon vieux Hans, comment va la petite famille ? demanda Vogel d'un air amical.

Le livre des merveilles

— Mon fils est mort le mois dernier en Ukraine. Heureusement il me reste mes deux filles.
— J'en suis désolé, foutue guerre.
— Foutu Führer, répliqua Hans en levant les yeux au ciel.

Le policier entra. Une odeur de tabac froid et d'humidité s'insinua de façon désagréable dans ses narines. Il souleva la lourde tenture marronnasse qui pendait devant lui et déboucha sur un vestibule de style baroque aux murs lie-de-vin. Une femme au chignon aussi boursouflé que son visage était assise derrière un comptoir. Elle leva un œil fatigué à l'arrivée de Vogel qui ne l'avait encore jamais vue, mais cela faisait bien trois mois qu'il n'avait pas mis les pieds dans cet antre.

— Vous désirez ? demanda la femme sur un ton suspicieux.

Le commissaire tendit sa plaque et posa ses mains sur le comptoir.

— Vérification de l'hygiène. On a eu des plaintes de vos clients, il paraît que vous leur servez des rats dans les boulettes de viande.

Elle lui jeta un regard interloqué.

— Ça m'étonnerait fort, répondit-elle avec stupeur, on n'a jamais eu de rats ici.

— Je vais m'en assurer, dit Vogel en marchant vers la porte qui donnait sur le café, je connais votre patron, ne vous en faites pas.

Il n'attendit pas qu'elle lui réponde et passa directement au bar. À son grand étonnement, il y avait du monde. Des soldats en permission, quelques tapins reconnaissables à leurs robes taillées un peu trop court pour prendre un verre à l'automne berlinois. Il s'avança et reconnut le barman, un grand échalas engoncé dans une veste de smoking blanc.

Le livre des merveilles

Petrus, toujours le même depuis des années. Il faisait partie des meubles depuis Weimar.

Vogel s'arrêta devant lui et posa ses mains sur le comptoir.

— Alors, Petrus, toujours pas mobilisé pour défendre le grand Reich ?

— Hélas non, commissaire, mais je fais mon devoir ici. J'apporte un peu de bonheur à tous ces gamins qui reviennent du front. Vous voulez quelque chose ? On a reçu un schnaps de première.

— Si tu me prends par les sentiments... le beau Klaus est ici ?

— Vous voulez que je l'appelle ?

— Non, je vais lui faire la surprise.

Le barman dévisagea Vogel d'un air goguenard.

— C'est important les surprises, commissaire, on en manque en ce moment.

Vogel sourit en voyant le barman laconique glisser sa main droite sous le comptoir. Le bouton qui prévenait son patron de l'arrivée d'un flic ou d'ennuis. Le policier se retourna et contempla les clients du rade. Une pointe de tristesse l'envahit à nouveau. Avant-guerre on y croisait des voyous et leurs poules, mais au moins ils avaient une certaine classe. Son regard glissa vers la scène vide au fond de la salle. Les instruments de musique avaient tous disparu. Ici, les meilleurs orchestres se produisaient et les femmes de petite vertu virevoltaient dans les rires et les volutes de fumée.

— Tu me payes un verre ?

Vogel tourna la tête sur sa droite. Une femme était apparue devant lui. Le visage émacié, les cheveux blonds et crêpés, elle affichait un pâle sourire qui se voulait engageant. Elle portait une robe crème élimée sur les épaules.

Le livre des merveilles

Seuls ses yeux noisette semblaient vivants, tout le reste appartenait à un passé aussi révolu que la démocratie.

— On n'a pas les moyens dans la police, répondit-il d'une voix goguenarde, ce serait plutôt à toi de me l'offrir.

La fille resta de marbre. Ça aussi ça avait changé. Elle n'avait même plus peur de ce qu'il représentait.

— Moi aussi je suis raide, mon poulet, jeta-t-elle sur un ton fatigué.

— On est deux, ma belle, tire-toi, puis se tournant vers le barman : Bon, je ne vais pas passer la nuit ici, je suppose que le bureau de ton patron n'a pas changé de place ?

— Je ne sais pas s'il est là, je vais me renseigner.

— Pas la peine, je connais le chemin.

— Commissaire ! lança le barman, c'est pas autorisé, je…

Vogel ne fit même pas semblant d'écouter la supplique de Petrus et fila en direction de l'une des portes situées à côté de la scène vide. Il la poussa et monta les marches d'un escalier qui menait au premier étage. Il ne se faisait aucune illusion sur son effet de surprise. Klaus était déjà au courant de son arrivée. La porte qui donnait sur le bureau était ouverte. Le policier entra sans frapper.

— Commissaire… quel mauvais vent vous pousse jusqu'à mon modeste établissement ?

Le beau Klaus était à moitié défiguré. Toute la partie inférieure de son visage jusqu'aux pommettes était recouverte d'une fine pellicule jaunie et squameuse. Sa bouche était déformée sur le côté gauche comme si un fil invisible était attaché à la commissure des lèvres et la tirait vers le sol. Klaus Axelrod avait été aspergé d'acide sulfurique par des communistes lors d'une bataille de rue vingt ans plus tôt entre nazis et communistes. Volontiers bagarreur, il avait prêté main-forte aux nationaux-socialistes. À l'époque, les

Le livre des merveilles

rouges représentaient un danger plus grand que les nazis. Bien lui en avait pris, le parti savait récompenser ses amis et serviteurs. Et quand le patron du café avait été expédié à Dachau pour ne plus revenir, Axelrod avait été intronisé nouveau propriétaire des lieux.

Vogel s'assit dans le fauteuil de velours rouge planté devant le bureau de Klaus.

— Le vent du désespoir, je le crains.

26.

Allemagne, château du Wewelsburg
Octobre 1944

Quelques heures s'étaient écoulées. L'obscurité régnait dans la chambre. Il se leva, sentit ses pieds nus se rétracter sur les dalles glacées, puis, à tâtons, fit pivoter le volet intérieur de l'unique fenêtre. Impossible de savoir l'heure. On lui avait confisqué sa montre. Il retourna vers le lit, se cogna contre la table de chevet, mais réussit à saisir le bougeoir. Restait maintenant à trouver les allumettes. Marcas pesta. Il en était à sa troisième et aucune ne fonctionnait. Décidément plus rien ne marchait dans ce Reich maudit. Brusquement une mince flamme surgit, il l'approcha de la bougie qui se mit à grésiller. Une lumière vacillante se répandit jusqu'au mur circulaire, puis éclaira la voûte de pierre juste au-dessus du lit. Tristan se trouvait au dernier étage d'une des trois tours du château, dans une chambre qui tenait plus de la cellule étant donné la porte d'entrée solidement verrouillée de l'extérieur et l'unique fenêtre barrée d'une grille. La seule possibilité de sortie se trouvait sur sa table : le dossier que lui avait donné Kirsten. Marcas avait vite compris qu'il s'agissait d'une version expurgée de celui d'Himmler. On lui demandait de retrouver la piste d'un livre, pas de connaître son usage.

Le livre des merveilles

Tristan se releva pour s'enrouler l'unique couverture du lit autour des épaules. Il faisait froid. Corfou était bien loin. Il repensa à Crowley qui avait dû regagner Londres. Désormais, les Britanniques n'ignoraient plus qu'il avait été enlevé. Pire, s'ils avaient bien une taupe, dans l'entourage d'Himmler comme Skorzeny le pensait, les services britanniques allaient bientôt apprendre que Marcas avait repris du service pour Himmler. Une nouvelle mission qui risquait de les faire réagir. Mal.

Si Tristan voulait sauver ce qui n'était pas encore une famille, il lui fallait aller plus vite que les nuages qui s'amoncelaient sur sa tête. Il lui fallait retrouver la piste de ce maudit livre. Marcas relut ses notes, prises pendant la nuit. Même prisonnier, le Français agissait avec méthode. Devant lui s'étalaient cinq feuilles, noircies de remarques et de croquis, chacune correspondant à un des cinq témoignages du *Dit des merveilles*. Malgré le froid et la peur qui ne le quittait pas à propos de Laure, il sentait monter en lui une excitation qu'il connaissait bien, celle de la chasse au mystère. Le Français saisit une page plus griffonnée encore que les autres.

Après les deux premières mentions médiévales, la troisième référence à ce texte mystérieux apparaissait en Irlande. Il s'agissait d'un évêque venu de Germanie, Fridge, pour implanter une abbaye en Irlande. Apparemment, ce prêtre avait laissé une sorte d'autobiographie où apparaissait le titre du livre, *Le Dit des merveilles*. Le mot « dit » était typiquement médiéval, ce qui laissait penser que le titre était apparu à cette époque, quant au mot « merveilles » il faisait référence, pour les hommes du Moyen Âge, à tout ce qui était surnaturel, que ce soit une intervention de Dieu ou une manifestation du diable. Et c'est cette dernière révélation que suggérait le prêtre qui prétendait

Le livre des merveilles

s'être rendu dans « la terre d'Hyperborée » pour « fermer les portes de l'enfer ».

Tristan se demanda où pouvaient donc bien se situer les portes de l'enfer, du moins selon les croyances. Il y en avait légion, mais, dans le souvenir de ses années universitaires, la plus célèbre se situait en Turquie, dans la cité antique d'Hiérapolis. Strabon[23] était le premier à raconter que s'ouvrait dans le sol un trou sacré, dédié à Pluton, d'où montaient des vapeurs pestilentielles échappées de l'enfer. On y sacrifiait des animaux qui, sitôt introduits dans l'entrée maudite, tombaient raide morts. En revanche, les prêtres y pénétraient et en ressortaient indemnes. Comme si certains avaient le pouvoir de descendre dans les tréfonds de l'empire de la mort et d'en revenir. Un don surnaturel et mystérieux, mais qui devait apparaître comme une hérésie intolérable pour l'Église ! Car Dieu seul décidait du sort des morts et le paradis comme l'enfer étaient des lieux sans retour possible.

Était-ce un passage de ce type que l'évêque Fridge voulait fermer, justement pour éviter les allers-retours entre les mondes ? Mais la citation était plus précise : « fermer les portes de l'enfer… afin d'éviter le Grand Retour et, pire, la Nuit des Temps ». Le Grand Retour… en fait l'évêque semblait craindre que les morts envahissent les vivants, qu'ils submergent le monde réel. Une croyance que l'on retrouvait chez certains théologiens qui avaient calculé que les morts païens étaient infiniment plus nombreux que les chrétiens. Et si ces morts revenaient à la vie, le christianisme serait vite balayé. Malgré le froid qui lui engourdissait les doigts, Tristan manqua d'éclater de rire. Décidément, la superstition était de toutes les époques !

---
23. Géographe grec de l'Antiquité.

Le livre des merveilles

Imaginer que des morts puissent remplacer des vivants, quelle folie ! Pourtant quelque chose le titillait, et si ce prêtre avait éprouvé une autre terreur ? Et s'il craignait que ces morts, à travers les portes de l'enfer, en retournant dans le monde des vivants, n'apportent un savoir sur l'au-delà qui ne corresponde pas à celui de l'Église ? Le mystérieux savoir de la « Nuit des Temps » ?

Tristan posa son crayon à papier et réfléchit. Il devait être rationnel. L'existence d'une porte des enfers relevait de la mythologie. Quant à une circulation entre la terre des vivants et l'empire des morts, c'était pure superstition ! Comment Himmler pouvait-il s'intéresser à pareille imposture ? Marcas ricana. Si les nazis avaient l'intention de descendre dans le royaume des ombres, ils risquaient d'y faire de mauvaises rencontres, vu le nombre incalculable de morts qu'ils y avaient violemment envoyés. Restait pourtant une énigme. Qu'avait voulu vraiment dire cet évêque de malheur quand il avait écrit « éviter le Grand Retour et, pire, la Nuit des Temps » ? Comment cette « Nuit des Temps » pouvait-elle être pire que le retour de millions de morts sur terre ? Et d'abord que pouvait bien être cette « Nuit des Temps » ? Tristan comprit qu'il n'aurait pas de repos s'il ne perçait pas cette énigme.

Il saisit à nouveau son crayon et se plongea dans l'avant-dernière référence, celle du Grand Électeur du Palatinat. Cette fois le texte était bien plus long. C'était peut-être lui qui donnerait la clef pour trouver le mystérieux ouvrage. Un bruit l'interrompit. Il leva la tête. La serrure de la porte venait de tourner.

27.

Berlin
Octobre 1944

Le beau Klaus ne semblait pas impressionné par le ton menaçant de Vogel. Il se servit un verre d'alcool de poire puis en proposa un au policier qui refusa.

— L'Allemagne est déjà plongée dans le désespoir jusqu'à la gorge, commissaire, mais en quoi ce vent mauvais me concernerait ?

— Il se pourrait que tu contemples ton claque[24] fermé jusqu'à la fin de la guerre.

Le truand défiguré avala son verre cul sec.

— Que voulez-vous ?

Vogel tourna la tête dans les deux sens, comme s'il cherchait quelque chose, puis humecta son index et le leva sous les yeux de son interlocuteur.

— Quelle chance, la météo vient de tourner, le vent tombe. Que peux-tu me dire sur le Flamant rouge et sa clientèle ?

— Un bel établissement. La fine fleur du régime et leurs amis. Le patron est protégé par la SS, mais je suppose que vous le savez déjà.

---
24. Argot pour désigner une maison close.

Le livre des merveilles

— Tu as entendu des saloperies sur ce cabaret ? Toi et tes hommes vous êtes au courant de toutes les infamies de cette ville, du moins celles qui ne relèvent pas du domaine officiel. Je veux de la rumeur de caniveau sanglant, du soupirail suintant, de la poubelle infecte éventrée à coups de poignard.

Axelrod croisa les doigts sous son menton et fixa le policier, l'air ennuyé.

— Et moi je ne veux pas d'histoires, commissaire. C'est déjà assez dur en ce moment. Je vous propose un bon gros jambon de Thuringe et une caisse de schnaps et on se quitte bons amis.

— Tu me les offriras après notre entretien. Réponds à ma question sinon dans une heure tu rends les clefs de ta boîte à l'un de mes adjoints.

— Si je vous balance des tuyaux et que ça fuite, je recevrai la visite des petits copains SS du patron du Flamant rouge. C'est pas le Stradivarius que je vais perdre, mais ma peau.

Vogel mit sa main en cornet sur son oreille droite, cette fois sans sourire.

— Ce satané vent... tu sais ce qu'il souffle à mon oreille ?

— Vous allez m'affranchir.

— Il me dit que non seulement je vais fermer ta boîte, mais qu'en plus je vais te dénoncer à la Gestapo pour activité subversive. Quand je retournerai à mon bureau, je taperai un tract pacifiste aux petits oignons expliquant que je l'ai trouvé chez toi. Depuis l'attentat contre notre glorieux Führer, mes collègues torturent et assassinent les suspects avec un zèle qui fait plaisir à voir. Même si tu es innocent. Surtout si tu es innocent.

Le livre des merveilles

— Ça vous vient de votre passage dans la SA ce genre de méthodes ?

— Et encore je me suis assagi, ricana Vogel, avant j'aurais sorti ma matraque pour parfaire la beauté irrégulière de ton visage. Rassure-toi, tout ce que tu me diras restera entre nous.

Le visage de Klaus Axelrod s'assombrit.

— Foutus flics. Tous pareils.

Il sortit une clef de la poche de son pantalon et se pencha pour ouvrir le premier tiroir de son secrétaire. Il en sortit un petit carnet rouge à spirale.

— Je note tout ce que l'on me rapporte, une saine habitude. Laissez-moi me rafraîchir la mémoire, commissaire.

Le truand tournait les pages avec lenteur, s'arrêtait sur certaines, revenait en arrière sur d'autres. Son attention se focalisa sur l'une d'elles. Vogel crut voir un sourire, mais il n'en était pas certain, la bouche tordue de ce visage ravagé pouvait évoquer le dégoût comme la félicité.

— Il y a deux mois le Flamant rouge a été impliqué dans une sale affaire, dit Klaus sans lever la tête vers le policier. L'un de ses employés a violé la fille d'un général de la Wehrmacht, l'affaire a été étouffée par vos amis de la Gestapo.

— Ça ne va pas me servir si les SS sont au courant. Autre chose ?

— Je regarde... le patron revend de l'alcool au marché noir. L'un de mes amis lui fournit des hommes de main pour les livraisons.

— Pas de quoi l'envoyer au trou. Rien de plus dégueulasse ?

— Vous faites erreur, commissaire, notre Führer a averti lui-même que le marché noir était désormais puni

Le livre des merveilles

de mort. Et en plus le patron du Flamant ne déclare pas ses magouilles à la SS.
— Comment le sais-tu ?
Klaus Axelrod avait remis son calepin dans le tiroir qu'il referma rapidement.
— Il y a un an, le plus gros distributeur de bière et d'alcool de Berlin a été racheté par une société appartenant aux SS. Ce qui fait que vos amis ont désormais le monopole pour fournir les commerces autorisés. S'ils apprennent que le patron du Flamant est de mèche avec l'un de leurs fournisseurs pour écouler une partie de la production hors circuit officiel à Berlin et à Hambourg, à votre avis, il va se passer quoi ?
Cette fois Vogel marqua sa satisfaction. Outre sa mainmise sur les services de sécurité, les camps et ses propres divisions militaires, l'ordre noir avait bâti au fil des ans un véritable empire industriel, allant de l'armement au matériel agricole, en passant par des firmes agroalimentaires. Un État dans l'État. Il se murmurait que les transactions financières étaient colossales, mais personne ne savait où l'argent remontait. Pas dans la poche d'Himmler, moins vénal que le maréchal Goering, devenu le plus grand collectionneur d'œuvres d'art d'Europe après les razzias dans les pays occupés. Certaines mauvaises langues au sein du régime murmuraient qu'une partie des fonds de la SS filait en Suisse ou en Amérique du Sud en prévision d'un effondrement du Reich.
— Tu as une preuve ? demanda Vogel.
— Un truand qui cherche des preuves ? Vous êtes drôle, commissaire. Je ne suis pas flic. J'ai noté le nom de ce fournisseur qui trafique dans le dos des SS, répondit Klaus en griffonnant sur un bout de papier. Montrez-le au patron du Flamant et vous verrez sa tête.

Vogel empocha le papier et se leva en soufflant. Il sentit son visage tourner au rouge écarlate. Ces derniers temps, il avait remarqué qu'il se fatiguait beaucoup plus que d'habitude.

— Vous devriez faire du sport et moins manger, ironisa Axelrod, un corps en bonne santé est une offrande à la nation, selon nos bons dirigeants. Moins fumer aussi.

Il ponctua sa tirade en s'allumant une cigarette dont il avala la fumée avec délectation.

— Rien à foutre de tes conseils.

— Vous respecterez votre parole de ne rien dire ?

— Oui, si tu me livres comme convenu le jambon et la caisse de schnaps. Et puis tu ne m'as toujours pas donné le nom du patron du Flamant rouge.

Le beau Klaus griffonna à nouveau un mot. Vogel le lut et s'exclama :

— C'est une femme ?

— Et pas n'importe laquelle.

28.

*Allemagne, château du Wewelsburg,
cellule de Tristan
Octobre 1944*

Kirsten entra. Pommettes saillantes, menton galbé et chignon impeccable, le docteur Feuerbach était le prototype de la femme aryenne. À un détail près. Elle n'était pas comme les autres Allemandes, réduite au rang de reproductrice pour le grand Reich, mais une des rares femmes dont le cerveau intéressait les nazis. Un cerveau entièrement dévoué à ses maîtres. Tristan gardait un souvenir écœuré d'elle, le droguant et faisant de lui un cobaye pour ses recherches sur le philtre des sorcières. Il avait eu de la chance de s'en sortir. Kirsten montra de sa main gantée les notes éparpillées sur le bureau.
— Où en êtes-vous ?
— Toujours aussi avenante. J'en suis à examiner chacune des pièces du dossier dans l'ordre chronologique. Fridge était convaincu que l'Irlande recelait une des entrées de l'enfer après avoir eu entre les mains *Le Dit des merveilles*. Il s'y serait rendu pour fermer ce passage entre les vivants et les morts. Si l'on croit ce qu'il prétend, il voulait conjurer le Grand Retour, comme pour éviter une contamination du réel par le monde d'en bas.

Le livre des merveilles

Le mot *contamination* provoqua un rictus chez le docteur Feuerbach. Dans le vocabulaire nazi, sans cesse martelé par le docteur Goebbels, il n'existait qu'une seule *contamination*, celle de la race aryenne par les Juifs.

— Nous avons retrouvé des traces de cet évêque, Fridge, qui était obsédé par la traque des sorcières, indiqua Kirsten. Un misogyne, gangrené par le monothéisme patriarcal, qui voulait exterminer le savoir ancien et véritable des femmes de Germanie.

Tristan prit son temps pour répondre.

— En Irlande, c'est plutôt le monde des morts qui le préoccupe, sa porosité avec celui des vivants.

Kirsten hocha la tête d'un coup sec avant de reprendre.

— Ce n'est pas votre problème, Marcas. La mission que le Reichsführer vous a confiée, c'est de retrouver le lieu où se trouve *Le Dit des merveilles* et de le récupérer.

— Pour le moment, j'avance à tâtons. D'après le Grand Électeur, *Le Dit des merveilles* parle d'« un autre monde », d'un univers « où la ligne est un cercle ». Une idée qui plairait au physicien Einstein, c'est quasiment sa définition de la courbure de l'espace-temps.

— Ne citez pas ce Juif ! Nous l'avons chassé d'Allemagne !

— Mon pays, lui, l'a fait professeur au Collège de France[25] !

— Ce qui ne vous a pas empêchés d'être balayés en 1940.

— Comme vous allez l'être très bientôt. Et je doute fort, docteur Feuerbach, que *Le Dit des merveilles* vous empêche de finir au bout d'une corde.

La voix déjà sèche de l'Allemande devint désagréablement métallique.

---

25. Créé sous François Ier, le Collège de France est un des lieux majeurs d'enseignement et de recherche.

Le livre des merveilles

— Je vous conseille de penser à votre femme et à votre enfant, Herr Marcas. Continuez votre analyse.
— On ne peut rien affirmer de concret sur ce que prétend l'Électeur, reprit Marcas. Il parle par métaphore et allégorie. Qu'est-ce qu'un monde *où les chemins marchent à l'envers* ? *Où le passé est l'avenir* ? On dirait la théorie de l'éternel retour de Nietzsche, avec trois siècles d'avance. Et vous savez que c'est un mythe. Pour moi, tout ce que raconte ce type est du pur délire.
— À moins qu'il ne soit visionnaire.

Subitement Tristan eut la sensation que Kirsten en savait plus qu'elle n'en disait. Elle le regarda fixement, sourit et annonça :

— Je crois, moi, que ce que décrit cet Électeur est un monde réversible. Un lieu, qu'indique *Le Dit des merveilles*, où, justement, les possibles sont encore à l'état latent.

— *Là où le possible est encore ouvert,* répliqua Marcas, comme il le prétend ?

— L'Histoire est un possible qui est advenu, il y en a peut-être d'autres.

Cette fois, Tristan était dépassé. Il avait l'impression de nager en plein délire.

— Écoutez, si vous voulez que j'avance, je dois me rendre à la bibliothèque. Le Reichsführer m'y a autorisé.

Le Français s'était levé, prenant avec lui la synthèse et ses notes.

— Je suis au courant, répondit Kirsten. Un garde va vous accompagner en bas, je me retire. J'ai hâte de savoir si votre réputation de casseur de codes secrets et de découvreur patenté de reliques est justifiée.

— J'espère ne pas vous décevoir, ironisa Tristan.

Le livre des merveilles

Kirsten afficha un visage souriant. Trop.

— Si c'est le cas, vous aurez au moins la consolation de ne pas décevoir le peloton d'exécution qui se chargera de vous.

29.

Berlin, Kurfürstendamm
Octobre 1944

Deux heures plus tard, Vogel marchait en direction du Flamant rouge, situé Thomasstrasse, une perpendiculaire au Kurfürstendamm. Il se sentait engoncé et vaguement ridicule dans son costume. Il s'était changé chez lui après le passage au Stradivarius et avait eu le plus grand mal à rentrer dans le seul complet de qualité encore présentable. Depuis la mort de son épouse, il se foutait royalement de son apparence.

L'air était frais, les rares tilleuls encore debout exhalaient une senteur de feuilles mouillées pas désagréable pour la saison. Il quitta l'avenue et tourna à droite sur Thomasstrasse.

Le contraste avec le quartier mal famé de Kreuzberg frappait la rétine. Autant comparer un manteau de vison argenté à une vieille chemise trouée par un bataillon de mites. Le Kurfürstendamm, long, large et opulent, s'étirait d'est en ouest, de Charlottenburg à Grunewald. Dans sa partie centrale, c'était l'artère la plus chic de la ville. La rivière dorée, les Champs-Élysées de Berlin, tels étaient ses surnoms du temps de sa splendeur, jusque dans les années 1920 avant le krach boursier. Grands magasins, cinémas somptueux, boutiques de mode, restaurants huppés et cafés

Le livre des merveilles

joyeux formaient un long chapelet de plaisir et de flânerie, accessibles même aux plus modestes, venus oublier leur condition sociale et admirer les luxueuses vitrines. Mais les nazis et les bombardements alliés à répétition avaient asséché la rivière dorée. Ne subsistaient, çà et là, que les immeubles miraculés autrefois élégants, noircis par les explosions, et les spectres des édifices défunts qui planaient silencieusement au-dessus de cratères boueux remplis de gravats.

Vogel pressa le pas, il avait déjà mis les pieds Thomasstrasse et dans les rues aux alentours par une nuit de novembre 1938. Une nuit âcre, de sang, de fureur et de feu. La nuit de Cristal, le plus grand pogrom de toute l'histoire de l'Allemagne, perpétré avec la complicité des autorités. Il faisait alors partie du commissariat en charge du secteur. Ses collègues et lui avaient reçu l'ordre de ne pas intervenir et d'observer les déchaînements de violence. Magasins pillés et incendiés, Juifs traînés dans les rues et bastonnés, femmes violées et humiliées, voire assassinées. Un visage était resté gravé dans sa mémoire. Un jeune Juif, les vêtements déchirés, le visage ensanglanté, qui s'était précipité vers lui pour demander de l'aide. Il avait hésité, puis voyant le regard courroucé de son supérieur, l'avait rejeté de la pointe de sa matraque. Le Juif avait été lynché et pendu à un réverbère dans cette rue. À la vue du corps oscillant au bout d'une corde sous les rires et les applaudissements des enragés en chemise brune, lui, l'ancien SA, avait éprouvé un sentiment de honte et de pitié pour la première fois de sa vie.

Il chassa le fantôme du pendu et arriva devant le Flamant rouge. De l'extérieur rien ne laissait supposer que l'immeuble de pierre grise de trois étages abritait un cabaret. Nulle enseigne, nulle plaque ne trahissait la présence d'une boîte de nuit. C'était l'un de ces innombrables magasins de confection abandonnés par les familles juives après la nuit de Cristal.

Le livre des merveilles

Personne ne s'y était installé depuis. Les vitrines avaient été remplacées par des murs de briques repeints en noir. Seule la présence insolite de deux hommes en civil devant la porte d'entrée vitrée confirmait que l'adresse était la bonne. Vogel montra sa plaque de la Kripo. L'un des hommes le dévisagea de bas en haut – le policier crut entrevoir un sourire de mépris – puis le type poussa la porte et décrocha le combiné d'un téléphone mural. Vogel patienta en jetant un œil aux alentours sous le regard méfiant de l'autre garde. Ils n'avaient pas l'allure de truands. Vogel renifla avec ostentation. Avec leur coupe de cheveux aussi nette que leur costume, ça puait le SS gestapiste déguisé en civil. Au bout de quelques minutes qui lui parurent interminables, on le fit entrer. Le commissaire se laissa conduire par l'un des cerbères aussi bavard qu'un rat crevé d'une semaine. Ils s'engagèrent le long d'un passage muré de chaque côté, comme si on avait percé une tranchée à travers l'ancien magasin. Contrairement à ce que croyait Vogel, le Flamant rouge n'occupait pas les locaux des magasins, ces derniers servaient juste de passage pour se rendre dans un autre bâtiment.

Il fallut cinq bonnes minutes de marche pour traverser une cour, puis s'engager dans un dédale de passages étroits pour aboutir à la véritable entrée du club. Vogel était presque déçu. Ce n'était qu'une porte sans prétention au fond d'un couloir aveugle aux murs cimentés passablement défraîchis. Cette fois, il se serait presque cru à Kreuzberg. Pas terrible pour un cabaret censé accueillir la fine fleur du Reich. La seule marque distinctive était le dessin, peint au trait rouge, d'un flamant rose et la présence d'un autre gardien habillé en smoking assis sur une chaise. Le policier montra à nouveau sa plaque, le gardien s'inclina et lui ouvrit.

Au lieu d'entrer dans une salle, il se retrouva dans une sorte de sas plongé dans une semi-obscurité, long de

Le livre des merveilles

quelques pas et fermé par une autre porte percée d'un hublot cerclé de cuivre. Cette fois les murs étaient capitonnés de carrés de velours écarlate piquetés en leur centre. Le standing se modifiait imperceptiblement, songea Vogel. Une femme apparut dans le hublot et le scruta avec la même insistance désagréable que son collègue dans la rue. L'ex-SA savait qu'il détonnait avec la clientèle habituelle, engoncé dans son costume défraîchi. Avant même d'y être entré, Vogel détestait déjà le Flamant rouge.

— C'est à quel sujet ? demanda la fille.

— Au sujet d'une enquête de police. Commissaire Vogel de la Kripo, je voudrais parler à Heda Ganser.

La porte finit par s'ouvrir, laissant une musique assourdissante et des rires sonores envahir ses tympans en même temps qu'une lumière vive éclaboussait ses pupilles. Il tourna le cou vers la fille de l'entrée qui le toisa du regard. De toute évidence il n'était pas le bienvenu. À deux heures d'intervalle, Vogel se prenait de plein fouet le contraste entre ces établissements. Au Stradivarius il était Dieu, au Flamant rouge il n'était qu'un insecte.

Il mit quelques secondes à comprendre où il se trouvait. Devant lui, au premier plan, surgissait un ballet de serveurs en livrée qui portaient des plateaux remplis de bouteilles et de mets sous cloches. Partout, des hommes en smoking ou costume et des femmes en robe chic buvaient et riaient. Au fond de la salle, un peu en hauteur, un orchestre jouait sur une estrade tandis que des danseuses dénudées ondulaient entre les tables.

Vogel s'était figé, il devait bien y avoir une cinquantaine de personnes qui festoyaient et faisaient la fête. C'était en contradiction absolue avec les discours officiels sur la guerre totale, prônant la frugalité et la discipline. Le comptoir du bar fait de chrome et de boiseries couleur ambre

Le livre des merveilles

étincelait. Trois barmaids faisaient tournoyer des shakers devant des clients accoudés qui reluquaient en même temps les serveuses qui s'affairaient en robes peu adaptées pour ce début d'automne berlinois.

Ce n'est pourtant pas cette ambiance de fête qui l'étonna, mais le spectacle qui s'offrait à ses yeux. Au milieu de la salle avait été installée une sorte de piste de cirque sur laquelle évoluaient les danseuses. Il s'approcha de quelques pas et écarquilla les yeux. Au centre de la piste s'agitait un colosse barbu à la trogne de Viking défoncé au schnaps. Torse nu, vêtu d'un maillot en imitation léopard, il tenait un alligator qui claquait des mâchoires en direction des danseuses virevoltant autour de lui. Son cou cerclé d'un anneau était accroché à une tige d'acier. Mais le plus étrange était sa carapace peinte en noir, avec un bandeau siglé des deux runes de la SS. Le saurien devait être encore jeune, pas plus long qu'un doberman, mais pour rien au monde Vogel ne se serait approché de ce monstre.

Le policier se demanda comment cette exhibition décadente avait pu être autorisée par le régime. Il balaya du regard la salle bondée, reconnut quelques personnalités du régime attablées, puis son regard se figea sur un homme en veste et cravate marron, assis en compagnie de deux jeunes femmes. Il riait aux éclats devant les gesticulations des danseuses et de l'alligator.

Vogel n'en revenait pas. C'était le directeur du RSHA, l'Obergruppenführer SS Ernst Kaltenbrunner. Son curieux visage était de ceux que l'on ne pouvait oublier. Les traits taillés au hachoir, la peau grêlée, deux cicatrices improbables autour du nez, une bouche efflanquée, et surtout de grands yeux marron enfoncés comme ceux d'une marionnette désarticulée. L'exact contraire du SS à la beauté aryenne vantée par le régime. On murmurait dans les

Le livre des merveilles

couloirs du ministère de la terreur que l'adjoint d'Heydrich avait succédé à son maître assassiné uniquement grâce à son apparence déplaisante. Vogel le croisait de temps à autre dans des réunions, mais c'était bien la première fois qu'il le découvrait en costume civil. Avec sa veste de soirée, il était certes plus élégant, mais paraissait presque banal. Le chef du RSHA faisait bombance. Son assiette et celles des jeunes femmes étaient garnies de cuisses de poularde, une bouteille de champagne triomphante dans un seau argenté trônait à côté de leur repas. Vogel se crispa. C'était le même Kaltenbrunner qui lui avait demandé de faire la présentation du service de police devant les gamins du Volkssturm, prêts à donner leur vie pour la patrie. Un sentiment de dégoût profond monta en lui. Le général SS bâfrait avec ses deux poules alors que les adolescents idéalistes se serraient la ceinture comme le reste des Berlinois.

— Commissaire Vogel, vous vouliez me voir ?

Le policier se retourna pour découvrir une femme qui se tenait en face de lui. La quarantaine, mince, le corps qui ondulait dans une robe de soie bleu nuit tombant jusqu'au mollet, le carré court à la mode des années 1930 et des yeux scintillants presque irréels. Elle tenait un fume-cigarette nacré et interminable qui lui donnait l'air d'une actrice de cinéma de l'UFA[26].

— Je suis Heda Ganser, directrice de ce modeste établissement.

Elle lui offrit le plus beau sourire qu'il ait jamais vu une femme lui adresser depuis sa venue sur terre. Son épouse défunte comprise.

---

26. Le Hollywood allemand.

30.

Allemagne, château du Wewelsburg
Octobre 1944

Tristan jeta un œil fatigué autour de lui. S'il préférait travailler dans cette bibliothèque faite d'anciens cachots, les lieux n'avaient rien de particulièrement exaltant. L'atmosphère était sinistre comme si les âmes torturées des anciens occupants des lieux imprégnaient encore les murs. Il ne croyait ni aux fantômes ni au spiritisme, mais force était de reconnaître que cette bibliothèque improbable suintait le désespoir et le malheur. À l'image du maître des lieux et de son sinistre château. Mais surtout à celle du responsable de l'apocalypse qui se déroulait en ce moment même dans le monde, Adolf Hitler, dont le portrait trônait fièrement sur le mur et narguait Tristan.

Ce dernier se retint de prendre le cadre rutilant et de le jeter à terre, et préféra s'installer devant un bureau qui jouxtait l'une des bibliothèques. Il poussa la carafe d'eau, un verre ainsi qu'une loupe volumineuse qui traînait sur la table. Une pensée fugitive le fit sourire. Il imagina quelques secondes Himmler, la loupe collée à son œil en train d'examiner un livre en posture d'érudit avec sa casquette grotesque à tête de mort. La scène l'amusait, il ne savait même pas pourquoi. Il chassa l'image grotesque pour reprendre

Le livre des merveilles

la synthèse des recherches menées par Kirsten sur *Le Dit des merveilles*. Une référence en particulier l'intriguait, celle qui datait du XVIe siècle, époque où le Palatinat, une principauté germanique indépendante, était dirigé par un Grand Électeur. Ce dernier, dans une note privée, s'interrogeait sur le lieu où *Le Dit des merveilles* avait été caché :
« L'existence du *Dit des merveilles* m'a été rapportée dans une autre affaire. Mais je ne peux l'évoquer sans trembler. Une femme a révélé au cours d'un interrogatoire en suspicion de sorcellerie que la localisation de ce grimoire maudit avait été dissimulée dans un autre ouvrage d'apparence très chrétienne. En revanche, que celui qui comprenne sache que ces merveilles ne sont pas des miracles. Là est la clef.

« Je sais maintenant que le mal nous est venu de la verte Erin. Des terres du bienheureux saint Patrick. Méfiez-vous des divinités païennes qui veulent retrouver leurs pouvoirs et corrompre les âmes faibles ! Fuyez tous les faux miracles rapportés dans cet ouvrage impie qui a trompé les plus hautes autorités.

« Personne ne doit lire *Le Dit des merveilles*, ce livre maudit. Si vous trouvez des exemplaires, brûlez-les et éparpillez leurs cendres aux quatre vents, car ils sont l'œuvre du diable. Moi, j'ai échoué à l'interdire. Puisse le Christ me pardonner et accueillir mon âme d'humble mortel. »

Tristan lisait et relisait les dernières lignes. « Je sais maintenant que le mal nous est venu de la verte Erin. » Ce passage n'était pas si compliqué. Erin était la déesse mythologique de l'Irlande et lui avait d'ailleurs donné son nom. Toutefois Kirsten n'avait rien trouvé dans sa collection de livres qui faisait référence à l'Irlande, au *Dit des merveilles* et à cette fameuse origine du mal.

Restait un autre passage énigmatique : « Ces merveilles ne sont pas des miracles. Là est la clef. » Une phrase à la fois claire et obscure. Tristan avait du mal à la comprendre. Comme si le Grand Électeur, par ces quelques mots, laissait un indice pour les temps à venir. Sauf que cet indice, Tristan, quatre siècles après, n'y comprenait rien. Le Français se rabattit sur la phrase suivante. Selon le Grand Électeur, un autre ouvrage indiquait où aurait été caché *Le Dit des merveilles*.

Marcas comprenait mieux cette logique. Ce n'était pas la première fois que des érudits hérétiques ou un peu sulfureux au goût de l'Église dissimulaient leurs enseignements dans des œuvres d'apparence chrétienne ou poétique. Ainsi les plus grands textes alchimiques prenaient la forme de dessins allégoriques pour ne pas s'attirer les foudres des autorités religieuses et être taxés de magie ou de sorcellerie.

La phrase tournoyait dans sa tête : « Ces merveilles ne sont pas des miracles. Là est la clef. » Rien ne venait. Son cerveau était aussi sec qu'un sarment de vigne en plein hiver. Il en était à se demander s'il ne faudrait pas un miracle pour qu'il décrypte cette énigme. Il s'étira, effectua quelques tractions sur le tapis persan qui avait dû traverser autant de mers que de siècles, puis s'aspergea le visage avec l'eau fraîche de la carafe qu'on lui avait laissée. Le froid le réveilla un peu. Ses pensées se bousculaient.

Un miracle… il faudrait un miracle pour que j'élucide ce truc. Une grimace se dessina sur son visage fatigué. Comment espérer un miracle au château de Wewelsburg, épicentre des croyances paganistes et antichrétiennes de la SS. Il ne devait pas y avoir un seul crucifix suspendu dans cette maudite forteresse. De toute façon, il n'était guère croyant, lui non plus. *Ne compte pas sur un miracle ici.*

Le livre des merveilles

Autant attendre qu'Hitler rase sa moustache et annonce sa démission.

Il fit quelques pas pour se dégourdir les jambes devant les rayonnages. Sa main caressa l'une des rangées d'ouvrages sur une étagère de la bibliothèque. Des milliers de volumes pillés dans toute l'Europe… qu'allait devenir cette fabuleuse collection quand l'Allemagne perdrait la guerre ? Elle la perdrait. Ce n'était qu'une question de temps. Il espérait qu'Himmler, voyant la fin venir, ne décide pas de la réduire en cendres. Version wagnérienne du *Crépuscule des dieux*. Là aussi il faudrait un miracle.

Au moment où il retournait s'asseoir, il se figea net. Une idée germa dans son cerveau. *Le miracle*. Et si le Grand Électeur faisait référence à un ouvrage qui évoquait des miracles ? Et si ce livre avait été récupéré par le commando Hexen ? Il faillit réveiller Kirsten pour lui demander si elle avait eu cette idée, mais il en aurait trouvé trace dans sa synthèse.

Il fila vers l'armoire en acajou qui abritait l'indexation de la collection, composée de douze casiers, chacun répertorié selon un classement alphabétique. Le mémoire du Grand Électeur étant rédigé en latin, il supposa que le terme *miraculus* serait référencé à la lettre M. Il ouvrit le casier correspondant aux lettres L/M/N. Un long tiroir coulissant apparut, rempli de fiches cartonnées. Elles étaient surmontées d'étiquettes thématiques rédigées en allemand. Le répertoire était donc classifié en fonction de thèmes et non pas selon le titre des ouvrages. Il fit glisser ses doigts sur la rangée, l'ouvrit à différents intervalles, mais ne trouva rien à *miraculus*. Il ne s'écoula que quelques secondes avant qu'il comprenne son erreur. Il fallait retrouver la thématique sur les miracles, si elle existait, mais avec le nom allemand. *Wunder.*

Le livre des merveilles

Il se baissa et ouvrit l'un des tiroirs de la dernière rangée du bas, celle avec la lettre W. Le tiroir était parfaitement huilé, comme le précédent, les étiquettes bien à leurs places. Il finit par trouver. Il y avait bien une section *Wunder*. Il trouva une trentaine de fiches de livres avec le mot miracle. Chacune d'entre elles présentait le titre de l'ouvrage, la date de publication ou de rédaction probable, l'auteur, l'éditeur, ainsi que le lieu en Europe où il avait été emprunté par le commando Hexen. Un chiffre suivi de deux lettres faisait référence à l'emplacement du livre dans la bibliothèque. La moitié des fiches sélectionnées par Tristan renvoyait à des livres écrits en latin, l'autre moitié dans des langues européennes classiques : allemand, anglais, français, italien et espagnol. Il sortit celles en latin, une quinzaine, et se concentra sur les dates. Il fallait cibler autour du XVIe siècle. Le tri se révéla vite fructueux, car il n'existait qu'un seul ouvrage réunissant ces critères de sélection : *Universale Miraculum, 1544, A Augsburg*.

En revanche, il n'y avait aucune référence d'auteur ou d'éditeur, si ce n'était la spoliation chez un antiquaire juif d'Anvers, le 18 novembre 1940. Il prit la fiche et arpenta les travées de la bibliothèque. Il ne lui fallut qu'une poignée de minutes pour trouver ce qu'il cherchait. C'était un livre de cent soixante-quatre pages, composé de textes imprimés assez courts et d'une collection impressionnante de dessins à l'encre, coloriés ensuite à l'aquarelle. La reliure en cuir pleine peau d'aspect vermeil ne datait pas de la création de l'ouvrage. Le grain était fin, les bords encadrés de lisérés d'or nettement découpés. Le travail semblait récent, a minima du début du siècle, Tristan avait l'œil pour ce genre de détails quand il faisait le commerce de livres anciens avant-guerre.

Le livre des merveilles

Il prit l'incunable et retourna s'asseoir pour le consulter. À mesure qu'il le parcourait, Marcas était frappé par la créativité et la richesse des illustrations. L'ouvrage recensait tous les événements et signes miraculeux ou catastrophiques apparus dans le ciel, sur la terre et dans les mers depuis l'origine de l'humanité. De courtes légendes illustraient chaque dessin pour en donner les références de lieux et de dates. Certaines étaient des illustrations d'événements cités dans la Bible, d'autres semblaient tirées de chroniques. La chronologie s'arrêtait à la fin du XVe siècle, ce qui semblait logique compte tenu de l'année de publication de l'ouvrage.

Il lui fallut une bonne demi-heure pour découvrir tous les dessins. Comètes enflammées, apparitions d'anges et de visages énigmatiques dans le ciel, pluie de grenouilles, de serpents, d'animaux de toutes sortes, roues et triangles en lévitation au-dessus de montagnes, êtres fantastiques mi-hommes mi-animaux, serpents monstrueux qui jaillissaient de la mer, ample profusion de représentations de passages de l'Apocalypse de saint Jean. À l'évidence les créateurs de l'ouvrage avaient joué la carte du merveilleux et de l'effroi.

Tristan remarqua le faible nombre de planches représentant des scènes en apparence banales, du moins sans éléments surnaturels. Si cet ouvrage était bien celui auquel faisait vraiment référence le Grand Électeur, il ne s'y trouvait aucun indice apparent sur une supposée hérésie ou alors une référence à l'Irlande. Aucun dessin, par exemple, ne représentait la déesse Erin ou saint Patrick.

Il ferma ses yeux rougis de fatigue un instant, puis se concentra à nouveau. Décrypter ce genre d'énigme était son ordinaire depuis le début de cette foutue guerre, mais les années passant il sentait bien que son esprit était parfois moins affûté. Ce n'était pas tant un problème d'âge, il était

Le livre des merveilles

en pleine forme, plutôt une fatigue morale. Cette guerre l'usait nerveusement. Elle semblait sans fin. Tristan pensait s'être mis à l'abri à Corfou avec Laure, et le destin prenait un malin plaisir à le replonger dans le chaudron bouillant de ce combat titanesque entre les forces du bien et du mal. Pire, il était contraint de travailler pour le mauvais camp. Il se demandait si ses neurones n'avaient pas décidé de se mettre au ralenti, inconsciemment, pour l'empêcher de collaborer avec les serviteurs des ténèbres.

Des grondements résonnèrent en sourdine au-dessus de sa tête et le sortirent de ses pensées. Les étagères vibrèrent doucement. Encore des chars et des motos qui tournaient dans la cour du château pour un exercice nocturne. Des cris se firent entendre, ou plutôt des aboiements, plus proches encore. C'était la spécialité des SS d'entraîner leurs troupes à se réveiller en pleine nuit pour être toujours en alerte. Il avait déjà assisté à ce genre d'exercice lors d'un précédent séjour au château. Ces démons habillés de noir ne vivaient que pour la guerre. Et la mort.

Il fallait qu'il se reconcentre sur l'énigme. Pour la vie. Celle de Laure, de son bébé et la sienne.

S'il ne réussissait pas à décrypter cette maudite énigme, il savait que ses ravisseurs l'exécuteraient impitoyablement. Peut-être même au petit jour. Et Laure retournerait dans un Lebensborn pour subir des expériences monstrueuses avec son futur enfant. Ce sinistre grondement là-haut lui rappelait que son couple se ferait broyer s'il ne réussissait pas sa tâche.

Il se pencha à nouveau sur l'*Universale Miraculum*. Si ce livre cachait bien un secret, il fallait songer à la logique dont avaient dû user les concepteurs de ce jeu de piste, morts depuis quatre siècles. Conscients de la puissance de leur secret, avaient-ils eu la prescience que leur

Le livre des merveilles

livre pourrait tomber entre les mains des serviteurs d'un démon ? Un démon à visage humain, au front marqué au fer rouge d'une sinistre croix gammée, et qui mettrait le monde à feu et à sang ?

Il leva les yeux du livre, son regard intercepta celui d'Hitler et son esprit se voila. Un sentiment de honte le parcourut. Il ne pensait qu'à sauver sa vie et celle de Laure alors que des millions d'autres étaient en jeu. Tout à coup le mot miracle se teinta d'écarlate. *Un miracle de sang*. Jusque-là, il menait cette quête insensée parce que c'était le seul moyen de sauver sa famille, mais en lui-même il doutait de l'existence du *Dit des merveilles*. Pour lui, Himmler, à la veille d'être balayé par l'histoire, s'accrochait à une légende, un fantasme... mais si cette quête n'était pas qu'une élucubration du cerveau malade du Reichsführer ? Si ce livre existait vraiment et recelait un pouvoir incroyable comme celui des reliques sacrées que lui, Tristan, avait découvertes par le passé ?

Wunder. Comme les Wunderwaffen, ces armes miracles vantées par Hitler et qui allaient changer le cours de la guerre. N'allait-il pas lui, Tristan, offrir aux nazis la plus terrifiante des Wunderwaffen ? Il modifierait le cours de la guerre ! Le débarquement en Normandie n'aurait servi à rien, Stalingrad non plus. La seule idée qu'il devienne responsable de ce basculement obscène des événements en cours le terrifia. Son cœur s'accéléra. Pour la première fois depuis son arrivée, l'enjeu brutal du choix le prenait à la gorge. Il pouvait encore tout arrêter. Sa vie touchait peut-être à sa fin. Celle de Laure et de leur enfant aussi. Le sacrifice de trois vies pour sauver celles de millions d'autres. Il ferma les yeux pour se concentrer. Il devait prendre sa décision maintenant.

31.

Berlin, le Flamant rouge
Octobre 1944

La brune au fume-cigarette conquérant lui tendit une main ferme.
— C'est toujours un plaisir de recevoir un représentant des forces de l'ordre dans mon modeste établissement.
— Je vous remercie, répondit Vogel, un peu décontenancé par cet accueil.
— Voulez-vous une coupe de champagne ? Je sais qu'on vous l'interdit pendant vos enquêtes, mais ici nous sommes autorisés à contourner les règles.
— Autorisés par qui ? demanda-t-il aimablement.
Heda sourit à nouveau et envoya un signe de la main en direction du patron du RSHA. Ce dernier mima un baiser. Vogel comprit le message à la perfection.
— L'Obergruppenführer est un homme charmant, vous savez ? D'une sensibilité que l'on ne soupçonnerait pas.
— Il faut toujours se méfier des apparences.
Des cris d'effroi jaillirent derrière eux. Le Viking défoncé était sorti de la piste avec son alligator SS et se promenait entre les tables, provoquant l'effroi des convives.
— Si ce n'est pas indiscret, d'où sortez-vous ce crocodile ? demanda Vogel.

Le livre des merveilles

— Alligator[27]. Le zoo me prête des animaux pour mes petites soirées. Dommage pour vous, la semaine dernière j'avais des chimpanzés adorables et un ours de toute beauté. En échange je leur fais parvenir de la nourriture. Le zoo a été touché cinq fois par les bombardements, c'est dur pour eux. Et je suis une défenseuse acharnée de la cause animale.

— C'est tout à votre honneur. Le Reich déteste les Juifs, mais aime les animaux. J'aurais quelques questions à vous poser.

— À quel propos ?

— Inge Unterkempf. Ce nom vous dit quelque chose ?

Le commissaire crut voir une ombre voiler le visage de la patronne du Flamant rouge.

— Oui, bien sûr, elle a travaillé ici. Une fille adorable. Une ancienne infirmière, de mémoire. Que lui est-il arrivé ?

— Elle a été assassinée il y a deux jours.

— Quelle horreur !

— Pourrions-nous discuter dans un endroit plus tranquille ?

Heda Ganser secoua la tête.

— Hélas non, mon bureau est en travaux. Je vais nous trouver une table un peu à l'écart. Suivez-moi.

Sans attendre de réponse, elle fila à travers la salle en saluant ses invités. Vogel la suivit et remarqua, au moins pour la moitié des tables, la différence d'âge marquée entre les hommes et les femmes. Le plus curieux était que les jeunes femmes n'avaient pas l'allure des prostituées qui fréquentaient ce genre de cabaret ou d'hôtel. Certes elles étaient court vêtues mais n'avaient pas le comportement aguicheur des putes de luxe qu'il avait souvent croisées

---

27. Authentique. Lors d'un bombardement sur le zoo, l'un des alligators, prénommé Saturne, s'est échappé et a provoqué une panique dans les rues.

Le livre des merveilles

après des descentes de police. Il songea à Inge Unterkempf et se l'imagina assise avec l'un de ces types d'âge mûr qui roucoulaient avec suffisance.

Au fur et à mesure qu'il passait entre les tables, son estomac se crispait. Les assiettes débordaient d'une nourriture inaccessible pour les Berlinois depuis les restrictions patriotiques. Tranches de bœuf saignantes et bien épaisses, brochets dodus nappés de crème, côtes de porc dégoulinantes de sauce forestière, il se trouvait au paradis. Sans compter les bouteilles de grands crus français qui garnissaient chaque table. Heda intercepta son regard et sourit à nouveau.

— Après notre petit entretien, vous serez mon hôte. Choisissez ce qui vous fera plaisir. Je vous soupçonne d'avoir un bon coup de fourchette.

— D'où vient cette corne d'abondance ?

— J'ai d'excellents amis originaires de Thuringe, le royaume des vaches et des cochons. Je garde le secret pour les poissons et le vin.

Ce qu'il subodorait arriva. Heda s'était dirigée en droite ligne vers la table de Kaltenbrunner et s'arrêta à son niveau.

— Herr Obergruppenführer, la soirée se passe bien ?

— À merveille ! C'est toujours un plaisir de se détendre ici après une longue journée de travail. Je te présente la comtesse Gisela von Westarp et l'une de ses amies, Carlotta, qui viennent de me rejoindre.

Les deux femmes qui l'accompagnaient la saluèrent gracieusement. Vogel leur donnait la vingtaine. Il avait entendu parler de la jeune maîtresse de Kaltenbrunner, issue d'une vénérable famille de Wittenberg et mariée à un aristocrate. Celle-là ne devait pas faire partie des prostituées du Flamant rouge.

Le livre des merveilles

— Je connais Gisela, répondit la patronne du Flamant rouge, moi je vous présente le commissaire Vogel, vous devez sûrement l'avoir croisé.

Kaltenbrunner fronça les sourcils en apercevant le commissaire et son visage s'assombrit. Le policier de la Kripo se raidit d'un bloc et salua en tendant le bras.

— Abstenez-vous ici, lança sèchement son supérieur. Vous fréquentez le Flamant rouge, commissaire ?

— Non, je suis ici pour une enquête criminelle. Une jeune femme retrouvée morte dans son appartement qui fréquentait cet établissement.

— Pourquoi n'ai-je pas été informé ? Vous savez, je suppose, que ce club est contrôlé par nos services.

La directrice du Flamant rouge ne cachait pas son amusement devant l'embarras croissant de Vogel, mais celui-ci ne se démonta pas.

— Dès que cet établissement a été notifié dans mon enquête, j'ai prévenu immédiatement l'un de mes collègues de la Gestapo. Je lui ai même demandé son aide. Je venais justement pour dissiper toutes les zones d'ombre et expédier cette affaire.

Kaltenbrunner afficha un visage contrarié. Sa bouche se réduisit à une mince fente, ses yeux plongèrent dans ceux de Vogel.

— Cet imbécile aurait dû m'en parler, dit-il d'une voix aussi cassante qu'une pioche sur un tas de cailloux. Quant à vous, je vous conseille de déguerpir, vous avez sûrement d'autres criminels à débusquer dans le cloaque de cette ville.

Heda Ganser intervint en posant sa main sur l'épaule du SS.

— Mais non Ernst… je suis toute prête à collaborer avec la Kripo. J'aimais beaucoup cette pauvre fille assassinée. Il faut retrouver le coupable.

Le livre des merveilles

Kaltenbrunner se radoucit.
— Ton bon cœur te perdra, Heda. Fort bien, commissaire, je ne veux pas interférer dans votre enquête.

À peine avait-il terminé sa phrase que l'alligator SS surgit devant eux, la gueule ouverte, le corps se tortillant comme un serpent. Le dresseur avait du mal à le tenir droit et la queue puissante de l'animal battait dans tous les sens.

— Wolfgang, viens par ici, mon bébé, lança Kaltenbrunner enjoué en faisant mine d'approcher sa main du saurien.

De près le monstre était plus impressionnant, il faisait claquer ses mâchoires en cadence et Vogel recula instinctivement.

— N'ayez pas peur, commissaire, ricana Kaltenbrunner, Wolfgang est un vieil ami. Il ne dévore que les ennemis du régime.

Les deux jeunes femmes se collèrent contre le chef du RSHA alors qu'il lançait sa cuisse de poularde vers la gueule de l'animal. L'alligator l'attrapa à la vitesse de l'éclair et la broya en quelques secondes. Kaltenbrunner éclata de rire et fixa Vogel.

— Vous avez un point commun avec Wolfgang, commissaire. Vous travaillez tous les deux pour moi.

— Je ne suis pas certain de comprendre.

— Vous savez que j'ai coordonné l'enquête sur l'attentat de juillet contre notre Führer. Il se trouve que je suis aussi un visiteur assidu du zoo de Berlin. J'ai eu l'idée d'emprunter Wolfgang pour le faire participer aux interrogatoires de la Gestapo. Ça s'est déroulé dans une cage, à l'abri des regards. Les prisonniers étaient attachés par terre et j'ai laissé ce cher Wolfie leur chatouiller la couenne. Résultat garanti, notre ami à quatre pattes a savouré de la chair tendre des traîtres de la Wehrmacht et de leurs

Le livre des merveilles

complices. Ils ont tout déballé, pataugeant dans leur sang pourri, glapissant comme des porcs.

Le dresseur viking hocha la tête.

— Je confirme. Il a même goûté le pénis d'un ancien ambassadeur du Reich. Mais hélas, Obergruppenführer, j'ai eu toutes les peines du monde à le calmer ensuite. Depuis que Wolfgang a dégusté de la chair humaine, ça l'a rendu plus exigeant sur le plan culinaire.

— Wolfie, c'est un peu la mascotte de la Gestapo, ajouta Kaltenbrunner, je vais d'ailleurs avoir besoin de son aide dans les prochains jours. On nous amène de nouveaux suspects, puis s'adressant à l'alligator : Qui c'est qui va se lécher les babines ?

Un nouveau claquement de mâchoires lui répondit avec enthousiasme. Vogel se demanda s'il n'était pas tombé dans un asile de fous. Il s'écarta pour laisser passer le dresseur et son monstre. Kaltenbrunner s'adressa de nouveau à la patronne du Flamant rouge.

— Ma chère Heda, une fois que tu auras fini avec mon subordonné, viens boire une coupe avec nous.

— Avec grand plaisir, j'espère que monsieur le commissaire ne me retiendra pas longtemps.

— Ce sera l'affaire de quelques minutes.

— Parfait, Vogel, vous me ferez aussi parvenir un rapport sur cette enquête demain matin à la première heure.

Le policier et la patronne du Flamant rouge quittèrent Kaltenbrunner et s'assirent à une table à l'autre bout de l'orchestre. La femme s'alluma une nouvelle cigarette et l'observa, ses yeux très clairs grands ouverts.

— Je vous écoute, commissaire.

Vogel résuma l'affaire en moins d'une minute puis entra dans le vif du sujet.

Le livre des merveilles

— Inge arrondissait ses fins de mois chez vous. Avec des messieurs d'un certain âge, puis se tournant vers la salle : J'ai l'impression que c'est un sport pratiqué à un niveau olympique dans votre établissement.

— C'est possible, mais toutes les personnes que vous voyez ici sont adultes. Si chacun y trouve son compte, quel mal y a-t-il ?

— Aucun, si ce n'est que je dois trouver le coupable. Inge avait-elle des clients réguliers ?

Heda plissa les yeux.

— Vous vous trompez, commissaire. Le temps du salon Kitty est terminé. Il n'y a pas de prostituées ici, juste des femmes méritantes qui ont besoin d'un coup de pouce. Ce sont toutes de bonnes Allemandes.

Vogel eut soudain la vision désagréable de sa propre fille succombant aux sirènes de la sorcière vénéneuse assise en face de lui et qui le narguait avec ce stupide fume-cigarette.

— En fait, je me suis trompé, vous tenez une œuvre de bienfaisance pour jeunes filles nécessiteuses. C'est tout à votre honneur. Avez-vous pensé à demander une médaille ?

La patronne du Flamant rouge émit un rire un peu surjoué et fit tomber la cendre de la cigarette avec élégance.

— Commissaire, je vous trouve sympathique et plutôt drôle. Si vous cherchez une place de comique je vous embauche volontiers.

— Vous n'avez pas répondu à ma question. Les protecteurs d'Inge ?

— C'est voulu. Mes habitués tiennent à une certaine discrétion. Et contrairement aux apparences, ces demoiselles ne sont pas des oies de printemps.

— Je me permets d'insister, chère madame.

Le sourire d'Heda s'effaça comme par enchantement.

— Moi, je me permets de vous faire remarquer que je n'ai qu'un mot à dire à votre supérieur, assis là-bas, et vous irez surveiller le contenu des poubelles de Berlin le reste de votre carrière.
Vogel ne broncha pas en dépit de la menace.
— On dirait que la mort d'Inge ne vous touche pas vraiment.
Le visage d'Heda Ganser se durcit.
— Ne croyez pas ça, mais je dois respecter certaines règles. La première : garder le silence sur ces messieurs. Si j'y déroge, j'aurai de lourds ennuis. Des gens très puissants viennent ici, commissaire, comme votre supérieur. Et pour bien me faire comprendre... mon bureau n'est pas en travaux, il est juste truffé de micros comme toutes les tables de cet établissement, sauf celle-ci.
Vogel sentit l'impatience bouillir, avec la furieuse envie de la prendre par l'encolure de sa robe qui devait valoir trois mois de son salaire. Hélas, il ne pouvait pas, comme avec la colocataire d'Inge, utiliser ses bonnes vieilles méthodes.
— Je comprends. C'est votre dernier mot ?
— Hélas oui. Et contrairement à ce que vous croyez, j'aimais beaucoup Inge, c'était une fille bien. Je suis triste d'apprendre sa mort.
Au moment où elle faisait mine de se lever, Vogel sortit le bout de papier que le beau Klaus lui avait remis, où était inscrit le nom de l'associé secret de son trafic d'alcool, et le glissa sous son nez. Le visage d'Heda ne laissait rien paraître, mais son fume-cigarette tremblait.

32.

*Allemagne, château du Wewelsburg
Octobre 1944*

Tristan avait tranché. Il devait continuer la quête. Et vivre. Pour Laure et leur enfant. À chaque fois il avait réussi à s'en sortir. À nouveau, il paria sur sa bonne étoile. Il trouverait bien le moyen de déjouer les plans d'Himmler même en découvrant le secret caché dans l'ouvrage surgi d'un lointain passé.
Il se remémora les deux références à l'Irlande dans le texte du Grand Électeur. La déesse Erin et saint Patrick. Il ne savait pourquoi, mais il sentait qu'il était sur le bon chemin. Il fallait se mettre à la place des adversaires dénoncés par le Grand Électeur. Pour camoufler leurs doctrines, ils devaient utiliser des scènes d'inspiration chrétienne et certainement pas une allusion à des mythes gaéliques préchrétiens avec Erin. Saint Patrick semblait l'évidence, mais Tristan ne connaissait pas grand-chose de la vie de cet évangélisateur. Il se leva à nouveau et partit consulter le classement. À tous les coups, il devait y avoir des ouvrages sur l'origine des saints dans cette collection infernale. Le commando Hexen avait aussi pillé des librairies religieuses et des monastères. Il finit par trouver ce

qu'il cherchait, une hagiographie des saints de l'Église en trois volumes, imprimés par un éditeur catholique parisien. Tristan lut rapidement la notice de Patrick. Le saint était originaire de Bretagne, il avait évangélisé l'Irlande au Ve siècle, auréolé d'une gloire lui octroyant le titre de saint patron de l'île. Il avait chassé la déesse Erin des cœurs et des âmes des habitants. Un passage retint l'attention de Tristan. Celui sur un miracle. Quand Patrick avait débarqué en Irlande, son bateau s'était échoué sur un rivage désert. Les matelots païens invoquèrent leurs divinités celtiques pour trouver de la nourriture, mais rien n'arriva. Patrick décida de prier le Christ et soudain un troupeau de porcs surgit sur la plage, « baigné de rayons de miel ». Tous les matelots se convertirent. Ce fut le premier exploit qui amorça sa légende dorée.

L'esprit de Marcas s'électrifia. Il connaissait cette scène. Il l'avait déjà vue dans l'*Universale Miraculum*. Comme s'il avait le diable à ses trousses, Tristan retourna au bureau, compulsa à toute vitesse les planches et finit par trouver l'illustration qu'il cherchait. On y voyait une plage de sable avec un homme barbu en robe de bure, une sorte d'ermite, qui levait les bras. Des cochons tombaient du ciel sous une pluie orangée. Comme dans la légende de saint Patrick. Et si ce dessin faisait allusion à l'Irlande ? Marcas reprit espoir.

D'autres éléments étranges apparaissaient. Juste sur le côté – il fallait se pencher pour découvrir la scène – un groupe d'hommes assis en cercle étaient en train de prier avec en arrière-fond une église. Tristan lut la légende. Il n'était pas fait mention de saint Patrick ni d'Irlande, mais bien d'une pluie de porcs observée au Moyen Âge, sur la rive du Tibre dans la ville d'Ostie, en Italie. Le texte

Le livre des merveilles

renvoyait ensuite à une autre planche numérotée en chiffres romains. Tristan tourna les pages à nouveau pour s'arrêter au dessin qui portait ce numéro. C'était l'agrandissement d'une partie de l'illustration précédente. On y voyait les mêmes douze hommes, sans doute des apôtres, en train de prier, assis en cercle, mais cette fois ils occupaient le premier plan du dessin. En revanche il existait une différence entre les deux représentations du groupe d'apôtres. Cette fois l'un d'entre eux se tenait debout et lisait un livre. Il tendait son doigt en direction d'une église située à l'horizon. Pour Tristan, le caractère surprenant tenait à deux éléments.

D'abord, la présence de créatures fantasmagoriques tout autour des hommes en prière : poissons avec des pattes de lion, griffons, oiseaux à tête de serpent. Marcas remarqua que le seul animal réel était un chien, assis à côté de l'apôtre qui lisait. Le second élément surnaturel se situait dans le ciel : une armée d'anges jaillissait d'une trouée lumineuse. La légende indiquait que les douze apôtres étaient sur le point de combattre les démons et que l'un d'entre eux, Canice – celui qui lisait le livre –, invoquait les anges du ciel pour leur demander de l'aide.

Tristan se gratta le menton, perplexe. S'il s'agissait d'une référence aux apôtres du Nouveau Testament, il n'avait jamais entendu parler d'un Canice parmi les Jean, Luc, Matthieu et autres premiers disciples du Christ. La présence du chien à ses côtés le troubla, car le nom latin de l'animal était justement *canis*. L'auteur du dessin voulait assurément indiquer au lecteur attentif que cet apôtre présentait une particularité remarquable qui le distinguait des autres hommes de foi. Tristan prit la loupe posée sur la table et se pencha sur ce religieux au nom incongru. Le peintre avait soigné de nombreux détails. Les plis de sa robe de bure, ses sandales percées et même les veines des avant-bras, représentées avec netteté. Son visage de profil laissait entrevoir un homme à la barbe foncée et fournie, dans la force de l'âge, qui ne ressemblait pas au saint Patrick de la planche précédente.

Tristan fit glisser sa loupe sur l'ouvrage tenu par Canice. De près, cela ressemblait plus à un parchemin enluminé. Des lettres étaient écrites sur la page de gauche du livre ouvert. Les caractères étaient minuscules, mais bien lisibles à la loupe. Sa respiration s'accéléra d'un coup. *Mirabilis Liber*. Le Livre des merveilles.

Une onde de joie le parcourut. Le Grand Électeur n'avait pas menti. *Le Dit des merveilles* était bien caché dans ce *Livre des Miracles*. C'était une sorte de poupée russe, un livre en cachait un autre. Tout faisait sens désormais. Un autre détail surgit brusquement. Une série de chiffres romains était écrite sur l'autre page du livre ouvert. Il reconnut la typographie : il s'agissait du numéro d'une nouvelle planche. Marcas était bluffé par l'ingéniosité des concepteurs de cet ouvrage codé, au milieu d'un fatras de peintures en apparence sans queue ni tête, il existait un fil rouge rationnel, pensé et conçu pour délivrer un message de planche en planche. Il tourna les pages rapidement et découvrit la suite de l'énigme sur un autre dessin encore plus surprenant. Tristan exultait, il avait réussi à décrypter l'énigme.

Désormais, il prévoyait le rôle primordial de ce saint Canice dans l'énigme. Son histoire et le lien avec *Le Dit des merveilles*. Tout prenait sens. Comme une mécanique d'horlogerie qui se déclenchait sous ses yeux pour aboutir au tintement des douze coups de minuit. Il avait tiré le fil, il ne restait plus qu'à dérouler la pelote.

Le livre des merveilles

Deux heures s'écoulèrent avant qu'il ne termine le décryptage de ces messages venus du fond des temps. Il savait désormais où se cachait *Le Dit des merveilles*. Mieux ! Il avait en sa possession le moyen de garder le contrôle sur la suite des événements.

Il détacha soigneusement la dernière planche du jeu de piste codé de l'*Universale Miraculum*, qu'il fourra dans sa poche. Tristan avait bien conscience du caractère presque blasphématoire de son acte, mais c'était la seule solution pour survivre. Désormais lui seul savait ce que contenait la fin de l'énigme. Pour l'instant, il révélerait à Himmler la ville où était caché *Le Dit des merveilles*, mais pas le moyen de le localiser précisément. Il ne serait plus à sa merci. Un frisson de plaisir le parcourut : il tenait à nouveau les rênes de son destin. Celui de Laure, de son enfant. Sans mettre en péril celui de l'humanité. Le risque était redoutable, mais jouable.

Il était temps de remonter à la surface. Marcas se leva du bureau en prenant l'exemplaire de l'*Universale Miraculum* et son calepin et marcha vers l'entrée de la bibliothèque. Il ouvrit la porte, surprenant le garde en train de somnoler. Amusé, il lui donna un coup de pied dans le tibia. Le SS bondit, le visage menaçant, et Tristan recula d'un pas.

— On se calme, je dois voir votre maître. J'ai d'excellentes nouvelles pour lui.

— Il dort !

Tristan éclata de rire.

— Eh bien, nous allons le réveiller. Pour lui faire un cours d'éducation chrétienne. Il en a bien besoin.

— Vous êtes fou, gronda le SS.

— Pas du tout. Je suis certain que mes histoires de saint irlandais vont le ravir. On y va ?

33.

Berlin, le Flamant rouge
Octobre 1944

L'orchestre avait changé de répertoire et s'était jeté à corps perdu dans un foxtrot, officiellement interdit par le régime. Assise à l'écart en compagnie de Vogel, Heda Ganser avait abandonné ses airs suffisants à la vue du nom de son associé, griffonné sur le bout de papier.

— Je suis au courant de la nature, alcoolisée, de vos liens avec ce monsieur, dit doucement le policier.

— Je ne vois pas de quoi vous parlez, répondit Heda d'une voix blanche.

Vogel se leva de toute sa masse.

— Vous voulez vraiment jouer à ce petit jeu ? À mon tour d'entonner le couplet du je-n'ai-qu'un-mot-à-dire-à-Kaltenbrunner. En ce moment, les SS sont sur les nerfs avec le marché noir. Si en plus vous les escroquez, vous troquerez votre collier de perles contre une corde de chanvre bien épaisse. Himmler n'a aucune pitié pour les trafiquants, eussent-ils de jolis minois.

Heda ne bougea pas de son siège, mais posa son fume-cigarette, une façon de rendre les armes. Le policier sortit son stylo et son calepin.

Le livre des merveilles

— Inge entretenait une relation avec Julius Dartmann, commença-t-elle à voix basse.
— Qui est ce monsieur ?
— Un homme d'affaires très puissant. Sa fortune a débuté avec l'arrivée de notre bien-aimé Führer au pouvoir, quand les Juifs ont été obligés de vendre leurs biens au rabais. Dartmann a récupéré une ribambelle de commerces, d'entrepôts et d'ateliers à des prix risibles. Il a eu l'intelligence de faire participer ses protecteurs nazis aux bénéfices de l'entreprise. Il est protégé au plus haut niveau.
— Qui ? La chancellerie ? Bormann[28] ? Goering ? Les SS ?
— Je ne sais pas. Pour ses affaires, il copine avec tout le monde. Et il a prêté beaucoup d'argent. Je pense que le mot intouchable a été créé pour lui.
— Et sa vie privée ? Je suppose qu'il est marié.
— Oui, avec une femme de la haute bourgeoisie de Hanovre. Ils ont deux enfants, le parfait père de famille. Enfin presque…
— C'est-à-dire ?

Elle semblait hésiter, jetant des regards çà et là.

— Inge m'a mise au courant de certaines pratiques sexuelles. Dartmann est un sale type. Un vrai pervers.
— Quel genre ?
— Il frappe. C'est son grand plaisir. Au début, Inge ne m'avait rien dit, mais un jour elle m'a montré des traces de coups. Elle voulait arrêter. Elle ne tenait que parce qu'elle avait un autre protecteur.

Vogel posa son stylo, les yeux éberlués.

— Pardon ? Elle avait deux amants ?

---

28. Martin Bormann. Secrétaire particulier d'Hitler, devenu l'un des hommes les plus influents du régime.

Le livre des merveilles

— Oui. L'autre est un colonel de la Wehrmacht. Beaucoup plus jeune. Je crois qu'elle en était amoureuse, mais elle avait très peur de la réaction de Dartmann, et puis un jour ils ont failli en venir aux mains.
— Ça s'est passé quand ?
— Il y a trois semaines, pendant la permission du colonel qui était de passage à Berlin. Elle le rejoignait chez lui, j'ai cru comprendre que Dartmann les a surpris, mais je n'en suis pas certaine.

Le policier hocha la tête.

— La jalousie reste une valeur sûre dans mon métier, j'irai interroger ce Dartmann. Une dernière question. Inge vous a-t-elle parlé de son penchant pour la sorcellerie ou la magie ?

Heda mit une cigarette qu'elle vissa dans l'embout nacré et afficha une expression de surprise.

— Oui. Elle n'en faisait pas grand mystère. Nous avons chacun nos lubies. Elle s'amusait souvent à tirer les cartes, mais rien ne se déroulait comme prévu. Je ne crois pas qu'elle aurait fait une bonne voyante.

— Fréquentait-elle des gens qui avaient les mêmes penchants ?

La patronne du Flamant rouge semblait chercher dans sa mémoire.

— Pas que je sache. Inge cloisonnait sa vie. Mais il me revient une histoire à ce sujet, je ne sais pas si ça peut vous intéresser.

— Dites toujours.

— Elle entretenait une curieuse relation avec une femme plus âgée et qui l'avait initiée à toutes ces histoires avant-guerre.

Vogel ne mit que quelques secondes à faire le rapprochement avec la mystérieuse femme que la colocataire d'Inge avait évoquée.

Le livre des merveilles

— Vous l'avez déjà rencontrée ?
— Une seule fois, elle attendait Inge dans la rue, après son service quand elle était au vestiaire. Pas vraiment la tête d'un ange gardien. Inge n'a pas voulu me la présenter, mais j'ai croisé son regard.
— Vous pourriez me la décrire ?

Heda souffla une bouffée de fumée et partit d'un petit rire.

— Qu'est-ce qui vous amuse ?
— Je peux comprendre que vous ayez des soupçons à propos de Julius Dartmann, mais vos questions sur cette femme m'étonnent. Elle avait la tête d'une folle. Brune comme moi, mais les cheveux rêches, le visage maigre, les joues creuses, un nez tordu. Une vraie sorcière de conte de fées. Elle ferait fuir tous mes clients. Mais je ne la vois pas assassiner Inge, je trouve même l'idée ridicule.
— Vous seriez étonnée du nombre de gens à l'apparence inoffensive qui se transforment en meurtriers. Continuez.
— La quarantaine, laide mais bien habillée. J'ai cru comprendre qu'elle n'habitait pas à Berlin. Elle venait de temps à autre dans la capitale et en profitait pour rencontrer Inge. Elles se connaissaient de longue date, m'a-t-elle dit.

Vogel nota soigneusement ce que disait la patronne du Flamant rouge.

— Pourquoi vous intéressez-vous tant à ce meurtre, commissaire ? demanda Heda. Inge n'était pas quelqu'un d'important et, si Dartmann est impliqué, je doute que vous réussissiez à le traduire en justice. C'est un serviteur zélé du régime. Il risque de vous causer beaucoup d'ennuis.
— Disons que ce crime me tient à cœur.
— Alors, il vaudrait peut-être mieux que ce soit cette mystérieuse femme la meurtrière, vous ne croyez pas ? En avons-nous terminé ?
— Oui, je ne vais pas vous importuner plus longtemps.

Le livre des merveilles

La patronne du cabaret se leva.
— Vous devez avoir faim. Je vous envoie un serveur ?
— Avec plaisir, que cette enquête me rapporte au moins quelques avantages.
Au moment de le quitter, elle se pencha vers lui.
— Bien évidemment, vous oubliez cette petite histoire sans intérêt dont vous m'aviez parlé, à propos d'un prétendu trafic d'alcool.
— Je ne vois pas de quoi vous parlez, plaisanta-t-il. Si en échange vous pouviez toucher un mot à Kaltenbrunner pour lui dire que je suis charmant et que votre cabaret n'est plus concerné par mon enquête, vous me rendriez service.
— Cela va sans dire, ce sera notre petit secret.
Elle s'éloigna en ondulant de façon provocante devant lui. Vogel ne doutait pas un instant que cette femme était redoutable, il n'avait pas besoin de s'en faire une ennemie. Mieux valait que son nom rejoigne le répertoire de ses obligés sur son petit calepin.

L'orchestre changea une nouvelle fois de registre et une valse charpentée et cadencée à coups d'accordéon et de trompette envahit la grande salle. Vogel grimaça, il détestait le folklore bavarois. Au moment où on lui servait un plat gargantuesque de travers de porc bien juteux, il vit un type se pencher vers Kaltenbrunner pour murmurer à son oreille. Le chef du RSHA et l'inconnu le dévisagèrent fixement. Le commissaire se dit qu'il allait terminer son plat et repartir dans la foulée. Il n'aimait pas du tout ce regard.

34.

Allemagne, château du Wewelsburg
Octobre 1944

— Pas question de déranger le Reichsführer à cette heure. Revenez demain.

Assis derrière un petit bureau, l'officier d'ordonnance de nuit avait posé sa revue, *Das Schwarze Korps*, le mensuel de l'Ordre noir, et leva ses yeux pâles vers Tristan, le considérant avec mépris. Le SS devait avoir à peine vingt-cinq ans, mais son arrogance lui en donnait dix de plus. Un Luger était posé bien en évidence sur la table.

— Puisque je vous dis que c'est urgent. Il a insisté hier soir pour être prévenu à n'importe quelle heure.

— Je n'ai reçu aucune consigne à ce sujet. Veuillez quitter les lieux ou j'appelle la garde, dit l'ordonnance en posant sa main sur la crosse du Luger en guise d'avertissement.

Le ton du SS était sans appel. Tristan fit demi-tour et rejoignit son cerbère qui l'attendait dans l'antichambre.

— Emmenez-moi chez le docteur Feuerbach, demanda Marcas au SS.

— À cette heure, ce n'est pas convenable.

— Vous croyez que je veux lui conter fleurette en pleine nuit ? lança Tristan. C'est d'une importance vitale pour le Reich.

Le livre des merveilles

Ils arrivèrent rapidement devant la chambre de Kirsten : son appartement était situé un étage en dessous de celui d'Himmler. Elle leur ouvrit au bout de quelques minutes, habillée d'un peignoir blanc siglé d'un écusson de l'Ordre noir. Décoiffée, elle lui lança un regard peu amène.

— Que faites-vous ici à cette heure ?

— Heureusement que votre sommeil n'est pas aussi sacré que celui du Reichsführer. Je pense avoir trouvé la clef pour continuer votre jeu de piste.

Elle le laissa entrer. Le garde voulut pénétrer à son tour, mais la scientifique le repoussa.

— Merci, mais je me sens capable de me défendre contre ce petit Français, lança-t-elle en refermant la porte à la volée.

Sans lui demander son avis, Tristan s'installa devant son bureau, déposa son carnet de notes et l'exemplaire de l'*Universale Miraculum*.

— Si je vous assure avoir résolu l'énigme et découvert où se trouve *Le Dit des merveilles,* vous engagez-vous à nous rendre notre liberté, à Laure et à moi ?

Kirsten s'assit en face de lui et le toisa.

— Seul le Reichsführer peut en décider.

— Ne me prenez pas pour un imbécile, Kirsten, je ne sais pas ce que vous avez conduit comme expérience sur Laure à son insu au Lebensborn, mais il n'est pas question que je la laisse entre vos mains. Ni elle ni notre enfant.

La chef du commando Hexen tapota la table du bureau de son index en signe d'agacement.

— Je vous donne ma parole qu'aucun mal ne leur sera fait, mais je suppose que ça ne suffit pas.

— En effet. Voilà pourquoi je vous propose un marché. Je sais où se trouve *Le Dit des merveilles.*

— Vraiment ?

— Oui, mais la localisation ne suffit pas, car le livre a été caché pour ne pas tomber entre des mains malintentionnées. En l'occurrence l'Église catholique, à l'époque.

Kirsten haussa les épaules. Ce Français, avec ses affirmations péremptoires, commençait à l'agacer.

— Vous avancez pour mieux reculer !

— Non, car j'ai aussi décodé un message qui permet, une fois sur place, d'aller plus loin dans la recherche. Mais il n'est pas question que je vous le donne.

— Que proposez-vous ?

— *Le Dit des merveilles* est caché dans un pays européen qui n'est pas dans la sphère d'influence du Reich. Je suggère de m'y rendre et de le récupérer. Pendant ce temps, gardez Laure ici, ne la transférez pas dans votre pouponnière de dégénérés aryens. Une fois le livre récupéré, je vous proposerai un échange. Le livre contre Laure. Dès qu'elle sera en sécurité chez nous à Genève, je reviendrai avec l'ouvrage.

Le docteur Feuerbach ne s'engagea pas. Quel que soit le pays où Marcas se rendrait, il serait accompagné de Skorzeny, et personne n'échappait à Otto.

— Et si vous ne trouvez rien ?

— Je reviendrai. Vous voyez bien que vous êtes gagnants sur les deux tableaux.

— Et ce pays où serait censé se trouver *Le Dit des merveilles* ?

Tristan voyait qu'elle le jaugeait. Il pouvait très bien avoir inventé un décryptage bidon pour gagner du temps. Il devait lâcher du lest.

— L'Irlande.

— La belle affaire. Nous nous en doutions. Himmler a déjà envoyé une équipe sur les traces de l'évêque Fridge

en vain. Et quelle Irlande, d'abord ? La république indépendante ou la partie encore occupée par les Anglais ?
— Vous ne saurez rien d'autre, sauf si vous acceptez ma proposition.
Kirsten ne comptait pas se démonter.
— Qu'est-ce qui vous rend si sûr de votre fait ?
— Mon expérience. Demandez à votre maître, pour lequel je travaille depuis le début de la guerre. Bien avant que vous n'apparaissiez dans le paysage. Demandez-lui combien de reliques sacrées j'ai découvertes pour le Reich.
— Himmler n'est pas mon maître, répondit-elle en le foudroyant du regard, quant à vos *exploits,* je les connais. Ce n'est pas pour autant que je vais vous croire. Alors, expliquez-moi comment vous vous y êtes pris. Je suppose que la clef de l'énigme est dans cet ouvrage ?

Tristan hocha la tête et ouvrit délicatement l'*Universale Miraculum.*

— Comme vous le savez peut-être, ce livre, imprimé au XVIe siècle, décrit et dépeint une centaine d'événements merveilleux, réels ou imaginaires. Ils…

Agacée, elle leva la main pour l'interrompre.

— Je sais tout cela. Allez droit au but.

— D'accord, l'une des planches nous intéresse particulièrement. La voici.

Il lui montra le premier dessin qu'il avait identifié où, sous un ciel orangé, des hommes en tenue sacerdotale priaient à genoux et en cercle, sauf un. Des animaux fantasmagoriques rôdaient autour d'eux tandis que dans le ciel une armée d'anges surgissait d'une trouée lumineuse. Tristan reprit.

— Ce sont les douze saints qui, selon la légende, ont évangélisé l'Irlande. Douze moines, prêtres ou bien évêques, partis au VIe siècle sur ces terres sauvages pour convertir

Le livre des merveilles

les cœurs et les esprits. Au besoin en se faisant aider par la force. Un seul de ces saints se tient debout, un chien à ses pieds. Comme vous le voyez, il tient un livre ouvert et tend son bras droit vers le ciel. Maintenant, regardez ce qui est écrit sur la page.

Kirsten prit des lunettes loupe et se pencha sur le dessin. Soudain un large sourire éclaira son visage fatigué.

— *Mirabilis Liber* ! *Le Dit des merveilles* !

Tristan ne put s'empêcher de sourire. C'est lui qui avait dénoué le fil de l'énigme qu'elle poursuivait en vain.

— Je comprends mieux pour l'Irlande, reprit Feuerbach, mais la ville ?

— Chacun des saints est associé à une cité ou à un comté du pays. Douze possibilités donc.

— Et vous avez trouvé laquelle est la bonne naturellement...

— Naturellement.

— Vous pouvez bluffer...

Les yeux de Kirsten se durcirent. Tristan sentit son cœur s'accélérer. Il devait l'ébranler et la convaincre. Pour lui. Pour Laure. Pour l'enfant.

— Je peux vous donner le nom du saint et la ville. Maintenant ! Pour vous prouver ma bonne foi.

— Je vous écoute.

Tristan tourna quelques pages de l'ouvrage et s'arrêta sur un dessin encore plus étrange. Un homme en robe de bure tenait un livre fermé sous un bras et tendait l'autre en direction d'une église. À nouveau un chien était couché à ses côtés. Le ciel d'un bleu foncé, très pur, était traversé par trois gobelets d'un rouge vif.

— Observez l'animal à ses pieds, murmura Tristan.

— Un chien. Comme celui de la planche précédente.

— Exactement. Vous l'avez reconnu, c'est le même apôtre. La légende sous le dessin nous explique qu'il s'agit de Sanctus Canum. Le saint des chiens ou au chien. Il est dit que la scène se situe dans la ville d'Assise, où se sont déroulées des apparitions prodigieuses de trois gobelets dans le ciel en l'an 580.

— Et donc ?

— L'auteur du *Livre des Miracles* brouille les pistes. Il n'y a jamais eu de Sanctus Canum en Italie. Le seul saint de l'Église catholique qui porte ce nom est un certain Canice. Et devinez d'où il est originaire ?

— D'Irlande ?

— Tout juste. Son nom en gaélique est Cainnech. Canice donnera par la suite le prénom très répandu Kenneth ou Kenny. Les trois gobelets rouges dans le ciel confirment cette piste. L'étymologie du mot Irlande vient de la déesse païenne Eriu ou Erin. Selon la légende, elle a offert trois gobelets de couleur vermeille à trois chefs de tribu du pays afin qu'ils s'allient pour ne plus former qu'un royaume.

Kirsten l'écoutait avec attention, n'osant l'interrompre dans sa démonstration.

— Sur ce dessin, saint Canice pointe du doigt une église, continua Tristan. Il s'agit donc de l'église de saint Canice. Ce qui nous donne en irlandais Kilkenny. Or dans cette ville existe bien une cathédrale érigée en l'honneur de ce saint.

— J'avoue que je suis impressionnée…

— Kilkenny est une ville située à cent vingt kilomètres au sud-ouest de Dublin.

— Dublin… c'est donc la République indépendante d'Irlande !

Le livre des merveilles

— Eh oui, ce n'est pas la partie appartenant à l'Angleterre. Vous avez de la chance, le pays est neutre.

Marcas se frotta les yeux. Ses heures de recherche et sa démonstration l'avaient épuisé. La fatigue s'abattait sur lui, mais il fallait tenir bon. Il continua d'une voix plus lente.

— Voilà. Vous connaissez la ville où se cache probablement votre *Dit des merveilles*. Mais comme je vous l'ai dit ça n'est pas suffisant. J'ai découvert la pièce manquante du puzzle. Celle qui révèle où chercher le livre dans Kilkenny.

Kirsten le dévisagea avec méfiance.

— Et vous ne comptez pas me donner cette information, je suppose ?

— Exact.

— Je pourrais appeler l'un de nos experts en torture pour vous faire parler ou, mieux, exercer ses talents sur votre bien-aimée Laure. Il me suffirait ensuite d'envoyer un de mes commandos Hexen en Irlande.

Tristan ne fléchit pas.

— Vous pourriez en effet, mais qui vous dit qu'il n'y aura pas une autre énigme à percer à Kilkenny ? J'espère que vous ou vos hommes serez à la hauteur de la situation. Ma proposition de m'y rendre est beaucoup plus avantageuse pour vous.

La responsable du service Hexen le jaugea, avec moins d'hostilité, puis feuilleta l'ouvrage comme si elle y cherchait de quoi prendre sa décision. Tristan sentit tout d'un coup des gouttes de sueur perler sur son front. Plus elle tournait les pages, plus Kirsten s'approchait dangereusement de la planche qu'il avait arrachée un peu plus tôt dans la bibliothèque. Tristan plongea la main dans sa poche et agrippa la page arrachée. Si la SS s'apercevait de son larcin, elle ferait tout de suite le lien avec sa proposition. Il se maudit de ne pas s'être débarrassé de cet élément compromettant. Kirsten leva les yeux vers lui.

— Vous transpirez, Marcas, ça ne va pas ? demanda-t-elle sans le moindre soupçon d'empathie dans la voix.

— Le changement de température entre la bibliothèque et cette pièce.

— Petit nature comme beaucoup de Français, commenta-t-elle avec une pointe de mépris.

Il fallait absolument qu'il jette la page quelque part, mais c'était impossible. Il restait comme hypnotisé alors qu'elle tournait à nouveau une page.

— Ces peintures sont vraiment magnifiques, reprit-elle. Une idée me vient à l'esprit, maintenant que je connais le rôle de cet ouvrage, je pourrais très bien moi aussi m'y plonger et découvrir la suite de l'énigme que vous semblez détenir.

— Je ne doute pas de vos capacités de pilleuse de bibliothèque, mais je ne suis pas certain que la résolution d'énigme soit dans vos compétences. Si vous voulez jouer à ça, je retourne me coucher. Vous vous débrouillerez avec le Reichsführer.

Il se leva alors qu'elle arrivait à la page manquante. Marcas jouait son va-tout. La voix de Kirsten retentit comme un claquement de fouet.

— Ne partez pas ! C'est bon.

Tristan se retourna lentement, la main dans sa poche crispée sur le dessin. À son tour, Kirsten s'était levée.

— Je préviendrai le Reichsführer dès son réveil. Préparez-vous à partir pour l'Irlande, nous avons des contacts sur place.

Marcas souffla intérieurement. Kirsten sourit étrangement.

— Skorzeny vous accompagnera.

35.

Berlin, quartier résidentiel de Wannsee
Octobre 1944

Si une maison reflétait la personnalité de son propriétaire, alors celle de Julius Dartmann faisait mentir effrontément cette maxime. C'est ce que se disait Vogel en contemplant la façade de la demeure qu'il avait en face de lui. Une belle et solide bâtisse de pierre claire incrustée de charmants volets verts. Le jardin aux bosquets touffus s'était assoupi dans une léthargie tout automnale. Vue de l'extérieur, la maison respirait le bonheur et la joie de vivre, pas vraiment en accord avec le portrait de l'être pervers, brutal et sans scrupule dessiné par la patronne du Flamant rouge. Après sa visite au cabaret, Vogel avait passé une méchante nuit, entrecoupée d'un cauchemar dans lequel sa fille était attachée à un bûcher sur lequel des SS lançaient des torches enflammées en riant. Au matin il avait appelé la maison de Dartmann et obtenu un rendez-vous. Son jeune adjoint avait insisté pour l'accompagner, comme si lui aussi se passionnait pour cette enquête. Il l'avait envoyé paître.

Alors qu'il s'avançait dans la majestueuse allée de graviers qui menait au perron de la maison, il était persuadé d'avoir déjà vu cette demeure, peut-être dans un journal ou un magazine. Sa mémoire ne le trahissait jamais. Ça reviendrait, un cadavre remonte toujours à la surface. Et son esprit regorgeait de corps immergés.

Les mains dans les poches de son imperméable, il sifflotait en évaluant le coût d'une telle maison. Jamais il ne pourrait se payer un petit coin de paradis à Wannsee, le quartier résidentiel le plus chic de Berlin, en bordure de la ville. Et le plus injuste, c'est que ce sanctuaire de riches et de parvenus n'était même pas sur les routes des bombardiers alliés. En arrivant, il n'avait vu qu'un seul bloc d'immeubles éventrés.

La porte de la maison s'ouvrit avant qu'il ne monte les premières marches. Un homme âgé à l'allure sévère, la nuque aussi raide que sa veste noire, apparut et le fixa d'un regard acéré. Vogel n'en avait cure, il avait déjà croisé cette race de domestiques qui se prenaient pour les véritables maîtres des lieux.

— Monsieur Dartmann vous attend, commissaire, dit-il en détaillant ses chaussures. Ayez l'obligeance de bien essuyer vos pieds avant d'entrer, vous avez des traces de boue sous vos semelles.

Vogel s'exécuta avec un sourire complice, piétinant le paillasson comme s'il fallait arracher les crins jusqu'aux derniers.

— Vous avez raison, moi aussi je déteste la saleté. Qu'elle soit physique ou morale. Hélas, dans mon métier on y est plongé jusqu'au cou. J'espère que votre patron n'a rien à se reprocher.

Le visage du cerbère vira au cramoisi. Sans un mot, il tourna les talons et le fit entrer dans un grand salon richement décoré. Tableaux anciens aux cadres dorés, canapés et fauteuils de cuir brun, buste en bronze du Führer sur

Le livre des merveilles

la cheminée de style prussien, un intérieur Heimelmatz[29] dans toute sa patriotique splendeur.

— Monsieur Dartmann vous prie de l'attendre quelques minutes, il termine une conversation téléphonique avec le ministre de l'Armement.

Vogel haussa les épaules. Depuis le début de cette enquête, tout le monde voulait lui en mettre plein la vue avec ses relations haut placées. Le prochain lui parlerait sûrement de son amitié avec le Führer, forgée dans les tranchées durant la guerre de 14-18.

Le domestique quitta la pièce sans lui avoir proposé de s'asseoir et ou de prendre un verre. Une voix retentit à l'entrée du salon.

— Commissaire Vogel. Je ne crois pas avoir le plaisir de vous connaître.

L'homme qui était apparu dans l'encadrement de la porte portait encore beau, mais paraissait plus âgé que sur les photos consultées dans les archives. Le crâne dégarni, le visage épaissi, le ventre rebondi. À l'évidence, Dartmann n'avait pas de soucis avec les tickets de rationnement, contrairement au reste de la population.

— Quelle magnifique maison, répondit Vogel, vous l'avez construite ?

— Achetée avant-guerre.

— Je l'ai déjà vue quelque part.

Dartmann sembla un peu hésitant, puis finit par répondre.

— Elle appartenait au peintre Max Liebermann[30].

— Mais oui bien sûr ! Celui qui a réalisé le fameux portrait du maréchal von Hindenburg.

---

29. Style de décoration en vogue dans la bourgeoisie allemande.
30. L'un des plus grands peintres d'avant-guerre, mort de désespoir après l'arrivée au pouvoir des nazis.

Le livre des merveilles

— Oui, mais il était juif. Hélas pour lui.

Et tant mieux pour toi, songea Vogel qui observait Dartmann sans cacher son sourire. L'homme d'affaires avait dû racheter la maison pour une bouchée de pain après les lois antijuives.

— Que puis-je pour vous, commissaire ? J'ai rendez-vous dans une demi-heure, reprit son hôte.

L'homme d'affaires offrait un sourire jovial et une poignée de main chaleureuse. Le policier nota la présence d'un début de goitre sous le menton. Cette observation le mit en joie. Les riches ne pouvaient pas rafler la mise sur tous les détails de la vie.

— C'est un peu délicat, dit le commissaire.

— Cela concerne-t-il ma société ? Tout est en règle, je suis en contact direct avec le Reichsführer qui, je peux vous l'assurer, nous envoie tous les ans des hommes chargés de vérifier les comptes.

— Non... connaissez-vous une certaine Inge Unterkempf ?

Le regard de Julius Dartmann se troubla. De fines rides apparurent au-dessus de ses sourcils. Il hésitait à répondre. Il s'alluma une cigarette sous le nez de Vogel sans lui en proposer. Une Modiano. Les mêmes que celles que lui avait offertes la colocataire d'Inge. Vogel sortit la photo du cadavre et la glissa sous le nez de Julius, puis il extirpa son paquet, de la même marque, et le posa ostensiblement sur le bureau.

— C'est étonnant. J'ai trouvé ce paquet de Modiano dans l'appartement d'Inge. Pas évident de se procurer ce genre de cigarettes de luxe en ce moment, même au marché noir.

Dartmann pâlit. Il alla fermer la porte et revint s'asseoir face au commissaire.

Le livre des merveilles

— Je ne vais pas vous mentir. Oui, je la connais, mais je préfère rester discret.
— Votre amie a été assassinée chez elle il y a deux jours.
Dartmann se décomposa.
— Quelle horreur !
Il paraissait sincèrement atteint par la nouvelle, mais Vogel avait interrogé beaucoup de coupables qui avaient joué ce numéro.
— Quelle était la nature exacte de vos relations avec Inge ?
À peine avait-il posé sa question que la porte s'ouvrit, laissant apparaître une femme d'une cinquantaine d'années au visage un peu empâté. Comme beaucoup d'épouses de hauts dignitaires, elle arborait la même coupe de cheveux que Magda Goebbels.
— Gunther me dit que la police est ici. Que se passe-t-il ?
Vogel intercepta un éclair d'inquiétude dans le regard de Dartmann. Il se leva et s'inclina pour saluer la femme de l'homme d'affaires.
— Je me présente, commissaire Hans Vogel. Je suis venu poser quelques questions à votre mari, ne vous inquiétez pas. Je n'en ai pas pour longtemps.
— À quel propos ? demanda-t-elle sur un ton suspicieux.
Dartmann restait figé. Vogel sourit, il avait toutes les cartes en main.
— Rien de grave, chère madame, on soupçonne l'un de ses employés de vol dans l'entreprise. Je voulais avoir quelques informations sur lui auprès de votre mari.
— Ah… ce n'est que ça, répondit la femme presque déçue. Bien, je vous laisse, j'espère que ce voleur n'a pas mis en péril les finances de la société. J'ai des parts moi aussi.
— Non, nous l'avons arrêté à temps.

— Qu'il est beau de constater l'efficacité de notre police en des temps si durs, puis se tournant vers son mari : N'oublie pas que nous devons nous rendre chez les Bormann ce soir. Je vous salue, commissaire.

Elle fit demi-tour et referma la porte derrière elle.

— Merci pour votre discrétion, dit Dartmann, je saurai m'en souvenir.

— Dîner chez les Bormann... vous fréquentez des gens importants. Au vu de votre réaction, je me doute de la relation poussée que vous entreteniez avec mademoiselle Inge.

— Oui, mais rien de véritablement sérieux. Nous passions seulement de bons moments. Ce n'est pas un crime.

— Même si le Führer a toujours eu en horreur les relations illégitimes, je ne vous juge pas. Voyez-vous des éléments qui pourraient m'aider dans mon enquête ? Avait-elle des ennemis ? Un ex-petit ami éconduit ?

— Non, je ne crois pas. Elle était seule quand nous avons entamé notre relation. C'était une fille discrète. Sans histoire.

— Et vous ? Vous étiez jaloux, semble-t-il...

Le visage du propriétaire des lieux vira comme un ciel d'orage et son sourire complaisant s'évapora.

36.

*Allemagne
Octobre 1944*

Pour la première fois depuis qu'il était arrivé en Allemagne, Tristan voyait le soleil. Le ciel gris plombant le Reich agonisant d'Hitler avait disparu et une lumière venue de l'est enlaçait le tronc des arbres, faisant scintiller les haies luisantes de rosée. Un instant, le Français crut être au premier matin du monde. Avant la fureur des hommes. Avant leur folie. Mais ce qui le touchait le plus n'était pas cette lumière inespérée, c'était le silence. Aucun avion dans le ciel, aucun char sur les routes, comme si la mort, subitement, avait déserté le monde. Tristan serra les lèvres pour ne pas pleurer. Des années durant, il avait refoulé toute émotion, sans quoi il n'aurait pas réussi à survivre, mais là... sans doute parce qu'il allait devenir père, il voulait que cet instant ne cesse jamais, que ce jour ne se perde pas, parce que c'était dans ce monde de lumière, de silence et de paix qu'il voulait que son enfant vive. Le visage de Laure surgit dans son esprit fatigué. Il n'avait même pas eu l'autorisation de la revoir depuis qu'Himmler avait donné son feu vert pour la mission en Irlande. La savoir emprisonnée au Wewelsburg lui brisait le cœur. Sa maigre consolation

était qu'il avait pu lui écrire une lettre que Kirsten avait promis de transmettre.
— Tristan !
La voix brusque de Skorzeny le fit sursauter. La fatalité comme le malheur ne s'absentaient jamais bien longtemps.
— Suivez-moi.
Ils remontèrent une piste d'atterrissage cernée de broussailles. Tout respirait l'abandon, des hangars rouillés aux toits défoncés jusqu'à une tour de contrôle à demi effondrée.
— Un bombardement allié ? demanda le Français.
— Non, j'ai fait intervenir des soldats du génie : ce sont eux qui m'ont bricolé cet aérodrome en pièces détachées.
— Pourquoi ? Il n'y a pas assez de ruines en Allemagne ?
Le SS ne daigna pas relever l'ironie.
— Vous allez vite comprendre.

Un cratère s'ouvrait dans le sol comme si une bombe avait tout pulvérisé. Otto avança et remua la terre du pied. Dessous, l'asphalte apparut, intact. Tristan saisit. Ce n'était pas l'impact d'une bombe, mais une ouverture dissimulée avec soin. Après quelques pas au milieu des déblais, Skorzeny se glissa dans l'embrasure d'une porte blindée et fit jouer le commutateur électrique. Aussitôt, des lampes éclairèrent un large hangar secret qui semblait construit de la veille.
— Bienvenue dans mon royaume souterrain.
Tristan restait immobile. À perte de vue, des avions se succédaient. Certains semblaient anciens, d'autres repeints à neuf. Le plus proche avait encore les traces noircies d'une rafale dans la carlingue. Intrigué, le Français tendit la main. Ses doigts butèrent sur le métal. Les traces étaient peintes.
— Comment trouvez-vous ma collection privée ?

Le livre des merveilles

— Il n'y a aucun avion allemand, s'étonna Marcas.
— Les appareils du Reich n'ont pas bonne réputation en ce moment. Pour un rien, on leur tire dessus. Tandis qu'avec un Spitfire anglais ou un Mikoyan soviétique, on peut faire du tourisme incognito dans toute l'Europe.

Le Français contemplait un bimoteur qui portait les cocardes françaises. Si l'Allemagne avait encore la capacité d'entretenir une flotte clandestine pour ses opérations spéciales, la fin de la guerre n'était pas pour demain. L'espérance heureuse de la lumière de ce matin s'assombrit brusquement.

— Et celui-là ?
— Un Dewoitine D.520, un avion de chasse, parmi les meilleurs. Parfait pour traverser le ciel de France, d'autant que votre ami de Gaulle en fait voler de nouveau quelques-uns. Par acquit de conscience, j'ai fait rajouter une croix de Lorraine.

Tristan fronça les sourcils.

— Les lois de la guerre n'interdisent-elles pas de porter l'uniforme de l'adversaire ou de se servir de son matériel ?
— S'il fallait suivre toutes les règles, la guerre perdrait beaucoup de son charme, vous ne trouvez pas ? Et puis, vous n'avez pas envie de découvrir l'Irlande ? Pensez à Laure.

Une porte claqua et des techniciens firent leur apparition. D'un geste, Otto leur désigna l'appareil français.

— Vérifiez le plein et démarrez-le !

À l'autre bout du hangar souterrain, des soldats écartaient de vastes portes donnant sur l'air de décollage.

— La piste est totalement fonctionnelle. Aucun problème pour décoller. Quant à l'appareil, j'ai fait modifier l'intérieur du cockpit pour caser un siège supplémentaire. Ce sera le vôtre.

— Vous savez piloter ?

Le livre des merveilles

Tristan regarda avec appréhension les mains de bûcheron du SS.
— Figurez-vous que j'ai appris avec Rudolf Hess.
Cette information ne rassura pas le Français. Hess, l'ancien secrétaire d'Hitler, pris d'un délire politico-mystique, s'était envolé un beau matin pour l'Écosse afin de négocier directement la paix avec Churchill. Depuis, il croupissait en prison.
— Nous allons traverser la France d'est en ouest. Sitôt au-dessus de la Manche, nous volerons à basse altitude pour éviter les formations de bombardiers américains et les avions maraudeurs britanniques. Puis nous mettrons le cap sur l'Irlande.
Skorzeny désigna un autre appareil aux techniciens. Tristan reconnut un avion de la RAF[31].
— Démarrez-le.
— Vous avez prévu une escorte ? interrogea le Français.
Otto sourit et l'amena un peu à l'écart tandis qu'on plaçait les deux appareils dans l'axe de la piste.
— J'ai rédigé une note confidentielle pour le Reichsführer indiquant que nous utiliserons un Submarine Spitfire. Il a des ailes elliptiques, ce qui le rend très reconnaissable. J'ai aussi communiqué un plan de vol précisant que la traversée de la mer du Nord se ferait entre Calais et Douvres dans…, le SS regarda sa montre, exactement trois heures. Comme vous le savez, je suis certain que nous avons un traître dans nos rangs. Si cet avion est abattu, j'en aurai la preuve certaine.
— La preuve, oui, mais pas le moyen de l'identifier.
— J'ai transmis à Himmler une liste de quatre noms auxquels parler de cette mission sous le sceau du secret le

---

31. Royal Air Force. L'aviation de guerre britannique.

Le livre des merveilles

plus absolu. Croyez-moi, s'il y a un traître parmi eux, je saurai le débusquer.

Un aérodrome clandestin. Des avions pris à l'ennemi, une mission en Irlande, un traître à éliminer, Skorzeny ne chômait pas. Dans le hangar, le vacarme était assourdissant. Le bruit saccadé des hélices résonnait entre les parois concaves de béton. Otto fit signe à Tristan de monter à l'intérieur de l'appareil, puis glissa son imposante carcasse sur le siège avant.

— Si l'envie, cher Marcas, vous prenait de jouer au héros et de tenter de m'étrangler pendant notre périple, pensez donc à Laure et à votre enfant.

L'avion commença à accélérer. Derrière eux, le Spitfire s'élançait à son tour. Skorzeny se retourna. Cette fois son sourire avait disparu.

— Je suis certain que le docteur Feuerbach leur réservera un traitement de premier choix si nous ne revenons pas.

Un brusque piqué réveilla Tristan. Il regarda à gauche du cockpit et vit une mer grise dont les vagues giflaient les flancs d'un navire de guerre battant pavillon britannique. L'avion volait si bas que le Français pouvait distinguer les paquets d'eau qui s'écrasaient sur le pont avant. Pourquoi Skorzeny avait-il brusquement baissé d'altitude ? Au-dessus d'eux, le ciel était parfaitement dégagé. Aucune escadrille de bombardiers ou de chasseurs ne striait l'horizon. Marcas tapota l'épaule du SS en montrant le bateau de guerre. À cette distance, il suffisait d'une rafale de mitrailleuse de leur part pour envoyer le Dewoitine par le fond. Otto força sa voix pour couvrir le bruit des moteurs.

— Je veux qu'ils voient la cocarde tricolore et la croix de Lorraine. Comme il y a quasiment pas d'appareils français

Le livre des merveilles

qui volent, ils vont penser qu'il s'agit d'un avion officiel et réfléchir à deux fois avant de nous canarder.

Tristan regarda le navire qui affrontait une mer houleuse. Le pont était noyé sous l'écume et les tourelles de tir semblaient désertées. Même si la ruse d'Otto était habile, les marins britanniques avaient sans doute d'autres chats à fouetter.

— À moins qu'ils imaginent que l'avion transporte de Gaulle, ironisa Skorzeny, et là ils risquent de nous prendre comme cible. Vous savez que Churchill ne peut pas supporter votre général ? Goebbels m'a affirmé que le vieux lion voulait s'en débarrasser en l'assassinant.

— Goebbels affirme aussi que l'Allemagne va gagner la guerre. Comme prophète, vous repasserez !

Skorzeny éclata de rire.

— Ne vous moquez pas de notre ministre de la Propagande ! Si vous aviez une jambe et une tête comme les siennes, vous seriez le premier à vous raconter des histoires. Je me demande d'ailleurs comment Magda, son épouse, qui est la plus belle femme d'Allemagne, peut encore rester avec un pareil nabot.

— Je sens en vous comme une pointe de regret, Otto, persifla Tristan. Le sauveur de Mussolini serait-il secrètement amoureux de la Walkyrie de Berlin ?

— Ne plaisantez pas, Marcas ! Si Magda règne sur un cœur, c'est sur celui de notre Führer ! Il lui passe tous ses caprices, ne lui refuse rien. À croire qu'elle l'a envoûté !

Tristan avait toujours été surpris de la liberté de ton avec laquelle Skorzeny parlait des plus hauts dignitaires du nazisme. S'il ne l'avait jamais entendu prononcer une parole désobligeante à propos d'Himmler, il ne manquait jamais de tourner en ridicule Goebbels et Goering.

— Une femme peut avoir de l'influence sur Hitler ?

Le livre des merveilles

Comme il posait la question, une ligne brumeuse apparut au loin derrière les vagues.

— Le Führer n'est pas l'homme que vous croyez. Il sait écouter. Vous seriez étonné des heures qu'il passe à parler avec ses secrétaires. C'est par les femmes qu'il connaît vraiment le cœur du peuple allemand.

Marcas se souvenait d'avoir vu une photo de Magda Goebbels, dans le magazine *Signal*. Couverte de fourrures, dégoulinante de bijoux, si elle connaissait le peuple, ça devait être par ses domestiques.

— Quant à Magda, Hitler a une confiance absolue en elle. D'ailleurs chaque fois qu'elle a des différends avec son mari, Hitler prend systématiquement son parti et savonne la tête du petit Goebbels.

La ligne brumeuse à l'horizon, peu à peu, devenait plus nette. Sous les nuages qui filaient vers la mer, des éclats de couleur, brusquement révélés par le soleil, frappaient le regard. La terre se rapprochait, annoncée par la teinte brune des rochers et le vert scintillant des prairies. Otto prit de l'altitude. Le soleil incendia le cockpit, obligeant Tristan à protéger ses yeux. Quand il leva le revers de sa main, une masse sombre et compacte apparut, surmontée d'un dôme de fumée.

— Je vous présente Dublin, annonça Skorzeny en amorçant sa descente.

Le Français regardait la ville qui semblait glisser vers la mer comme un rocher prêt à dévaler.

— On dit que pour chaque homme existe une ville où se noue son destin.

Skorzeny vira vers la gauche, s'éloignant des zones habitées.

— Une ville où on ressuscite tel un Phénix…

Visiblement l'appareil allait se poser dans un aérodrome de campagne.

— Ou alors une ville où l'on disparaît comme une ombre.

Une piste herbeuse apparut, entre deux longues rangées d'arbres. Au loin, dans la brume, flottait la toiture grise d'une demeure invisible. Skorzeny se tassa dans son siège pour prévenir le choc de l'atterrissage, puis lança :

— Une nouvelle vie ou la mort, voilà ce que sera Dublin pour vous, Tristan.

37.

Berlin, Wannsee
Octobre 1944

La température du bureau de Julius Dartmann avait dégringolé d'une dizaine de degrés. L'homme d'affaires posa sa main sur la tête du buste du Führer comme pour contrôler sa colère. Son visage fatigué était passé du rose au rouge après la question de Vogel. Ce dernier l'avait bien jaugé, c'était un émotif. Intelligent, sûrement manipulateur, mais d'abord un émotif. Dartmann aspira une longue bouffée de sa cigarette et retira sa main du crâne du fossoyeur de l'Allemagne.
— Qui vous a raconté cette fable ?
— Peu importe. On m'a rapporté une altercation avec un colonel de la Wehrmacht. Apparemment, elle voulait vous quitter pour se mettre avec lui. Il était jeune et beau... vous connaissez la chanson.
— Et vous insinuez que je l'aurais tuée pour ça ? Grotesque. Vu ma position, ma famille, je n'irais pas tout foutre en l'air pour cette petite écervelée.
— Par expérience, je sais que les crimes passionnels touchent les riches et les pauvres. Personnellement, je n'ai jamais vraiment compris pourquoi on pouvait perdre la tête pour une femme, mais il existe tant de mystères irrésolus dans le monde. Il faut les accepter.

L'homme d'affaires s'affala sur son siège et baissa d'un ton.

— Je ne l'ai pas tuée, si telle est votre question. Croyez-moi, je suis sincèrement navré de cette mort tragique. Si la famille se manifeste, je serai prêt à l'aider.

— Vous l'entreteniez ?

Dartmann se raidit et rougit en même temps, puis se leva d'un air gêné.

— Non... oui. Enfin un peu.

— Un peu ça veut dire quoi ? répondit le commissaire en restant vissé à son fauteuil.

— Je lui achetais des robes, ce genre de choses. Elle avait aussi une mère dans le besoin : je lui envoyais un peu d'argent.

— Ça me semble limpide. Inge était une prostituée et vous étiez son seul client... jusqu'au colonel.

Dartmann s'approcha du policier et lui posa la main sur l'épaule. Il avait repris toute son assurance.

— Si vous voulez m'excuser, je suis attendu par ma femme. Cet entretien est terminé. Ou alors revenez avec le mandat d'un juge.

Vogel ne bougea pas d'un pouce.

— Cher monsieur, la Kripo n'a pas besoin de mandat. Je peux vous embarquer à l'instant : il me suffit de prévenir mes collègues. Une courte balade en voiture et vous vous retrouvez dans nos locaux, à moins que je ne décide de vous envoyer réfléchir à la prison de Spandau.

— Vous ne pouvez pas...

— Je peux tout. Et retirez votre main de mon épaule.

L'homme s'exécuta puis attrapa le combiné du luxueux téléphone posé sur le bureau. Il décrocha tout en fixant Vogel d'un regard aussi fétide que son haleine.

Le livre des merveilles

— Vous êtes fou, commissaire. Un simple coup de fil à Bormann et, dans le meilleur des cas, vous continuerez votre enquête sur le front, en Pologne.

— Et dans le pire des cas, je vous accompagne, moi, au salon et je dévoile à votre charmante épouse votre formidable histoire d'amour avec une prostituée de trente ans de moins que vous, retrouvée morte, le crâne défoncé.

Dartmann hésita quelques secondes, puis laissa retomber le combiné. Le policier ne sourcillait pas, il avait vu tellement de ces hommes de la haute se pavaner avec des poules ayant l'âge de leur fille. Il suffisait de tirer sur le grelot de l'épouse pour qu'ils se liquéfient comme un gâteau au soleil. L'homme d'affaires se rassit, puis croisa ses mains sous son menton. Vogel, lui, se leva et s'accouda au buste du Führer.

— À la bonne heure. Où étiez-vous avant-hier soir ?

— Chez moi. Je travaillais à un projet prioritaire pour le Reich, commandé par le ministre de l'Armement, Albert Speer.

Encore le nom d'une huile, soupira intérieurement Vogel.

— Votre femme pourrait confirmer ?

— Non, elle se trouvait chez des amis. Mais notre domestique Gunther, lui, était là. Il pourra témoigner.

— Je l'ai croisé. Il semble vous être entièrement dévoué.

— Gunther est une perle.

— Les perles sont toujours fidèles à ceux qui les achètent au prix fort.

— Tout cela est ridicule, commissaire. Combien de fois je dois vous le dire, je ne l'ai pas tuée. Je… je tenais à elle. Malgré son coup de folie pour ce bellâtre de colonel. Elle me serait revenue.

Vogel jaugea Dartmann, il paraissait sincèrement troublé par la mort de la fille et offusqué par ses insinuations.

Le livre des merveilles

Le commissaire consulta sa montre, il n'avait plus rien à en tirer. Il remit son chapeau.

— Je n'ai plus de questions à vous poser. Pour le moment.

La dernière phrase sonnait comme une menace. Il savait que dans ces cas-là son visage épais et disgracieux pouvait ressembler à celui d'un voyou. C'était l'un de ses atouts et il en profitait. Mais Dartmann se leva sans perdre de sa superbe. Vogel vit qu'il avait perdu l'épreuve de force. Ses méthodes d'ancien SA n'avaient pas eu l'impact escompté.

— Je me tiens à votre disposition, commissaire, mais si vous me convoquez pour un interrogatoire dans vos locaux je préviendrai Martin Bormann, le secrétaire particulier du Führer.

— Je sais qui est Bormann...

— Passer la porte du Prinz-Albert-Strasse après avoir reçu une convocation pour un interrogatoire, c'est comme jouer à la roulette russe avec le barillet plein. J'ai visité les cachots du sous-sol, grâce à mon ami Heydrich, en 1941. Croyez-moi, si l'enfer existe en ce bas monde, alors l'une de ses gueules béantes s'ouvre au RSHA. Je prendrai donc mes précautions avant de répondre à une invitation dans vos locaux. Et Bormann vous aura dans son viseur.

— Je fais partie de la Kripo. Je ne risque rien.

— Alors comprenez que c'est pareil pour moi. J'aimerais que nous nous séparions sur ce constat. Voyez cela comme une discussion entre hommes d'affaires.

— Je n'ai jamais eu le sens des affaires.

— Si vous me menacez encore de révéler ma liaison avec Inge à ma femme, je ferai le nécessaire pour que Bormann s'occupe personnellement de votre misérable carrière. Je ne vous raccompagne pas.

Le livre des merveilles

Quand Vogel sortit, l'air s'était rafraîchi. Il jeta un œil au-dessus des toits. De lourds nuages sombres arrivaient de l'est. Le mauvais temps, comme les communistes, venait toujours de l'est. Il marcha lentement pour rejoindre la voiture. La menace proférée par Dartmann était plus inquiétante que la méfiance de Kaltenbrunner. À force de fréquenter les SS, il savait jusqu'où il pouvait aller. Mais avec Martin Bormann c'était une autre paire de manches. Tout le monde savait que le secrétaire personnel d'Hitler était devenu tout-puissant, presque plus qu'Himmler. Se mettre à dos un personnage aussi important était suicidaire, même si Dartmann se révélait être la réincarnation germanique de Jack l'éventreur.

Pour la première fois depuis qu'il menait cette enquête, Vogel s'en voulut de sa bêtise. À force de tenir la dragée haute aux puissants, il allait recevoir un coup de gourdin clouté avec la force d'un express lancé à pleine vitesse. Il n'aurait pas dû rejouer l'intimidation qui avait fonctionné au Stradivarius et au Flamant rouge. Montait en lui la désagréable sensation de se sentir minable. Et lâche. Il n'était qu'un ex-petit SA devenu flic. Il ne pesait rien face à ces prédateurs. Il se voyait requin, il n'était que menu fretin. Le policier fit démarrer la voiture avec la nette sensation d'avoir trop tiré sur la corde. Au diable la petite Inge Unterkempf, il devait arrêter cette enquête.

Arrivé à un croisement désert, il stoppa au feu et alluma une nouvelle Modiano. À ce rythme, le paquet serait bientôt vide. Vogel jeta un regard amer sur toutes ces belles maisons de nantis, bordées de hauts murs et de jardins qui ressemblaient à des parcs. Ces gens étaient les plus forts. C'étaient eux la véritable race des seigneurs, pas les crétins comme lui. Avec ou sans national-socialisme, les Dartmann, les Kaltenbrunner et ses congénères domineraient toujours.

Le livre des merveilles

La fumée du tabac ne calmait pas son ressentiment alors qu'il attendait que le feu change de couleur. Pour la première fois, il se surprit à espérer que les Russes soient les premiers à mettre le Reich à terre. Les communistes, eux, chasseraient les propriétaires de ces magnifiques villas comme pendant la révolution soviétique. Tout en tirant une bouffée de sa cigarette, il ricana de sa propre bêtise : les Russes feraient un carnage s'ils entraient les premiers dans Berlin. Et lui serait le premier à y passer.

Ce fut au moment précis où il faisait tomber la cendre par la vitre ouverte qu'un vrombissement résonna derrière lui. Une voiture noire avait surgi de nulle part à pleine vitesse et percuta son pare-chocs arrière par le côté droit. Vogel heurta le volant de plein fouet. Sous l'effet du choc, la Mercedes fit un tour complet sur elle-même et alla s'encastrer dans l'angle d'un mur. Un bruit effroyable de tôles broyées résonna dans l'habitacle. Une douleur fulgurante lui cisailla le nez. Il n'avait pas perdu connaissance, mais un voile rouge sang dansait devant ses yeux.

Le policier parvint à ouvrir la portière et tomba sur la chaussée en poussant un hurlement de douleur. Sa joue racla le bitume, sa tête le lançait comme s'il était passé sous les chenilles d'un char d'assaut. Il entendit des claquements de talons sur le bitume. Couché sur le côté il vit un homme marcher vers lui. Vogel essaya de l'appeler au secours, mais ses cordes vocales ne répondaient plus. Tétanisé, il vit l'inconnu brandir un pistolet. Ce fut la dernière image dans son champ de vision avant de perdre connaissance, au moment où une détonation retentit.

38.

Allemagne, château du Wewelsburg
Octobre 1944

Laure était assise confortablement dans un transat moelleux dans le jardin d'hiver du château. Le soleil s'était couché depuis longtemps, mais la chaleur emmagasinée sous la verrière lui procurait une douce sensation de quiétude. C'était bien le seul endroit de cette maudite forteresse où elle ne se sentait pas en danger. Ce n'était plus la saison des fleurs, l'hiver arriverait bientôt, mais la profusion d'espèces de toutes sortes donnait au lieu un charme bienfaisant. Une puissante odeur de mousse et d'humidité planait dans l'atmosphère. Ficus verts flamboyants et généreux, délicats oliviers de Sibérie, massifs de bégonias riants, lierres à profusion et graminées conquérantes... il y avait même une rangée de citronniers et de palmiers nains. Un paradis au cœur de cet antre du mal, dans lequel elle était désormais bien seule. On lui avait dit que Tristan était parti pour sa mission secrète sans qu'elle ait pu l'étreindre une dernière fois. Son cœur s'était serré à en mourir. Il risquait à nouveau sa vie, et elle ne savait même pas où il était allé et ce qu'il cherchait. Kirsten lui avait expliqué qu'elle et l'enfant étaient la récompense de son compagnon. S'il réussissait sa mission, elle serait libérée. Ce monstre d'Himmler lui-même s'y était engagé.

Le livre des merveilles

L'espoir s'était allumé à nouveau dans son cœur, fragile et tremblotant comme la flamme d'une bougie. En attendant sa libération hypothétique, Kirsten Feuerbach avait assoupli ses conditions de détention. Elle l'avait autorisée à venir dans le jardin d'hiver quand elle le voulait. Pour le bien de la maman et du futur bébé. Assise, avec un plaid sur les jambes, Laure dévorait un ouvrage sur le culte des sorcières que la chef du commando Hexen lui avait prêté. Pour l'instruire. De temps à autre, elle passait sa main sur son ventre et ressentait tant d'amour pour l'être qu'elle portait qu'elle en arrivait presque à oublier le purgatoire dans lequel elle se trouvait. Le livre était un recueil d'articles historiques écrits par un collectif d'universitaires allemands au début des années 1930. Kirsten avait rédigé l'un d'entre eux. À la grande surprise de Laure, la lecture était passionnante. Elle qui n'avait jamais eu de goût particulier pour la sorcellerie, classant le sujet au même niveau intellectuel que la magie, l'astrologie ou la radiesthésie, se rendait compte qu'elle était passée à côté de sa dimension profonde. Un passage écrit par Kirsten avait surtout retenu son attention :

« Dans la société occidentale, la femme, quel que soit son rang, a toujours été considérée comme une mère ou comme un objet de désir lié à sa beauté. Si l'on excepte la représentation de la sainte. La femme ne possède donc un statut que par et pour le regard des hommes. La sorcière, elle, s'affranchit de cette dualité perverse. D'ailleurs, dans les contes, elle est souvent représentée comme une vieille femme laide vivant dans les bois. Une solitaire qui ne s'intéresse pas aux hommes et les hommes ne s'intéressent pas à elle, sauf pour la persécuter, car pour eux elle incarne le mal.

« La princesse, elle, sera toujours la proie du désir tout-puissant du prince charmant. Que se passerait-il dans une

Le livre des merveilles

société où la femme vivrait sans être soumise au regard du mâle, non pour s'opposer à lui ni refuser la sexualité ou la procréation, mais pour ne plus subir du regard masculin ? La civilisation telle que nous la connaissons disparaîtrait et un autre ordre apparaîtrait. Ce serait la plus grande révolution que l'humanité ait connue. Apprendre aux femmes le véritable message des sorcières serait alors considéré comme une offense à Dieu et au règne masculin. »

Laure était étonnée du ton volontairement provocateur de l'article, rédigé dans l'Allemagne de la République de Weimar. Comment cette femme qui portait un regard audacieux sur la société avait-elle pu basculer dans l'horreur du nazisme ? Une dictature masculine qui considérait la femme uniquement comme la mère de futurs soldats à envoyer au grand hachoir de la guerre. D'Estillac entendit le cliquètement de la serrure de la porte du jardin, mais elle ne leva pas les yeux du livre. Ce devait être le gardien qui jouait les cerbères. Soldat mécanique sans cœur ni cerveau, programmé pour tuer et obéir.

— On dirait que ce livre vous passionne, Laure.

La Française leva la tête. À sa grande surprise, c'était Kirsten qui apparut à ses yeux.

— Je terminais votre article. Le ton est assez subversif. Je n'imaginais pas ça de vous. Et encore moins dans un pays comme l'Allemagne.

Kirsten éclata de rire.

— Nous sommes en avance sur la France ! Je vous signale que nous, les Allemandes, avons le droit de vote depuis novembre 1918. Ce qui n'est pas le cas pour vous les Françaises, dans le soi-disant pays des Lumières…

— Touché, reconnut Laure. J'ai lu votre contribution et je ne comprends toujours pas comment, après avoir écrit un tel texte, vous vous êtes jetée à corps perdu dans les bras d'Hitler et de sa clique.

— Parfois les circonstances décident pour vous. Ma passion des sciences occultes et de la sorcellerie n'était pas bien vue dans le monde universitaire de la République de Weimar. Quand j'ai rencontré Himmler, nous nous sommes tout de suite compris. Sa passion pour la sorcellerie était un signe du destin. Il m'a protégée.

— C'est un monstre abject. Le véritable ogre des contes.

— Oui, mais un ogre qui aime les sorcières. Contrairement aux hommes d'Église. Ça fait toute la différence.

Elle consulta sa montre.

— Il est temps d'y aller.

Laure se leva, esquivant le geste d'aide de Kirsten, et prit son livre.

— J'ai apprécié votre volonté de valoriser les femmes, mais comment pouvez-vous gober toutes ces superstitions ? Les sorts, les potions, les invocations... une intellectuelle telle que vous !

— C'est que vous n'avez pas compris la nature profonde de la sorcellerie. Si Tristan réussit sa mission et nous rapporte le livre du *Dit des merveilles*, vous perdrez votre scepticisme.

Les deux femmes sortirent du jardin d'hiver. La température était tombée d'une bonne dizaine de degrés. Laure frissonna, retourner dans sa chambre froide et humide la déprimait.

— Et quelle serait sa nature profonde ? Ça reste un peu fumeux ?

Kirsten lui lança un regard acéré.

— La pensée cartésienne occidentale est un cube dont les arêtes droites sont délimitées par l'espace et le temps. Notre réalité doit être nécessairement appréhendée à travers

Le livre des merveilles

la logique et la science. Même les dogmes bibliques sont des messages simples et droits comme des lignes, exprimés par la mathématique de la foi. Des messages qui reposent sur des nombres. La sainte trinité, les douze apôtres, les dix commandements. La sorcellerie c'est tout le contraire… c'est penser en courbes et non en lignes. Comprendre par intuition et non par calcul. Voir les nuits plus lumineuses que les jours de ténèbres. C'est exploser le cube de la raison.

— Vous y croyez donc vraiment ?

Brusquement Feuerbach posa sa main sur le ventre de Laure.

— Oh oui. Comment se porte l'enfant ?

La Française recula et lui lança un regard hostile.

— Ne me touchez pas. Vous et vos maudites expériences ! Vous m'avez fait boire cette immonde mixture[32] dont je ne connais pas les effets.

— Pourquoi avoir peur de moi ? Si Tristan réussit sa mission, nous nous sommes engagés à vous libérer. Vous accoucherez loin d'ici, chez vous, à Genève.

— Si vous respectez votre parole… et je n'y crois pas une seule seconde, vous tenez trop à mon enfant.

— Mais je tiens encore plus au *Dit des merveilles*. À défaut d'assister à la naissance de votre enfant, je contemplerai celle d'un monde nouveau.

— Je le connais trop bien, votre merveilleux monde aryen. Il n'est qu'enfer.

Kirsten secoua la tête.

— Vous vous trompez lourdement, Laure, car ce monde obéira à d'autres règles. Celles des sorcières. Pas celles des contes de fées. Celles des véritables sorcières. Nous apporterons le chaos et l'harmonie.

---

32. Voir *669*. JC Lattès, 2022.

39.

Angleterre, Londres, National Gallery
Octobre 1944

Dans le hall du musée, le désordre était à son comble. Depuis le début de la semaine, les sirènes d'alerte avaient retenti trois fois. Alors que la population croyait que la guerre touchait à sa fin, des bombes volantes avaient surgi du ciel, frappant la capitale dans un long hurlement de mort. Des immeubles avaient été éventrés, des rues détruites, on se croyait revenu aux pires heures de 1940, quand, chaque nuit, les escadrilles de Goering terrifiaient Londres. Affolés, les employés avaient commencé de déménager les œuvres d'art qui se trouvaient encore à la National Gallery. Partout on roulait des toiles, on clouait des caisses et on parlait à voix basse des armes secrètes d'Hitler. Et si ces V1, qui ensanglantaient le ciel de Londres, n'étaient que l'avant-garde d'armes encore plus terrifiantes ? D'ailleurs, on disait que Churchill envisageait d'éloigner la famille royale de la capitale. L'un des employés qui fermait une caisse en bois de sapin affirma :

— Je le sais de source sûre. Ce soir, Winston est à Buckingham. Il rencontre Sa Majesté le Roi et dès demain...

Il n'eut pas le temps de finir sa phrase. Précédée d'un nuage de fumée, une ombre massive surgit dans le hall.

Tout autour de lui se pressaient gardes du corps et officiers d'état-major. Les cheveux en bataille, le conservateur dévala l'escalier principal et se précipita vers le visiteur. Sir Kenneth Clark était l'incarnation même de l'intellectuel. Né dans une famille opulente, il ne s'était occupé toute sa vie que d'art, mais depuis quatre ans la réalité s'était brutalement rappelée à lui.

— Monsieur le Premier ministre, on vient de m'avertir à l'instant de votre visite...

Churchill n'aimait pas perdre du temps en vaines politesses, il désigna les caisses de son index grassouillet et demanda :

— La salle où se trouvent les John Martin a-t-elle été déménagée ?

Surpris, Sir Clark marqua un temps d'arrêt. John Martin ? Certes il y avait bien une salle consacrée à ce peintre oublié du début de l'autre siècle, mais plus personne ne la visitait.

— Non, nous ne nous en sommes pas encore occupés. Vous savez, ce sont des toiles de très grand format. Très difficiles à évacuer.

Le conservateur se garda bien de donner son avis, mais vu la notoriété en chute libre de ce peintre, si un bombardement détruisait sa salle, ça ne serait pas une grande perte. Sir Clark avait commencé sa carrière en faisant le catalogue des œuvres de Léonard de Vinci appartenant à la famille royale, alors John Martin...

— Parfait ! Je souhaite la visiter. Maintenant.

Le conservateur jeta un œil discret à l'horloge qui ornait le hall. Presque minuit. Mais quelle mouche avait donc piqué Churchill ? Certes le Premier ministre était connu pour être un amateur de peinture éclairé, mais de là à exiger de voir des toiles oubliées au milieu de la nuit...

pour autant on ne discutait pas un ordre du vieux lion. Ses colères étaient pires que l'odeur de son cigare.

— Mais bien sûr, monsieur le ministre, je vais moi-même vous y conduire.

Comme ils empruntaient un escalier aux marches plutôt raides, Winston s'arrêta et demanda.

— Vous appréciez la peinture de John Martin ?

Cette fois, Sir Clark faillit perdre pied. Il avait un souvenir incertain des œuvres du peintre. En revanche, il se souvenait de leur atmosphère saturée de violence. Des batailles sanglantes, des villes en ruine, des campagnes en feu. Une nature en furie.

— Pour moi, c'est le peintre de l'Apocalypse par excellence, lâcha-t-il après réflexion.

Winston le regarda intensément avant de répondre.

— L'Apocalypse... croyez-moi, elle est parfois pire que ce que l'on imagine.

Ils venaient d'arriver devant une porte à la peinture grise et écaillée. Le conservateur se demandait ce qu'ils allaient trouver derrière. D'autant qu'une information venait de lui revenir.

— Nous y voici, mais avant d'entrer, monsieur le Premier ministre, sachez que la plupart des œuvres ont été mises en dépôt par la famille, il y a plusieurs années. Je crains donc que les encadrements soient en piètre état et que les toiles aient besoin d'une sérieuse restauration...

Churchill écrasa son cigare sur la semelle de sa chaussure. Un exercice d'équilibriste vu sur son surpoids.

— Je vous remercie, vous pouvez disposer.

Sir Clark s'inclina.

— Ah, une dernière chose. J'aurai un visiteur.

Brusquement le conservateur comprit. Une réunion secrète.

Le livre des merveilles

— Vous le mènerez vous-même ici. En toute discrétion.
— Bien sûr, monsieur le Premier ministre, mais comment le reconnaîtrai-je ?
Churchill ricana.
— Tout le monde reconnaît Aleister Crowley.

Le mage venait de s'arrêter devant la porte grise. Le conservateur l'avait conduit là sans lui adresser un seul mot. Pas étonnant. Ces maudits fils à papa, nés avec une cuillère d'or dans la bouche, l'avaient toujours détesté. Des jaloux. D'ailleurs ce pauvre Sir Clark avait le charisme d'une huître chaude. Rien à voir avec un Aleister Crowley. Le mage se rassurait comme il pouvait, car il savait qu'une fois passé cette porte il lui faudrait affronter Churchill et ce serait une autre paire de manches.

La salle, blanche et sans fenêtre, ne contenait que trois tableaux de taille gigantesque. On ne voyait que du rouge et du jaune, la couleur du sang et du feu.
— Bonsoir, Aleister.
Si en public Churchill ne cachait pas son dédain pour le mage, dans l'intimité en revanche, le Premier ministre avait toujours été troublé par le personnage qu'il avait souvent croisé, en particulier dans des loges maçonniques. Dans la jungle des affaires humaines, visibles et invisibles, le lion et le serpent avaient déjà une longue histoire en commun.
— La première fois où je vous ai vu, reprit Churchill, c'était en 1898, à une réunion publique de la Golden Dawn, cette pseudo-société secrète d'illuminés dont vous faisiez partie. Vous étiez habillé en prêtre égyptien et déjà vous péroriez comme un prophète, mais vous étiez bien plus charismatique à l'époque. Sans doute parce que vous aviez encore des cheveux.

— Je me souviens très bien de vous aussi, monsieur le Premier ministre. Vous étiez un fringant officier de la Navy à l'époque. Bien plus haut que large. Aujourd'hui c'est quasiment le contraire.

— Nous dirons alors que nous avons vieilli. Moi bien, vous mal.

Aleister haussa les épaules. Churchill avait toujours eu un humour de cour de récréation.

— Touchant la Golden Dawn, vous me permettrez de vous corriger. Je vous rappelle que Yeats et Bram Stocker ont eu l'honneur d'en faire partie. Un prix Nobel de littérature et le père de Dracula, excusez du peu.

— Un alcoolique fini et un Irlandais de malheur, quelle belle paire !

Cette fois, le mage eut un sourire mauvais. S'il y avait une chose sur laquelle Crowley ne plaisantait jamais, c'étaient ses origines irlandaises. Il était convaincu que ses dons surnaturels venaient de ses lointains ancêtres celtes. Dans ses rêves les plus profonds, il voyait souvent une femme aux cheveux d'or qui parcourait la lande au cœur de la nuit. Brusquement, elle se retournait et, dans ses traits éclairés par la lune, Aleister reconnaissait les siens.

— Mais je ne suis pas venu évoquer le passé, Crowley. À côté de ce qui nous attend, les années que nous avons vécues deviendront vite un paradis perdu.

L'œil du mage noircit. C'était lui, le prophète, et il n'aimait guère qu'on vienne lui annoncer l'avenir.

— Le futur n'est jamais écrit. Dieu ouvre les pages du grand livre, mais c'est l'homme seul qui y écrit.

Churchill contemplait un vaste tableau dont le titre était *La Fin du monde,* on y voyait une vallée envahie de laves rougies, juste avant d'être engloutie par une avalanche de montagnes disloquées. Villes, monuments, femmes,

Le livre des merveilles

hommes... tout fermentait dans un magma ignoble et infernal.

— Vous avez raison, Crowley. Et la civilisation a besoin d'hommes déterminés, sinon ce sera le chaos.

— Vous avez quelque chose à me dire, monsieur le Premier ministre ?

— Oui, Tristan Marcas est de retour.

Le mage fit la grimace. Il allait devoir rendre des comptes pour Corfou.

— Vous avez eu confirmation ? Il est en Allemagne ?

— En Irlande.

— Mais comment le savez-vous ?

Churchill s'était déplacé vers un autre tableau, mystérieusement nommé *Pandemonium*. Un fleuve de feu, aussi large que la Tamise, était prêt à dévorer une ville qui ressemblait furieusement à Londres.

— Ce matin, nous avons abattu un avion censé transporter ce Français de malheur. C'était un leurre des Allemands. Il vient d'apparaître à Dublin, il y a quelques heures. Ce qui signifie que notre source à Berlin nous a transmis une information erronée. Elle n'est donc plus fiable, ce qui est une très mauvaise nouvelle.

Le front plissé, Aleister se posait une question en boucle. Que pouvait donc chercher Tristan en Irlande ?

— Mais le pire, reprit Churchill, c'est que je suis certain qu'on nous a donné cette fausse information volontairement, pour tenter d'assurer l'anonymat du Français en Irlande. Et vu la place majeure de notre source dans la hiérarchie du Reich, ça signifie que la mission de Tristan est cruciale pour ces fous. Or vous savez que ce Français a déjà réussi beaucoup de missions pour les nazis et qu'il a aussi travaillé pour nous. Son rôle a été majeur dans

Le livre des merveilles

l'opération de récupération de certaines reliques sacrées pendant les premières années de la guerre[33].

— Vous avez une idée de ce qu'il peut chercher là-bas ?

Le vieux lion ne répondit pas.

— Crowley, reprit Churchill, j'ai besoin de vous. Partez immédiatement pour l'Irlande. Une voiture vous attend devant le musée. Un avion est prêt. Vous serez à Dublin avant l'aube.

— Donc, je dois retrouver Tristan ?

— Oui. Vous aurez une équipe du SOE à votre disposition, puisque nous opérons dans un pays étranger. Je sais que vous avez plusieurs adeptes en Irlande, en particulier des anciens de la Golden Dawn, réactivez-les.

Aleister se dit que finalement cette mission serait facile. Un Français comme Tristan en Irlande, ça se repérait vite et ses amis sur place allaient l'aider. Le Français serait cueilli en douceur : il attendrait la fin de la guerre dans une prison anglaise. Par ces temps incertains, il y avait pire.

— Une fois que je l'aurai retrouvé, je le remettrai à vos hommes.

— Non.

Churchill avait sorti un cigare. L'entrevue touchait à sa fin.

— Je vous demande pardon ?

— Je ne veux pas de Tristan Marcas.

Inquiet, Crowley se redressa. Quand une mauvaise nouvelle arrivait à la vitesse d'une balle, mieux valait se tenir droit.

— Nous nous sommes mal compris, sans doute…

La mort avait beaucoup frappé autour d'Aleister, mais jamais elle n'était venue de sa propre main.

---

33. Voir *Le Triomphe des ténèbres*. JC Lattès, 2018.

— Vous ne pouvez pas me demander de le tuer.
— Non..., répondit Churchill.
Le mage poussa un profond soupir de soulagement. Jeter un sort était une chose, tirer une balle dans une nuque en était une autre.
— J'en ai déjà donné l'ordre.
La poitrine de Crowley se dégonfla comme un ballon percé. En un instant, il se tassa sur lui-même.
— Mes hommes s'occuperont de ce point de détail. Vous n'aurez pas à vous salir les mains. En revanche, je veux tout savoir de sa mission en Irlande. Je veux qu'il parle.

Aleister comprit qu'il avait carte blanche pour y parvenir, mais le Français avait déjà fréquenté les salles d'interrogatoire de Franco, Pétain, Hitler et Staline. Et il était toujours vivant. Un record absolu.

— Et si je n'y arrive pas ?
Churchill huma son cigare. Un Romeo Y Julieta. Il n'en ferait qu'une bouchée dans le taxi.
— Alors vous resterez en Irlande pour l'éternité.

40.

Irlande
Octobre 1944

Tristan sortit de la voiture, se demandant encore par quel miracle il se retrouvait sur le pavé graisseux de ce quartier de Dublin. Sitôt que l'avion, piloté par Skorzeny, avait donné son dernier coup d'hélice, une voiture avait surgi, tous phares éteints, pour prendre place au niveau de la carlingue. Deux hommes aussi crasseux qu'un pot d'échappement leur avaient tendu des bleus de travail maculés de graisse et de cambouis.

— Si nous sommes contrôlés, la police doit nous prendre pour des ouvriers de l'arsenal. Ils ont très mauvaise réputation et les forces de l'ordre évitent de les ennuyer.

— Visiblement, vous préparez cette opération depuis longtemps, constata le Français.

Dans son bleu de travail trop court pour lui, Otto ressemblait à un figurant d'un mauvais film soviétique. C'était le seul bémol à cette organisation particulièrement bien rodée.

— Les services de renseignement allemands ont toujours été très bien implantés en Irlande, expliqua Skorzeny, ils ont toujours bénéficié d'une certaine bienveillance du gouvernement. Sans doute parce que nous avons un ennemi commun : les Anglais.

Le livre des merveilles

— Les ennemis de nos ennemis sont nos amis, commenta Tristan, amer. Voilà un adage politique qui a justifié bien des compromissions.

Peu à peu la campagne avait disparu au profit de hangars de plus en plus nombreux. Certains éclairés comme en plein jour étaient gardés par l'armée. À leur casque, Tristan reconnut des soldats américains.

— Bien que neutre, l'Irlande accueille des dépôts de l'armée des États-Unis. Elle laisse aussi son espace aérien ouvert aux Alliés. Ce qui nous a permis de nous poser sans encombre.

Fasciné, Tristan regardait par la vitre l'entrée d'un immense entrepôt d'où dégorgeaient des citernes de carburant. Dans une Jeep, les pieds sur un tableau de bord encombré de pintes de bière, deux soldats faisaient tourner un vieux gramophone. Un jazz nasillard roucoulait dans la nuit. Les Américains semblaient avoir déjà gagné la guerre. Marcas entendit un éclat de rire. C'était Skorzeny.

— Vous êtes joueur, Tristan ?
— Non.
— Pourquoi, vous êtes malheureux au jeu ?

La dernière fois que le Français était entré dans un casino, c'était à Barcelone, après un bombardement aérien des franquistes, et il avait eu la joie de se servir directement dans le coffre éventré. Personne n'avait gagné autant que lui dans ce casino depuis des années.

— Disons que je n'aime pas tenter la chance deux fois.
— Vous avez tort.

Skorzeny tapa sur l'épaule du conducteur et lui fit signe de reculer. Quand ils furent au niveau de la Jeep, Otto sortit du véhicule.

— Vous êtes dingue ! s'écria Marcas.

Le livre des merveilles

Le chef SS était un des hommes les plus recherchés au monde. Tristan n'eut pas le temps de digérer sa surprise qu'Otto était de retour, posant des barrettes d'aluminium sur le siège.

— Ce sont des chewing-gums. Des boules de gomme à mâcher. L'Amérique en raffole. Je vais les offrir au Führer en rentrant à Berlin. Le nabot[34] en sera vert de jalousie. Avec un peu de chance, ça réveillera son ulcère.

— Les Américains vous les ont donnés ?

— Non, je leur ai acheté. Mais le plus drôle, c'est que je les ai payés en faux dollars.

Alors que la voiture repartait, le Français imaginait la tête des soldats quand, dégrisés le lendemain, ils découvriraient la tête d'Hitler sur les billets. La zone des hangars avait disparu, remplacée par un quartier de blocs en brique grise d'où ne s'échappaient que de maigres lumières. La voiture ralentit : les rues devenaient étroites.

— Ici commence la zone grise de Dublin. Les bas-fonds où la police ne vient jamais. Tout se vend, tout s'achète. Du whisky, fabriqué avec de la sciure de bois qui rend aveugle, jusqu'à de la chair humaine, de la plus tendre pour le plaisir à la plus corrompue pour le vice. Le meilleur endroit pour commencer votre quête.

En sortant du véhicule, Tristan faillit déraper sur le pavé luisant de graisse. Escorté de ses sbires, Otto s'était engagé dans un escalier qui semblait se perdre dans la pénombre. Pourtant, quand la porte s'ouvrit, des lumières scintillantes accueillirent les visiteurs dans un vacarme assourdissant de cuivres. Sur une estrade, des soldats américains jouaient des standards de jazz syncopés façon Nouvelle-Orléans, mais personne ne semblait les écouter. Tous les regards

---

34. Surnom de Joseph Goebbels.

Le livre des merveilles

convergeaient vers un espace surélevé, ceint de cordes. Otto se fraya un passage à coups d'épaule, provoquant des réactions courroucées aussitôt dissipées à la vue du visage couturé de coups de sabre du SS. Encadré par les deux sbires, Tristan atteignit à son tour ce qui se révéla être un ring. Tout autour, des bookmakers en jaquette, le visage inondé de sueur, empochaient des paris dans un concert sauvage de hurlements. Skorzeny balaya d'un revers de poignet un parieur trop bruyant et montra une tribune.

— On nous attend.

En haut des escaliers, deux hommes aux costumes serrés qui bosselaient à des endroits sensibles fouillèrent au plus près Otto et Tristan. Étrangement, si l'Allemand ne manifesta aucun agacement, ce ne fut pas le cas de Tristan que cette inspection minutieuse rendit particulièrement volubile. Heureusement pour eux, les Irlandais ne connaissaient pas un traître mot de français, sinon leur lexique en matière d'insulte se serait vraiment corsé. Depuis qu'il avait été enlevé, Marcas n'avait fait que contenir son dépit qui se muait en rage. Qu'on l'ait séparé de sa femme prête à accoucher le rendait chaque jour plus incontrôlable. C'est un électron libre que les nazis avaient envoyé en Irlande. Même Otto ne semblait pas encore conscient de la grenade quasiment dégoupillée qu'il trimbalait avec lui. Face au regard luisant de colère de Tristan, le garde du corps abrégea sa fouille.

— Nous allons rencontrer la personne choisie par le Reichsführer lui-même pour assurer notre protection en Irlande. Évitez les gestes brusques, les paroles à l'emporte-pièce, ce n'est pas apprécié.

— Himmler connaît des Irlandais ?

— Pas exactement, mais en 1936, lors des Jeux olympiques de Berlin, il avait reçu une délégation de la République d'Irlande et cette personne avait particulièrement impressionné le Reichsführer. Nous l'avons déjà testée. Elle a permis au commando de l'Ahnenerbe de mener ses recherches sur Fridge ici.

Marcas songea que le chef des SS n'était guère réputé pour être impressionnable, même s'il s'évanouissait à la vue du sang, ce qui pouvait étonner quand on avait des millions de morts sur la conscience. Mais après tout, Hitler pleurait bien quand il perdait un de ses canaris adorés. En tout cas, Marcas décida de prendre sur lui. La colère, même fondée, était toujours mauvaise conseillère.

— Vous êtes prêt, Tristan ?

Otto passa la main sur ses joues pour s'assurer que sa barbe naissante n'était pas trop visible, puis tenta de boutonner son bleu de travail jusqu'au col.

— Vous ne voulez pas non plus un coup de fer à repasser ? ironisa le Français.

— Ne plaisantez pas avec ça ! Vous feriez mieux de dompter vos cheveux.

— Je n'ai pas pour habitude de vouloir faire bonne impression quand je dois rencontrer un nazi.

Skorzeny ricana.

— Vous ne direz pas ça dans deux minutes.

— J'ai un doute.

41.

*Berlin, Wannsee
Octobre 1944*

Quand Vogel émergea de son néant, il mit plusieurs minutes à identifier les gens qui s'affairaient autour de lui. Il y avait une femme en blouse blanche, mais le décor ne ressemblait pas vraiment à celui d'un hôpital. Plutôt à ce qu'on aurait attendu d'une chambre d'hôtel, avec une pendule dans le coin et une grosse armoire campagnarde sur le côté. Il essaya de se redresser sur son lit sans y parvenir. Son nez le brûlait violemment, comme si on y avait enfoncé des graviers incandescents. Vogel passa sa main sur son visage et s'aperçut qu'un épais bandage lui barrait la face.

L'infirmière s'approcha de lui et lui sourit.

— Vous l'avez échappé belle, commissaire. Seul le nez est un peu abîmé. Il faudra que vous consultiez un médecin.

Il ne lui renvoya pas son sourire. Le policier exécrait le corps médical depuis l'euthanasie de sa fille. Si ça se trouve, cette charmante infirmière avait accompagné des centaines de handicapés se faire gazer dans des camions.

— Où suis-je ?

Le livre des merveilles

— Dans l'établissement de soins Edelweiss. Juste à un pâté de maisons de l'endroit où vous avez eu un accident.

— Et comment savez-vous que je suis commissaire ?

— Votre carte professionnelle, elle était dans votre veste.

Vogel se redressa sur le lit en dépit de la douleur. Son esprit se remettait à tourner. Certes, au ralenti, mais à tourner quand même. La visite chez Dartmann, la voiture, le choc, l'accident... une voiture avait dû le percuter par l'arrière ou le côté, et puis après le trou noir. Son corps était douloureusement ankylosé, une onde de panique le submergea. Et s'il avait été amputé ? D'un geste brusque, il arracha le drap sous les yeux médusés de l'infirmière pour découvrir avec joie que son corps était intact. Soulagé, il poussa un soupir plus lourd que sa carcasse malmenée.

— Vous devriez rester tranquille, commissaire.

— Mais bon sang, c'est quoi Edelweiss ?

— Une clinique et un établissement de repos réservé aux résidents de Wannsee. Vous avez eu de la chance, un commandant de la Wehrmacht rentrait chez lui avec son estafette quand il a assisté à votre accident. Il a fait fuir votre agresseur.

— Mon agresseur ?

— L'officier nous a tout expliqué. Après vous avoir percuté, le conducteur de la voiture est sorti de son véhicule, un pistolet à la main. Le commandant et son chauffeur ont tenté de l'intercepter, mais ils n'ont réussi qu'à le faire fuir. Heureusement, ils ont eu la présence d'esprit de vous amener ici.

Au moment où il allait répondre, un militaire entra dans la chambre et se dressa devant lui, stature et visage carrés, le regard franc, son bras droit était en écharpe.

— Justement, le voici, lança l'infirmière.

Le livre des merveilles

— Commandant Max Hollman, comment allez-vous, commissaire ? demanda l'officier d'un ton jovial. Vous avez eu une sacrée chance que mon chauffeur ait décidé de prendre ce chemin pour me raccompagner chez moi. D'habitude il contourne le lac. Pourquoi ce type vous a-t-il envoyé dans le décor ?

— Je n'en sais rien, commandant, mais je vous dois la vie. Comment puis-je vous remercier ?

— À moins que vous n'ayez le pouvoir de ressusciter mes fils morts au combat, vous ne le pouvez pas.

— Je ne l'ai pas, hélas. Auriez-vous une description de mon agresseur ?

— Pas vraiment, il portait un chapeau et son visage n'était pas tourné dans ma direction. En revanche, j'ai noté sa plaque d'immatriculation.

L'officier lui donna un bout de papier et reprit sur un ton plus confidentiel :

— J'attendais que vous soyez réveillé, prévoyant des questions de votre part. Si vous pouviez dire à vos collègues de ne pas m'interroger à nouveau. Je n'ai qu'une permission de trois jours et je veux profiter de ma femme. Vous comprenez ?

— Personne ne vous importunera, commandant. Encore merci.

Max Hollman inclina la tête et disparut aussi vite qu'il avait fait irruption dans la chambre. Vogel avala un verre d'eau et prit les deux comprimés que lui tendait l'infirmière. Puis il se leva pesamment, une vive douleur maltraitant sa côte droite.

— Très mauvaise idée. Vous devez rester parmi nous au moins pour la nuit ! s'exclama l'infirmière.

— Pas question, j'ai du travail. Avez-vous prévenu mes collègues de mon accident ?

Le livre des merveilles

— Non, le commandant a refusé. Il voulait vous laisser seul juge. Et puis il ne reste plus rien de votre voiture.
Vogel pesta.
— Alors, appelez-moi un taxi. Je dois d'urgence rejoindre la Kripo.
— Un taxi à Berlin, en octobre 1944 ! s'esclaffa l'infirmière. Appelez plutôt vos collègues.

Quand le commissaire arriva à son bureau, son jeune adjoint ne put étouffer un cri de surprise.
— On vient juste de nous prévenir de votre agression, commissaire ! Votre nez est cassé ?
— Rien de grave, il s'en remettra. Un chauffard m'a renversé. Voilà la plaque d'immatriculation de ce salopard. Tu peux la vérifier au central ?
— Oui, bien sûr. Vous avez eu un coup de fil il y a à peine un quart d'heure. L'Hauptsturmführer Alder, le chef du bureau Amt III, section des affaires religieuses. C'est en rapport avec l'affaire Unterkempf ?
— Peut-être, occupe-toi de la plaque. Il n'a pas donné la raison de son appel ?
— Non, mais il a dit qu'il avait de bonnes nouvelles. Vous devez le rappeler à ce numéro, dit l'adjoint en lui tendant une note. C'est un centre d'archives qui a été transféré à Wedding.

Vogel entra dans son bureau et se massa la tempe en s'asseyant. Tout se bousculait dans sa tête. Il inspira profondément et composa le numéro des archives. Son interlocuteur décrocha au bout de trois sonneries et la voix de l'Hauptsturmführer Alder résonna dans le combiné.
— Commissaire Vogel, comment vous portez-vous ?
— Euh, bien. Pourquoi ?

Le livre des merveilles

— Tant mieux… on m'a rapporté un accident de la route.

Vogel n'était pas surpris, tout se savait au RSHA. Qu'un commissaire de son niveau ait été victime d'une agression devait faire jaser. Le SS reprit d'une voix enjouée :

— Je suis aux archives, votre histoire m'a intrigué. Et pour tout vous dire, je n'ai pas beaucoup d'activités en ce moment. Bref, j'ai fini par trouver un dossier sur une curieuse affaire de sorcellerie qui remonte avant la guerre. C'est votre jour de chance.

Alder s'arrêta – conscient de son effet –, donnant l'impression à Vogel qu'on avait coupé la communication.

— Vous êtes toujours là ? demanda Vogel.

— Oui, bien sûr. Je disais que c'était votre jour de chance.

— Je vous écoute.

Un autre silence s'installa. Le commissaire finit par comprendre. Tous les mêmes.

— Que voulez-vous en échange, Alder ?

— Trois fois rien. J'aimerais faire un tour à la morgue de Berlin avec un invité. Or, je n'ai pas l'autorisation d'y accéder.

— Pardon ?

— Je détiens en ce moment un jeune jésuite berlinois un peu récalcitrant et que je soupçonne d'être un espion du Vatican. C'est un homme buté, je pourrais l'envoyer à la Gestapo, mais j'aimerais innover. Nous avons eu une discussion fort intéressante sur le jugement dernier. Il croit à la résurrection des morts, au premier degré.

— Soyez plus précis.

— J'aimerais l'enfermer à la morgue, répondit Alder, l'attacher à un cadavre toute une nuit pour vérifier la solidité de ses convictions et voir si, ensuite, il se révèle plus coopératif.

— Je ne comprends toujours pas. Trouver un mort à Berlin est chose aisée avec tous les bombardements.

— Oui, mais il s'agit du cadavre de sa mère. Elle est à la morgue, crise cardiaque. Le curé voulait la voir une dernière fois. Je ne fais qu'exaucer ses vœux.

Vogel se retint de lui raccrocher au nez. Hier c'était l'alligator, aujourd'hui la morgue. Les SS étaient-ils déjà tarés avant d'entrer dans cette organisation infernale ou était-ce leur entraînement qui les rendait totalement cinglés ? Mais il s'entendit répondre d'une voix polie.

— Je peux arranger ça. Et ce dossier ?

— Il s'agit d'une affaire qui concernait la ligue du BDM, vous connaissez ?

— Oui, ma fille en faisait partie.

— En 1937, deux gamines ont alerté leurs parents sur de curieuses pratiques de leurs cheffes de section. Sous prétexte de partir en camp de travail et de vacances, elles auraient participé à la cérémonie d'invocation d'une sorcière sur une montagne. Elles ont eu une hallucination collective et aperçu des choses étranges dans le ciel. Une des filles est tombée dans le coma. L'instance supérieure du BDM a mené une enquête en interne et a découvert que les deux responsables en question avaient déjà pratiqué ce genre de rituel, un an auparavant, en faisant jurer aux gamines de ne rien révéler. L'affaire a été jugée suffisamment sérieuse pour que les deux cheffes de section qui organisaient ces cérémonies sulfureuses, pas vraiment dans l'idéologie national-socialiste si vous me suivez, soient entendues à Berlin.

— Intéressant en effet, mais je ne vois pas le rapport avec mon affaire.

Le livre des merveilles

Alder prit son temps pour répondre.
— J'y viens. J'ai analysé les rituels utilisés par ces deux femmes. Les cérémonies respectaient à la lettre les invocations utilisées dans des grimoires de magie de premier plan. Les gamines n'ont pas pu l'inventer.
— Pardonnez-moi d'insister, mais je ne vois toujours pas le lien.
— Il se trouve que...
Un grondement fit soudain vibrer les vitres du bureau de Vogel et masqua la réponse d'Alder. Le policier jeta un œil à la fenêtre. Des rafales de DCA résonnaient de tous côtés. Il leva les yeux au ciel pour apercevoir une escadrille alliée qui survolait la ville. Encore un bombardement.
— Vous pouvez répéter ? hurla Vogel.
— Je disais qu'Inge Unterkempf a fait partie de la section des jeunes femmes du BDM incriminées.
Le policier sentit une onde de chaleur remonter le long de sa nuque épaisse.
— Maintenant je comprends mieux son pentacle tatoué.
— Oui. D'ailleurs les parents étaient furieux. J'ai retrouvé dans le dossier le témoignage de la mère d'Inge. Elle explique que sa fille est tombée sous la coupe d'une des deux cheftaines, qu'elle était revenue de leur expédition montagnarde la tête farcie d'idées bizarres. Et dans la semaine qui avait suivi elle s'était fait tatouer une étoile à cinq branches. Ils ont cru que c'était une marque juive. Les parents ont demandé au BDM de sévir contre ces deux femmes sinon ils porteraient plainte.
— Vous avez fait du bon travail, Alder.
— Et ce n'est pas tout. Un nom m'a aussi mis la puce à l'oreille. Le mont Brocken. L'endroit où s'est déroulée la cérémonie avec les filles. Vous connaissez ?

Le livre des merveilles

— Vaguement. Ma mère me racontait une histoire sur le mont Brocken, mais je ne m'en souviens plus dans les détails.

— Figurez-vous que c'est la montagne magique par excellence en Allemagne. Là où les sorcières du Moyen Âge faisaient leur sabbat et invoquaient les démons lors de la nuit de Walpurgis. J'y suis allé pour mon travail, au début des années 1930, j'ai même participé à la création d'un musée de la sorcellerie. Mais je ne pensais pas que des femmes pratiquaient encore ces rituels. Brocken, c'est un peu le Vatican des adeptes de la magie dans le monde. J'ai aussi retrouvé autre chose qui va vous aiguiller. Tenez-vous bien…

L'appel coupa brutalement. Vogel appuya plusieurs fois sur le contact du combiné. Sans résultat. Au loin on entendait des grondements de plus en plus forts. Cette fois, des explosions retentirent dans la ville.

— On a été coupés ! hurla Vogel à sa secrétaire. Vous pouvez me rétablir la communication ?

— Je contacte l'opératrice.

Le policier se tenait devant la fenêtre et observait des lueurs orangées qui surgissaient au nord. Les bombardiers alliés pullulaient dans le ciel comme un essaim de frelons et aucun avion de la Luftwaffe n'apparaissait pour protéger la ville. Il passa sa main sur son pansement. Mieux valait avoir le nez en compote que de finir enseveli sous des tonnes de gravats.

— Commissaire !

Le cri de sa secrétaire le sortit de ses pensées.

— Wedding a été bombardé. Toutes les communications sont coupées. On n'a plus aucune nouvelle d'eux.

42.

Irlande, Dublin
Octobre 1944

La musique du groupe de jazz commençait à disparaître sous les hurlements du public qui ne contenait plus son impatience. Tout autour du ring, les bookmakers agitaient des liasses de billets en lançant des cotes pour les paris. Marins en permission, dockers luisants de sueur, ouvriers déjà ivres, tous hurlaient pour que le combat commence. Comme dans la Rome antique, le peuple voulait de la violence, du sang et réclamait l'entrée dans l'arène des nouveaux gladiateurs. Devant la porte qui menait à la tribune, les deux gardes jetèrent un dernier œil suspicieux à Tristan et Otto puis s'écartèrent. Skorzeny fut le premier à entrer. Comme s'il était à la parade, le SS claqua des talons et plia son immense carcasse en deux.

— C'est un grand honneur pour moi de vous rencontrer. Je vous apporte de Berlin le salut respectueux du Reichsführer.

Après s'être encore incliné puis écarté, il fit place à Tristan qui eut la surprise de découvrir une femme, assise seule sur un banc. Son visage, fin et anguleux, était d'une blancheur de statue. Seuls deux reflets rouges sous les pommettes rappelaient que du sang coulait dans ses veines.

Le livre des merveilles

Mais le plus stupéfiant était ses cheveux. Longs, noirs et torsadés jusqu'aux creux des reins, ils coulaient sur ses épaules comme un torrent en colère. Tristan comprit la fascination d'Himmler. On avait l'impression d'une amazone jaillissant des steppes de l'histoire. À tout moment, on s'attendait à voir surgir derrière elle une horde de cavaliers barbares prêts à semer la terreur et la mort. Pourtant ses paupières étaient closes. Marcas se demanda si elle n'était pas aveugle mais elle ouvrit les yeux. Et Tristan comprit. Ce n'était pas la couleur de ses yeux d'un vert bleuté qui subjuguait, ni sa pupille d'un noir irradiant qui intriguait, mais son iris, parsemé de paillettes blondes comme si une pluie d'or était tombée sur son regard.

— Je me prénomme Maureen.

Tristan hocha la tête. Il se demanda combien d'hommes avaient déjà sombré dans le puits sans fond de cette beauté. Il se tourna vers Otto, et remarqua ses mâchoires serrées sous sa moustache. Lui aussi subissait l'attraction fatale de cette femme.

— Tristan Marcas, se présenta le Français.

— Vous aimez la boxe, monsieur Marcas ? Nous avons un beau combat ce soir. Deux soldats américains qui ont accepté de se plier à nos règles.

Au pied de la tribune venait de surgir un homme au corps brillant d'huile. Si les muscles saillaient de toute part, le visage en revanche semblait tassé comme s'il était passé sous la vis d'un pressoir.

— Robin Smith, hurla une voix surexcitée, poids moyen ! Champion du Minnesota en 1941. Vingt-trois combats. Vingt victoires. Surnommé le taureau de Saint Paul !

Otto ricana :

— Du taureau, il a surtout le regard ahuri !

Puis, se penchant vers Tristan, il expliqua à voix basse :

Le livre des merveilles

— Ne vous trompez pas sur Maureen, elle est plus intelligente que nous deux réunis. Quant à sa beauté, c'est un venin mortel. Il suffit de l'avoir senti une seule fois dans ses veines...

La voix retentit à nouveau. Vêtu d'un short de satin rouge, l'adversaire de Robin venait d'apparaître. Les épaules larges et tombantes, les cheveux d'un roux filandreux, il avait des mains aussi larges que des battoirs et tout son corps penchait vers l'avant comme porté par sa propre masse musculaire.

— Johnny Verciano nous vient de Chicago ! Il a trois fois remporté la finale poids moyen du Michigan. Dix-sept combats, une seule défaite. On le surnomme le loup de la ville blanche !

Les deux boxeurs montèrent sur le ring, chacun dans un angle. Un arbitre, nœud papillon noir sur chemise blanche déjà tachée de sueur, fit son apparition tandis qu'un coup de gong retentissait dans la salle. Aussitôt, les bookmakers cessèrent d'encaisser leurs paris. Tristan s'interrogeait sur une phrase ambiguë de l'Irlandaise. Tout en évitant son regard qui le mettait extraordinairement mal à l'aise, il demanda :

— Qu'avez-vous voulu dire par : « ils ont accepté de se plier à nos règles » ?

— Nous sommes en Irlande. Ici la vie ne vaut que si elle est tragique. Un simple match de boxe ne nous suffit pas. Il faut un autre enjeu. Plus profond, plus intense.

Sur le ring, les premiers échanges avaient commencé. Les adversaires s'observaient en restant à distance, allongeant les coups.

— À la fin du troisième round, nous annoncerons que la prime du vainqueur est triplée, mais que les règles changent. Désormais, le combat entre les deux hommes pourra être mortel.

Le livre des merveilles

— Vous transformez un match en duel à mort ?

La voix de Maureen, déjà un peu assourdie, prit une inflexion plus grave.

— Si l'un des boxeurs touche le sol plus de trois minutes sans se relever, son adversaire a le droit de lui porter le coup de grâce.

— Le droit de devenir un assassin, oui !

Tristan comprenait mieux pourquoi Maureen avait provoqué l'enthousiasme d'Himmler.

— Oui, l'un des boxeurs peut tuer, mais ce n'est pas lui qui décide.

— Alors qui ?

L'Irlandaise tourna vers lui son regard doré à l'or fin.

— Moi.

Le quatrième round venait de commencer et le combat demeurait toujours incertain. Les adversaires étaient de force égale. Robin Smith, le soldat venu du Minnesota, avait un jeu de jambes plus souple et esquivait mieux les coups, en revanche il commençait à s'essouffler. Johnny Verciano, lui, était moins vif, mais sa défense semblait imparable. Il n'avait encaissé aucun coup majeur.

— Vous vous intéressez à l'onomastique, monsieur Marcas ?

La question cueillit Tristan à froid. Il balbutia :

— À l'université, en linguistique... il me semble que j'ai dû... c'est bien l'étude des noms propres ?

— En effet. L'un des adversaires sur le ring s'appelle Verciano. Un nom typiquement italien, n'est-ce pas ?

Marcas regardait le boxeur qui portait ce patronyme. Il venait de Chicago et portait bien son surnom du loup de la ville blanche. Il avait la patience et la détermination.

— L'autre s'appelle Smith. Un nom typiquement anglais.

Le livre des merveilles

— Ou irlandais, peut-être ?
— Quand on s'appelle Smith en Irlande, c'est qu'on a une mère qui a péché avec un Britannique, un occupant, et, croyez-moi, ce n'est jamais un bon début dans la vie.

Marcas allait répondre quand le combat sur le ring s'emballa. Verciano avait trouvé l'ouverture qu'il cherchait. D'un coup à la tempe, il avait fait s'écrouler son adversaire dans les cordes, mais quand il s'approcha pour le mettre KO, Smith, plus agile, lui échappa. Les deux hommes savaient que le combat pouvait se révéler mortel, mais l'appât du gain était plus fort. Le visage inondé de sueur, Smith avait repris son jeu de jambes rapide. Malgré son agilité, il ne pourrait plus tenir longtemps à ce rythme. Il lui fallait marquer un coup décisif. Et il avait un avantage : son adversaire était convaincu d'avoir pris le dessus. Il allait lui faire baisser sa garde. Smith accéléra la danse de ses mollets, puis brusquement se figea. Emporté par son élan, Verciano glissa sur le côté. Smith vit l'ouverture et frappa en pleine arcade. Le sang jaillit comme un geyser.

En un instant, le loup de la ville blanche fut aveuglé. Alors son adversaire enchaîna les coups. Uppercuts à la tempe, crochets au menton... Verciano vacilla, se laissa tomber dans les cordes et, brusquement de toute sa masse, fonça, les poings en avant. Le choc fut aussi rapide qu'intense. Smith s'écrasa au sol, la mâchoire en lambeaux. Dans la salle, un hurlement de plaisir fusa. Tristan détourna le regard. Il avait toujours eu en horreur les instincts de mort que déclenchait la boxe.

Puis, brusquement, le hurlement devint un nom. Ce n'était plus le ring que le public, devenu hystérique, regardait mais la tribune. Et un nom s'échappait de toutes les poitrines : « Maureen ! »

Ses hommes, ivres de violence, l'acclamaient comme une impératrice. La jeune Irlandaise se leva. Fasciné, Otto la dévorait du regard. Ce n'était plus une femme, mais l'incarnation de la féminité. Une déesse descendue un instant parmi les hommes qui, domptés, acclamaient son inaccessible beauté. Tristan regarda sa chevelure sombre onduler comme un serpent. Sans détourner son regard du public qui l'acclamait, l'Irlandaise s'adressa à Tristan :
— C'est Smith qui est à terre…
Sur le ring, le taureau de Saint Paul, la bouche en sang, tentait de se relever en s'accrochant aux cordes. Le public ne scandait plus le nom de Maureen, désormais il attendait en silence.
— Smith…, répéta l'Irlandaise. Un nom anglais… tant pis pour lui.
Elle tendit la main, ferma le poing et abaissa le pouce. La foule rugit comme une meute affamée de sang. Verciano brandit le poing et frappa à mort.

43.

Berlin, siège du RSHA
Octobre 1944

— Prévenez le garage, j'ai absolument besoin d'un véhicule pour me rendre à Wedding. N'importe lequel, même un char d'assaut !

La secrétaire décrocha son téléphone pendant que Vogel prenait son chapeau, son imper et son pistolet Luger de fonction. Sous les yeux médusés de son assistant qui ne l'avait jamais vu aussi obsédé par une enquête, le commissaire sortit en trombe de son bureau.

Il avait remisé dans un coin de sa tête la tentative d'assassinat contre lui. L'identification de la plaque d'immatriculation lui fournirait peut-être une piste. Il se concentra sur l'appel de l'Hauptsturmführer Alder. Inge Unterkempf avait donc été mêlée à une sombre histoire de sorcellerie avec des gamines du BDM avant-guerre et était tombée sous l'emprise des deux cheftaines. L'une d'entre elles était à coup sûr la mystérieuse femme dont lui avaient parlé sa colocataire et la gérante du Flamant rouge. Les dernières paroles d'Alder avant la coupure tournaient dans son esprit. Vogel pria un dieu auquel il ne croyait plus pour que les bombes alliées n'aient pas réduit en cendre le centre des archives. Il ne savait pas s'il pouvait pénétrer dans la zone

Le livre des merveilles

nichée dans un camp militaire dépendant de la SS, mais il fallait tenter le coup.

Il descendit l'escalier d'honneur qui menait à l'entrée du bâtiment, manquant de bousculer deux gestapistes qui encadraient un homme et une femme terrorisés. Au moment où il allait traverser le hall, une silhouette familière apparut devant lui. Un homme grand et massif en tenue de général de la SS, l'Obergruppenführer Kaltenbrunner, ralentit le pas, de même que son escorte, en voyant arriver le policier devant lui.

— Notre cher commissaire Vogel, le héros du jour, votre nez incarne votre sens du devoir, ricana le chef du RSHA, puis se tournant vers l'un de ses adjoints : Je vous rejoindrai à la réunion, commencez sans moi. J'ai un mot à dire à notre fin limier de la Kripo.

Le policier masqua son dépit, il n'avait pas une seule seconde à perdre. Kaltenbrunner le prit par le bras pour l'emmener à l'écart sous le grand portrait d'Heydrich, le fondateur du RSHA.

— Depuis notre rencontre au Flamant rouge, j'ai lu avec grand intérêt le rapport préalable sur le meurtre d'Inge Unterkempf, rédigé par votre adjoint, dit l'Obergruppenführer. Très intéressant.

Vogel n'en revenait pas. Il aurait parié toutes ses économies que son supérieur allait mépriser cette affaire. Le chef du RSHA reprit d'une voix trop bienveillante.

— J'ai découvert que Julius Dartmann était l'amant de la petite Unterkempf. Je me souviens les avoir souvent croisés au Flamant rouge. Vous savez que c'est un homme important au sein du régime.

— En effet, on me l'a bien fait comprendre. Lui le premier.

Le livre des merveilles

— Et c'est en sortant de chez lui que vous avez été agressé ?
— Oui... vous voulez que j'arrête l'enquête le concernant ?
Un large sourire apparut sur la face grêlée de Kaltenbrunner.
— C'est tout le contraire. J'ai Dartmann dans mon viseur depuis plusieurs mois. C'est un homme d'affaires, il pense que le vent a tourné pour le Reich. Et je le soupçonne d'avoir aidé les conjurés de l'attentat contre le Führer avec d'autres raclures de son espèce. Je n'ai aucune preuve, il est protégé par Martin Bormann. Je vous ordonne donc de conduire votre enquête jusqu'au bout. Et si vous trouvez une preuve qui tienne la route, je vous appuierai. Vous voyez où je veux en venir ?
— Pas vraiment.
L'Obergruppenführer se rapprocha et passa son bras autour des épaules de Vogel. Une fragrance boisée, subtile, s'insinua dans les narines du policier étonné qu'un homme aussi rude porte un tel parfum.
— Ah, ces gens de la Kripo... il faut tout leur expliquer. Eh bien, si vous le convoquez pour un interrogatoire, il serait opportun de le transférer ensuite chez vos collègues de la Gestapo. Je suis sûr qu'un tête-à-tête avec ce cher Wolfgang lui déliera la langue à propos de son rôle dans l'attentat.
— Wolfgang ?
— L'alligator ! Enfin, Vogel...
— Bien sûr, où ai-je la tête, Herr Obergruppenführer ? J'attends aussi les résultats de l'identification judiciaire, ils ont promis de passer mon dossier en priorité. Mais il faut du temps pour croiser des empreintes et les fichiers.

Le livre des merveilles

— Je vais leur passer un coup de fil pour qu'ils traitent l'affaire en priorité.
— Merci ! Je suis obligé de vous quitter, je dois continuer mon enquête sur Dartmann, mentit Vogel, et j'aurais besoin d'un autre coup de pouce.
— Tout ce que vous voulez.
— Je dois me rendre au centre des archives de Wedding pour y retrouver un collègue de la SS. Il y a eu un bombardement là-bas et nous avons été coupés. Si vous pouviez passer un coup de fil pour me faciliter l'entrée, le centre est situé dans un camp militaire de la SS.
— Oui, je vois où se trouve cette unité. C'est une base logistique pour les divisions Waffen SS Nibelungen et Totenkopf. J'avertis ma secrétaire de prévenir le commandant de la zone. Bravo ! Le Reich a besoin d'hommes motivés ! Et je saurai me souvenir de votre dévouement à notre Führer.

Wedding était situé au nord de Berlin. C'était un faubourg résidentiel plutôt plaisant avant les bombardements, mais le paysage qui s'offrait à Vogel n'était plus qu'un chaos indescriptible d'immeubles éventrés et de chaussées défoncées. Il avait croisé sur sa route des colonnes de blindés légers motorisés et de troupes d'infanterie ; les visages épuisés des soldats ne laissaient aucun doute sur leur état d'esprit.

Le centre des archives se situait dans une zone interdite d'accès à la population. Tout le périmètre était ceinturé d'une clôture de murs en béton sale d'une hauteur impressionnante, surmontés de couronnes de barbelés scintillants. Deux miradors encadraient la grille de l'entrée, floqués d'oriflammes ornées des blasons des divisions Nibelungen

Le livre des merveilles

et Totenkopf, un casque barbare ailé pour la première et une tête de mort pour la seconde.

Vogel avança sa voiture, une Volkswagen souffreteuse et verdâtre, devant la barrière de sécurité. Elle était gardée par des soldats en armes et une automitrailleuse stationnée devant une guérite sous le mirador. Le cœur de Vogel s'accéléra. En arrière-plan, l'un des bâtiments était en feu, il pouvait apercevoir les jets d'eau qui tentaient d'éteindre l'incendie.

Il ouvrit la vitre et une suffocante odeur de brûlé envahit l'habitacle. Vogel donna son nom et présenta sa plaque de la Kripo au sous-officier SS qui regarda de haut son nez barré d'un pansement ridicule.

— C'est une zone militaire que vous n'êtes pas habilité à pénétrer. Faites demi-tour.

— J'ai l'autorisation personnelle de l'Obergruppenführer SS Kaltenbrunner, chef suprême du RSHA. Appelez le commandant de l'unité. Et ne traînez pas si vous ne voulez pas finir sur le front hongrois, en collier de dents pour les Ruskovs.

Le sergent afficha le même visage toujours obtus, mais l'injonction était entrée dans son cerveau. Il fit demi-tour sans un mot pour disparaître dans la guérite. Vogel espéra très fort que Kaltenbrunner avait fait appeler le commandant du camp. Il n'en revenait pas du revirement de la situation. Le chef du RSHA voulait donc la peau de Dartmann qui avait presque réussi à lui faire abandonner son enquête, c'était inespéré. Avec un peu de chance, il allait faire d'une pierre deux coups : élucider le meurtre de la fille et se faire bien voir de son supérieur. Pendant tout le trajet, il s'était même demandé s'il ne devait pas abandonner cette histoire de sorcellerie. Après tout, il avait un coupable parfait en la personne de cette ordure de

Le livre des merveilles

Dartmann. Mais la curiosité était la plus forte. Qu'avait pu découvrir l'Hauptsturmführer Alder pour qu'il soit aussi enthousiaste au téléphone ?

Le sergent SS apparut à nouveau dans son champ de vision et tapa à la vitre alors que deux soldats écartaient la grille devant lui.

— Passez. Pas plus de dix kilomètres heure ou vous serez abattu sans sommation. Suivez la route sans vous arrêter devant les baraquements, prenez à droite, le panneau Totenkopf HQ, et stoppez devant un bâtiment peint en gris. Le commandant du camp vous attendra.

La Volkswagen démarra, Vogel veillant à respecter la limite de vitesse. Il passa devant des rangées de chars Panzer alignés comme à la parade. Des Jagdpanzer VI, surnommés « Éléphants » en raison de leur dimension monstrueuse, les blindés les plus récents en dotation. Des soldats étaient en train de les peindre en couleur camouflage. Il en avait entendu parler par ses collègues. Les divisions SS étaient toujours les mieux pourvues en matière d'armement dernier cri. Le policier était impressionné, peut-être que Goebbels ne mentait pas quand il promettait des armes miracles, les Wunderwaffen, capables de réduire en cendre les ennemis du Reich. Il repéra le panneau orné du blason à tête de mort et tourna sur la droite où de gros nuages de fumée noire, striés de lueurs orangées, jaillissaient des entrepôts touchés par le bombardement.

Sur le bas-côté de la route, une file de travailleurs en tenue rayée à l'aspect famélique maniaient pelles et pioches, surveillés par des gardes armés. Vogel croisa le regard de l'un d'entre eux. Vide, sombre, inexpressif, comme si l'esprit avait quitté le corps. Ces pauvres bougres seraient sûrement abattus une fois leur besogne achevée, les SS ne laissaient jamais en vie des prisonniers ayant travaillé dans un camp militaire stratégique. La casemate grise apparut au bout de la route. Le commissaire gara la Volkswagen sur une place de parking réservée à cet effet et sortit du véhicule. L'odeur de brûlé était omniprésente. Un commandant de la SS arriva à sa rencontre. L'homme devait dépasser la soixantaine comme beaucoup d'officiers rescapés du front et versés à l'arrière. Il salua Vogel, la mine obséquieuse.

— Bonjour, commissaire, la secrétaire de l'Obergruppenführer m'a appelé. Comment puis-je vous aider ?

Le policier reconnaissait aux SS le sens de la discipline. Il aurait pu exiger un char Panzer pour faire une balade dans la ville, le commandant se serait empressé de le satisfaire.

— J'étais en contact téléphonique avec l'Hauptsturmführer Alder qui se trouvait au centre des archives. Nous avons été coupés brutalement.

— Quel malheur. Une bombe est tombée à côté du dépôt, une partie du bâtiment a été soufflée par l'explosion. C'était rempli de papiers d'archives, l'incendie s'est propagé à la vitesse de l'éclair. Les pompiers sont en train d'éteindre les derniers feux.

Une ombre figea le visage de Vogel. C'était peut-être un signe du destin.

— Vous savez si l'officier du RSHA est encore vivant ?

— Oui. On l'a transféré à l'infirmerie du camp, je crois qu'il a été brûlé. C'est juste derrière, je vous accompagne.

Ils arrivèrent face à un bâtiment de ciment long et arrondi au niveau du toit et, une fois à l'intérieur, ils durent se faufiler entre des rangées de blessés couchés sur des brancards.

— On fait le tri avant de les transférer à l'hôpital le plus proche, dit le commandant.

Le livre des merveilles

Ils passèrent dans une salle de soins encombrée de lits tous occupés. Le commandant appela l'un des infirmiers qui semblait au bord de l'épuisement. Il s'entretint avec lui pendant que Vogel attendait. Le commandant lui adressa enfin un signe.

— Votre ami est sous sédatif dans une chambre à part. Je vous laisse avec lui, j'ai beaucoup de travail avec ce foutu bombardement. Un infirmier va vous conduire. Et passez me voir avant de partir.

— On l'a mis à l'écart, ajouta l'infirmier. Votre ami est brûlé au second degré. Et il a un sale caractère.

— Ce n'est pas mon ami.

Il fallut moins d'une minute pour que l'infirmier et Vogel accèdent au lit sur lequel était assis l'Hauptsturmführer Alder. Le policier relativisa l'inconfort de son propre bandage quand il découvrit celui de l'homme alité en face de lui. Les trois quarts de son visage étaient enroulés dans une bande de gaze, ne laissant visibles que la joue et l'œil droits. Une fente avait été découpée pour la bouche. Le reste de son corps ne semblait pas avoir été atteint par l'explosion. Le SS portait encore son élégant complet, déchiré et noirci de toute part. Il tourna la tête en direction du policier. Ses yeux étaient deux billes bleues qui dansaient au milieu des voiles blanches. Ses cheveux avaient disparu, brûlés jusqu'à la racine, et on pouvait voir la peau du crâne parsemée de plaques marron.

Alder essayait de parler, mais on n'entendait qu'un long murmure s'échapper de la fente.

— Il est dans un sale état, commissaire, chuchota l'infirmier, on l'a bourré de morphine pour éviter qu'il ne souffre de ses brûlures.

— Il s'en sortira ?

Le livre des merveilles

— Oui, son corps est intact, mais le visage... la chaleur lui a calciné la peau en plusieurs zones. Je lui ai posé les bandages, ce n'était pas beau à voir. La chair a fondu, laissant les os à vif.

Vogel savait qu'il avait affaire à une ordure, sûrement responsable d'un nombre incalculable de morts et de malheureux torturés, mais le voir dans un tel état provoqua en lui ce qui pouvait s'assimiler à de la pitié. Il s'assit sur le lit et approcha sa tête du malheureux.

— Vous m'entendez ?

Un chuintement sortit de la bouche du brûlé. Le commissaire colla son oreille contre la bouche du blessé.

— Je suis désolé. Parlez-moi de votre découverte.

— Porc...

Au moment où l'insulte jaillissait de ses lèvres brûlées, les mains d'Alder agrippèrent brutalement le cou de Vogel qui sentit un étau d'acier broyer sa gorge.

44.

Irlande, Glendalough
Octobre 1944

Crowley se pencha vers la fenêtre, souhaitant jauger le temps avant d'aller marcher dans le parc. Depuis le matin, la pluie ne cessait de tomber par rafales qui venaient de la mer. Vue d'en haut, la pelouse semblait gorgée d'eau comme une éponge. Aleister opta pour un ciré de marin et une paire de bottes de chasse. En passant, il prendrait un des chiens, un basset, pour l'accompagner. Afin d'être le plus discret possible, le SOE avait loué une gentilhommière à une heure de route de Dublin, en lisière de la région sauvage de Glendalough. Un mélange imprévisible de landes désertiques, de lacs glacés et de hautes collines battues par les vents. Crowley adorait cet endroit qui lui rappelait l'Écosse et son manoir de Boleskine face au Loch Ness. Il se sentait revivre. Une nouvelle jeunesse. Désormais, le champ du possible était ouvert.

Avant de sortir, il jeta un œil à sa chambre, se demandant si ses nouveaux amis allaient la fouiller comme chaque jour. Juste avant de partir, il vérifia que la minuscule boulette d'aluminium était bien placée sous la porte. S'il la retrouvait au milieu de la chambre, il saurait. De même pour les livres, tous étaient posés à l'envers, ouverts à la page 77, sur

Le livre des merveilles

la table, le lit, la commode. La veille quand il était rentré de promenade, il avait bien retrouvé ses livres à la même place, mais les pages avaient changé. L'équipe du SOE avec laquelle il partageait le manoir n'était pas composée de professionnels de l'espionnage et pour cause. Ils n'étaient pas là pour récolter de l'information. Ils étaient là pour tuer.

Aleister vissa son chapeau de cuir sur son crâne rasé de près. Comme il avançait vers les bois, il vit la façade du manoir éclairée par le soleil, entre deux nuages. C'était une longue bâtisse grise à un étage qui ne semblait pas avoir bougé depuis la fin du XVIIIe siècle. Sans doute l'ancienne demeure cossue d'un lord anglais venu s'installer en Irlande. Il se demanda où se trouvait le village des paysans qui cultivaient les terres. Surtout pour l'éviter. Dans cette Irlande qui n'était indépendante que depuis quelques années, mieux valait, en tant qu'Anglais, ne pas se retrouver face à des bouffeurs de patate imbibés de Guinness. Si Crowley portait aux nues ses pseudo-origines irlandaises, c'était parce qu'il était convaincu de descendre des premiers rois d'Irlande. Pour Aleister, une généalogie n'avait d'intérêt que si elle était aristocratique. Un mage aussi fameux que lui ne pouvait pas descendre de gueux.

Le bois de sapin n'était guère dense et ouvrait tout de suite sur une lande pierreuse, parsemée de bruyères, qui se perdait à l'infini. Crowley avait toujours été fasciné par ce type de paysage. S'il y avait un lieu en Europe où on pouvait rencontrer les anciens dieux, parler avec les morts, c'était la lande d'Irlande. Là, les forces de la terre, invisibles ailleurs, pouvaient se réveiller. Là, les âmes errantes s'adressaient aux vivants. Voilà pourquoi la présence de Tristan sur la terre d'Éire inquiétait Aleister. Si les nazis y avaient envoyé le Français, c'était mauvais signe. Très mauvais signe. Ces

Le livre des merveilles

damnés voulaient s'approprier quelque chose en lien avec une puissance maléfique. Churchill ne lui avait rien dit, mais son insistance à connaître la mission de Marcas était un aveu. Lui aussi craignait la folie diabolique des nazis. Himmler était prêt à réveiller des monstres pour assurer l'ultime victoire de l'Allemagne, et des monstres, l'Irlande en regorgeait. Brusquement la lande apparut hostile à Crowley. Il décida de rentrer. Comme il retraversait le bois, les nuages éclatèrent et une averse le poursuivit jusqu'au manoir. De nouvelles voitures avaient fait leur apparition dans la cour. Visiblement, les affaires reprenaient.

Le grand salon, jusque-là peuplé de trophées de chasse et de tableaux de famille, ressemblait désormais à l'intérieur bourdonnant d'une tour de contrôle. Des hommes en costume sombre traçaient des diagrammes sur des cartes de Dublin, d'autres épinglaient des photos en noir et blanc. Sur l'une d'elles, Crowley reconnut Otto Skorzeny. Lorsqu'il avait réussi l'exploit d'enlever Mussolini, son portrait avait été reproduit dans les magazines du monde entier. Il était désormais le nazi le plus connu après Hitler. Aleister se concentra sur la photo. Le SS était en civil. Avec son bleu de travail maculé de cambouis, on aurait pu le prendre pour un mécanicien, mais son visage, hachuré de coups de sabre, était reconnaissable entre mille. Derrière lui, dans la lumière blanche d'un réverbère, se dressait un mur lépreux couvert de slogans en gaélique. Aleister serra les dents. Marcas et Skorzeny étaient ensemble en Irlande ! C'était très mauvais signe.

Près de la cheminée où flambait un feu de tourbe, un major à la silhouette aussi fluette que sa voix perchée donnait les dernières informations à un mage trempé, mais particulièrement attentif.

Le livre des merveilles

— Tristan Marcas et Otto Skorzeny ont atterri hier soir en périphérie de Dublin dans un avion de l'armée française siglé de la croix de Lorraine, ce qui explique sans doute qu'il n'ait pas été intercepté.
— Vous avez retrouvé l'avion ?
Le major Bowman tendit avidement les mains vers le feu. Il détestait ce maudit climat irlandais.
— Non, mais nous avons inspecté le terrain où il s'est posé. Des traces d'atterrissage récent sont encore visibles. Et nous disposons de nombreux témoignages de voisins qui ont vu l'avion se poser.
Le major, avec sa petite moustache, semblait très satisfait de lui. Que les nazis aient la capacité d'envoyer un commando en Irlande et de faire disparaître un avion ne semblait pas l'inquiéter outre mesure. Ce flegme britannique qui, parfois, ne servait qu'à dissimuler de l'impuissance ou de l'incompétence avait toujours agacé Crowley.
— Selon nos recoupements, le Français et l'Allemand sont montés dans une voiture qui les a conduits à Dublin.
— Un taxi est venu les chercher ? manqua de s'étrangler le mage.
— Il les a conduits à Union Street. Une rue du Dublin populaire réputée pour ses salles de spectacle.
— Ne me dites pas qu'ils ont assisté à une pièce de théâtre ?
— Pas vraiment.
Crowley se demanda s'il n'était pas victime d'une plaisanterie. Ce groupe du SOE devait lui faire subir une sorte de bizutage, mais le major lui tendit une photo : on y reconnaissait Tristan et Otto en train de pénétrer dans un club éclairé par des néons criards.
— C'est une boîte surtout fréquentée par les soldats américains. On y joue du jazz et des matches de boxe

clandestins y sont organisés. L'endroit est réputé violent. Il y a déjà eu des morts, des blessés. Depuis plusieurs semaines, le renseignement militaire surveille l'endroit de près. Voilà pourquoi nous avons ces photos.
Aleister ne rebondit pas sur l'information. Dans tous les pays où ils étaient stationnés, les GI organisaient des trafics avec les mafias locales. Essence, cigarettes, médicaments, et parfois les affaires tournaient mal. Sans doute était-ce le cas dans ce club.
— Qui dirige cet endroit ?
Une nouvelle photo apparut.
— Maureen O'Connolly. Elle possède plusieurs immeubles dans le quartier dont elle a transformé les rez-de-chaussée en bars ou en clubs depuis l'arrivée des Yankees. Une activité très lucrative.
— Sa famille fait partie d'un gang de Mob[35] ?
— Non, elle est fille d'armateur. Une famille de bourgeois aisés et cultivés. Meilleur lycée catholique de Dublin. Elle a même commencé des études d'histoire à Cambridge avant d'arrêter brusquement.
Crowley scrutait la photo de la jeune femme. Il avait toujours cru à la science de la phrénologie qui prétendait que l'on pouvait deviner un caractère en étudiant les traits du visage.
— Elle cache un secret, affirma le mage, personne ne quitte les pelouses de Cambridge pour les bas-fonds de Dublin. Sans compter qu'elle a un visage trop parfait. Qu'avez-vous d'autre sur elle ?
— On n'en sait guère plus, si ce n'est qu'elle est très respectée dans son quartier. Même plus que respectée, crainte.
Un officier qui écoutait la conversation salua et demanda :

---

35. Mafia irlandaise.

Le livre des merveilles

— Puis-je intervenir, major ?
Bowman le présenta.
— Voici le lieutenant Machen. Avant de travailler pour le SOE, il se destinait à la carrière d'anthropologue. Allez-y, lieutenant.
Machen se tourna vers Crowley.
— Maureen a un surnom. Les gens qui travaillent avec elle dans son club l'appellent *Sidhe*. Si on traduit littéralement, ça veut dire la fée, mais…
— Continuez, l'encouragea Crowley.
— … ça ne correspond en rien aux fées telles qu'on les imagine en Angleterre. En Irlande, les Sidhe sont des survivantes. Des descendantes cachées des premiers peuples, les Tuatha Dé Danann. Des êtres mythiques dont on dit qu'ils vivent depuis des millénaires dans des royaumes souterrains.
Aleister l'interrompit. Ce que disait le jeune Machen l'intéressait au plus haut point, mais il ne voulait pas partager ce genre d'informations, à la lisière de l'occulte, avec Bowman.
— Je vous remercie, lieutenant, pour ces précisions. Vous pouvez disposer.
Il se tourna vers le major.
— Je veux connaître les raisons exactes du départ de Maureen de Cambridge. Demandez à Scotland Yard. C'est prioritaire.
Bowman hocha la tête. Il ne discutait jamais les ordres reçus, même s'il avait quelques doutes sur ce civil au crâne rasé et au regard halluciné. De toute façon, sa véritable mission était d'intercepter le Français à n'importe quel prix, et ça Crowley n'avait pas besoin de le savoir.
— Ce sera fait, Sir.

Le livre des merveilles

Sur un plan, un sous-officier venait de tracer le trajet d'Otto et de Tristan depuis l'aérodrome jusqu'au club de Maureen.

— Personne ne les a revus depuis hier soir ?

— Toutes les sorties du club sont surveillées. Ils sont toujours là.

Aleister secoua la tête. Visiblement ces militaires n'avaient jamais fréquenté de trafiquants. Fuite par les égouts, passages secrets entre les immeubles, mille issues étaient possibles sans que personne ne s'en aperçoive.

— Dites plutôt que vous *croyez* qu'ils sont toujours là. Mais ça n'a pas d'importance. L'essentiel désormais va se passer ailleurs.

Une intuition commençait à prendre forme dans l'esprit de Crowley. Otto et Tristan ne s'étaient pas rendus chez Maureen uniquement parce que c'était une trafiquante efficace, capable de leur fournir des caches ou des faux papiers. Maureen pouvait les aider dans leur quête secrète. Il fallait qu'il en sache plus sur cette jeune femme.

— La demande d'information pour Scotland Yard est-elle déjà partie ?

— Oui, ils envoient quelqu'un à Cambridge.

— Je veux également savoir qui elle fréquentait pendant ses études. Les cours qu'elle suivait, les livres qu'elle a empruntés à la bibliothèque...

Bowman eut l'air embarrassé.

— Vous savez, Scotland Yard n'aime pas trop obéir aux requêtes des militaires. Plus on leur en demande, moins ils en font. Alors si vous leur réclamez d'aller dans une bibliothèque...

Au regard plombé de Crowley, le major comprit que ce n'était pas la bonne réponse.

— Mais je vais faire le maximum, bien sûr.

Le livre des merveilles

Aleister se rappelait les dernières phrases de Churchill devant les tableaux de John Martin. Il n'allait pas finir six pieds sous terre à cause de l'inaction de policiers à Londres.

— Appelez de ma part Sir Colville, le secrétaire du Premier ministre. Demandez-lui de s'occuper personnellement de cette affaire.

Le major claqua des talons. Visiblement il avait sous-estimé ce Crowley.

— À vos ordres, Sir.

Aleister contempla la photo de Maureen O'Connolly. Elle n'avait rien d'une Irlandaise. Pas de cheveux roux, pas de peau laiteuse, pas de taches de rousseur. Non, il affluait en elle d'autres sangs venus d'ailleurs. Il les sentait vibrer, mais il ne parvenait pas encore à les identifier. Il se tourna vers Bowman qui était de retour. Pas besoin de lui demander s'il avait eu le secrétaire de Churchill. À sa manière anxieuse de tortiller sa moustache, il avait dû affronter une météo très impétueuse.

— Continuez votre surveillance autour du club, major, mais diffusez la photo de Skorzeny parmi tous vos espions. Indiquez que vous paierez pour toute information probante. Avec son physique, s'il se déplace, on le retrouvera fatalement.

Le major toussa. Il était peut-être temps d'aller au cœur de la mission et de s'emparer de ce damné Français et de Skorzeny.

— Vous savez qu'on pourrait investir le club, les arrêter, les ramener ici et les interroger. J'ai des spécialistes qui...

Crowley faillit éclater de rire. Il y avait deux choses sûres dans le monde : les impôts et le silence de Skorzeny. Quant à Tristan, il l'interrogerait lui-même et il savait comment.

— Oubliez votre idée. Je veux savoir où ils vont et qui ils voient. Ensuite, je vous dirai quoi faire.

Le major baissa le regard. S'il y avait une chose qu'il détestait, c'était bien de devoir obéir à un civil. Même en apparence. Certes, il ne donnerait pas d'ordre direct pour s'emparer du Français, mais un imprévu était si vite arrivé... on ne savait jamais comment réagissaient les Irlandais. Et si au dernier moment ils décidaient de se débarrasser du Français et de son acolyte nazi ? Alors il faudrait intervenir. Et vite.

Crowley remonta dans sa chambre. Il trouva la boulette d'aluminium sous le lit, mais ses livres, eux, étaient tous ouverts à la même page. Les gars du SOE progressaient. Il posa la photo de Maureen sur la table et ouvrit un tiroir à sa droite, duquel il sortit un buisson d'épingles noires. Aleister en choisit deux qu'il piqua dans le front de la jeune femme, puis une autre qu'il enfonça dans son menton. Puis de son majeur gauche, le mage traça lentement une ligne imaginaire entre les trois épingles. Il venait de dessiner un triangle à la pointe inversée, dirigée vers le bas. Une excellente figure géométrique pour percer les secrets d'une âme. Il lui suffirait de se concentrer pour que Maureen parle. Même si elle était une Sidhe. Et si ça ne suffisait pas, alors il planterait une aiguille dans chaque œil. Et Maureen dirait tout.

45.

*Berlin
Octobre 1944*

Vogel suffoquait entre les mains d'Alder, ivre de rage. Sa force semblait décuplée. Dans un sursaut, le policier frappa le poignet du brûlé de ses deux poings serrés. L'avant-bras du SS plia, dégageant Vogel de l'étreinte mortelle. Il se releva du lit d'un bond.
— Vous êtes cinglé !
— Mon visage, c'est ta… faute, gronda Alder.
Cette fois, sa voix était parfaitement audible. Vogel reprenait son souffle péniblement. L'infirmier avait surgi dans la chambre, inquiété par les cris.
— Tout va bien ?
— Apporte-moi de la morphine ! gueula le SS.
— On n'a presque plus de stock, répliqua l'infirmier, il faudra attendre. L'hôpital en fournira cette nuit ou demain matin.
— Je suis un officier supérieur du RSHA, je passe en priorité.
— Ça m'étonnerait.
L'infirmier disparut et referma la porte derrière lui.
— Vous vous êtes fait casser le nez, ricana Alder à l'adresse du policier.

Le livre des merveilles

— On peut dire ça, répliqua Vogel en se massant le cou. De toute façon, je n'aurai sans doute pas besoin de votre dossier d'archives. J'ai un suspect à me mettre sous la dent. Et en plus Kaltenbrunner veut sa peau. Je laisse vos sorcières dans leur placard à balais.

Le SS s'était redressé en position assise et grattait ses bandages.

— Kaltenbrunner, ce fils de pute...
— Pourquoi dites-vous ça ?
— Il supprime mon service, qui selon lui ne sert plus à rien. Son prédécesseur Heydrich, lui, était un esprit exceptionnel, nous avions de longues conversations sur les religions, mais Kaltenbrunner est une brute sans culture. Vous savez, j'étais un universitaire de renom, j'aurais pu devenir titulaire de la chaire d'histoire des religions à Heidelberg. Et me voilà ici, destitué et défiguré. Un sous-homme.

— Mais votre histoire de morgue et de prêtre ?
— C'était ma dernière mission pour le service. Pour le plaisir d'emmerder jusqu'au bout ces maudits prêtres. Quant à votre affaire, ça m'a rappelé mon travail d'avant-guerre. J'ai été stupide...

— Vous ne voulez rien me dire de plus ?
— Plutôt crever, ricana-t-il derrière sa fente.
— Une dernière fois...

Alder prit un verre sur la table de chevet et le balança vers Vogel qui eut juste le temps de l'esquiver. Le policier sortit. Il n'en tirerait rien de plus. Il referma la porte derrière lui et croisa l'infirmier.

— Vous devriez lui donner sa dose. Il est à cran.
— Il n'a pas encore mal. Il peut tenir une partie de la nuit, sauf s'il se gratte trop.

L'infirmier ouvrit un petit frigo et tendit son index vers l'intérieur.

Le livre des merveilles

— Il ne me reste que six fioles de morphine base. Le règlement m'impose d'en garder cinq pour les gradés du camp en cas de pépin. Pourquoi je donnerais la dernière à ce type ? Il a déjà insulté le médecin et menacé une infirmière. C'est pour ça qu'on l'a mis dans la chambre. Il peut hurler, personne ne l'entendra.

Vogel contempla le frigo et fut surpris lui-même de l'idée qui venait de jaillir dans sa tête.

— Si j'étais vous, je la lui donnerais : c'est un ami personnel de l'Obergruppenführer Kaltenbrunner, le chef de la Gestapo... si ce dernier apprend que vous lui avez refusé sa dose, vous irez soigner les blessés au cul d'un Panzer sur le front de l'Est.

L'infirmier comprit le message, prit une fiole et referma le frigo.

— Laissez-moi une demi-heure avant de lui faire l'injection, lâcha l'homme en blouse blanche, je dois d'abord aider le médecin à poser des plâtres.

— Donnez-moi la fiole et une seringue. J'ai déjà pratiqué des injections. Ça fait partie de l'examen pour le poste de commissaire, mentit Vogel de façon éhontée.

— Merci, ça m'arrange de ne plus voir ce type.

Le policier prit la fiole et la seringue et retourna vers la chambre. Il entra en trombe, referma derrière lui et poussa le loquet intérieur. Alder hurla :

— Où est l'infirmier ?

— C'est moi l'infirmier, dit Vogel en montrant la fiole et la seringue, mais avant je te propose une petite friction.

Sans attendre de réponse, il se rua sur le blessé et lui assena un coup de poing dans le ventre qui le plia en deux. Le policier tira Alder vers le bas du lit par les jambes puis grimpa sur lui et s'assit de tout son poids, emprisonnant ses bras. Le SS essaya de se débattre, mais il était immobilisé. Vogel lui plaqua brutalement la main droite sur le visage, puis effectua des mouvements circulaires. Alder hurla de douleur. Le bandage se colorait de rouge écarlate. Vogel sentait sa main se couvrir d'un sang épais et d'une sorte de graisse. À travers la gaze, ses doigts touchaient les os des pommettes à vif.

Satisfait, il se leva, laissant le blessé hurler de plus belle.

— En tant qu'ancien SA, tu ne peux pas imaginer à quel point ça me fait du bien de frotter la trogne d'un SS, dit Vogel.

— Ça brûle ! Ma peau, sanglota Alder, je… je vais te dénoncer à mes supérieurs, ordure. La Gestapo va…

— Arrête tes conneries, lâcha Vogel agacé, Kaltenbrunner se fout de ton sort et moi je suis devenu son nouveau pote. Je te propose un marché. Donne-moi les informations restantes sur les sorcières du BDM et je te fais l'injection. Refuse et je casse la fiole. C'est la dernière en stock. Le prochain arrivage de l'hôpital est prévu cette nuit ou au petit matin. C'est long, très long quand on est dans ton état.

Le SS arrachait à pleines mains la bande de gaze collée aux chairs brûlées, laissant apparaître son visage, réduit à une plaie rougeoyante d'où saillaient des bouts d'os blanchâtres. Des plaques marron s'étaient formées dans les interstices sanguinolents. Ce n'était plus la face d'un homme, mais celle d'un démon issu des pires représentations des peintures de l'enfer.

— La piqûre…, gémit le SS qui s'agrippa aux poignets de Vogel.

— D'abord les informations. Je vais te rafraîchir la mémoire.

Le livre des merveilles

Le policier sortit ses notes prises quelques heures plus tôt.
— Nous étions en 1937. Deux cadres de l'association de jeunes filles du BDM avaient initié certaines de leurs membres à des actes de sorcellerie sur le mont Brocken. Des parents ont porté plainte et l'association a mené une enquête en interne avant de saisir la justice. Inge Unterkempf a fait partie de ce groupe de filles contaminées par ces pratiques. Nous avons été coupés quand tu me disais avoir trouvé autre chose.

Le SS le scrutait, les yeux clairs écarquillés de douleur.
— L'enquêtrice du BDM a découvert que la cérémonie avait eu lieu durant trois années consécutives. À chaque fois l'une des gamines était tombée dans le coma à l'issue du rituel et avait été expédiée dans une clinique de la région du Harz. Personne n'avait fait le rapprochement jusqu'à la plainte des parents en 1937. Normalement mon service aurait dû être alerté, mais le BDM n'a pas jugé bon de nous en informer.

Il reprit son souffle entre les deux amas de filaments de chair qui lui servaient de lèvres et poursuivit d'une voix hachée :
— Une intervention en haut lieu, venue de l'entourage proche du Reichsführer, a étouffé les plaintes. Le dossier a été classé sans suite. Les parents ont été dédommagés généreusement, les cheftaines déchargées de leur poste se sont évaporées dans la nature. Je t'avais dit qu'Himmler nourrissait une passion pour les sorcières.

Vogel notait à toute vitesse.
— Inge est citée dans un autre passage du dossier ?
— Oui, c'était une des trois filles tombées dans le coma. L'enquêtrice du BDM l'a rencontrée deux mois après son réveil. Le compte rendu de l'entretien est joint

Le livre des merveilles

au dossier. Inge s'apprêtait à quitter ses parents. Elle a démenti avec force toutes les accusations portées contre les cheftaines.

— Ou elle les protégeait ou elle se protégeait.

— En tout cas, l'enquêtrice a réussi à identifier un cercle d'adeptes de sorcellerie autour des deux cheftaines.

— Et les deux autres filles ?

— En sortant du coma, elles sont devenues complètement folles ou réduites à l'état de légumes. Elles ont été transférées ensuite dans un asile du coin. Inge a confirmé qu'elles étaient devenues dingues. L'une des filles a disparu dans le cadre d'Aktion T4.

Vogel sentit son cœur se serrer, comme si on l'avait broyé dans un étau.

Le SS prit la carafe d'eau et s'arrosa le visage pour atténuer la douleur, en vain.

— Apparemment, elle était devenue un légume, cracha-t-il, un déchet humain. Dommage, elle aurait fait une bonne mère pondeuse pour le Reich. On lui a offert la *Gnadentod*[36]… hélas, les prêtres nous ont empêchés de continuer.

Vogel sentit son poing se crisper. Il résista à l'envie d'appuyer à nouveau ses mains de toutes ses forces pour gratter le visage jusqu'à l'os.

— Ma fille a eu droit à la *Gnadentod* le 3 mars 1939 au château de Grafeneck[37] dans le Bade-Wurtemberg. Elle souffrait d'une malformation rare de la colonne vertébrale et était traitée dans un hôpital. On nous a informés un mois après son euthanasie. Elle venait d'avoir seize ans.

---

36. La mort miséricordieuse.
37. L'un des deux centres d'extermination du programme Aktion T4. L'autre se situant en Autriche, voir *Résurrection*. JC Lattès, 2021.

Le livre des merveilles

Vogel parlait lentement, il ne voulait pas laisser perler de larmes devant ce porc. Alder changea de ton.
— Je suis navré... bref l'autre fille, sortie du coma, a disparu. Le rapport ne dit pas où elle s'est enfuie. Qui se souciait d'une gamine handicapée à l'époque ?
Vogel chassa l'image de sa fille chérie. Il essayait de rester calme, mais ne voyait toujours pas le lien avec le meurtre d'Inge Unterkempf. Il plongea la seringue dans la fiole et aspira le liquide ambré.
— Pitié... je brûle. J'ai...
Alder se tortillait en tous sens et frottait ses bandages. Le commissaire observait le SS souffrir sans la moindre émotion. Il lui manquait encore une information. Et si l'une des deux cheftaines était la mystérieuse femme qui venait rendre visite à Inge ?
Vogel approcha la seringue de l'avant-bras du brûlé.
— Une dernière chose. Tu te souviens du nom des deux femmes à la tête de ce groupe de sorcières ?
— Tu aurais dû commencer par là. D'autant que tu connais déjà l'une d'entre elles. Elle s'est bien foutue de toi.

46.

Irlande, Dublin
Octobre 1944

Skorzeny avait disparu de bon matin, laissant Tristan seul dans un des appartements au-dessus du club. Visiblement le SS avait de nombreux rendez-vous prévus. Sans doute pas avec des émissaires du gouvernement – l'Irlande, par prudence comme par intérêt, avait totalement basculé du côté des Alliés. Mais il restait de nombreux groupuscules à la limite de la légalité qui pullulaient en République d'Irlande, des nationalistes qui rêvaient de réunifier toute l'île – le Nord était toujours une province anglaise – aux mafieux qui exerçaient leurs talents des deux côtés de l'Atlantique. Ce réseau pouvait d'ailleurs se révéler très efficace pour les nazis en cas de défaite. Otto avait déjà mis en place deux routes de la nuit, pour tenter d'évacuer les dignitaires du Reich en cas de défaite de l'Allemagne, l'une par la Suisse et le Vatican en direction de l'Orient, l'autre par l'Espagne et le Portugal, vers l'Amérique du Sud. Ouvrir une troisième route au nord pourrait servir à brouiller les pistes.

Voilà pourquoi Tristan se retrouvait seul à contempler la bruine incessante qui tombait sur la ville. Dans la rue, des Irlandais discutaient malgré la pluie. Tous étaient vêtus de longues gabardines grises qui leur tombaient jusqu'aux pieds et des casquettes de laine assombrissaient leurs visages. Visiblement, un nouveau match allait avoir lieu, car un bookmaker, reconnaissable à sa jaquette à carreaux et son chapeau melon, circulait de groupe en groupe. La mise à mort du boxeur, hier soir, préoccupait le Français. Moins, toutefois, que la personnalité imprévisible de Maureen. Marcas n'avait jamais cru en la réincarnation, mais il y avait dans le regard doré de la jeune femme, dans ses gestes hiératiques et ses paroles étranges, comme le reflet, l'écho d'autres personnes venues du passé. Skorzeny lui avait expliqué que ce serait elle qui lui servirait de guide pour sa quête. Un choix direct du Reichsführer. À croire qu'Himmler avait senti, lui aussi, comme un appel de sang au fond de l'esprit tourmenté de Maureen. Une rafale serrée de pluie remonta la rue et masqua les façades d'un mur livide. Les groupes de parieurs se dispersèrent. Tristan quitta la fenêtre. Il avait du travail. Depuis ses révélations à Himmler, il avait appris par cœur les éléments clefs de la quête qu'il devait mener en Irlande. Marcas ne pouvait prendre le risque de se faire capturer avec des notes, mais depuis qu'il était en sécurité dans le vieux Dublin, il éprouvait le besoin de tout synthétiser par écrit. S'il voulait mener sa quête à bien et sauver Laure.

— Elle t'attend.
Un des gardes venait de surgir dans la chambre. Costume cintré, pantalon flottant, l'Irlandais cultivait la ressemblance avec les mafieux de Chicago. Sans compter l'aisselle bosselée par un holster. Ce gars-là regardait trop de films américains. Tristan le suivit jusqu'à l'escalier, puis à l'étage supérieur et pénétra seul dans l'appartement qui semblait être le QG de l'Irlandaise. Marcas fut surpris du minimalisme du salon. Un parquet en bois brut, des

murs blancs, sans aucune décoration, et des stores à peine entrebâillés d'où provenaient des reflets dansants des vagues d'averses. Sur la droite, derrière un bureau vide se tenait la jeune femme dans un tailleur aussi gris que la pluie qui s'acharnait sur la ville.

— Bonjour, monsieur Marcas.

Avant même qu'il ait pu répondre, elle montra au Français un crucifix, posé sur un tabouret. Dans la pénombre de la pièce, Tristan ne l'avait pas aperçu.

— Vous êtes spécialiste en œuvres d'art, je crois ?

— Pourquoi, vous voulez une estimation ?

— Examinez ce crucifix, je vous prie.

Tristan le prit en main. L'objet n'avait aucune valeur. Le bois, entaillé, noirci, s'effritait de partout. Quant au Christ sculpté, l'ivoire était rougi comme si on l'avait plongé dans les laves de l'enfer.

— C'est ancien, mais ça ne vaut rien.

— Et pourtant, cet objet est sans prix pour moi. Ce modeste crucifix, que vous tenez dans les mains, a brûlé dans l'incendie d'un monastère de femmes. Le monastère de Cill-Cainnech.

Le Français reconnut aussitôt le nom originel de Kilkenny, mais pour l'instant il préférait rester discret. Maureen ne lui inspirait pas suffisamment confiance. L'Irlandaise reprit :

— On ne sait rien de ces infortunées, si ce n'est qu'elles étaient vierges et, malheureusement pour elles, irlandaises. Les Anglais les ont toutes violées avant de les brûler vives.

Tristan reposa le crucifix. Subitement, il lui semblait lourd.

— Quant à cette couleur rouge, nul ne sait si c'est le sang ou le feu qui a teinté le corps du Christ.

— Pourquoi me parlez-vous de ça ?

Le livre des merveilles

— Pour que vous sachiez que si j'aide les nazis, ce n'est pas parce que je crois en leur idéologie, mais uniquement par haine des Anglais. Plus que tout je souhaite leur anéantissement.

— Je crois entendre le Reichsführer parler des Juifs...

— Ce sont les Anglais qui ont lancé le plus grand plan d'extermination raciale, le premier, celui des Irlandais, quand ils ont organisé la Grande Famine au XIXe siècle.

Le Français ne répondit pas. Il est vrai que les Britanniques n'avaient pas fait dans la dentelle. Un million de morts. Restait que les historiens discutaient encore de la responsabilité véritable de l'Angleterre. Mais pour les Irlandais, elle ne faisait aucun doute.

— Sans compter les millions d'exilés aux États-Unis. Le bateau ou le cercueil, voilà comment nous ont traités les Anglais. Le pardon est impossible !

Marcas montra le crucifix.

— Vous êtes pourtant catholique ? Le pardon fait partie de votre foi.

Les prunelles de feu de Maureen s'éteignirent. Désormais, la nuit était dans son regard.

— Qui vous dit que je suis catholique ?

— Ce crucifix... ce monastère que les Anglais ont brûlé.

— Un monastère de *femmes*. Ce sont elles que je pleure. Pas leur Dieu.

Tristan encaissa la réponse. Maureen était vraiment imprévisible.

— Ne vous y trompez pas, ce n'est pas parce que l'Irlande est constellée d'églises et couverte de monastères qu'elle est devenue chrétienne. Derrière chaque croix, sous chaque chapelle, se cache la mémoire vivante d'un ancien dieu ou le souffle sacré d'une fée.

— Où se trouve ce monastère de martyrs ?

— Dans la ville de Kilkenny. L'endroit le plus chargé d'histoire d'Irlande. Et pas uniquement parce que la première brasserie d'Éire y a vu le jour ! Non, cette ville semble concentrer toutes les traditions d'Irlande. Celles des premiers peuples, les Tuatha, dont on dit qu'ils hantent encore les lieux souterrains, des druides qui connaissaient tous les secrets de la nature, sans compter les premiers saints...

Tristan ne répondit pas. Si Maureen savait qu'il était un spécialiste d'art ancien, que lui avaient révélé les nazis sur ses nombreuses quêtes ésotériques ? Et sur ses liens avec les services britanniques ? Un secret qui pouvait devenir mortel entre les mains de l'Irlandaise.

— Et si vous m'ameniez à Kilkenny, un endroit favorable pour découvrir la face cachée de l'Irlande, non ?

Maureen appuya sur une sonnette électrique puis fit signe à Tristan de l'accompagner à la fenêtre. Dans la rue, profitant d'une accalmie, les groupes de parieurs s'étaient reformés. L'Irlandaise les montra du doigt.

— Parmi la douzaine de joueurs en bas, près d'un tiers travaille pour la police de Dublin, mais la vraie question est : qui, parmi eux, travaille pour les Anglais ?

— Les Britanniques vous surveillent depuis longtemps ?

— Depuis que j'ai ouvert ce club. Et ils ne sont pas les seuls, la police militaire américaine aussi.

— Irlandais, Anglais, Américains, vous êtes très populaire ! ironisa Marcas.

La jeune femme lui montra un gamin en culottes courtes qui sortait du club. Les parieurs ne lui accordèrent aucune attention.

— On l'appelle Saute-Ruisseau, un orphelin qui vit au club. Il va descendre jusqu'au garage prévenir qu'on nous prépare une voiture.

Le livre des merveilles

— Il ne va pas se faire repérer ?
— Toute la journée, il va et vient, achète des cigarettes pour les clients. Plus personne ne l'aperçoit, il est devenu invisible.
— Et nous ?
— Nous allons passer par les caves. Elles sont reliées entre elles. La dernière aboutit au garage, dans la réserve à pneus. Personne ne connaît ce passage. Je suis la seule à l'emprunter.

Tristan trouvait l'Irlandaise très sûre d'elle, mais il n'avait pas le choix. Pour la première fois depuis son départ d'Allemagne, il regretta l'absence de Skorzeny. Otto, lui, n'obéissait jamais à son ego, ne prenait aucun risque. Il vérifiait tout.

— Je n'ai pas fini.

Maureen montra la porte qui s'ouvrait. Une jeune femme apparut.

— Je vous présente Lynn.

À la surprise de Tristan, elle portait le même tailleur que Maureen et leur coiffure comme leur taille étaient identiques. À quelques mètres de distance on pouvait les confondre.

— Lynn fera plusieurs apparitions dans la tribune au-dessus du ring. Un match est prévu ce soir. Tous les clients la verront, y compris pendant les entraînements qui vont commencer bientôt.

Marcas respira mieux.

— Le reste du temps, Lynn sera dans le bureau et elle jettera souvent un œil par la fenêtre... les parieurs ne pourront pas la rater.

Tristan masqua un sourire. Il avait peut-être trouvé son Skorzeny au féminin.

Le livre des merveilles

Dans la rue, les parieurs s'époumonaient. Chacun soutenait son champion en hurlant. Ce soir, Demis, un GI d'origine indienne, était le favori. Il venait de La Nouvelle-Orléans et s'était battu dans les pires bouges de la ville. Ceux où on faisait s'entre-tuer des coqs quand on ne lynchait pas des Noirs. Des combats sans ring ni arbitre, mais où Demis avait terrassé tous ses adversaires. Le bookmaker retira son chapeau melon et passa une main dans les rares cheveux qu'il lui restait. La soirée s'annonçait bonne. Tout le monde avait parié sur le natif de La Nouvelle-Orléans, mais lui savait déjà qu'en échange d'une poignée de billets l'Indien se coucherait au troisième round. Une sacrée déception pour les parieurs, mais pas pour lui qui allait se remplir les poches. Oui, vraiment une bonne soirée ! Sans compter ce gamin, sorti du club. Il l'avait fait suivre par un de ses gars et Saute-Ruisseau l'avait directement conduit au garage. Preuve que cette maudite Irlandaise allait sortir de Dublin. Et avec elle, le Français. Voilà une information qui valait une vie. Et le major la paierait très cher.

47.

Berlin, RSHA
Octobre 1944

Quand Vogel rentra à son bureau Prinz-Albert-Strasse, il n'y avait quasiment plus personne à l'étage. Ses collègues de la Kripo faisaient moins d'heures supplémentaires que ceux de la Gestapo. Mais à sa grande surprise, le lieutenant Barnhart était resté.

— Vous n'avez pas une vie de famille ? grommela Vogel.
— Je vous attendais pour la bonne nouvelle. J'ai identifié la plaque d'immatriculation de votre agresseur. Un certain Karl Wierneker. Qui par ailleurs a fait une déclaration de vol de son véhicule.
— Jamais entendu parler.
— Mais de son patron, oui.

Le lieutenant laissa sa phrase en suspens. Vogel lui trouva un regard semblable à celui d'un chien ravi d'avoir rapporté le bâton à son maître.

— Crache.
— C'est le garde du corps attitré de Julius Dartmann. Vous devriez remercier le commandant de la Wehrmacht qui vous a sauvé la mise à Wannsee.

Vogel se massa le nez à travers son bandage et poussa un soupir de soulagement. C'était donc ce salopard de

Le livre des merveilles

Dartmann qui avait voulu le buter. Il avait osé s'en prendre à un commissaire de la Kripo.

— Je fête l'anniversaire de mon petit Hermann ce soir, ses deux ans, dit Barnhart. Je peux y aller ?

Vogel ne cacha pas sa surprise, il n'avait jamais fait attention à la paternité de son subordonné. Ou peut-être l'avait-il oubliée.

— Ils m'attendent tous, ma mère a réussi à trouver des œufs et de la farine pour faire un gâteau.

— Bien sûr. Les enfants, c'est sacré.

— À demain.

L'adjoint n'attendit pas une seconde de plus pour prendre son manteau et filer. Vogel le regarda s'éloigner avec une pointe d'amertume. Lui, personne ne l'attendait, il pouvait dormir au bureau s'il le voulait. Aucune femme ne lui en ferait le reproche. Il alla s'asseoir dans son fauteuil pour tenter de mettre de l'ordre dans ses idées. Tout se bousculait. Si Dartmann avait voulu lui régler son compte, c'est qu'il s'estimait menacé par son enquête. L'évidence était criante. Mais même s'il mettait la pression sur Wierneker, il doutait de retrouver le véhicule embouti. L'employé de Dartmann avait dû s'en débarrasser après l'accident. Une chose était sûre, l'agression confirmait ses doutes, mais ne justifiait pas une inculpation. Restaient les résultats de l'identification judiciaire. Et là encore il n'était même pas certain que le meurtrier ait laissé des traces.

Son esprit pivota sur la deuxième piste. Celle de l'Hauptsturmführer Alder. Il lui avait fait répéter les noms des deux cheftaines. Si la première lui était inconnue, il avait écarquillé grand les yeux quand on lui avait révélé l'identité de la seconde. Tout le long du trajet il avait ruminé cette information et ne l'avait toujours pas digérée. Cette femme allait payer très cher de s'être moquée de lui,

Le livre des merveilles

mais il devait prendre toutes ses précautions. Il n'avait droit qu'à une seule tentative pour lui faire perdre pied. Il regarda sa montre et calcula les temps de trajet depuis son bureau. C'était serré, mais avec un peu de chance il pouvait y arriver. Il prit le combiné du téléphone et composa le numéro de l'appartement d'Inge Unterkempf. Au bout de quatre sonneries, on décrocha.
— Karla Vetlinger ?
— Oui, c'est moi.
Vogel reconnut la voix de la colocataire d'Inge et prit son ton le plus menaçant.
— Je viens chez vous dans une vingtaine de minutes.
— Je suis désolée, mais j'ai rendez-vous dans…
— Vous avez intérêt à m'attendre, sinon je vous jure que je convie mes collègues de la Gestapo en leur disant que vous avez été la maîtresse de Stauffenberg[38].

---

38. Claus von Stauffenberg, colonel de la Wehrmacht responsable de l'attentat raté contre Hitler, le 20 juillet 1944.

48.

Irlande, province de Leinster
Octobre 1944

Passé la ville de Carlow et ses façades aux couleurs vives défiant la grisaille du ciel, la voiture de Maureen avait regagné la pleine campagne, faisant tressauter les pneus sur une route de plus en plus caillouteuse. L'Irlandaise changea de vitesse et se concentra sur les nids-de-poule tandis que Tristan contemplait le paysage. La pluie avait cessé, mais des lambeaux de brume flottaient en plein champ. Ils semblaient cacher un corps de ferme ou un troupeau de moutons, mais une fois les bâtiments dépassés, on n'apercevait que des prairies sans fin. Une campagne vide que traversait une route déserte.

— Nous sommes loin de Kilkenny ? demanda le Français.

Un geste évasif de la main lui répondit.

— En principe, non, mais tout dépend de l'état de la route. Elle est comme le temps, elle change à tout moment : la pluie peut la transformer en torrent, la chaleur en tempête de poussière. Sans compter les charrettes abandonnées ou les troupeaux perdus. Autant d'obstacles imprévisibles.

— Nous voilà revenus en plein Moyen Âge, quand les chemins étaient une aventure.

Maureen montra deux collines hérissées d'arbres sombres.

Le livre des merveilles

— On appelle ce lieu le *malpas*. La route devient plus étroite et ravine facilement. Avec les dernières pluies, le chemin a peut-être disparu. Dans ce cas, il nous faudra continuer à pied.

Tristan en profita pour se remémorer comment il avait trouvé la piste du *Dit des merveilles*, dont l'existence lui semblait douteuse. Depuis l'Antiquité, beaucoup de livres perdus étaient devenus des mythes, sans cesse cités, jamais retrouvés. Les bibliothèques aussi avaient leur Atlantide… et dans le cas de l'ouvrage convoité par Himmler, il n'y avait que cinq références en plus de mille ans. De quoi avoir de sérieux doutes. De plus, tous les témoignages étaient ambigus. D'abord le contenu du *Dit des merveilles* semblait révéler le lieu de l'une des portes de l'enfer, ensuite tout se troublait. Ceux qui prétendaient avoir lu le livre ne s'exprimaient plus que par métaphore ou allégorie, comme les alchimistes. Le lieu n'était plus celui des enfers, mais l'endroit où « la ligne devient un cercle » et où « les chemins marchent à l'envers ». À croire que le temps comme les événements pouvaient s'y inverser. Marcas se demanda si Himmler et, surtout, Feuerbach lui avaient donné toutes les informations. En effet Kirsten semblait en savoir beaucoup plus sur cet espace étrange « où le passé est l'avenir », sur cette dimension inconnue « où le possible est toujours ouvert » que ce que les livres qu'il avait lus lui avaient révélé. Tristan secoua la tête. Encore un peu et il allait être contaminé par les délires nazis. Il devait garder la tête froide. D'abord, il y avait de fortes chances pour que ce livre ne soit qu'un mythe, ensuite, s'il existait vraiment, pour que son contenu ne soit qu'une fable. Néanmoins, il était forcé de reconnaître que c'était bien à partir des notes précises du Grand Électeur qu'il avait réussi à localiser *Le Dit des merveilles* en Irlande. Or si ce livre n'existait pas, pourquoi avoir bâti un tel jeu de piste pour en dissimuler la présence à Kilkenny ? Et ce que Tristan ne comprenait toujours pas, c'était le lien réel entre ce maudit livre et l'Irlande. Certes, la première citation renvoyait à un évêque venu évangéliser la lointaine Éire, mais cela signifiait-il que l'Irlande était le berceau de cet ouvrage aussi redouté que convoité ? Autant de questions qui risquaient fort de demeurer sans réponse s'il ne recevait pas bientôt une aide extérieure.

L'Irlandaise ralentit brusquement pour éviter une clôture abattue sur le bord de la route.

— Vous connaissez du monde à Kilkenny ? demanda Tristan.

— L'Irlande est une île. Quand on n'a pas un cousin dans un village, on a un ami. Sinon, il y a toujours l'ami d'un cousin ou le cousin d'un ami.

— J'aurais besoin d'échanger avec un historien local. Mais comme mes questions risquent d'être très particulières, il ne faudrait pas qu'il se méfie et devienne avare de réponses.

— Personne ne se montre avare avec moi, monsieur Marcas. Sauf vous, qui ne m'avez toujours pas indiqué ce que vous cherchiez ici.

— Que vous a dit le Reichsführer ? répondit prudemment Tristan.

— De vous aider. Sans me dire ni pourquoi ni comment.

Les bas-côtés érodés par la pluie menaçaient de s'effondrer. Maureen ralentit encore pour ne pas chuter dans un trou devenu fossé.

— Si le Reichsführer ne vous a rien dit, il m'est impossible de parler à sa place.

— Monsieur Marcas, je suis dans mon pays. Si je ne sais pas pourquoi vous êtes ici, il va m'être difficile de vous aider.

Tristan resta silencieux. Maureen était d'abord une alliée des nazis et une femme qu'il avait vue mettre à mort un homme juste parce qu'il portait un nom anglais. La haine l'aveuglait, la vengeance l'habitait. Mais s'il ne lui donnait rien, elle ne l'aiderait plus. Il devait lâcher du lest. Et puis, il lui restait une dernière cartouche : le dessin qu'il avait subtilisé et dont personne ne connaissait l'existence.

— Si vous pouvez me garantir que cet historien répondra à toutes mes questions, alors je vous dirai ce que je cherche dans votre pays.

Maureen allait répondre quand la voiture cala. La route n'avait plus de revêtement, elle était râpée jusqu'à la pierre.

— On ne peut plus continuer, annonça l'Irlandaise en ouvrant sa portière.

À son tour, Tristan sortit de la voiture et regarda Maureen ramasser un des galets couleur de lave noircie qui jonchaient le chemin.

— Les pluies ont emporté le sol. Il ne reste que des pierres. Il va nous falloir continuer à pied. J'ai des bottes dans la malle, j'espère qu'une paire est à votre taille.

Marcas s'était accroupi face à la pente.

— Si ce sont les pluies qui ont lessivé le sol, pourquoi la terre est-elle rabattue sur les côtés ? Elle devrait être en bas de la route. Or il n'y a rien, comme si…

L'Irlandaise éclata de rire.

— Vous êtes méfiant, monsieur Marcas ?

En même temps, elle tirait du coffre un fusil à pompe qu'elle posa sans bruit à terre.

— Je ne trouve pas les bottes. Regardez sous le siège arrière.

Tristan plongea la main et tomba sur la crosse reconnaissable d'un pistolet mitrailleur Sten. Un chargeur latéral était en place, prêt à l'emploi. Maureen était une femme prévoyante.

— Passez-moi la mitraillette, je suis plus à l'aise avec cette arme.

Le livre des merveilles

Marcas la fit glisser sous le moteur. En échange, elle lui passa discrètement le fusil à pompe.
— Maintenant, deux solutions, soit nous allons tomber dans une embuscade qui ne nous est pas destinée. Des détrousseurs de la route. Des culs-terreux qui se prennent pour Bonnie et Clyde, et il suffira de montrer nos armes pour qu'ils déguerpissent.
— Soit c'est nous qu'on attend, c'est ça ?
Maureen claqua bruyamment le coffre.
— On va le savoir très vite.
D'un geste brusque, elle brandit la Sten et tira en rafales vers la lisière du bois de la colline de droite. Aussitôt, deux coups de feu, venus de l'autre côté, explosèrent le pare-brise.
— Tirez ! Trois cartouches au moins. C'est de la chevrotine à l'irlandaise. Croyez-moi, ça va faire son effet.
— Un instant, j'aime bien savoir sur qui je tire !
Venue d'entre les arbres, une nouvelle balle éclata violemment un pneu.
— Vous tirez ou on continue à philosopher ?
Tristan épaula. La première décharge manqua de lui déboîter l'épaule. En face, un tronc d'arbre se lacéra comme si la foudre l'avait atteint.
— Il y a quoi dans vos putains de cartouches ? hurla-t-il.
— Vous voulez vraiment le savoir ?
Marcas tira à nouveau. En un instant, le feuillage d'un jeune chêne fut décapité. Un hurlement suivit la détonation. Maureen se glissa près de Tristan et récupéra une nouvelle arme sous le siège arrière.
— C'est quoi ça ? s'écria le Français.
Elle épaula une sorte de tube gris agrémenté d'une mire qui se prolongeait par une longue grenade striée de bandes jaunes.
— Un cadeau de votre ami Skorzeny. La dernière version du Panzerfaust.

Le livre des merveilles

Marcas avait entendu parler de ce redoutable lance-roquette qui était la terreur des tankistes russes. En un seul tir, un soldat allemand pouvait anéantir un blindé et tout son équipage.
— Sur quoi allez-vous tirer ? interrogea Tristan. La charge de cette arme doit heurter un obstacle pour être efficace.
L'Irlandaise montra un arbre dans la forêt.
— Regardez ce magnifique chêne centenaire. Quand je l'aurai touché, il n'y aura plus aucune trace de vie dans un rayon de cent mètres. Un conseil : restez derrière moi à moins que vous ne vouliez finir en Shepherd's pie.
Le tube jaillit au-dessus de la portière. En réponse, un tir nourri déchiqueta les sièges de la voiture. Maureen appuya sur la détente. D'abord, Tristan n'entendit qu'un sifflement aigu, mais quand il leva les yeux, l'apocalypse s'était abattue sur la colline d'en face. En un instant, le tronc du chêne avait volé en des milliers d'éclats qui, à leur tour, déchiquetaient tout sur leur passage, dévastant toute la forêt comme une tornade endiablée.
— Problème réglé ! annonça Maureen avant d'ouvrir le capot pour le refermer aussitôt. Aucune balle n'a touché le moteur. On change le pneu et on va pouvoir faire marche arrière.
— On ne va plus à Kilkenny ?
La jeune femme enfila une paire de gants et nettoya les sièges des débris du pare-brise.
— Vous voulez toujours rencontrer un historien local ? Qui réponde à toutes vos questions ? Alors on va faire un détour.
Elle saisit le fusil à pompe et la Sten qu'elle replaça sous le siège arrière, non sans les avoir rechargés.
— Mais d'abord, vous allez tout me raconter.

49.

Berlin, Unter den Linden
Octobre 1944

Le couloir qui menait à l'appartement était à l'image de l'immeuble et du quartier d'Unter den Linden. Luxueux, opulent et tape-à-l'œil. Le parquet ciré en point du Danube, le plafond entièrement recouvert d'une fresque surchargée d'angelots roses grassouillets sur fond azur, les murs crème recouverts de larges plaques de marbre rose alternant avec des miroirs période Bismarck. Le décorateur avait voulu en mettre plein la vue. Mais ce décor laissait Vogel aussi froid que le marbre qui l'entourait. Quand il avait débarqué dans le hall d'entrée, accompagné, il avait interdit au vieux gardien de prévenir qui que ce soit. Arrivé devant la porte à double battant en acajou luisant, il sonna trois fois puis tambourina sans se soucier de déranger les voisins.

Des bruits de pas résonnèrent de l'autre côté de la porte et une voix féminine jaillit, légèrement étouffée par l'épaisseur du bois.

— Cessez de frapper. Qui êtes-vous ?
— Police criminelle de Berlin. Ouvrez cette porte.

Une femme apparut sur le seuil. Elle était vêtue d'un peignoir en soie couleur émeraude piqueté d'une myriade de fleurs violettes. Un parfum d'eau de Cologne flottait

Le livre des merveilles

autour d'elle. Heda Ganser dévisageait sans un sourire Vogel et la jeune femme qui l'accompagnait, Karla, la colocataire d'Inge.

— Commissaire, comment avez-vous eu mon adresse ? articula Heda qui avait tout de suite reconnu Vogel.

— Le RSHA a l'adresse de tout le monde, même des rats dans les poubelles.

— Je suis souffrante. Et...

Le policier l'écarta sans ménagement et pénétra dans l'appartement tel un cyclone, suivi de la jeune femme. Puis il stationna dans l'entrée.

La patronne du Flamant rouge suffoquait d'indignation.

— Êtes-vous fou ?

— Moins que vous avec vos balais de sorcières et vos détournements de mineures.

Il prit la patronne du Flamant rouge sans ménagement par l'avant-bras et se tourna vers la colocataire d'Inge.

— On va faire court. Karla, est-ce la femme que vous avez croisée sur le palier de l'appartement ? Celle qui a offert le tableau à Inge.

— Dans mon souvenir elle était blonde...

Karla se rapprocha d'Heda et la scruta longuement.

— En fait oui, sans hésitation. Elle devait porter une perruque... c'est le même visage.

— Je n'ai jamais vu cette personne, répondit Heda sur un ton méprisant.

— Menteuse, répliqua Karla, j'étais là quand vous vous êtes disputée avec Inge, puis s'adressant à Vogel : C'est elle qui l'a tuée ?

— On va bientôt le savoir.

Karla fusillait du regard la patronne du Flamant rouge. Vogel alluma l'une de ses trois dernières Modiano.

Le livre des merveilles

— Je suis au courant de ce qui s'est déroulé au mont Brocken, à trois reprises, avant la guerre, dit-il avec gravité. Vos cérémonies, les gamines dans le coma, votre emprise sur ces filles. Le culte voué à la sorcellerie.

Heda Ganser pâlissait à vue d'œil et avait perdu son air hautain.

— J'ai aussi eu entre les mains le rapport de l'enquêtrice du BDM, mentit Vogel. Inge Unterkempf a quitté le foyer familial à cause de vous et de votre amie dont j'ai également le nom. Vous vous êtes bien foutue de moi la dernière fois. La femme à l'apparence effrayante qui attendait Inge dans la rue du cabaret n'a jamais existé. Me reste une question, pourquoi l'avez-vous assassinée ?

Heda Ganser secoua la tête. Elle avait repris contenance et s'était servi un verre de gin sans leur en proposer.

— Je ne l'ai pas tuée. J'aimais Inge comme la fille que je n'ai jamais eue.

— C'est vous qui le dites. Elle est tombée dans le coma à cause de vos agissements ainsi que deux autres gamines. Curieuse façon de lui prouver votre amour.

— Vous ne pourriez pas comprendre, répondit-elle sur un ton méprisant, personne ne peut comprendre.

— Comprendre quoi ? Vos délires de sorcière ? L'une des filles a été gazée lors de l'opération Aktion T4 !

Il ne put s'empêcher d'exploser. Cinq ans après, la mort de sa fille chérie le laissait toujours à vif. Le sourire énigmatique qu'eut Heda désarçonna Vogel. Pour la première fois il se demanda si cette femme n'était pas une vraie folle.

— Je perdrais mon temps à vous expliquer des choses qui dépassent votre esprit de policier étriqué. Je vous répète que je n'ai pas tué Inge. Elle était l'Élue.

— L'Élue de quoi ?

— Je n'ai plus rien à vous dire.

Le livre des merveilles

— Cette femme est un monstre, lâcha Karla, je suis sûre que c'est elle.

Vogel haussa les épaules.

— Comme vous voudrez, dit-il en se levant. Je pourrais vous embarquer dès maintenant, mais par expérience, avec les gens de votre genre, il faut prendre ses précautions.

— Sage décision, commissaire. J'ai quelques relations à Berlin, comme vous avez pu le constater, dit-elle en faisant rouler son verre entre ses mains. Vous connaissez le chemin de la sortie.

— Je m'occuperai aussi de votre complice, celle qui vous accompagnait pendant ces cérémonies. J'ai son nom.

— Faites donc, éclata de rire Heda, c'est une femme infiniment plus puissante que moi. Je vous plains. Et puis vous n'avez aucune preuve.

Elle n'avait pas tort, rumina Vogel, le lien entre le meurtre d'Inge et ces histoires remontait avant la guerre. Il ne pouvait rien prouver. Il contempla Heda en train de le narguer quand soudain une idée germa.

— J'ai besoin de passer un coup de fil.

— Il y a un téléphone sur la table basse.

— Trouvez-moi un endroit plus discret.

— Il y a un petit bureau au fond du couloir, première porte à droite.

— Merci, puis se tournant vers Karla : Je n'en ai pas pour longtemps.

Comme il quittait le salon, la colocataire d'Inge agressa aussitôt Heda.

— Mon amie était en pleurs après votre départ. Vous lui faisiez peur !

Le visage d'Heda devint curieusement bienveillant. Son regard se fixa sur celui de la jeune femme comme pour la harponner.

— Elle a refusé le destin qui était le sien. Et l'a payé de sa mort. Elle n'a pas choisi.
— Vous avouez !
La patronne du Flamant rouge s'approcha de Karla et lui caressa la joue d'un air amusé.
— Des forces supérieures ont jugé bon de ravir son âme. Il existe en ce monde des énergies, des puissances que ton esprit ne soupçonne même pas. Je peux t'enseigner des choses merveilleuses...
Karla ne voyait que les yeux de cette femme. Elle se sentait comme happée par ses prunelles sombres tels des gouffres. Sa voix coulait avec la saveur du miel. Elle s'insinuait dans son esprit, comme une vipère se glisse entre des herbes chaudes.
— Regarde-moi, je suis ton amie. Oublie ta peur...
C'était comme si elle larguait des amarres. Un abandon doux et profond.
— L'énergie de notre mère la terre règne partout et nulle part. Elle nous relie toutes deux comme un fil invisible.
Une porte claqua. Heda tourna la tête, rompant l'emprise. Karla sortit de son engourdissement et recula d'un pas. Vogel revenait dans le couloir, avec un tableau entre les mains.
— Voilà ce que j'ai trouvé en passant mon coup de fil. Il trônait au-dessus du bureau.
— C'est la même femme que celle du tableau dans la chambre d'Inge ! s'exclama la jeune fille.
— En effet, mais il me semble, dit Vogel, que le décor est différent. C'est lié à vos rituels, je suppose ?
Heda Ganser posa son verre vide sur une console.
— Nous possédons toutes le portrait de la première mère.
— Toutes ?

Le livre des merveilles

— Je vous conseille de rentrer chez vous, commissaire.
— Les SS vous ont toujours protégée, insista Vogel, que ce soit à l'époque du Brocken ou pour votre cabaret, mais c'est parce qu'ils ignoraient vos activités.
— Vous savez que j'ai le numéro personnel de votre supérieur ?
— Vous savez que la sorcellerie n'est pas très bien vue au RSHA ? Je doute que son chef apprécie vos petites fantaisies démoniaques quand il les découvrira.
— Décidément, vous n'avez rien compris. Vous voyez le diable là où il n'est pas. Il s'agit d'antiques forces païennes. Et le paganisme et la sorcellerie sont les deux péchés mignons du Reichsführer Himmler.
— J'emporte cette toile comme pièce à conviction.
Le visage d'Heda Ganser se décomposa.
— Vous n'avez pas le droit, fulmina-t-elle en agrippant le cadre du tableau comme si c'était une cassette remplie de bijoux.
— Le droit et le RSHA n'ont jamais fait bon ménage. Je vous le rendrai en temps utile.
— Vous mentez.
— Qui est la femme représentée sur ce tableau ? reprit-il, une parente ? Vous semblez y tenir comme à la prunelle de vos yeux.
— Une femme extraordinaire. Un génie. Celle qui nous a apporté la connaissance et le pouvoir de changer l'ordre du monde.

50.

*Angleterre, Londres, 10 Downing Street
Octobre 1944*

Colville reposa le téléphone. Comme à chaque mauvaise nouvelle, son bureau lui semblait d'un coup plus étroit. En réalité, c'était lui qui était oppressé. Il s'accrocha des deux mains à sa table de travail et respira profondément en regardant le portrait du roi George, ce qui ne le rassura en rien. Il devait le reconnaître : il avait le poste le plus détestable de l'Empire britannique de Londres à Calcutta. Toutes les nouvelles qui devaient atteindre le Premier ministre passaient par lui. Et les mauvaises étaient toujours les plus nombreuses. Dans des moments de profond désarroi, il en venait même à envier les secrétaires de Staline et d'Hitler. Eux au moins n'annonçaient que les bonnes nouvelles. Les mauvaises, ils les balançaient à la poubelle avant d'en inventer de bonnes. Ainsi Staline se félicitait de l'excédent en céréales de l'URSS tandis que sa population crevait de faim. Quant à Hitler, Bormann lui annonçait chaque matin que les futures armes secrètes allaient anéantir demain New York, et Los Angeles après-demain. Colville se frotta le front. Il était bouillant. L'angoisse lui donnait la fièvre. Il consulta l'agenda du Premier ministre. En ce moment, il recevait le secrétaire d'État

Le livre des merveilles

délégué à l'armement. Il y avait eu des incendies dans des usines à Belfast. On craignait une campagne de sabotage orchestrée par les indépendantistes irlandais. La réunion devait se terminer dans dix minutes. Le secrétaire resserra le nœud de sa cravate. Il ne servait à rien de retarder l'instant fatal. Depuis qu'il travaillait pour Churchill, il avait mis au point une échelle de 0 à 10 pour jauger le niveau de colère probable en fonction de la mauvaise nouvelle annoncée. La dernière grande rage du vieux lion avait éclaté après l'annonce de l'échec de l'offensive en Hollande. Colville avait prévu le niveau 9 et il avait été largement atteint. Le délégué aux armements sortit du bureau du Premier ministre, les joues et les oreilles encore rouges du savon tonitruant qu'il avait reçu. Colville se redressa. C'était à son tour d'affronter la tempête et il la prévoyait aussi violente que la précédente.

— Vous plaisantez, Colville ?

La voix sidérée n'avait pas encore atteint le stade de la colère.

— Je crains que non, monsieur le Premier ministre. Conformément aux ordres reçus, le major Bowman a tenté hier d'enlever Tristan Marcas afin de l'interroger. Malheureusement, l'opération a échoué.

— Échoué ? Rappelez-moi, combien de morts ?

— Six, monsieur le Premier ministre, l'état des corps était tel que les survivants n'ont pas pu les emporter...

— ... et que c'est la police irlandaise qui les a retrouvés.

Colville desserra le nœud de sa cravate. Il n'arrivait plus à respirer.

— Pendant un certain temps, nous avons espéré qu'ils ne parviendraient pas à identifier les corps... ils étaient, disons, très dégradés.

Le livre des merveilles

Churchill tendit la main vers sa bouteille de whisky favorite. Cette fois, il lui faudrait plus d'un verre.

— Trois ont été tués par des éclats de bois. Deux par l'explosion d'une grenade antichar. Le dernier par un tir de fusil de chasse. Des munitions de gros gibier.

— Ce Français se baladait avec une arme antichar ?

— Il ne se déplaçait pas seul. Une Irlandaise l'accompagnait. Maureen O'Connolly. Une activiste. C'est elle qui a dû se servir du lance-grenade. Sans doute une arme allemande.

— Le major Bowman savait que cette femme était présente ?

— Oui, il a pensé faire d'une pierre deux coups.

— Et je me retrouve avec six cadavres sur le dos !

Cette fois, Colville dénoua totalement sa cravate.

— Ce n'est pas le seul problème. La police irlandaise a réussi à identifier un des morts, celui qui n'était pas totalement défiguré, et, par recoupement, les autres. Le gouvernement irlandais nous demande comment six de nos ressortissants ont trouvé la mort sur leur territoire.

Churchill ricana.

— L'accident de chasse est bien sûr exclu !

— En privé, le Premier ministre irlandais menace de cesser toute collaboration avec nous et, par rétorsion, avec les Alliés. Il a appelé Roosevelt. L'ambassadeur américain veut vous rencontrer avant la fin de la journée.

Pour toute réponse, le Premier ministre posa une question inattendue.

— Et Crowley ?

— Il ne faisait pas partie du commando. Je tiens à préciser qu'il était opposé à toute intervention pour capturer le Français.

Le livre des merveilles

— Il est toujours sur place ?
— Oui, nous avons rapatrié tous les membres survivants. Lui a refusé. Il a prétendu descendre des rois d'Irlande, qu'il était chez lui...
Churchill lui coupa la parole.
— L'opération Marcas est terminée. Mieux, elle n'a jamais existé. Vous détruirez toutes les preuves. Je ne veux plus en entendre parler. Pour ce qui est des Irlandais et des Américains, nous affirmerons avoir tenté de capturer Skorzeny. Personne ne sera surpris qu'il ait anéanti un commando. Vous avez bien des preuves de sa présence ?
— Oui, je dispose de témoignages et de photos.
— Transmettez-les aux Américains. Ils se chargeront de calmer ces maudits bouffeurs de patates.
À la grande surprise de Colville, la colère de Churchill n'avait pas éclaté. Mieux encore, il allait réussir à éteindre l'incendie.
— Tout sera fait selon vos ordres, monsieur le Premier ministre.
Churchill regardait le liquide ambré au fond de son verre. Sans raison, il se demandait combien il en avait bu depuis la première fois que son père lui avait servi ce poison délicieux qui l'avait accompagné toute sa vie. Colville salua de la tête et se dirigea vers la porte.
— Je n'ai pas terminé. Cette Irlandaise a tué des Britanniques avec une arme d'origine allemande, vous savez ce que ça signifie ?
Colville savait par expérience qu'il ne fallait jamais répondre à cette question.
— Que les nazis, pour nous déstabiliser, pourraient armer tous ces maudits républicains irlandais qui veulent nous jeter hors de leur île, et nous ne pouvons le tolérer.

Le livre des merveilles

Comment s'appelle cette femme qui accompagnait le Français déjà ?
— Maureen O'Connolly.
Churchill vida son verre. C'était le troisième de la journée et elle n'était pas terminée.
— Elle doit mourir.
Le secrétaire retint une grimace. L'Irlandaise avait déjà six cadavres à son tableau de chasse, elle risquait d'en ajouter de nouveaux.
— Comme vous voudrez, monsieur le Premier ministre.
Le vieux lion regarda son verre vide. Il résista à la tentation de saisir la bouteille et sentit monter une frustration qui l'exaspéra.
— Une dernière chose, Colville. Je ne veux pas d'accident. Je veux que tous comprennent qu'on ne s'attaque pas impunément à l'Angleterre. Abattez-la.

De retour à son bureau, Colville se demanda s'il n'était pas temps pour lui de donner sa démission. L'ordre que venait de lui confier Churchill était insensé. Même si les Américains arrivaient à convaincre les Irlandais de ce récit bidon à propos de Skorzeny, jamais Dublin ne tolérerait une autre ingérence britannique. Et encore moins l'exécution au grand jour d'une pasionaria de la cause indépendantiste. Churchill ne s'en rendait pas compte, mais il n'avait plus la main. Colville se toucha le front, la fièvre ne descendait pas. Personne ne pouvait l'aider.
Personne à part Crowley.

51.

Irlande, Glendalough
Octobre 1944

Crowley errait seul dans le manoir, passant d'une chambre à l'autre, allumant un cigare dans un salon pour l'achever dans la bibliothèque. Il ne s'était jamais senti aussi libre depuis des années. Le major Bowman avait décampé à une vitesse fulgurante. Quant à l'équipe, elle avait disparu aussi vite que lui. La cause de cette débandade : une interception du SOE qui avait mal tourné, c'est ce que venait de lui apprendre Lord Colville. Au ton de sa voix, on pouvait même affirmer que ça avait très mal tourné. Visiblement Tristan avait fait le ménage, largement aidé par cette Irlandaise, Maureen. Quant à Skorzeny, il avait disparu dans la nature. Sans compter bien sûr que les autorités étaient au courant de tout et furieuses : de quoi rendre glacées les très fraîches relations anglo-irlandaises. Colville, lui, était obsédé par Maureen. À l'écouter, elle était le diable en tailleur, le Führer en jupons. Il fallait immédiatement en purger l'humanité. Et pour réaliser cette basse besogne, il comptait sur Crowley. Aleister avait failli lui rire au nez, puis s'était ravisé. Il y avait entre le gouvernement anglais et lui de nombreux contentieux qu'il était peut-être temps de régler en sa faveur. Il avait donc présenté sa note avant même

Le livre des merveilles

d'accepter la mission. Colville avait tout validé. Désormais sa mémoire serait aussi blanche que l'écume et sa réputation quasi transparente, à condition, bien sûr, que Maureen quitte violemment cette terre. Crowley n'avait pas dit oui au marché, il n'avait pas non plus dit non. D'abord, il devait interroger les cartes.

Pour découvrir le destin de Maureen, Aleister avait décidé d'un jeu court. Parmi les 22 lames disposées en éventail, il en avait retiré 3 qu'il dévoilerait l'une après l'autre. Pour lire son tarot, le mage avait choisi un bureau retiré qui donnait sur le parc. Comme chaque jour, il avait plu, mais désormais la lumière filtrée par les nuages dorait la pelouse jusqu'au tronc des arbres dénudés. Aleister s'écarta de la fenêtre et posa les deux mains sur le bois noirci du bureau, se demandant combien de générations s'étaient assises là pour écrire leurs drames comme leurs espoirs, leurs passions comme leurs craintes. Il ferma les yeux pour se connecter à cette lignée qui faisait corps avec la demeure. Il leur expliqua ce qu'il allait entreprendre et il réclama leur bienveillance. Puis il tira la première carte. La lame IX, l'Ermite.

On y voyait un homme, une lanterne à la main, qui tentait d'éclairer les ténèbres, poursuivi par une meute de chiens. Aleister tapota la table comme pour la remercier. La lanterne était le symbole de la recherche et l'Ermite incarnait celui qui la menait. La carte décrivait exactement la situation de Maureen, embarquée dans une quête dont elle ignorait les véritables tenants et aboutissants. Quant à la figure de l'Ermite, c'était son compagnon d'infortune, Tristan, venu arpenter les ténèbres du passé. Tout coïncidait. Même les chiens, prêts à l'attaque, qui rappelaient l'embuscade où elle était tombée. Aleister exulta : il tenait

Le livre des merveilles

le bon jeu. Quand il tourna la carte suivante, il savait que le destin allait lui parler. Mais visiblement le destin était inattendu.

C'était la lame XII qui venait de sortir. Un homme nu était suspendu, par les pieds, à une croix ansée. La carte du Pendu. Aleister la connaissait bien : elle était le symbole d'une modification brusque, mais surtout imprévisible. Quand on tirait cette lame, on devenait un autre. Crowley se recula dans son fauteuil et croisa les mains sous son menton. La carte était claire : le destin de Maureen allait bientôt basculer et elle ne verrait rien venir. Il ne restait plus qu'une lame. Aleister la retourna sans attendre.

Désormais le destin était clair, il pouvait appeler Colville.

52.

Allemagne, Berlin
Octobre 1944

Vogel balança le tableau de la sorcière à l'arrière de la Volkswagen alors que Karla s'installait côté passager.
— Votre voiture sent mauvais, commenta la jeune femme.
— Ce n'est pas la mienne.
— On dirait un mélange de chien mouillé et de sueur. Avec un ingrédient plus nauséabond encore.
Vogel ne put s'empêcher de sourire et démarra pour s'insérer dans la circulation.
— Des centaines de suspects ont été embarqués au petit matin dans cette voiture par mes collègues de la Gestapo. L'odeur de la peur s'est incrustée sur les sièges.
— Cette femme, vous la croyez innocente ? Elle m'a pratiquement avoué qu'Inge avait mérité sa mort.
— Heda Ganser doit posséder quelques qualités, mais je doute que l'innocence en fasse partie. Elle n'est pas arrivée à la tête d'un club comme le Flamant rouge en distribuant des bibles et des chapelets. C'est une suspecte plus que sérieuse en effet. Comme Dartmann.
— Quand vous étiez dans la chambre, j'ai cru qu'elle m'hypnotisait. J'avais l'impression de perdre toute ma volonté. C'était troublant.

Le livre des merveilles

Vogel tourna à droite pour prendre le Kurfürstendamm.
— Elle fait partie d'un groupe de pseudo-sorcières païennes. Et elle n'exagère pas quand elle dit qu'Himmler est fasciné par ces histoires occultes, un spécialiste me l'a confirmé. Je vais me renseigner sur cette autre femme, chef du groupe BDM du Brocken, mais elle aussi bénéficie de protections dans la SS. Avant de m'attaquer à nouveau à Heda Ganser, je vais devoir jouer serré. L'autre suspect, Julius Dartmann, est vulnérable. Il est protégé par Martin Bormann, mais dans le collimateur des SS. Quoi que je fasse je me mettrai des salopards à dos.
— Je croyais que la Kripo pouvait arrêter qui elle voulait ?
— Il y a toujours des exceptions, ne soyez pas naïve.
Vingt minutes plus tard, il déposa Karla devant chez elle. Elle sortit de la Volkswagen alors qu'il la saluait.
— Merci de m'avoir accompagné pour cette confrontation, je mettrai l'un de mes hommes de garde quelques jours dans votre immeuble.
— J'ai plus peur des bombes que de ces salopards. Tenez-moi au courant de votre enquête. Vous pensez que ce tableau va vous aider ?
Vogel afficha un sourire rusé.
— Je ne crois pas, c'était un leurre pour détourner son attention. J'ai subtilisé ceci. Un objet infiniment plus précieux que cette toile.
Il sortit de sa poche le verre dans lequel Heda Ganser avait bu, enroulé dans un mouchoir.
— Quand je vous ai laissée seule avec Heda dans son appartement, je suis allé passer un coup de fil à l'identité judiciaire. Je file les voir avec mon précieux butin. Si l'empreinte sur le verre est identique à celles trouvées

Le livre des merveilles

sur la robe d'Inge, j'obtiendrai mon mandat pour arrêter cette diablesse.

Le bâtiment de l'identité judiciaire des polices du Reich était situé à l'entrée de Treptow, à l'est de la ville. Un quartier industriel sans âme qui bordait la Spree, lui aussi touché par les bombardements. C'était un édifice récent, typique de l'avènement triomphal du béton à l'arrivée au pouvoir d'Hitler ; l'époque des autoroutes, des stades et du réarmement. Pourquoi les autorités avaient-elles transféré l'identité judiciaire à l'autre bout du RSHA, dans un coin perdu, en face de la Spree ? Personne ne l'avait jamais su, mais ses fonctionnaires ne se plaignaient pas d'être éloignés du siège des différentes polices.

Vogel passa le contrôle de sécurité, où trônait le portrait du Führer en vigueur dans toutes les administrations, puis grimpa au premier étage où se trouvait le bureau du chef de l'identité, Hans von Daslow.

— Bonjour, Vogel, toujours un plaisir de vous voir.
— Merci. Je vais être rapide. Voici un verre sur lequel il y a les empreintes d'une personne suspecte. J'aimerais que vous puissiez les comparer à celles trouvées dans l'appartement d'Inge Unterkempf. Vous savez, l'affaire que je voulais voir aboutir rapidement en échange d'un petit service.

Un sourire éclaira le visage pâle de von Daslow, faisant remonter sur son nez ses petites lunettes rondes qui lui donnaient un air presque enfantin, alors que Vogel posait le verre sur son bureau.

— Je vois très bien. J'ai confié l'identification à Gruber. Justement je devais faire le point avec lui. Je l'appelle tout de suite.

Le livre des merveilles

Cinq minutes plus tard, l'adjoint, un homme âgé, le regard mangé par une paire de binocles aussi lourdes que noires, pénétra dans le bureau un dossier à la main. Vogel le salua poliment, il le connaissait et n'avait jamais pu le sentir. Joachim Gruber était un intrigant prétentieux qui prenait tout le monde de haut, mais Vogel lui reconnaissait un talent : son professionnalisme.

— Notre ami le commissaire nous apporte un nouvel élément dans l'affaire Unterkempf, dit von Daslow. Vous pourriez l'analyser ?

— Et quel en serait l'intérêt ? demanda Gruber d'une voix cassante. J'ai déjà identifié les empreintes.

Vogel se redressa d'un bond sur son siège.

— Vous ne m'avez pas averti ?

— J'ai dix autres dossiers tous jugés prioritaires, répondit Gruber en se tournant vers von Daslow, je comptais faire un envoi groupé.

Le spécialiste ouvrit son dossier, feuilleta quelques pages et s'arrêta sur l'avant-dernière.

— J'ai isolé les seules empreintes qui n'étaient ni celles de la fille ni celles de sa colocataire. Sur une bouteille, un paquet de cigarettes et le rebord de la fenêtre. L'assassin a été négligent.

— Ils le sont tous, acquiesça von Daslow, il n'y a que dans les romans policiers que les meurtriers sont des génies du mal.

— Absolument... bref vous savez que tous les délinquants du Reich sont fichés depuis la fin des années 1920. La base de données concerne presque un demi-million de personnes. Heureusement que notre appareil de comparaison mécanographique nous permet d'accélérer ces tâches fastidieuses.

— Je le sais, merci, dit Vogel impatient.

Gruber le toisa comme si le commissaire ne lui témoignait pas le respect qui lui était dû.

— Le type dont on a retrouvé les empreintes a été arrêté une seule fois dans sa vie. En 1936, pour une affaire d'escroquerie pendant les Jeux olympiques. C'est à ce moment que la police a pris ses empreintes. Sa fiche est jointe en annexe de mon rapport. Une histoire de marché surfacturé sur les maillots de toutes les équipes allemandes. Il n'a pas fait de prison, l'affaire a été classée sans suite. Il devait sûrement avoir des relations.

— Bravo, Gruber. Notre ami le commissaire tient enfin son coupable.

— Son nom ? demanda Vogel d'une voix tendue.

— Un certain Julius Dartmann. Ça vous dit quelque chose ?

53.

Irlande, province de Leinster
Octobre 1944

Le paysage changeait depuis peu, plus minéral, plus abrupt et boisé. Maureen semblait connaître la route par cœur. À chaque tournant, Tristan avait l'impression de s'enfoncer dans une autre Irlande. Il n'y avait plus de ferme depuis longtemps, ni même de champ cultivé, et le vent qui soufflait dans la voiture avait une odeur vinaigrée, comme si la terre, couverte de feuilles mortes, exhalait un parfum de putréfaction.

— Ainsi Himmler vous envoie pour retrouver un livre ?

Marcas s'était contenté d'un récit minimal. Aucune référencc à son enlèvement à Corfou, ni à Laure détenue au Wewelsburg. Encore moins à Crowley et aux services britanniques dont il pressentait la main dans l'embuscade ratée sur la route de Kilkenny.

— Comme je vous l'ai dit, le Reichsführer veut ce livre. Vous connaissez sa passion pour les vieux grimoires.

— Au moment où Hitler lui confie la levée en masse de tous les hommes valides pour combattre la déferlante des armées soviétiques[39] ?

---

39. Le 18 octobre 1944, Himmler annonce lui-même la création officielle du Volkssturm, « l'armée du peuple ».

Le livre des merveilles

— J'obéis aux ordres du Reichsführer, je ne discute pas de ses motivations.
— Que contient ce livre ?
— Je l'ignore.

Le ton péremptoire sembla convaincre Maureen qui se concentra sur la route, mais Tristan savait qu'elle n'était pas persuadée. Elle attendait juste son heure. Ils venaient d'atteindre un plateau où le vent redoublait de force. Marcas se rencogna dans son siège : l'absence de pare-brise se faisait cruellement sentir. L'Irlandaise consulta sa montre.

— Juste à temps.

Et elle gara la voiture dans un sous-bois décharné.

— On continue à pied.

Les derniers arbres avaient laissé la place à une étendue de terre parsemée de bruyère qui semblait sans limite jusqu'à l'horizon. Silencieux, Tristan goûtait ce moment précieux. Depuis Corfou, c'était la première fois qu'il avait un sentiment de liberté.

— Regardez sur votre droite.

Vers l'est, le plateau se finissait en promontoire. De hautes pierres levées étincelaient dans la lumière. Marcas reconnut un cromlech, une de ces monumentales constructions mégalithiques, édifiées dès la préhistoire, et dont Carnac et Stonehenge conservaient le souvenir. En avançant, Tristan s'aperçut qu'il n'y avait que cinq pierres dressées et qu'à la différence d'un cromlech elles ne formaient pas un cercle. Comme il s'écartait du sentier pour avoir un autre point de vue, il aperçut une femme adossée à l'une des pierres. À la différence de Maureen dont la beauté fascinait autant qu'elle inquiétait, cette inconnue paraissait presque banale.

Le livre des merveilles

— Tristan Marcas, je vous présente Jane Flaherty, docteure en histoire.

Maureen se pencha vers Jane pour l'embrasser.

— J'étais sûre de te trouver.

— Vous habitez par ici ? s'étonna le Français.

— Non, mais je viens presque toujours ici après un orage. Le meilleur moment pour sentir tous les effluves de la terre. Vous savez que les parfums des arbres et des plantes sont un langage et que, certains jours, ils deviennent mélodie ?

Tristan hocha la tête avec prudence.

— C'est comme ces pierres, elles parlent. À qui sait les entendre, bien sûr.

— Et que vous disent-elles ?

— Qu'elles n'existent que par la figure qu'elles forment. Si vous les reliez une à une...

Jane passa d'une pierre levée à une autre comme si elle suivait un antique chemin.

— ... elles forment un pentagramme.

Marcas connaissait bien ce symbole. Il l'avait croisé à plusieurs reprises aussi bien chez les francs-maçons, qui lui donnaient le nom d'étoile flamboyante, que dans des traités de magie où il servait de pentacle, mais il ignorait qu'il fût aussi ancien.

— De quand datent ces pierres levées ?

— Sans doute de cinq mille ans avant la naissance de celui que l'on appelle le Sauveur, mais elles ont servi à toutes les époques de l'Histoire. Même la plus récente. Certains disent que le pentagramme a de surprenants pouvoirs...

Maureen intervint.

— Nous sommes venus parce que Tristan a des questions à te poser. En particulier sur Kilkenny.

Jane se retourna vers Marcas qui précisa :

Le livre des merveilles

— En fait je cherche un livre qui pourrait se trouver dans la région, *Le Dit des merveilles*.
— Alors ce n'est pas un livre que vous cherchez.
— Je ne comprends pas.
— C'est une femme.

Jane les avait conduits dans une hutte de chasseur protégée du vent, juste sous le promontoire. La porte fermait mal, le plancher menaçait de s'effondrer, mais Maureen avait jeté quelques blocs de tourbe dans un poêle rustique et un feu à flammes blanches commençait à réchauffer l'unique pièce. Jane s'était installée sur un vieux tabouret avant de prendre la parole.

— Ce *Dit des merveilles* que vous cherchez a commencé à faire parler de lui en Irlande lors de l'évangélisation de l'île. C'est un évêque venu des confins de Germanie, un certain Fridge, qui s'y intéressait tout particulièrement.

Tristan resta silencieux. Même s'il connaissait déjà ce récit grâce aux recherches de Kirsten, il préférait jouer à l'ignorant.

— Un étrange personnage, ce Fridge ! À l'époque où les prêtres chrétiens avaient pour priorité d'éradiquer les païens en les convertissant, lui est obsédé par les sorcières.

Maureen fronça les sourcils en signe d'incompréhension.

— Explique-toi.

— On dit que l'Irlande est la patrie des sorcières et, au milieu de ces mégalithes, j'ai dû vous sembler l'une d'entre elles. Mais je ne m'y intéresse qu'en tant qu'historienne. Et justement, une véritable sorcière, il en a existé une dans la région de Kilkenny.

L'esprit cartésien de Marcas reprit aussitôt le dessus.

— Vous avez des preuves ?

Jane répliqua :

— Un interrogatoire de l'Inquisition, ça vous suffit ?

Le livre des merveilles

Maureen avait rapproché son tabouret de la cheminée. La pluie venait de faire son retour et ruisselait sur le toit de chaume.

— Le brouillard va bientôt se lever, commenta Jane, comme en ce jour d'octobre 1324 où on est venu arrêter Alice Kyteler à Kilkenny, une femme qui avait le grand tort d'avoir eu quatre maris, tous décédés d'une maladie trop rapide pour être honnête.

— On l'a accusée de meurtre ?

— Ce sont les enfants de ces différents époux qui l'ont accusée, surtout parce qu'ils voulaient garder l'héritage de leurs pères.

Tristan répliqua :

— Je suppose qu'à cette époque ce n'était pas la première fois que l'on accusait une marâtre d'avoir expédié un mari trop vieux ou trop gênant en direction du ciel ?

— Sauf que c'est la première fois qu'on accusait une femme d'avoir usé de sorcellerie pour perpétrer des meurtres. Cette fois, il n'était pas question de poison, mais d'envoûtement, de sorts mortels et de sacrifices aux démons.

Marcas était stupéfait. Il avait toujours pensé que les procès de sorcellerie n'avaient commencé qu'à la fin de la guerre de Cent Ans pour exploser durant la Renaissance.

— Ces années 1320 sont exceptionnelles, expliqua Jane, toute l'Europe est traumatisée par le procès des Templiers. Des moines soldats du pape reconnus coupables d'hérésie. C'est aussi la période où l'on traque les derniers cathares, en France, mais aussi en Espagne et en Italie.

— Justement, l'Église ne s'occupe que d'hérésie, pas de sorcellerie.

Jane eut un curieux sourire.

Le livre des merveilles

— Vous oubliez que l'Église a créé un merveilleux outil de répression, l'Inquisition, et que, sans hérésie à éradiquer, cette puissante machine de guerre tourne à vide. Comme le Minotaure, il lui faut de nouvelles victimes. Et c'est là que le pape de l'époque, Jean XXII, un Français, a une idée de génie. À moins que ce ne soit le diable qui la lui ait inspirée...

Marcas se redressa, étonné. Jean XXII ! Il avait étudié sa vie incroyable à l'université. Un fils de marchand, né à Cahors, et qui s'était élevé aux plus hautes charges de l'Église.

— Vous connaissez ce pape ? interrogea Maureen, que cette histoire commençait à intéresser.

— Oui, il est resté dans l'Histoire pour avoir réussi à rouler tout un conclave. Lors de l'élection du futur pape, il avait feint de tomber gravement malade. Incapables de s'entendre entre eux, les cardinaux avaient fini par se mettre d'accord pour élire ce moribond, âgé de soixante-douze ans et qui n'occuperait pas le siège de saint Pierre très longtemps.

— Et ils se sont fait rouler ?

— Magistralement, devenu Jean XXII, il a régné près de vingt ans d'une main de fer.

— Ce pape a toujours eu une réputation sulfureuse, ajouta Jane, vous savez qu'il avait écrit un livre démontrant que l'enfer n'existait pas ?

Tristan secoua la tête.

— Non, mais quel est le lien entre ce pape et la répression de la sorcellerie.

— Comme vous vous en doutez, Jean XXII s'était fait beaucoup d'ennemis parmi les cardinaux et, en 1317, l'un d'eux décida de l'ensorceler à mort. Il acheta des poupées de cire, modelées à la ressemblance du pape et de

Le livre des merveilles

membres de sa famille, qu'il couvrit de pentacles et transperça d'aiguilles empoisonnées. Si Jean XXII ne mourut pas, son neveu en revanche passa brutalement de vie à trépas. Autant vous dire que le procès fut un scandale immense, mais une révélation pour le pape. Il avait trouvé un nouvel ennemi pour l'Église.

Marcas percuta. Ce pape avait toujours été un génie retors.

— Ainsi l'Inquisition allait broyer des nouvelles vies, par milliers, celles des sorcières, et Alice Kyteler fut sa première victime.

— Que lui est-il arrivé ? demanda Maureen.

— Après avoir été emprisonnée, un de ses beaux-frères – un certain Robert le Poer – qui était amoureux d'elle a réussi à la faire évader, c'est du moins ce que l'on suppose, car un jour on trouva sa cellule vide.

— Et ensuite, on sait ce qu'elle est devenue ?

Jane se leva et ouvrit la porte. Si le vent soufflait encore, la pluie avait cessé.

— Je dois y aller. La maison d'Alice Kyteler existe toujours à Kilkenny et j'en suis la responsable. Venez la visiter demain et je vous raconterai l'odyssée incroyable de la sorcière la plus recherchée d'Europe.

Dehors le brouillard avait envahi le plateau. Les pierres levées, dans la brume, ressemblaient à des fantômes de dieux oubliés.

— On dit qu'Alice venait souvent ici. Que c'est là qu'elle pratiquait ses rituels magiques. Au centre du pentacle.

— Vous ne m'avez toujours pas dit quel était son rapport avec *Le Dit des merveilles* ? fit remarquer Tristan.

— Après l'évasion d'Alice, les autorités ont décidé de faire un exemple. Elles s'en sont prises à sa servante,

Le livre des merveilles

Petronilla. Pas de prison pour elle, directement la torture. Et elle a parlé. Beaucoup. Le procès-verbal de son interrogatoire est à la maison d'Alice. Je vous le montrerai.

Tristan jeta un œil expressif à Maureen qui comprit.

— Notre ami français est venu de loin. Il a vraiment besoin de savoir s'il existe un véritable lien entre le livre qu'il cherche et Alice.

Jane s'arrêta.

— Lors de son interrogatoire, Petronilla a avoué une histoire à laquelle les inquisiteurs ne s'attendaient pas. Selon ses dires, Alice était l'héritière d'un groupe de sorcières qui existait depuis des siècles. Un groupe qui tenait sa justification et sa cohésion d'une seule chose : un livre sacré transmis de femme en femme. Uniquement. Un livre qui s'appelait *Le Dit des merveilles*.

54.

Allemagne, Berlin, RSHA
Octobre 1944

Ce n'étaient pas les salles d'interrogatoire qui manquaient dans le dédale du ministère de la terreur. Dès sa conception en 1939, Heydrich, l'âme damnée d'Himmler, avait demandé à l'architecte de voir grand. Pas moins d'une trentaine de pièces étaient réservées à cet usage. Aux étages supérieurs, des bureaux luxueux avec fenêtres et marqueterie étaient destinés aux suspects importants. Au rez-de-chaussée, les pièces étaient plus en rapport avec ce que l'on trouvait dans les commissariats, salles aux murs froids, chaises et bureaux en fer et, une spécialité du SD, miroir sans tain aux murs. À ce niveau, les brimades physiques étaient encouragées, du moins jusqu'à un certain point. Enfin au sous-sol se trouvaient les portes de l'enfer inspirées directement des manuels d'inquisition du Moyen Âge. Cette gradation de la torture obéissait à la « codification précise de l'organisation des espaces de travail en fonction du degré d'intensité dédié à la recherche de la vérité », pour reprendre les termes exacts du mémo adressé à l'architecte. Heydrich privilégiait toujours un langage technocratique quand il s'agissait de mettre le mal en musique. Il avait fait de même pour les comptes rendus de la conférence de

Le livre des merveilles

Wannsee, en 1942, organisée pour planifier l'extermination de masse des millions de Juifs d'Europe. Un chef-d'œuvre de sémantique de l'horreur.

Pour interroger Julius Dartmann, Vogel avait choisi le rez-de-chaussée, le plus en rapport avec l'univers de l'ancien siège de la Kripo à Alexanderplatz. L'homme d'affaires était assis sur sa chaise, séparé du commissaire par un bureau en acier soudé au sol. Il portait un complet bleu nuit, avec l'insigne du parti sur le revers du veston, ainsi que la médaille du mérite du Reich. Une bonne heure s'était écoulée, l'entretien touchait à sa fin, Dartmann avait nié farouchement les accusations en dépit de la présence de ses empreintes. Il n'avait rien perdu de sa superbe face au policier. Il se payait même le luxe de consulter sa montre à intervalle régulier.

— À moins que vous n'ayez autre chose que ces empreintes et cette ridicule tentative de meurtre sur votre personne, dit-il d'une voix calme, je vous conseille de me laisser repartir. Comme je vous l'ai dit hier, le secrétaire du Führer a été mis au courant de ma convocation.

Vogel enrageait. Il avait de quoi l'inculper, mais ce salaud pouvait s'en tirer si Bormann passait un seul coup de fil. Le temps tournait en défaveur du policier. Soudain la porte s'ouvrit, laissant apparaître le chef du RSHA, tout sourire.

— Mon cher Julius, comment allez-vous ? Et votre charmante épouse ?

L'homme d'affaires serra la main chaleureuse de Kaltenbrunner. Vogel pesta. À tous les coups, Bormann avait donné des ordres pour libérer ce salaud.

— Bien, Obergruppenführer, nous dissipons un malentendu, dit Dartmann en faisant mine de se lever.

Le livre des merveilles

— Tant mieux, je suis descendu dès qu'on m'a prévenu de votre arrivée, puis se tournant vers Vogel : Pourquoi ne pas avoir interrogé notre ami dans l'une des salles du sous-sol ?

Dartmann se statufia en un quart de seconde alors que le commissaire se justifiait.

— Je suis la procédure de police traditionnelle pour ce genre d'enquête.

Kaltenbrunner éclata de rire tout en tapotant son épaule.

— Allons, Vogel... la tradition c'est pour les enterrements et les mariages, pas pour les interrogatoires. Vous êtes vraiment vieux jeu à la Kripo. Suivez l'exemple de la Gestapo. De l'innovation, de la créativité ! Vous ne pensiez tout de même pas que ce pourri en beau costume allait vous faire des aveux en bonne et due forme.

Le visage de Julius Dartmann pâlit.

— Herr Obergruppenführer, je proteste. C'est un malentendu. Mon ami le secrétaire Martin Bormann a été prévenu. Vous devriez recevoir un coup de fil à mon sujet.

Kaltenbrunner hocha la tête.

— Oui, je sais. Il a appelé ma secrétaire, hélas pour vous, elle n'a pas réussi à me joindre.

Le SS se rapprocha de Dartmann et reprit d'une voix tranchante.

— J'ai lu le rapport du commissaire Vogel. C'est une honte. Tuer de sang-froid une pauvre jeune fille et tenter d'assassiner l'un de mes plus brillants policiers ! Vous vous croyez tout permis du fait de votre position ? Désolé pour vous, mais la justice n'est pas un vain mot pour moi. J'ai une éthique.

Trois SS surgirent dans la pièce et s'emparèrent de Dartmann.

— Emmenez-le dans la salle bleue, ordonna Kaltenbrunner, puis se tournant vers Dartmann : On l'appelle bleue car la baignoire est de cette couleur. Un petit bain va vous rafraîchir les idées, Julius. Ensuite, si vous ne passez pas aux aveux, vous irez faire un tour dans la rouge où un expert manie le tison ardent à la perfection sur les parties génitales.

— Non ! Je vous en supplie ! Arrêtez !

L'un des SS le frappa au ventre. Les deux autres l'empoignèrent par les épaules.

— Pitié, Vogel, ne les laissez pas...

— *Sic transit gloria mundi*[40], commenta Kaltenbrunner.

En moins d'une minute, Dartmann avait disparu de la pièce. Le chef du RSHA s'assit en face de Vogel et lui tendit un cigare qu'il avait sorti d'un étui. Le policier accepta, mais le mit dans la poche de sa veste.

— Félicitations, commissaire, dit Kaltenbrunner en allumant son puro, grâce à vous le coupable est arrêté. Et moi je suis débarrassé de cet aigrefin qui a escroqué la SS.

— Je ne doute pas qu'il passe aux aveux dans vos caves. Mais ensuite ? Vous n'avez pas peur que Bormann intervienne et qu'il se rétracte ?

— Aucun risque. Une fois que Dartmann aura signé ses aveux, il sera hélas victime d'une crise cardiaque. Le médecin du département des interrogatoires a déjà rédigé le compte rendu médical du décès.

Vogel hocha la tête. Il aurait dû y penser plus tôt. C'était la seule façon de se débarrasser définitivement de Dartmann.

— Pour vous récompenser, continua Kaltenbrunner, je vous octroie une prime de deux mois de salaire ainsi

---

40. « Ainsi passe la gloire en ce monde », verset de la Bible. L'Ecclésiaste.

qu'un mois de congé, à partir de demain. Allez prendre du bon air, vous avez mauvaise mine. Votre adjoint est déjà prévenu, il récupérera vos dossiers.

— Demain ? Je n'ai pas besoin de vacances...

— Oh que si, et loin de Berlin. Pour votre bien. Quand Bormann demandera le rapport sur l'enquête Unterkempf, il découvrira votre rôle actif dans la chute de son ami Dartmann, je crains qu'il ne veuille vous le faire payer. Un accident est si vite arrivé et vous n'aurez pas toujours un sauveur miraculeux comme ce commandant de la Wehrmacht à Wannsee.

Vogel comprit le message, mais insista.

— Et que faisons-nous pour Heda Ganser, sa complice, et son groupe de sorcières ?

Kaltenbrunner se leva, cigare au bec, l'air soucieux.

— Ah oui, ce pauvre diable d'Alder a appelé mon adjoint depuis son infirmerie de Wedding. Il ne vous apprécie pas vraiment... je vous suggère d'enterrer ça. Heda est une amie très chère, peu importe son petit penchant pour la magie et ces autres foutaises.

— Et sa complice ? Une certaine Kirsten Feuerbach.

— Je vous conseille de l'oublier. Ne vous en faites pas une ennemie.

— Pourquoi, c'est la maîtresse d'Hitler ? ricana le commissaire.

— Ne plaisantez pas avec ça... il s'agit de la responsable des Sonderkommandos Hexen, une unité très spéciale de la SS. C'est une proche du Reichsführer. Même moi je ne pourrai pas intervenir. Kirsten Feuerbach est en quelque sorte la sorcière en chef d'Himmler.

55.

Irlande, Kilkenny
Octobre 1944

Comme ils approchaient de la ville dont on apercevait déjà les toitures grises, noircies par l'averse, Maureen tourna sur la gauche, empruntant un chemin de campagne bordé d'arbres squelettiques. Les fossés dégorgeaient une eau sale et boueuse. Malgré lui, Tristan frissonna. Alors qu'il n'avait jamais été aussi près du but de sa quête, le Français sentait ses forces l'abandonner. Il tenta d'évoquer le visage de Laure, mais son image se brouilla. Un instant, il se demanda si elle n'était pas morte. Cette idée, intolérable, le fit se dresser sur son siège comme si un serpent venait de le mordre à la cheville.

— Tout va bien ? interrogea Maureen.

Tristan hocha la tête. Le souffle lui manquait pour répondre. Il serra dans sa main le dessin qu'il avait arraché du *Livre des Miracles*. C'était sa dernière chance sinon l'affreux pressentiment de la mort de Laure allait se réaliser.

— Vous avez réfléchi à ce qu'a pu devenir le livre ? lança Tristan pour échapper à ses idées noires.

— Selon moi, il y a trois possibilités.

La rapidité et la précision de la réponse frappèrent Marcas. Depuis que Jane avait évoqué la figure d'Alice,

Le livre des merveilles

Maureen semblait vraiment intéressée par la quête de Tristan. Peut-être parce que le destin tragique de la sorcière, qui n'avait échappé à la mort qu'en choisissant la route amère de l'exil, lui semblait une image du drame de la nation irlandaise.

— La première, c'est que l'Église ait récupéré le livre.

— Je n'y crois pas, car elle l'aurait aussitôt détruit. Un autodafé. Une des grandes spécialités des chrétiens.

Tristan faillit ajouter : et des nazis, mais il était censé être un fervent agent d'Himmler.

— Exit donc la possibilité que l'Église l'ait conservé. Passons à la deuxième hypothèse : Alice en s'échappant a réussi à emporter le livre.

La voiture ralentit. Devant eux se dressait une masse grise et lugubre cernée par la pluie.

— Voici le château où Alice a été détenue.

Ils sortirent de la voiture. À voir les tours aussi hautes qu'abruptes, les murs épais, les fenêtres grillagées, il comprit le calvaire qu'avaient dû endurer Alice et sa servante.

— Regardez ce lieu affreux. Elle a dû être étroitement surveillée. Aucune chance qu'elle ait pu garder ce livre avec elle.

— Et si elle l'avait caché avant son arrestation et récupéré avant de filer en exil ?

Fasciné par la puissance obscure du château, Tristan ne répondit pas, mais il voyait mal la sorcière en fuite risquant sa vie pour récupérer un livre. Et puis, il avait une autre idée qu'il ne tenait pas à partager avec Maureen. Si Alice était le dernier maillon d'un groupe secret traqué par l'Église, elle n'aurait pas pris le risque que *Le Dit des merveilles* soit détruit à jamais. Et pour ça, il y avait une solution que pratiquaient toutes les sociétés secrètes :

Le livre des merveilles

l'apprendre par cœur pour toujours conserver le savoir du pentacle sacré.

— Jane nous attend, annonça Maureen, je suis sûre qu'elle est impatiente de nous apprendre ce qu'est devenue Alice.

Avant de rejoindre Jane, Maureen passa devant la cathédrale Saint-Canice, qui avait donné son nom à la ville et qui avait permis à Marcas de retrouver le chemin perdu du *Dit des merveilles*. Tristan fut surpris de la taille de l'édifice, immense pour une petite cité de province. Construite en forme de croix, elle était la preuve tangible de la domination de l'Église sur la terre d'Irlande. Les cinq menhirs dressés sur la lande, symbole des anciens dieux, ne pouvaient guère lutter avec l'écrasante domination de ce colosse de pierre. Pourtant ce qui frappa le plus le Français, ce fut la haute tour, fine comme une aiguille, située à proximité.

— Le plus ancien monument de Kilkenny, l'informa Maureen. On dit qu'il a été construit avant l'an mille par les premières communautés structurées de la région.

— Et quel était son usage ? s'étonna Marcas.

— Nul ne le sait. Nous arrivons.

La maison qui abritait le musée en mémoire de la sorcière de Kilkenny n'avait rien d'attirant. Une façade de pierre grise, d'étroites fenêtres, une toiture que la pluie avait couverte de mousse, rien ne la distinguait vraiment des autres logis de la rue. Jane, qui avait dû entendre la voiture se garer, sortit sur le pas de la porte.

— Bienvenue ! Comme vous pouvez le constater, la maison a subi beaucoup de modifications depuis l'époque d'Alice, mais les murs sont bien ceux qui l'ont vue vivre. Entrez !

Le livre des merveilles

Ils pénétrèrent dans une salle basse, aux poutres noircies, éclairée par des grappes de bougies dont la lumière vacillante se reflétait sur les murs en ombres mouvantes.

— Nous avons une coupure d'électricité due aux intempéries, ça arrive souvent. Pour avoir un peu plus de lumière et de chaleur, j'ai allumé un feu dans la cheminée, ça va nous réchauffer.

Marcas se dirigea vers une vitrine où s'alignaient de vieux objets en métal rouillé.

— Ce sont des instruments de torture de l'époque. Les hommes du Moyen Âge étaient très inventifs dans le domaine. Regardez celui-là.

Maureen se pencha vers un objet ovale qui avait la forme d'un artichaut y compris les écailles.

— C'est une poire d'angoisse. Un ressort est dissimulé dans le manche. En le faisant tourner, on déploie peu à peu les écailles. Je ne pense pas que j'aie besoin de vous préciser où on l'introduisait.

Tristan remarqua que Maureen ne manifestait aucun dégoût. Au contraire, elle regardait cet instrument de souffrance avec une certaine fascination. Marcas se rappela quand, d'un seul geste, elle avait mis à mort un homme. Jane se dirigea vers un autre présentoir.

— Et voici le parchemin où est consigné l'interrogatoire de Petronilla, la servante d'Alice. Sous la torture, la malheureuse a avoué les pires turpitudes : invocations du démon, sorts mortels et même sacrifices rituels d'animaux.

Le Français s'approcha.

— Où parle-t-elle du *Dit des merveilles* ?

Jane montra, à la fin du document, une ligne inclinée à l'encre presque effacée.

— Et les inquisiteurs ne lui ont pas demandé où était caché le livre ? interrogea Maureen.

— Non, l'interrogatoire s'arrête là : je pense que Petronilla a dû s'effondrer inconsciente à cause de la douleur et ils auront préféré la maintenir à demi vivante pour pouvoir la conduire au bûcher.

Marcas s'approcha d'un portrait accroché près de la fenêtre. On y voyait une femme aux cheveux noirs tirés en arrière, au front démesuré et aux yeux plissés autour d'un nez en bec d'aigle.

— C'est Alice ?

— Non, car il n'y a aucune représentation de son vivant. Oui, car c'est ainsi que les hommes se la sont représentée quand son histoire est devenue populaire.

— Ils ne l'ont pas ratée, railla Maureen.

Tristan, lui, remarqua que ce portrait caricatural ressemblait trait pour trait à l'image des Juifs dans la propagande nazie. Le Français avait presque envie de le décrocher pour l'offrir à Himmler, il en ferait une jaunisse, lui qui s'imaginait toutes les sorcières comme de pures Aryennes.

— Et si tu nous disais ce qu'il est advenu d'Alice ? demanda Maureen.

— À l'époque, le meilleur moyen d'échapper à la justice, c'était de passer en France. Elle a choisi la route la plus fréquentée : celle des échanges commerciaux. Vous saviez qu'à l'époque la région de Bordeaux exportait en vin l'équivalent de dix millions de bouteilles vers l'Angleterre ?

Tristan imagina le ballet incessant des navires en direction de l'Aquitaine. Le moyen le plus sûr pour passer discrètement dans le royaume de France.

— Mais comment le sait-on ?

— Parce que Alice a continué son voyage dans le sud de la France et qu'elle s'est fait arrêter. À l'époque, l'Aquitaine, ou plutôt la Guyenne, était sous domination anglaise, elle a dû penser que ce n'était pas le meilleur endroit pour se

Le livre des merveilles

cacher. Elle est donc passée dans le comté de Toulouse qui dépendait du royaume de France. Sauf que c'était un mauvais calcul, toute la région était encore agitée par les soubresauts de l'hérésie cathare et l'Inquisition était toute-puissante. Une femme voyageant seule et parlant le gaélique..., dit Jane, elle n'a pas eu de chance. Elle s'est fait arrêter à Carcassonne, et de là les inquisiteurs l'ont transférée dans un de leurs fiefs : une abbaye. Fontfroide.

Tristan percuta aussitôt. Ce lieu était cité dans une des occurrences trouvées par Feuerbach. C'était à Fontfroide, dans un manuel destiné à l'Inquisition, qu'elle avait trouvé une première référence au *Dit des merveilles*. Brusquement tout devenait cohérent. Ce livre était bien réel et c'était Alice Kyteler qui l'avait possédé. Torturée sans relâche, elle avait dû révéler le nom du livre, et peut-être avoué ce qu'il contenait.

— Et ensuite ? demanda Maureen.

— Ensuite... on n'a jamais plus entendu parler d'elle.

Tristan s'approcha de la cheminée. La pluie avait repris et le froid le gagnait. Brusquement, il se figea.

— Dites-moi, Jane. Vous m'avez bien affirmé que les murs de cette maison dataient de l'époque d'Alice, mais la cheminée ?

— Il suffit de regarder la forme des jambages et la coupe du linteau, du pur XIVe siècle. Aucun doute, Alice a bien connu cette cheminée.

Marcas s'approcha. Sur le linteau, trois signes étaient gravés. Un pentacle, un chandelier à cinq branches, une tour. Dans sa poche, il serra le dessin arraché au *Livre des Miracles*. Désormais, il savait où était *Le Dit des merveilles*.

56.

Allemagne, Berlin, RSHA
Octobre 1944

À peine était-il rentré à son bureau que Vogel eut la désagréable surprise de trouver son adjoint assis dans son fauteuil face à la fenêtre. L'inspecteur se leva confus.
— Je suis encore le patron jusqu'à ce soir minuit, grommela Vogel.
— Désolé…
— On m'a mis en vacances forcées, mais vous le savez déjà…
— C'est un honneur de reprendre votre poste pendant ces quelques semaines.
— Merci. Maintenant sortez de mon bureau.
Son adjoint avait pris plus d'assurance. À tous les coups Kaltenbrunner lui avait offert son poste. Vogel en savait trop pour rester au siège de la Kripo. À son retour, il recevrait une affectation au fin fond de l'Allemagne. Le commissaire jeta un œil sur la pile de dossiers d'enquêtes en cours sur son bureau et s'aperçut qu'il s'en moquait éperdument. L'affaire Unterkempf était classée, la seule enquête qui lui importait. Il aurait voulu faire avouer Dartmann de son plein gré, mais les méthodes de Kaltenbrunner avaient du bon.

Le livre des merveilles

Sa décision était prise. Il rentrerait chez lui pour se prendre une bonne cuite et demain matin il y verrait peut-être plus clair. Ou pas.

Le téléphone sonna alors qu'il vidait le tiroir de son bureau. Il prit l'appel par automatisme. Il reconnut la voix de von Daslow, le chef de l'identité judiciaire.

— Vogel. Vous allez bien ?

— Oui, je pars en congé demain pour un mois. L'affaire Unterkempf est résolue, le coupable a avoué. En partie grâce à votre service. Les empreintes ont joué un rôle capital.

Il y eut un silence, comme si son interlocuteur n'avait pas entendu.

— Formidable, ce serait bien de se prendre une bonne bière pour fêter ça. Comme au bon vieux temps. Au Canon de Tannenberg ça vous irait ?

Vogel fronça un sourcil, il n'avait jamais joué les piliers de comptoir avec von Daslow.

— Merci, mais je n'ai pas trop la tête à ça. Une autre fois.

— Je me permets d'insister, j'aimerais vous rendre le verre que vous m'avez offert la dernière fois.

Le commissaire avait beau fouiller dans sa mémoire, il n'avait jamais payé de verre.

— Ça s'est passé hier, Vogel. Enfin voyons. Ce verre, vous me l'avez offert. Je vous dois la pareille. Vous perdez la mémoire.

Soudain le commissaire comprit. Von Daslow faisait référence au verre avec les empreintes d'Heda. Le chef de l'identité judiciaire savait que sa ligne était écoutée par la SS.

— Oui bien sûr, avec plaisir, je vous retrouve dans une heure.

Le livre des merveilles

Quand Vogel poussa la porte du Canon de Tannenberg, il repéra Hans von Daslow assis au fond de la salle
— Je me suis permis de nous commander deux bières.
— Vous avez bien fait, dit le commissaire d'une voix affable, et maintenant racontez-moi pourquoi vous avez fait tant de mystère au téléphone.
Von Daslow attendit pour répondre que la serveuse pose sur la table les deux chopes et s'éloigne.
— Gruber, mon adjoint, s'est absenté hier, après votre visite pour aller chez le dentiste. Comme vous étiez pressé j'ai effectué à sa place la comparaison entre les empreintes de votre verre et celles retrouvées sur la robe de chambre d'Unterkempf.
— Ne me dites pas que...
— Ces empreintes étaient bien sur la robe de chambre de la victime. La seule question est : avant, pendant ou après le crime ?
Vogel avala une longue gorgée de bière.
— Ça complique mon scénario initial. Heda Ganser aurait donc été en compagnie de Dartmann dans l'appartement au moment du crime... ils seraient complices ? Ça ne tient pas.
Le responsable de l'identité balaya la salle d'un regard suspicieux, puis revint au policier.
— Vous avez raison, ça ne peut pas tenir. Et pour une bonne raison. Dartmann n'a jamais mis les pieds dans l'appartement.
Vogel écarquilla les yeux comme si un char fonçait sur lui à pleine vitesse.
— C'est une blague ? Votre adjoint a procédé aux analyses. C'est l'un des meilleurs spécialistes. J'étais là quand il vous a remis ses résultats.

Le livre des merveilles

— Vous avez raison, Gruber est même le meilleur expert sur la place, le seul problème, c'est que par le passé il a déjà truqué des résultats pour le compte de la Gestapo afin de faire tomber plus facilement des suspects. Je l'ai déjà pris en flagrant délit de manipulation.
— Mais cette fois-ci comment vous êtes-vous aperçu de la tricherie ?
Le visage de Von Daslow s'assombrit.
— Pour comparer avec les empreintes de votre verre, j'ai été obligé de rouvrir le fichier de l'affaire Unterkempf. La procédure est standardisée : j'ai donc accédé à l'historique des fichiers d'empreintes que Gruber avait consultés. Et là stupeur, il n'y a aucune empreinte autre que celle d'Heda Ganser sur les lieux du crime. Et en plus Dartmann n'a jamais été enregistré dans notre répertoire central d'empreintes.
— Mais cette histoire d'escroquerie pendant les Jeux olympiques ? Il n'a pas pu l'inventer.
— Il n'a pas menti. On lui a fourni ces informations ainsi qu'une fiche d'empreintes qui, elle, est bien réelle, mais ne vient pas de chez nous. Il n'existe qu'un seul autre fichier du même type en Allemagne et c'est celui de la Gestapo.
Vogel s'était tassé sur son siège.
— Ils auraient donc demandé à Gruber de truquer l'identification pour que je fasse tomber Dartmann ?
— Mon adjoint fréquente souvent des officiers de la Gestapo. Il vise mon poste depuis un certain temps... si cette affaire Dartmann est importante pour les SS, alors sa magouille va lui faire gagner des points. Et moi, je m'approche de la sortie.
Le policier tapa du poing sur la table. Son verre vacilla et des éclaboussures de liquide ambré constellèrent la table.

Le livre des merveilles

— Dartmann est innocent, fulmina-t-il, je me suis fait avoir. Et en plus je vais être relégué au fin fond de l'Allemagne ou plutôt de ce qu'il en reste.

— Oui... nous sommes tous les deux les cocus de l'histoire. Mais, à mon tour de vous demander un service, murmura von Daslow. Je veux savoir si les contacts SS de mon adjoint sont haut placés ou pas. Je possède les photos des quatre hommes qui sont venus le voir au bureau ces derniers mois. Ils ont tous inscrit Gestapo sur le registre sans donner leurs noms et titres.

— Comment avez-vous eu ces photos ?

— Un appareil automatique se déclenche à chaque passage à la réception et les pellicules sont ensuite developpées chaque jour. La procédure. J'ai appris à devenir prudent.

Von Daslow sortit de sa sacoche une liasse de photographies. Vogel avala sa bière et détailla, un à un, les visages. Il connaissait le premier, un inspecteur de la Gestapo déjà croisé sur une affaire précédente, du menu fretin. Les deuxième et troisième lui étaient inconnus. Son cœur accéléra quand il découvrit le visage du dernier. Blême, il leva la tête vers von Daslow.

— Vous êtes certain que cet homme a écrit Gestapo sur le registre ?

— J'ai vérifié moi-même. Vous le connaissez ?

— Oui, j'ai même rencontré ce fils de pute il y a peu. Le commandant Max Hollman.

Vogel s'interrompit pour se redresser sur son siège comme s'il avait reçu une décharge électrique. Son visage s'empourprait de colère. Il comprit qu'il n'avait été qu'un pantin entre les mains de Kaltenbrunner. Lui et Heda Ganser avaient dû bien ricaner derrière son dos. À tous les coups c'était sa maîtresse et il l'avait protégée en mettant le meurtre sur le dos de Dartmann...

Le livre des merveilles

— ... c'était dans une clinique à Wannsee, reprit Vogel d'une voix blanche. Cet homme sur la quatrième photo portait un uniforme de commandant de la Wehrmacht et m'a sauvé la vie. Du moins je le croyais jusqu'à maintenant...
— Vous n'avez pas l'air bien, commissaire. Ça vous touche à ce point ?
— Plus que vous ne le croyez... merci pour la bière. J'espère que vous garderez votre poste.

Vogel se leva et quitta le café sans se retourner, l'esprit enfiévré par ces révélations. Il n'avait jamais été aussi humilié dans toute sa carrière. Non seulement il avait perdu son poste et sa dignité, mais la meurtrière d'Inge Unterkempf devait se pavaner dans son cabaret, assurée de son impunité.

Quand il sortit sur le trottoir il avait pris sa décision. Un sourire mauvais se grava sur son visage. Un sourire surgi de sa jeunesse dans la SA. Un sourire de haine pure. Il aspira longuement l'air frais chargé d'humidité qui nimbait la rue et tâta l'étui de son pistolet. Le Walther PPK était à sa place. Le chargeur était plein, mais deux balles suffiraient. La première pour Heda Ganser. En plein cœur. La seconde pour lui. Dans la tête.

57.

Irlande, Kilkenny
Octobre 1944

Après la visite du musée, Maureen et Tristan avaient pris leurs quartiers dans un hôtel situé dans la vieille ville. Afin d'avoir les mains libres, le Français avait prétexté un refroidissement pour s'installer dans la seule chambre ayant un poêle en état de marche. Une chambre au premier étage dont l'unique fenêtre avait aussi l'avantage de donner sur une rue discrète derrière l'hôtel. Avant, Maureen avait insisté pour boire une bière au pub du coin, où elle s'était montrée très volubile sur Alice Kyteler. Maintenant qu'elle connaissait son périple sur le continent, elle était convaincue de sa survie. Une Irlandaise qui avait réussi à s'échapper de prison, à traverser deux mers et la moitié de la France, ne pouvait pas disparaître.

Si elle s'était volatilisée, c'était pour mieux resurgir ailleurs. Sans doute sous une autre identité. Des femmes comme Alice Kyteler survivaient à tout. Pendant que Maureen parlait Marcas réfléchissait. Si la sorcière de Kilkenny s'était vraiment échappée, ce ne pouvait être que hors de France. Recherchée par l'Inquisition, elle avait dû fuir vers l'est, vers le Saint Empire germanique. Une mosaïque de royaumes, de principautés, de duchés, divisée

Le livre des merveilles

entre catholiques et protestants, qui s'étendait de la mer Baltique jusqu'à la Bohême. Là, elle aurait pu refaire sa vie de sorcière.

Fatiguée par la discussion, Maureen avait rejoint sa chambre. Tristan, après avoir fermé sa porte à clef, s'était installé à un petit bureau bancal. Sur un carnet, il venait de dessiner les trois symboles gravés sur la cheminée d'Alice Kyteler. Un pentacle. Un chandelier à cinq branches. Une tour.

Si le pentacle, qui était la signature d'Alice, ne l'étonnait guère, la présence d'un chandelier à cinq branches lui semblait étrange. Dans la tradition juive, le chandelier liturgique, la Menorah, en portait toujours sept. Certes, il y avait eu au cours de l'Histoire des variations locales, mais rarement avec cinq branches. Comme si Alice, à nouveau, voulait mettre l'accent sur le nombre cinq. Mais pourquoi passer de la forme géométrique du pentacle à un objet comme un chandelier ? Tristan regretta de ne plus fumer. À ce moment-là, il aurait donné beaucoup pour sentir l'odeur d'essence du briquet, voir la flamme grésiller au bout de la cigarette... d'un coup, il se redressa. Et si Alice avait choisi un chandelier justement parce qu'il portait des lumières, cinq lumières ?

Comme souvent quand il avait une intuition fulgurante, l'évidence le saisissait brusquement, puis retombait aussitôt. Pire qu'un soufflé raté. Cinq lumières, oui et alors ? Il sortit le dessin qu'il avait subtilisé dans le *Livre des Miracles*. On y voyait un homme dans la verte campagne, un chien à ses pieds : il désignait du doigt une ville à l'horizon. Une simple forme, hâtivement tracée, surmontée d'une tour qui dépassait toitures et clochers. Si la présence du saint au chien indiquait qu'il s'agissait bien de Kilkenny, la figure de la haute tour le confirmait. Tristan prit un livre sur la

Le livre des merveilles

table et se servit d'un de ses bords comme d'une règle : l'index du saint pointait juste à côté de la tour, pile sur l'église Saint-Canice, l'église qui portait son nom. S'il fallait chercher, c'était là.

Pour autant, rien dans le dessin n'indiquait la moindre référence à la lumière, si ce n'est un soleil couchant qui éclairait le paysage. Tristan avait beau tourner le dessin en tous sens, il n'y avait aucun code caché. Aucune suite de lettres, de chiffres ou de symboles. Rien qui pouvait lui indiquer où chercher dans la cathédrale, une des plus vastes d'Irlande. En tout cas, si Alice avait bien caché *Le Dit des merveilles* dans une église, c'était un coup de génie. Jamais aucun prêtre ni inquisiteur n'irait chercher un livre de sorcellerie dans la maison de Dieu. D'autant plus que, dans une cathédrale, les lieux pouvant servir de cachette étaient innombrables. Marcas se leva pour aller à la fenêtre. La pluie avait cessé et le soleil commençait à descendre à l'horizon. Il contempla la rue derrière l'hôtel. À cette heure, elle était déserte. La fenêtre surplombait un appentis, couvert d'ardoise, qui servait d'écurie. En face, la masse grise de la cathédrale commençait à baigner dans la lumière du couchant. Comme sur le dessin. Tristan n'hésita plus. Il l'enfourna dans sa veste, contempla un instant la toiture grise des écuries et se défenestra.

Le saut du Français, malgré le déluge d'ardoises brisées, passa inaperçu. Aucune porte ne s'ouvrit, aucun visage n'apparut aux fenêtres. À se demander si la ville n'était pas déserte. Les cloches qui sonnaient lui fournirent une réponse : c'était l'heure de l'office et, dans la très chrétienne Irlande, tous ceux qui ne travaillaient pas se retrouvaient à la cathédrale. Tristan remonta les petites rues, sans précipitation. Il craignait que le bruit de sa chute n'ait attiré

Le livre des merveilles

l'attention de Maureen. Après chaque carrefour, il s'arrêtait pour regarder une façade ou une vieille souche de cheminée. Si quelqu'un le suivait, il s'en apercevrait. Mais il était seul. Bientôt, le cimetière qui longeait la cathédrale dévoila ses croix effondrées et ses tombes moussues dressées sur un gazon impeccable. La tour était à proximité. Le Français s'arrêta pour l'examiner. D'un point de vue défensif, elle n'avait aucun sens : trop longue, trop fine. D'un point de vue architectural : elle était inhabitable. Elle ne pouvait avoir qu'une fonction inconnue ou symbolique. Étrangement, elle rappelait à Tristan les pierres levées sur le plateau comme s'il y avait eu, en cette terre d'Irlande, une continuité entre les anciens et le nouveau Dieu venu de Galilée. Il s'approcha du porche de la cathédrale dont les deux battants étaient ouverts pour accueillir les retardataires. En entrant, il fit le signe de croix par automatisme et prit conscience de l'absurdité de son geste. Il ne venait pas communier avec Dieu, mais avec une sorcière.

Tout de suite, Marcas comprit qu'il ne pourrait explorer la cathédrale à son aise. La nef était remplie de femmes qui écoutaient avec attention la parole du prêtre en chaire. Il s'assit discrètement dans un coin et examina le sanctuaire. La première des choses était d'identifier ce qui datait encore de l'époque d'Alice. En effet, beaucoup éléments dans la cathédrale venaient d'époques ultérieures. Une chance pour Tristan, car cela réduisait son champ d'investigation. Un risque aussi, car la cachette et son livre pouvaient avoir été détruits lors des modifications. Marcas frémit en imaginant un maçon ignorant jeter le livre au milieu d'un tas de gravats, car maintenant que son but se rapprochait il savait ce qu'un échec signifiait. Une balle dans la nuque et la mort lente, atroce, de Laure et de leur enfant.

Le livre des merveilles

Après un minutieux examen visuel, Tristan conclut que la voûte avait été refaite, ce que montraient les croisées d'ogives typiques de la fin du Moyen Âge. De même que l'une des deux absides, celle située au sud, avait été agrandie : les murs n'avaient pas la même apparence que dans le reste de l'édifice. Son analyse architecturale terminée, Marcas se déplaça dans une des deux allées latérales, beaucoup plus sombres. Il repéra un ancien confessionnal et, profitant d'un psaume repris en chœur par les fidèles, il ouvrit la porte aux charnières grinçantes et se glissa à l'intérieur. Désormais, il n'aurait plus qu'à attendre la fin de l'office et la cathédrale serait à lui.

Raccompagnant ses dernières ouailles, le prêtre avait solidement verrouillé la porte de son église. Tristan sortit de sa cachette. Il avait encore quelques heures de jour devant lui. Il était désormais convaincu que tout tournait autour du chiffre cinq. Les cinq pointes du pentacle, les cinq pierres dressées du plateau, les cinq branches du chandelier. Si Alice avait déterminé une cachette dans cet édifice, c'était en fonction du chiffre cinq. Entre les premières accusations de meurtres contre elle et son incarcération, il ne s'était écoulé que quelques jours. Pas assez de temps pour élaborer une cachette hors du commun, mais assez pour concevoir un jeu de piste basé sur le chiffre cinq. Une nouvelle fois, Tristan inspecta le sanctuaire.

Trois verrières dans l'abside, trois marches vers l'autel, une nef et deux travées, trois axes parallèles : comme dans toutes les églises, tout tournait autour du nombre trois, symbolisant la Sainte Trinité. Marcas avait beau regarder, le chiffre cinq, lui, était absent de la symbolique architecturale de la cathédrale. Comme il remontait la nef du

Le livre des merveilles

côté sud, il lui apparut que les fenêtres à vitraux étaient au nombre de quatre.

— *Quatre de chaque côté.*

Comme il prononçait machinalement ces mots, il s'aperçut que du côté où il était remonté, une fenêtre n'était pas immédiatement visible, car elle avait été bouchée avec des pierres. Pour la première fois, il venait de trouver le chiffre cinq inscrit dans l'architecture de la cathédrale. Le Français traversa la nef pour voir si, dans l'autre travée, il trouverait aussi cinq ouvertures. Mais il n'y en avait que quatre. Tristan retraversa la nef, agité par un fol espoir. Et si le secret pour arriver jusqu'au livre se trouvait dans la thématique des vitraux ? Malheureusement aucun vitrail ne datait de l'époque d'Alice. Ils avaient tous été refaits. Plusieurs fois même. Tristan s'arrêta devant une représentation de saint Canice, son chien à ses côtés. Plus le Français avançait, plus il reculait.

— Vous demandez au saint l'inspiration ?

La voix de Maureen résonna dans la cathédrale.

— D'où sortez-vous ?

— Comme vous n'étiez plus dans votre chambre, j'ai décidé de vous rejoindre.

— Mais comment avez-vous deviné que j'étais ici ? s'étonna Tristan.

— En passant par l'arrière de l'hôtel, j'ai vu que le toit en ardoise, en dessous de votre chambre, avait subi un saut qui lui avait été fatal. J'en ai conclu que vous aviez décidé de partir faire du tourisme. Et que visiter d'autre, dans la belle ville de Kilkenny, que sa cathédrale ?

La tentative de Marcas pour mener seul son enquête venait d'échouer.

— Et si vous me demandez comment je suis entrée, continua la jeune Irlandaise. Par la sacristie. Le prêtre devra changer la serrure d'ailleurs... en attendant, si vous me montriez ce joli dessin que vous tenez dans les mains ?

Pour ne pas attiser davantage les soupçons de Maureen, Tristan s'exécuta.

— C'est bien la ville de Kilkenny avec sa tour et saint Canice avec son chien...

Elle recula et montra du doigt le vitrail devant lequel se trouvait le Français.

— Mais, regardez bien, il y a une différence entre les deux représentations.

— Laquelle ?

— Le chien. Depuis toujours, saint Canice est représenté avec un lévrier, un chien de chasse. Comme sur le vitrail. Or sur votre dessin...

À son tour, le Français regarda. Le chien, sur le dessin, était plus court sur pattes, beaucoup plus trapu et surtout pourvu d'une masse de poils débordante comme une fourrure.

— C'est un Culann. Regardez sa queue, on dirait celle d'un fouet. Il s'en sert comme d'un gouvernail dans l'eau.

— Et alors ?

— Selon la légende, cette race de chien descend d'un monstre mythique, mi-chien, mi-loutre : Dobhar-chú. Un chien, passeur d'âmes, qui aidait les trépassés à franchir le fleuve des morts.

— Les morts, on les enterrait dans les églises, au Moyen Âge !

Tristan se retourna vers l'abside nord, la seule qui datait de l'époque d'Alice, la seule qui se trouvait au pied de la tour, la seule éclairée par les cinq vitraux situés au sud. Maureen sur les talons, il traversa la nef et se précipita vers l'abside.

— Une tombe, il faut trouver une tombe !

Le livre des merveilles

Maureen déplaça les chaises pour dégager le sol dallé. Bientôt une première pierre gravée apparut, puis une autre... toutes étaient marquées d'une croix et surmontées d'un anneau.

— Cherchez un chandelier, intima le Français, un chandelier à cinq branches.

L'Irlandaise ôta toutes les chaises. Deux nouvelles sépultures apparurent.

— Des inscriptions à moitié effacées, mais pas de chandelier.

Tristan fit le décompte. Il y avait en tout cinq sépultures. Toutes identiques. Une croix, un anneau et des inscriptions. Sans doute le nom du mort ou de sa famille. Mais aucun chandelier. Une fois de plus, il n'avait avancé que pour mieux reculer.

— Pourquoi regardiez-vous les vitraux quand je vous ai vu ? interrogea Maureen.

— Tout tourne autour du chiffre cinq, répondit Tristan, du chiffre cinq et de la lumière.

Maureen retraversa la nef. Au passage, elle saisit une chaise.

— Que faites-vous ?

— Le seul point commun entre les vitraux et le dessin, c'est saint Canice et son chien.

Elle balança la chaise à travers le vitrail, le pulvérisant.

— Tout est tombé du côté du cimetière. Personne ne viendra. Et maintenant regardez les tombes !

Tristan se précipita. Un large faisceau de lumière éclairait le sol de l'abside. Au centre, le rectangle d'une tombe. Sous l'action du temps, la dalle s'était fissurée. Il passa la main dessus. Rien. Rien de plus que la croix gravée. Puis ses doigts touchèrent une inscription dont les lettres

Le livre des merveilles

étaient couvertes de poussière. Marcas se pencha au ras du sol et souffla.

— *Brendanus... Ghabban...*

— *Ghabban...* en ancien gaélique, ça signifie l'homme qui manie le feu, lança Maureen d'une voix excitée.

— *Ghabban... defunctus... V-V...* le reste est effacé.

Tristan se releva.

— L'inscription dit qu'il est mort le cinquième jour du cinquième mois...

Maureen saisit un lourd candélabre posé devant l'autel et montra la fissure au centre de la pierre tombale. Marcas ne se fit pas prier. Sous la force du coup, la dalle se fendit en deux et s'écroula à l'intérieur de la tombe. Au milieu des ossements, la lumière, venue du vitrail, éclaira un coffre en plomb. Tristan le saisit et, avec l'aide d'un fémur, déboîta le couvercle. À l'intérieur, un rouleau. Il tendit la main. Au bout de ses doigts se tenait la liberté. Pour lui, pour Laure.

— Lâche ça !

Maureen venait de planter le canon glacé d'un automatique entre les deux yeux du Français.

— *Le Dit des merveilles* ne sortira d'ici qu'avec moi.

Tristan entendit le claquement sec de la culasse.

— En revanche, toi, tu vas le remplacer.

58.

Allemagne, Berlin
Octobre 1944

Heda Ganser ouvrit la porte de son appartement et lança dans l'entrée les escarpins neufs qui lui avaient broyé les pieds toute la soirée. Elle n'avait pas assisté à la fermeture du Flamant rouge, elle devait partir tôt le lendemain. Ses deux valises étaient prêtes, posées sagement dans le couloir. Le trajet serait long, au moins quatre heures, mais elle aimait conduire et son bolide italien, une Alfa Romeo, était taillé pour dévorer du bitume à 170 km/h.
Elle fila dans le salon. Un double verre de Jägermeister[41] lui ferait le plus grand bien pour s'endormir. Depuis le coup de fil de Kirsten, elle bouillait d'impatience de la retrouver. Le moment tant attendu approchait. Après toutes ces années, la porte du monde des merveilles allait s'ouvrir à nouveau. Rien d'autre ne comptait. Pas même l'issue de cette maudite guerre. De toute façon elle devait quitter Berlin. Elle alluma l'interrupteur et se figea net. En plein milieu, contre la table basse, trônait son tableau d'Alice Kyteler.
— Vous comptiez partir en voyage, madame Ganser ?

---
41. Liqueur populaire en Allemagne à base de 56 herbes différentes.

Heda se retourna. Le commissaire Vogel était assis dans un fauteuil parme posé contre le mur. Le policier, qui semblait presque trop gros pour le siège, braquait un pistolet sur elle. Un verre à moitié rempli et une bouteille de porto étaient posés sur un guéridon voisin. La patronne du Flamant rouge lui tint tête.

— Que faites-vous chez moi ?

— C'est drôle. Vous m'avez posé la même question la dernière fois que je suis venu ici. Pour vous répondre, je viens vous rapporter cette toile. Après ça je vais prendre de longues vacances. Et vous aussi.

Cette fois Heda accusa le coup.

— Dans ce cas, pourquoi me menacer avec ce pistolet ?

— Je clôture l'affaire Unterkempf à ma façon. Je sais que c'est vous qui l'avez assassinée.

— Ne dites pas de bêtises.

Vogel attrapa le verre de porto et l'avala d'un trait en la braquant.

— Lors de ma dernière visite, j'ai subtilisé un verre avec vos empreintes. On a retrouvé les mêmes sur la robe d'Inge. Ne niez pas, vous me ferez gagner du temps. Toutes mes félicitations pour cette machination concoctée avec Kaltenbrunner afin de faire accuser Dartmann. Il vous sauve la peau et se débarrasse d'un ennemi de la SS. Il me reste une pièce manquante du puzzle. Pourquoi avez-vous assassiné cette pauvre fille ?

Heda Ganser s'assit sur le canapé et posa sa main sur l'accoudoir.

— Je ne l'ai pas tuée.

— Foutaises !

Vogel se leva, prit la bouteille de porto et la jeta violemment contre le mur à la droite d'Heda. Le verre explosa sous la violence de l'impact et une flaque rouge sombre

Le livre des merveilles

dégoulina sur le mur crème. Il s'approcha d'elle, le canon tendu vers sa tête. Ses yeux étaient injectés de sang, son haleine chargée d'alcool, ses lèvres déformées par la colère. Il retira la sécurité du Walther PPK et actionna la culasse.

— Dernière chance, madame Ganser.

Elle soutint son regard quelques secondes puis répondit d'une voix blanche :

— Je suis effectivement venue dans l'appartement la nuit du meurtre. La porte était ouverte. Quand je l'ai découverte allongée sur le tapis, je me suis précipitée sur elle, j'ai essayé de la ranimer, mais elle était déjà morte. Je me suis enfuie, bouleversée. Alors que je quittais l'immeuble, j'ai été arrêtée par deux de vos collègues de la Gestapo.

— Qui l'a assassinée ? Le fantôme juif de l'ancien propriétaire de l'appartement ?

— Les deux SS m'ont emmenée directement au RSHA. Le lendemain matin, Kaltenbrunner est venu me voir. C'est lui qui avait commandité l'assassinat. Il voulait faire tomber Dartmann pour que la SS récupère ses entreprises. Il savait qu'Inge était la maîtresse de Dartmann pour les avoir croisés plusieurs fois au Flamant rouge. Il a monté cette machination.

— Ça ne tient pas ! Je suis allé vous voir au cabaret parce que j'avais tiré les vers du nez d'un informateur sur votre trafic d'alcool. Kaltenbrunner ne pouvait pas le deviner.

Heda hocha la tête.

— En effet, et c'est tout à votre honneur de bon flic, mais votre adjoint avait déjà le tuyau sur Inge et sa fréquentation de mon cabaret. Vous seriez venu quand même avec lui et j'aurais déballé le nom de Dartmann. Kaltenbrunner était ravi que ce soit vous qui ayez retrouvé ma trace, ça rendait son scénario encore plus crédible.

— Il s'est bien foutu de moi dans votre cabaret quand il a fait semblant de découvrir mon enquête.
— Vous me croyez ?
Vogel tenait toujours son canon avec fermeté.
— Et ça ne vous a pas dérangée de collaborer avec Kaltenbrunner alors qu'il avait assassiné votre protégée ?
Pour la première fois, le regard d'Heda s'embua.
— Ne soyez pas stupide. Je le hais de toute mon âme. Cet homme est un monstre, un pervers, il connaissait nos liens. Mais il me tenait avec mon trafic d'alcool. D'un claquement de doigts, il pouvait fermer mon cabaret et m'envoyer dans un camp. Je ne me fais aucune illusion, tôt ou tard il se serait débarrassé de moi. J'en sais trop.
Vogel était troublé, sa rage s'éteignait lentement.
— Où comptiez-vous aller avec vos valises ?
— Chez une amie, loin de Berlin.
Le policier sentait qu'elle mentait. C'était maintenant ou jamais.
— Cette amie ne s'appellerait-elle pas Kirsten Feuerbach ?
Heda pâlit de nouveau. Vogel continua :
— Si votre réponse ne me convainc pas, j'appuierai sur la détente de ce pistolet. Je vous en fais le serment. La deuxième balle est pour moi. Et j'ai vraiment hâte de quitter cette ville pourrie, ce pays monstrueux et ce monde.
Il fit danser le pistolet sur sa tempe puis le braqua à nouveau sur Heda. Elle hocha la tête.
— De grandes choses sont en préparation. Vous n'imaginez même pas. Des choses extraordinaires. Merveilleuses.
Elle plongea son regard étincelant dans le sien. Sa voix était chaude, douce.
— Vous devez être fatigué, commissaire. Vous avez bu... il faut vous reposer.

Le livre des merveilles

Vogel ne voyait plus que ses yeux qui le fixaient avec bienveillance. C'est vrai qu'il était à bout. Il chancela, mais se ressaisit au dernier moment.

— Si vous essayez encore une fois de m'hypnotiser, je tire une balle entre vos deux yeux de vipère. Dites-moi la vérité.

— Tout a commencé sur le mont Brocken et tout y finira…

59.

Irlande, Kilkenny
Octobre 1944

Dans la cathédrale le silence était tombé comme le soleil derrière les vitraux. Tristan remarqua que Maureen tenait un Luger entre ses mains, l'arme préférée des SS.
— Ce sont vos amis nazis qui vous ont demandé de m'abattre ?
L'Irlandaise montra la tombe où les ossements l'attendaient.
— Tendez le bras et saisissez le rouleau dans le coffre. Attention, un mouvement trop brusque et vous mourrez.
Marcas agrippa le manuscrit et le remonta lentement. Il ne semblait pas avoir souffert de l'humidité et du temps. Il s'agissait de plusieurs feuilles de parchemin cousues les unes aux autres et roulées, sur lesquelles on discernait encore des écritures.
— Dépliez-le.
Tristan procéda avec précaution car c'était le moment le plus délicat. En déroulant les folios de parchemin on risquait de les briser net s'ils étaient trop secs. Le Français arrêta son entreprise en découvrant que deux feuilles s'étaient agrégées.

Le livre des merveilles

— Pour les séparer, il faut les réhumidifier. Et y parvenir sans faire disparaître le texte est un travail de spécialiste. Maureen se rapprocha.
— Combien de feuilles de parchemin avez-vous déjà déroulées ?
— Trois sur cinq.
— Dans quelle langue le texte est-il rédigé ?
Marcas scruta la première ligne. L'écriture datait bien du Moyen Âge. Serrée et penchée vers la droite, en minuscules gothiques. Il repéra un point au-dessus de la fin d'un mot, c'était le signe d'une abréviation. Un faussaire n'aurait pas imaginé ce détail. Restait la question de la langue. Si c'était du gaélique, ses maigres connaissances en paléographie ne serviraient à rien.
— *In nomine aeterne matris...*
— Ce qui veut dire ?
Tristan remarqua que la sécurité du Luger était désactivée. Ce n'était pas encore le moment de jouer au héros.
— Au nom de la mère éternelle...
— La suite !
— ... de la mère éternelle... *que temporis stamina tenet...* qui tient les fils du temps... *inter digitos suos...* entre ses doigts.
— Au nom de la mère éternelle qui tient les fils du temps entre ses doigts..., répéta Maureen.
— Un vrai grimoire de sorcière. Himmler va apprécier.
Un coup de vent fit tomber au sol les derniers débris du vitrail brisé. L'Irlandaise sursauta, mais l'axe de son arme ne dévia pas. Le canon resta pointé sur le visage du Français, juste entre les deux yeux.
— Vous êtes bien entraînée, remarqua Tristan, je suppose que ce sont les SS qui ont veillé à votre formation.

Le livre des merveilles

— Non, l'Armée républicaine irlandaise. Je ne suis pas une nazie, mais une nationaliste... – elle montra le rouleau – et il est hors de question qu'Himmler s'empare de ce manuscrit. Désormais il appartient à l'Irlande.
— Le Reichsführer ne va pas aimer...
— Le Reichsführer n'en saura jamais rien. Vous allez disparaître dans ce trou et je dirai que vous vous êtes enfui avec *Le Dit des merveilles*.
Fébrile, Tristan secoua la tête.
— Les nazis ne vous croiront jamais. Ils détiennent ma femme qui est enceinte. Ils savent très bien que je ne l'abandonnerai pas.
— Et qui le leur dira, vous ?
Maureen s'approcha de la tombe.
— Dès que vous serez mort, j'aurai toute la nuit pour faire resceller la dalle. Personne ne vous retrouvera jamais.
— Vous ne comprenez pas. Ce manuscrit a une importance vitale pour les nazis. Ils ne vous lâcheront pas. Ils vont vous retrouver, vous interroger... vous êtes un cadavre en sursis, Maureen !
L'Irlandaise posa le doigt sur la détente.
— Adieu, monsieur Marcas.
Une détonation retentit dans la cathédrale et le corps de Maureen roula dans la tombe. Stupéfait, Tristan ouvrit les yeux. Skorzeny se tenait devant lui.
— Décidément, on ne peut faire confiance à personne, annonça Otto.
Vêtu d'une casquette à carreaux, d'un pantalon court et de chaussettes hautes, il semblait tout droit sorti d'un terrain de golf.
— Je vous suis discrètement depuis votre départ de Dublin. Ordre du Reichsführer.

Le livre des merveilles

Immobile, Tristan serrait le manuscrit entre ses mains. Il contempla le corps de Maureen qui gisait dans la tombe telle une poupée disloquée. Ses yeux étaient grands ouverts comme pour appeler à l'aide. Même si elle avait voulu l'abattre il ne put s'empêcher d'éprouver de la pitié pour cette femme. Elle ne verrait jamais aboutir ses rêves d'indépendance. Skorzeny montra la porte de la sacristie.

— L'avion du retour nous attend sur la piste privée d'un terrain de golf aménagé.

— J'ai passé un marché avec Kirsten : je dois d'abord vérifier que Laure est bien à Genève.

Le SS tendit son arme à Tristan.

— Vous avez le manuscrit et mon pistolet. Kilkenny est une petite ville, mais elle a une poste avec un téléphone pour l'international.

— J'entrerai seul à la poste. Une fois que j'aurai eu le consulat de France et Laure, je vous suivrai.

Otto montra le rouleau.

— Vous l'avez lu ?

— La première ligne.

Le SS avait un regard que le Français ne lui connaissait pas.

— Pour une fois, dites-moi la vérité, Otto, vous savez ce qu'il y a à l'intérieur ?

— Ce que vous ne pouvez même pas imaginer.

60.

Allemagne
31 octobre 1944

Le sous-officier claqua des talons, aboya un ordre, et la garde chargée de la surveillance du château défila au pas de l'oie, dans la cour pavée. Dans les salles de cours, les SS en formation n'y prêtaient plus attention, plus que jamais ils étaient concentrés. L'Allemagne était cernée de toute part entre le rouleau compresseur russe et l'aspirateur américain qui avalait inexorablement toute résistance sur son passage. Seul un miracle pouvait sauver le Reich qui devait durer mille ans et le miracle, c'est ce qu'attendait Himmler dans la bibliothèque. En uniforme strict, l'insigne du parti nazi épinglé sur la poitrine, Kirsten venait de poser *Le Dit des merveilles* sur le bureau du Reichsführer.

— Il y a aussi la transcription et la traduction du manuscrit. Comme vous pouvez le voir, c'est un rouleau composé de folios de parchemin cousus entre eux, c'était l'habitude à l'époque.

— Vous pouvez me certifier que ce n'est pas un faux ?

— Absolument, Reichsführer ! Nos meilleurs spécialistes ont analysé l'état du parchemin, de l'encre, des paléographes et des linguistes ont étudié le texte en latin, mot

Le livre des merveilles

à mot, il ne peut y avoir aucun doute : il s'agit bien du seul exemplaire du *Dit des merveilles.*

Himmler ôta ses lunettes et se pencha vers le manuscrit comme s'il avait voulu le humer.

— L'encre me semble plus décolorée sur les deux dernières pages.

— Le temps les avait collées entre elles. Nous avons fait appel à des restaurateurs qui sont parvenus à les restituer.

Le chef des SS eut un regard en coin. Kirsten réagit aussitôt :

— Spécialistes ou restaurateurs, tous se battent désormais sur le front Est pour la plus grande gloire de l'Allemagne.

Dans la cour du château, la garde entonnait *Le Chant du diable*, l'hymne des SS.

Camarades, marchons vers l'ennemi,
En chantant le chant du diable...

Himmler contempla le manuscrit. Cette fois, il avait mieux que le diable.

— Quand comptez-vous partir pour le mont Brocken, docteur Feuerbach ?

— Immédiatement après vous avoir quitté, Reichsführer. Nous devons être prêts à agir demain, comme vous le savez, l'époque de la Toussaint, la nuit des morts, est très favorable aux invocations.

Himmler remit ses lunettes.

— Je me souviens avoir visité les lieux en votre compagnie et celle de l'une de vos amies, comment s'appelait-elle déjà ?

— Heda. C'était au printemps 1940, juste avant la victoire sur la France.

— Une autre époque... c'est d'ailleurs la raison pour laquelle je ne puis venir avec vous. À tout moment, je peux être appelé d'urgence par le Führer à Berlin.

Le livre des merveilles

— Je sais que vos responsabilités sont immenses, Reichsführer.
— Pour demain, j'ai déjà fait déployer une compagnie qui a sécurisé le pourtour de la montagne. Vous vous installerez à Nordhausen. La maison du Parti est réquisitionnée pour vous... et vos invités.

Himmler roula délicatement le manuscrit pour le tendre à Kirsten.

— À quelle heure commencerez-vous la cérémonie sur le Brocken ?
— À dix heures du matin. Le soleil sera parfaitement aligné.
— Combien de temps durera l'expérience ?
— Elle sera terminée avant midi, l'heure où le spectre du Brocken disparaît.

Le Reichsführer contempla l'immense collection de livres sur les murs. Des années pour la constituer, des mois pour découvrir le chemin secret du *Dit des merveilles* à travers les siècles. Et maintenant il était là, devant lui. Prêt à ouvrir les portes du destin.

— Demain, j'entrerai dans cette bibliothèque à dix heures pile et quand j'en sortirai...

Les yeux d'Himmler brillèrent d'un éclat que Kirsten n'avait jamais vu.

— ... le monde aura changé.

Nordhausen

Vogel n'en revenait toujours pas. En quelques instants, la patronne du Flamant rouge lui avait fait perdre pied. Aussitôt, des videurs de son cabaret avaient surgi, l'avaient ligoté comme un saucisson et jeté dans une voiture. Vogel

Le livre des merveilles

pesta, il s'était fait avoir comme un enfant de chœur. Et maintenant il était assis, les chevilles et les mains menottées. Il ne risquait pas de s'enfuir, d'autant qu'on lui avait donné comme gardien toutes les huiles du Reich qui le fixaient d'un œil méfiant. Il avait fini par comprendre qu'Heda le tenait enfermé dans une maison du Parti. Enfin, ça ressemblait plutôt à un musée. Un vieil uniforme des SA moisissait sur un cintre, des fanions à croix gammée avaient glissé du mur, seule la bibliothèque tenait encore debout : il faut dire qu'elle était remplie à ras bord d'exemplaires de *Mein Kampf* dont personne ne voulait plus. Vogel serra les dents face à l'humiliation : se faire hypnotiser par une tenancière de cabaret ! Les deux murs de la pièce étaient couverts de photographies au regard inquisiteur. Hitler s'y taillait la meilleure place : Hitler en soldat de la Grande Guerre, en chemise brune dans les rues de Munich, en aviateur pressé, en chancelier et haut de forme et même en Bavarois, une chope à la main. Lui qui ne boit pas une goutte d'alcool, songea Vogel, encore un coup de propagande de Goebbels. Ce dernier aussi avait son portrait – l'air encore plus halluciné que dans la réalité – comme Goering que le photographe, prudent, avait évité de prendre de profil tant il ressemblait à un cochon en surpoids.

— Quelle bande de guignols, s'exclama le policier, s'il n'y avait pas eu le nazisme, ils croupiraient tous sous les ponts !

— Comme vous, commenta Heda, où seriez-vous sans Hitler ?

Vogel ravala sa colère et examina l'inconnue qui accompagnait Heda. Elle semblait encore jeune, mais ses traits étaient émaciés. Elle avait le visage pâle et le regard vide comme une statue. Quant à ses vêtements – une robe grise effilochée et un châle décoloré –, ils dissimulaient à peine une maigreur suspecte. Il tenta de l'interpeller.

Le livre des merveilles

— Comment vous vous appelez ?
— Pas la peine de la tympaniser avec vos questions, elle ne vous entend pas.
— Elle est sourde ?
— Non, mais elle a vu l'indicible. Et elle va bientôt le revoir.

Tristan avait l'impression de n'être jamais sorti de voiture. Il avait d'abord traversé une Allemagne en flammes avec Skorzeny, puis l'Irlande avec Maureen au prix d'une embuscade qui avait failli lui coûter la vie, et voilà maintenant qu'il roulait vers l'inconnu, la tête enfouie sous une cagoule opaque. Himmler le renvoyait-il à Berlin ou, maintenant que *Le Dit des merveilles* était au Wewelsburg, allait-il enfin retrouver Laure à Genève ? Il en doutait, car derrière lui il entendait les voix de Kirsten et d'Otto. La voiture ralentit. Une main anonyme lui retira sa cagoule. Ils venaient d'arriver sur une place de village, face à une maison ornée d'un gigantesque drapeau nazi, surmonté des initiales du Parti : NDSAP[42]. Partout des soldats grouillaient. Tous des SS.

— Quelle popularité ! lança le Français.
— Ils ne sont pas là uniquement pour vous, répliqua Kirsten, il y a un centre de production de V2 à proximité de la ville.
— Et il n'a pas encore été bombardé ? Si on s'installe, on risque fort d'assister à un fabuleux spectacle son et lumière compris.

Kirsten s'éloigna. Elle ne supportait plus l'arrogance du Français alors même qu'il était son prisonnier. Pas étonnant que le coq soit l'emblème de son pays : le seul animal capable de chanter sur un tas de fumier ! Deux gardes

---
42. Parti national socialiste ouvrier allemand.

saisirent Marcas par les épaules, direction la maison du Parti.
— Demi-tour !
Surpris, les SS se retournèrent et claquèrent des talons. Skorzeny se tenait près de la voiture.
— Je ne vais pas plus loin.
— Votre mission est terminée ?
— Oui. Nous ne nous reverrons pas.
— En France, nous avons une expression devenue proverbe : « On ne peut jurer de rien. »
— Pas cette fois, Tristan.
Otto lui serra la main puis, sans autre explication, monta dans la voiture.

La maison du Parti était infestée de SS. Une vraie invasion de nuisibles. Arrivé dans la salle de réunion, Tristan découvrit qu'on les attendait : deux femmes de style et d'âge différents et un homme, le visage défait, attaché à une chaise.
— Je vous présente le commissaire Vogel de la Kripo. Lui aussi est notre invité.
— Invité malgré lui, ironisa Tristan.
Fcuerbach embrassa la femme en tailleur sombre avant de la présenter.
— Voici Heda.
Tristan s'inclina légèrement sans obtenir le moindre regard en retour. Il se tourna vers l'autre femme qui, assise face à la fenêtre, semblait absente.
— Et quel est le nom de votre autre amie ?
— Considérez qu'elle n'en a pas.
Un commissaire prisonnier et une femme sans nom : la situation devenait de plus en plus énigmatique.
— Comme vous avez pu le constater, reprit Kirsten, nous bénéficions d'une protection rapprochée, ordre du

Le livre des merveilles

Reichsführer. J'ai fait ajouter une consigne : au moindre mouvement suspect de votre part, les gardes ont l'ordre de vous abattre.

Le Français ne répliqua pas. S'il était encore vivant, c'est qu'il avait une utilité. Comme tous ceux qui étaient ici. Restait à comprendre laquelle. Il s'approcha du mur où étaient réunies les gloires du parti. Si Hitler était omniprésent, Goebbels et Goering en majesté, en revanche il n'y avait qu'une seule photo d'Himmler. On voyait, sur fond de montagnes, le Reichsführer tout sourire, accompagné de deux femmes que Marcas reconnut aussitôt.

— Jolie photo de famille.

Heda s'approcha. Malgré les privations qu'endurait le Reich, elle portait un tailleur français et des bas nylon sur des talons saisissants.

— Ainsi, c'est vous Marcas ?

Elle recula pour mieux l'observer.

— Vous ferez l'affaire.

Tristan se tourna vers Kirsten qui examinait les pupilles de la femme sans nom.

— Et si vous m'expliquiez ?

Sans arrêter son examen minutieux, le docteur Feuerbach répondit :

— Demain matin, nous monterons sur la montagne de Brocken...

— Celle que vous voyez derrière Himmler sur la photo, précisa Heda.

— ... depuis des millénaires, c'est là que se joue le véritable destin de l'Allemagne, là que les femmes allemandes ont résisté aux vagues monothéistes venues du sud...

Ce n'était pas la première fois que Kirsten se lançait dans des envolées nationalistes exacerbées sur la place majeure des femmes, mais jamais sur un ton aussi exalté.

Le livre des merveilles

— ... là que se trouvent les âmes des persécutées, les corps des sorcières martyrs, la dernière demeure terrestre de notre Mère !
Tristan fixa à nouveau la photo. Lui ne voyait qu'une montagne.
— ... là que nous allons à nouveau ouvrir les Portes, et grâce au livre sacré de notre Mère, pénétrer dans le Chaos du Temps, là où tout est possible.
— Vous ne croyez pas sérieusement que *Le Dit des merveilles* a un tel pouvoir ?
Heda saisit un sac de cuir noir qu'elle posa sur la table.
— Nous avons déjà franchi les Portes – elle désigna la femme sans nom –, elle en est la preuve, mais il nous manquait l'essentiel. – Elle ouvrit le sac et sortit le rouleau. – Grâce à vous, nous l'avons.
Tristan hésita. Il lui suffisait d'un bond et il pourrait s'emparer du manuscrit. Comme il avançait, d'un geste expressif Kirsten lui montra le garde embusqué dans l'entrebâillement de la porte.
— N'y pensez même pas. Et puis nous connaissons le rituel par cœur.
Heda reprit le manuscrit.
— Rien n'empêchera la cérémonie de demain. – Elle se tourna vers Vogel. – Et vous viendrez avec nous.
Le commissaire secoua la tête. Il n'y comprenait rien.
— Quel rituel ? Quelle cérémonie ?
— Celle qui fera de demain hier, mais vous ne pouvez pas comprendre. En revanche vous participerez. *Le Dit des merveilles* est formel : il nous faut un sacrifice.
— Humain, ajouta Kirsten.
Heda sourit en regardant Tristan.
— Le vieux SA est un peu décati. Il ne suffira peut-être pas. Alors vous l'accompagnerez dans la mort.

61.

Mont Brocken
1ᵉʳ novembre 1944

Tristan n'avait jamais marché à travers un brouillard aussi épais de toute sa vie. La densité était telle qu'il ne voyait pas à plus de quelques mètres autour de lui et du petit groupe qui grimpait le sentier à pas lent mais cadencé. Kirsten ouvrait la marche suivie de Tristan. Heda avait troqué son tailleur contre un treillis et des chaussures de marche, elle tenait la main de la jeune femme sans nom. Le policier allemand fermait la marche avec les trois SS de l'escorte. On entendait par moments le souffle bruyant du commissaire qui avançait avec peine. Pour gagner du temps dans l'ascension du mont Brocken, ils avaient pris l'ancien petit train touristique à vapeur, réactivé pour des besoins militaires, qui les avait menés sur les contreforts du sommet.

Kirsten paraissait impatiente d'arriver, comme si elle avait rendez-vous. Quand le train les avait déposés sur le quai de bois délabré, Tristan avait été saisi par l'aspect menaçant de cette brume anormalement épaisse qui formait comme une muraille laiteuse. Il avait aussi remarqué un détail étrange. Le visage de la jeune femme mutique s'était métamorphosé. Elle avait tourné la tête dans tous les

Le livre des merveilles

sens, puis un sourire surprenant était apparu sur son visage. Elle commençait même à parler, mais ses phrases restaient inaudibles. C'était plus des chuchotements, comme si elle murmurait à un interlocuteur invisible.

Au fur et à mesure de l'ascension, Tristan éprouvait la désagréable sensation de se mouvoir au milieu d'une force froide, hostile et aveugle. Il avait beau savoir que cette brume visqueuse n'était qu'un banal agrégat de gouttelettes d'eau en suspension, l'ambiance qui émanait des lieux était sinistre à souhait. Cette obscurité blanche lui semblait animée d'une vie propre et paraissait vouloir les avaler pour les dissoudre dans un néant, une dimension hors du temps et de l'espace. Tristan n'aurait pas été étonné si les aiguilles de sa montre s'étaient figées comme par enchantement.

Le docteur Feuerbach grimpait avec assurance. La gaze laiteuse se disloquait par lambeaux, lui permettant de trouver son chemin. Mais la nature qui se laissait entrevoir n'avait rien de rassurant, ce n'étaient que troncs d'arbres noirs et solitaires, rochers hostiles, tapis de feuilles mortes boueuses qui semblaient dissimuler des trous béants.

— Cette randonnée est vraiment déprimante, commenta Tristan à l'adresse de Kirsten, même le brouillard semble malveillant ; mais je suppose que vous devez vous sentir dans votre élément.

La directrice de l'Ahnenerbe lui répondit d'une voix sèche tout en continuant de marcher :

— Vous êtes un ignorant. Pendant des siècles, ce brouillard a sauvé des centaines et des centaines de sorcières pourchassées par des hommes ivres de haine et de rage. Elles ont trouvé refuge ici alors qu'on brûlait leurs sœurs dans la vallée. Ce brouillard n'est hostile qu'à nos ennemis.

Le livre des merveilles

La plupart d'entre eux étaient persuadés qu'il était l'œuvre du diable en personne et qu'il allait les emporter en enfer. Ainsi les rares courageux se perdaient et finissaient dans des ravins.

— Voilà qui ne devrait pas m'étonner, répliqua Marcas, en français le mot brouillard vient de brouet. Comme celui des sorcières.

— La sagesse des anciens. Et ce brouillard possède aussi un autre pouvoir que vous découvrirez sous peu.

Tristan ne répondit pas, mais il crut voir l'ombre d'un sourire sur ses lèvres. Ils finirent par arriver dans une sorte de clairière où se dressaient des pierres tombales fichées çà et là. Une vieille maison de stèles à la porte et aux fenêtres éventrées trônait en son milieu. Le groupe s'arrêta au centre de cet étrange cimetière pour faire une pause. Les soldats SS avaient reçu l'ordre de rester en retrait de la clairière. Kirsten, elle, avait sorti un pistolet.

Vogel, assis sur un tronc d'arbre, s'épongeait le front avec un mouchoir à carreaux et fixait le cimetière avec une grimace de dégoût.

— Charmant... je suppose que c'est le camp de vacances idéal pour des sorcières.

Marcas s'approcha d'une des dalles plantées en terre. Elle lui rappelait les stèles hérissées de façon chaotique du célèbre cimetière juif de Prague qu'il avait visité lorsqu'il était étudiant. Il s'approcha d'une des pierres, fronça les sourcils et gratta la mousse. Une succession de caractères minuscules, usés par les siècles, y étaient gravés. Surpris, il se tourna vers Heda.

— Vous en connaissez la signification ?

— Chaque dalle retranscrit le nom des femmes qui reposent dessous. Il y en aurait des dizaines par stèle. Pas

Le livre des merveilles

de cercueils à cette époque, les squelettes de nos sœurs sont enlacés pour l'éternité.

En balayant la clairière du regard, Tristan prit conscience avec effarement de la nécropole sur laquelle il marchait. Il compta une bonne trentaine de stèles dressées. La femme sans nom, les cheveux dénoués, tourbillonnait autour des tombes comme si elle pratiquait une danse macabre.

— Je les entends ! Je les entends !

Vogel ricana.

— Tous ces os qui pourrissent sous nos pieds. Les guides touristiques devraient en parler. Visitez le charnier de sorcières du mont Brocken en compagnie d'une folle.

— Le plus grand du monde, ajouta Kirsten, et ce ne sont pas que des os. Leurs âmes sont encore parmi nous. Surtout après la nuit des morts. Et elles n'aiment pas qu'on se moque d'elles. Surtout un homme.

— Et donc quoi ? Je serai maudit ? Je vais devenir impuissant, perdre mes cheveux ? grimaça le policier. Tout cela est grotesque.

Kirsten le toisa avec mépris, puis s'adressa au Français :

— Laissons ce porc reprendre des forces, je vais vous montrer une tombe intéressante, Marcas.

Il la suivit pour s'arrêter devant une tombe, plus grande que les autres, située à la perpendiculaire de la maison abandonnée. C'était une dalle de pierre grise, fissurée et brisée aux extrémités supérieures. En son centre, on pouvait distinguer une étoile à cinq branches et un mot aux lettres en partie effacées. Tristan se pencha sous le regard de Kirsten et passa son index sur la surface craquelée. Il leva la tête vers l'Allemande, le regard interrogateur.

— Je crois deviner un prénom... Alice... c'est bien elle ?

Le livre des merveilles

— Oui. Alice Kyteler, la mère des sorcières. Condamnée à mort dans la lointaine terre d'Irlande, persécutée en France, qui a essaimé son enseignement en Europe avant de trouver refuge ici. Et d'y mourir.

Tristan observa le pentacle. Le même que dans la maison d'Alice à Kilkenny.

— C'est elle qui a écrit *Le Dit des merveilles*. Elle qui a lutté farouchement contre l'Église et ses assassins. Elle qui a été persécutée, mais ne s'est jamais couchée devant l'oppresseur. Son culte se perpétue, ici, depuis presque six cents ans.

Marcas se releva. Quelque chose clochait dans ces explications qui tournaient au mythe.

— Comment pourrait-elle être la mère des sorcières ? Il en existait bien avant qu'elle vienne au monde. Elles étaient déjà légion dans l'Antiquité.

— *Le Grand Albert*, le *Liber Juratus Honorii*, *Le Dragon rouge*, *Les Sentences de Giacometti*, le *Clavicula Salomonis*, le *Livre d'Abramelin le mage*, le *De Nigromencia*... tous ces ouvrages de magie, de sorcellerie ou de sciences occultes, je dis bien tous, ont été écrits par des hommes, répondit Heda. Alice Kyteler a été la première et la seule femme à écrire l'ouvrage suprême, la table de la loi de la sorcellerie : *Le Dit des merveilles*. C'est pour cela que l'Église l'a combattue et que son procès a donné l'exemple pour toutes les persécutions à venir. Mais, après sa fuite, son enseignement s'est répandu dans toute l'Europe, du plus petit village aux grandes cités, et des femmes ont appris et transmis son savoir initiatique.

Kirsten approuva.

— Sans le vouloir, l'Église a facilité la propagation de la sorcellerie en persécutant l'Irlandaise et en la forçant à s'enfuir sur le continent.

Le livre des merveilles

Tristan remarqua l'expression exaltée qui s'affichait sur le visage de Feuerbach.

— La saint Paul de la sorcellerie, commenta-t-il, transi par le froid de plus en plus humide. Et maintenant, allez-vous me dire à quoi sert ce satané grimoire pour lequel j'ai risqué ma peau ?

Kirsten croisa les bras, le regard conquérant. Pour la première fois, le Français sentit émaner d'elle une aura de puissance. Comme si l'absence de son protecteur, Himmler, lui permettait d'endosser un nouveau rôle. Elle s'approcha de la femme sans nom et posa la main sur son épaule. La folle lui renvoya un regard apeuré et se réfugia entre ses bras.

— Vous allez vous en apercevoir, dit Kirsten, ce sera la dernière étape de notre voyage. Et l'ultime pour vous.

62.

Mont Brocken
1ᵉʳ novembre 1944

Un mont chauve. C'est la première image qui vint à Tristan quand il contempla la vaste étendue bombée qui s'offrait à ses yeux. Comme si une main invisible avait arraché le moindre arbre, le moindre arbuste pour ne laisser qu'une étendue pelée, parsemée de plaques d'herbes racornies. Le brouillard s'était arrêté en contrebas et formait une couronne opaque et laiteuse tout autour du sommet, percée çà et là par des trouées qui laissaient apparaître la vallée en contrebas.

Tristan et les autres membres de l'expédition se tenaient sur la partie ouest, sur une avancée en bois qui surplombait l'à-pic. Kirsten avait toujours son arme à la main. Vogel et lui étaient à genoux, surveillés de près par un garde. Les deux autres SS avaient reçu l'ordre de rester en contrebas pour éconduire tout visiteur intempestif. Kirsten et Heda, elles, demeuraient immobiles face à l'immensité, telles les reines de cette montagne envoûtée. Près d'elles, la femme sans nom fixait un point à l'horizon que personne ne voyait.

Deux hautes pierres levées, gravées de runes, étaient dressées de chaque côté de l'installation. Furtivement Tristan se retourna, le soleil grimpait dans un ciel nuageux.

Le livre des merveilles

Par intermittence, ses rayons frappaient le promontoire rocheux.

Kirsten déplia le rouleau du *Dit des merveilles*, mais ne prononça aucun mot, son regard tourné vers le brouillard comme si elle attendait quelque chose. À ses côtés, Heda semblait concentrée, bien loin de la patronne dissolue du Flamant rouge. Les minutes s'égrenaient pour Tristan et Vogel qui ne comprenaient pas ce qui pouvait advenir.

— Il est là !

La voix d'Heda retentit et aussitôt la femme sans nom tomba en transe. Elle oscillait sur elle-même et tendait les bras vers le ciel. Un vent soudain se leva en provenance de l'ouest et balaya le sommet de la montagne. Feuerbach tendit l'index en direction de la vague blanche en contrebas.

Une silhouette gigantesque était apparue.

Tristan écarquilla les yeux, c'était bien une forme humaine. Têtes, bras, jambes... avec la distance, il estima qu'elle devait mesurer une centaine de mètres de hauteur au bas mot.

— Le spectre de Brocken... c'est le moment, murmura Heda, les yeux scintillants.

— Non, pas encore, répondit Kirsten d'une voix ferme, il n'est pas couronné.

La femme sans nom ne tremblait plus. Figée, elle ouvrait les bras en signe d'adoration. Comme si elle invoquait une divinité invisible. Tristan tourna lentement la tête vers le garde. Lui aussi avait découvert l'apparition dans la brume. Il les tenait toujours en joue, mais son regard faisait des allers-retours fascinés vers l'espèce de fantôme.

— Là, autour du spectre ! s'écria Heda en se tournant vers la femme sans nom au visage extasié. Elle a réussi !

Le livre des merveilles

Une auréole arc-en-ciel se forma tout autour de l'apparition en un cercle parfait. Incrédule, Tristan papillonna des yeux à plusieurs reprises. Quant à Vogel, son expression dédaigneuse avait fait place à une stupéfaction totale.

— La gardienne du portail est désormais en gloire[43], nous pouvons commencer, dit Kirsten.

Brusquement, la femme sans nom ferma les paupières et parla.

— L'Autre Monde s'ouvre. Je le vois.

Feuerbach se tourna vers le SS.

— Faites baisser les yeux aux prisonniers et ne les quittez pas du regard. Ce qui va advenir ne doit être vu par aucun homme sur cette terre. Le Passage est réservé aux filles de la Mère.

— La Porte... quelque chose apparaît...

Tristan ne comprenait rien à ce que disait cette muette, soudain volubile. Elle devait avoir une hallucination. Le vent soufflait de plus en plus fort. Une tempête s'approchait sans doute. Il se tourna.

— Baisse les yeux ! cria Kirsten, avant de tirer dans sa direction.

Tristan sentit une seconde balle siffler à son oreille droite. Il se jeta au sol, de même que Vogel, et le SS lui colla le canon de son arme contre la nuque.

— Vous vous retournez une seule fois et je vous abats comme des chiens.

Dans l'air glacé, la voix de Kirsten s'élança :

— Quand le pentacle a été parcouru deux fois, à la dixième heure après minuit, à la dixième heure après la nuit de Samain, à la dixième heure du retour de tous les

---

43. Authentique. Quand l'auréole entoure le spectre de Brocken, on dit qu'il est en gloire.

Le livre des merveilles

morts, à la dixième heure, nous t'invoquons ô gardienne du monde des merveilles.

— Ce n'est pas possible, murmura Vogel, je deviens fou !

La voix de Kirsten, en chœur avec celle d'Heda, reprit :

— Au nom des divinités Kala Geaff, Anaon, Kala Goañv[44]. Nous demandons de franchir le portail sacré.

Les deux sorcières s'arrêtèrent net tandis que le vent soufflait de plus belle. Tristan enrageait de ne pas voir ce qui se passait dans le ciel, mais il se rendit compte que le sol autour de lui plongeait dans les ténèbres comme si le soleil était en train de disparaître.

La voix de Kirsten résonna à nouveau. Cette fois, elle parlait dans une langue inconnue, d'une voix aux modulations aiguës. Tristan tendit l'oreille. Il reconnaissait des intonations. C'était du gaélique. Évidemment. Alice Kyteler venait de cette terre celtique.

L'incantation s'étira de longues minutes pendant lesquelles la bourrasque sembla se déchaîner. Puis tout à coup, Kirsten s'arrêta. Le vent tomba et le mont Brocken fut plongé dans un silence angoissant. Brusquement, l'obscurité se dissipa mais la lumière ne venait plus de l'ouest, il semblait qu'une autre source lumineuse brillait plus que le soleil. La voix haletante de Kirsten s'éleva :

— Dans le ciel, Heda, regarde !

— Le Nouveau Monde !

Tristan était certain qu'une présence, une force, venait de surgir derrière lui. C'était totalement irrationnel, mais il pouvait jurer que ce qui venait d'apparaître était aussi réel que la terre sous ses genoux.

Il bougea légèrement la tête. Cette fois le canon du pistolet n'était plus sur sa nuque. À tous les coups, le SS

---

44. Noms celtiques associés à la nuit de Samain.

Le livre des merveilles

devait être subjugué par ce qu'il apercevait. Marcas sortit discrètement son étui à cigarette métallique et le posa à terre pour s'en servir comme d'un miroir. Il l'orienta pour voir le garde qui était de dos. C'était le moment. D'un coup de reins, Tristan bascula en arrière, renversant le SS. Celui-ci roula au sol, son Luger encore à la main.

— Vogel, arrêtez le rituel ! hurla Marcas.

Stupéfait, le commissaire regarda sans bouger le Français en plein corps à corps avec le garde. Kirsten, elle, n'hésita pas. Elle se retourna et tira. Plusieurs fois. Vogel se précipita vers la directrice de l'Ahnenerbe. Lorsqu'il leva la tête vers ciel, il se figea.

— Vogel !

Le policier paraissait hypnotisé par ce qu'il voyait.

— C'est magnifique, balbutia-t-il, je n'ai jamais rien vu d'aussi beau. Tous les mondes sont mêlés. C'est le chaos primordial. Là où tout est possible !

— Ne succombez pas, cria Tristan, luttant toujours avec le garde.

— Tu ne peux plus rien pour lui, il est à nous, ricana Kirsten d'une voix conquérante, le rituel doit continuer. Nous allons modifier le cours de l'histoire et tu ne seras même pas là pour le voir.

Elle tendit son arme presque vide à Heda et reprit *Le Dit des merveilles*. À nouveau elle psalmodia des phrases en gaélique. D'un coup de tête, Tristan frappa le SS en plein visage. Le sang dégoulina sur ses yeux.

— *Französische Schlampe*[45] !

Marcas tendit la main pour agripper le Luger. L'arme chuta, mais le garde bascula et enserra brutalement le cou de son adversaire avec son avant-bras.

---

45. Traduction : saloperie de Français !

Le livre des merveilles

— Vo... gel...

Il n'arrivait plus à parler. Ses doigts tâtonnaient, ses ongles s'accrochaient à la terre, centimètre par centimètre, alors que le SS serrait son cou de toutes ses forces. Tristan essaya de se débattre. En vain. Sa vue s'obscurcit. Il n'y arrivait plus. La crosse du Luger devenait floue. C'était terminé.

Soudain un coup de feu claqua. L'étreinte du garde se desserra puis il chuta sur le côté. Marcas cligna des yeux. La silhouette de Vogel se dressait devant lui. Il tenait le Luger à la main.

— Merci, dit Tristan en déglutissant, sans vous je...

Sa tête tournoyait. Il ne put terminer sa phrase, car un autre coup de feu claqua. Vogel vacilla, touché dans le dos. Tristan se releva et vit Heda braquer à nouveau son arme sur eux.

— Le rituel, Vogel ! cria le Français.

Derrière le commissaire, le ciel en feu se parait d'une couleur orangée apocalyptique. Le policier se retourna et se rua sur Kirsten tel un taureau ivre de douleur et de rage. Heda voulut tirer, mais le chargeur de son arme était vide. Vogel se jeta sur Kirsten et lui arracha des mains *Le Dit des merveilles* et, d'un geste brusque, le jeta dans le vide.

— Maudite sorcière ! lâcha Vogel qui l'empoigna par le col.

— Crève, pourriture de SA !

À son tour, Heda s'était ruée sur Vogel. La femme sans nom, elle, avait les yeux rivés sur le ciel, les mains serrant la rambarde en bois du promontoire. Des nuages striés d'éclairs tourbillonnaient sans fin. Encore titubant et éructant, Marcas reconnut une des peintures du *Livre des Miracles* qu'il avait consulté au Wewelsburg.

Le livre des merveilles

On y voyait le ciel s'ouvrir et le Temps remonter en arrière, toute l'histoire de l'humanité défiler. Jésus, Moïse, les Prophètes, la Création. Tristan fixa le ciel. Et si le Temps se rouvrait à nouveau ? Si les années défilaient ? 1944, 1943, 1942, 1941 ? pour se retrouver en 1940 quand le nazisme régnait en maître sur l'Europe ?

Des hurlements résonnèrent sur le promontoire. Tout près de la femme sans nom, Vogel agrippait Heda et tentait de la pousser par-dessus la rambarde. Elle avait déjà la tête dans le vide alors que Kirsten, encore à terre, tentait de se relever. Un craquement sinistre se fit entendre.

— Non ! hurla Kirsten.

Mais il était trop tard. La femme sans nom avait basculé la première, suivie d'Heda et de Vogel, enlacés dans une chute tragique.

Dans le ciel, l'anneau flamboyant se rétrécissait à toute vitesse, tout ce qu'il y avait en lui disparaissant.

Tristan saisit le Luger au sol et le braqua sur Feuerbach.

— C'est fini. Vous ne changerez pas le cours de l'Histoire pour votre maître. Le Troisième Reich disparaîtra.

La cheffe de l'Ahnenerbe secoua la tête.

— Vous ne comprenez rien ! Je me suis toujours moquée d'Himmler. Je voulais un monde autre. Un monde avant Hitler, un monde où les nazis n'existaient pas. Que la volonté d'Alice Kyteler soit faite… que le rêve des sorcières devienne réalité… que les hommes et leur inextinguible soif de puissance et de guerre perdent le pouvoir. Et vous avez tout fait échouer.

Marcas brandissait toujours son arme. Au-dessus d'eux, le ciel était redevenu bleu azuré. Pur et limpide.

— Je ne comprends pas.

— Sois maudit, Tristan Marcas.

Le livre des merveilles

Un fin poignard jaillit de la veste de Kirsten qui l'abattit vers Tristan. Il s'écarta juste à temps, la lame ne frappa que son épaule droite. La douleur lui fit lever le bras. Il tira. Kirsten s'écroula et hurla, de rage et d'affliction mêlées.
— Tu crois avoir gagné ? Tu… te trompes.
Elle cracha ses derniers mots, le regard étincelant, la bouche déformée par la souffrance. Une dernière fois, elle tendit un index vengeur vers Tristan.
— Ton enfant… qui va naître… c'est à nous qu'il appartient.

Château du Wewelsburg

Himmler regarda l'horloge. Encore dix minutes et il serait le maître du Temps. Et lui seul saurait. Il pensa à Kirsten et à Heda. Elles devaient être sur la voie du retour. Elles aussi auraient une surprise, mais pas celle qu'elles croyaient. Son premier ordre serait celui de les exécuter, mais il serait généreux : il les ferait enterrer dans le cimetière du Brocken, près de leur Mère. Encore cinq minutes.
De toute sa vie, il n'avait jamais été aussi lucide. Désormais, il savait quels étaient ses ennemis et il pourrait les éliminer avant même qu'ils ne s'opposent à lui. D'abord ce cochon de Goering. Il ne lui faudra pas longtemps pour savoir quel médecin lui fournissait sa morphine et encore moins pour surdoser une de ses seringues. Goebbels lui organiserait de magnifiques funérailles nationales, prononcerait un discours mémorable, et puis ce serait son tour. Et il savait déjà qui le remplacerait : Magda, sa femme. Depuis leur dernière rencontre à Nuremberg, il avait saisi toute la puissance en devenir de cette femme. Si elle était capable de charmer le Führer, elle pourrait ensorceler le

Le livre des merveilles

peuple allemand bien mieux que son mari. Et quand Hitler ne serait plus... l'horloge sonna. Onze heures.

Himmler sortit de la bibliothèque et remonta l'escalier à vis. Pour la première fois depuis des années, il entonna une chanson. Il avait une voie de fausset, mais ça n'avait plus aucune importance.
*Des millions de personnes
Attendent la croix gammée
Avec espoir*[46].
Sur le seuil l'attendait son aide de camp, von Herff. Himmler lui sourit.

— Alors, Maximilian, quelles sont les nouvelles ?

— Un désastre ! Les Russes viennent d'entrer en Hongrie, en Bulgarie et en Prusse-orientale ! Le front de l'Est s'écroule, Reichsführer.

---

46. Paroles du *Horst Wessel Lied*, hymne du parti nazi.

Épilogue

*Allemagne, région du Harz
Novembre 1944*

Tristan avait passé l'après-midi tapi dans un taillis au flanc de la colline, pareil à du gibier traqué par des hordes de chasseurs. À chaque bruit de moteur, il sursautait, se couchait et observait la route en contrebas. Les premiers camions, chargés de volontaires du Volkssturm, étaient rapidement apparus. Des vieux avec des fusils d'avant-guerre et des adolescents qui entonnaient des chants patriotiques. Les SS devaient organiser une battue. Une fois informé de la tragédie du Brocken, Himmler avait lâché tous ses chiens à ses trousses. Pourtant aucun des camions ne s'arrêta. À l'aide de la course du soleil, Marcas avait défini la direction du sud. Juste derrière lui. Sa seule chance, c'était de rejoindre la Suisse. Sa seule chance aussi de revoir Laure. Il ne pouvait pas rester terré comme un lapin aux abois. Il lui fallait bouger. Plus il attendait, plus la nasse que tressaient ses poursuivants autour de lui allait se refermer. Il se leva mais se recoucha aussitôt. Cette fois, c'était une unité de la Wehrmacht qui envahissait la route. Des side-cars. Des groupes très mobiles capables de quadriller rapidement un large terrain de chasse. Cette fois il fallait foutre le camp et vite.

Le livre des merveilles

Assoiffé, Tristan marchait en pleine forêt depuis des heures, afin d'éviter les pistes, mais le terrain était trop accidenté. Il ne cessait de descendre dans des vallons perdus et de gravir des collines escarpées. Et pas un ruisseau, un torrent, une source pour se désaltérer. Il venait d'arriver sur une arête rocheuse bordée de pins. En bas serpentait une route goudronnée. C'était la première depuis qu'il avait vu passer le convoi de la Wehrmacht. Il n'avait pas le choix, il devait la traverser. Comme il tendait l'oreille à l'affût du moindre bruit, un son bien connu le fit réagir. De l'eau ! Juste de l'autre côté de la route. Il se précipita. Une source se déversait dans un petit bassin de pierre. Il tendit les mains pour se désaltérer quand un chant retentit sur la droite. Marcas se terra près de la fontaine. Des soldats qui le traquaient. Un chien se mit à aboyer. Il était foutu.

Pater Noster, qui es in caelis
Sanctificetur nomen tuum
Adveniat regnum tuum[47].

Tristan se redressa. Devant lui passait un prêtre, portant une croix noircie d'où pendait un Christ à la tête coupée. Derrière se traînait un groupe d'hommes et de femmes en loques. Une charrette les suivait. Marcas s'approcha. Des enfants ensanglantés, certains mutilés, semblaient hagards.

— Il y a de l'eau ? demanda un réfugié.
— Oui, une fontaine en contrebas. D'où venez-vous ?
— De Wilflingen. Notre village a été rasé pendant la nuit. Un bombardement. Même l'église a brûlé. La croix, c'est tout ce que le prêtre a pu sauver. Désormais nous sommes dans la main de Dieu.

Tristan l'accompagna à la fontaine. Un side-car passa en trombe sur la route, suivi d'un autre. Ils ne s'arrêtèrent pas.

---

47. Les premières paroles du Notre Père, prière catholique.

Le livre des merveilles

— Personne n'est venu à votre secours ?
— C'est toute l'Allemagne qui brûle. Quant à ceux-là, il montra la poussière du side-car, on dit qu'ils cherchent un fugitif. Ça doit être une huile. La région grouille de soldats.
— Et où allez-vous ?
— À l'abbaye de Walkenried. Les moines ont transformé leur monastère en centre pour les réfugiés.
L'homme regarda Tristan. Ses cheveux en bataille, son front raviné de sueur, ses avant-bras tailladés par les ronces. Sans compter ses vêtements qui partaient en lambeaux.
— Et toi, ton village a été bombardé aussi ?
Marcas hocha la tête.
— Tu n'as plus rien ?
— Juste ma peau sur les os.
Le réfugié lui posa la main sur l'épaule.
— Alors viens avec nous ! Maintenant, c'est Dieu qui va t'aider.

Genève, clinique du Bastion

Dans la salle d'attente, un homme à la fine moustache triturait son chapeau de feutre. Quatre heures que les premières contractions avaient commencé et personne ne lui avait encore donné de nouvelles. À chaque passage d'une infirmière, il levait un regard interrogateur mais ne récoltait qu'un mouvement de tête négatif. Autour de lui, des futurs pères anxieux malaxaient un paquet de cigarettes ou tentaient vainement de lire *La Tribune de Genève*. Une infirmière entra, une liste à la main. Déjà pesant, le silence devint insoutenable.

Le livre des merveilles

— Elisa Kauffer ?

Un désormais père se leva, la démarche mal assurée. Visiblement, il avait fêté à l'avance la naissance de son enfant. L'infirmière lui jeta un regard furibond, mais lui fit signe de passer.

— Veronika Duthuit ?

— C'est moi, répliqua un homme aux mains tremblantes.

— Ah bon, vous vous appelez Veronika ?

— Non... Duthuit. Je suis le père... enfin le mari. Enfin...

L'infirmière secoua la tête. Encore un qui était complètement dépassé par la situation.

— Prenez le couloir de gauche...

Le jeune père se précipita.

— ... et ne vous trompez pas de chambre ! Et maintenant Laure d'Estillac ?

L'homme au feutre se leva.

— Vous êtes le père ?

— Non, le représentant du consulat de France. L'accouchement s'est bien passé ?

— Oui. Vous voulez voir la mère, l'enfant ?

— Il me suffit de savoir qu'ils sont en bonne santé. Excusez-moi, je dois y aller.

Une voiture l'attendait à l'entrée de l'hôpital. Il serait au consulat en moins d'une demi-heure et aussitôt il préviendrait Paris.

— Ah, j'oubliais. Pas la peine de prévenir Mlle d'Estillac de ma visite. Je vais vite revenir.

Très vite même. Agente du SOE, agente du BCRA, compagne de l'insaisissable Tristan Marcas, Laure d'Estillac savait beaucoup de choses. Énormément de choses. Avant demain, elle serait dans une ambulance pour Paris.

Le livre des merveilles

Genève, clinique du Bastion, chambre 18

Laure porta la main à son ventre, la souffrance était intolérable. Elle ouvrit la bouche, mais rien ne sortit. Tout ce dont elle se souvenait, c'étaient des cris, les cris du bébé. Après, c'était le trou noir. D'un œil humide, elle chercha le berceau dans la chambre. Rien. Et si l'enfant n'avait pas survécu ? Affolée, elle repensa aux piqûres que lui avait infligées Feuerbach. Et s'il était infirme, s'il lui manquait un bras, une jambe… comme elle ne parvenait toujours pas à crier, elle tira violemment sur les draps. Une bassine en fer-blanc, posée au fond du lit, roula sur le carrelage dans un fracas tapageur. Aussitôt, la porte s'ouvrit et une infirmière surgit.

— Mon enfant…, réussit à déglutir Laure.
— Votre fille, vous voulez dire ? Mais elle va très bien ! Elle est à côté à la nurserie.

Corfou. La maison sur la plage. Crowley. La lame de tarot. Cette femme sur un lion qui brandissait une coupe incandescente. Et Crowley qui la quittait sur cette phrase : « Prenez soin de votre fille. » Comment avait-il pu savoir ?

— Vous voulez la voir ? demanda la nurse.

Laure hocha la tête.

La porte s'ouvrit à nouveau. L'infirmière tenait une couverture de laine d'où émergeait un visage pâle au petit front bombé.

— D'habitude, les bébés restent rouges et fripés durant des heures, mais le vôtre s'est métamorphosé. Regardez comme elle est jolie.

Laure prit sa fille dans ses bras. Elle semblait dormir. À qui ressemblait-elle ? À Tristan ou à elle ?

Le livre des merveilles

Laure se pencha vers sa fille. Sous une des paupières, il y avait une sorte de tache un peu brune, pareille à une demi-lune.

— Dites-moi, il faut lui donner un prénom à cette petite.

Elle fut prise de court.

— On en a besoin à la nurserie. Tous les nouveau-nés ont un bracelet avec leur nom. C'est la règle.

L'infirmière sortit un bloc-notes et un crayon.

— Je suis sûre que vous savez déjà. Toutes les mères savent.

Pas les mères qui viennent d'échapper aux griffes d'Himmler, pensa rageusement Laure. *Un prénom, il me faut un prénom !*

— Alors ?

Brusquement elle eut une intuition. Une idée. Un prénom. Elle ne comprenait pas pourquoi, mais c'était une évidence.

— Alice. Elle s'appellera Alice.

FIN

Remerciements des auteurs

Comme pour chaque Marcas, un immense merci à toute l'équipe de notre éditeur JC Lattès. Véronique, Constance, Amélie, Claire et tous les autres. Ainsi qu'à l'Agence La Bande. Mention spéciale pour cette couverture à effet miroir... magique.

Bibliographie

Si l'univers fascinant des sorcières vous intéresse, nous vous conseillons :
Le complexe de la sorcière d'Isabelle Sorente, aux éditions JC Lattès. Un ouvrage incontournable pour mieux connaître le monde des sorcières et sa résonance à notre époque.

Sorcellerie : la bibliothèque de l'ésotérisme de Jessica Hundley et Pam Grossman, collection « Varia », aux éditions Taschen. Un pavé de référence sur le sujet, superbement illustré. Nous y avons découvert des choses étonnantes.

Sorcières, le premier féminicide de l'histoire, un magnifique documentaire de Dominique Eloudy-Lenys, diffusé sur Histoire TV. Pour tout comprendre sur l'histoire des sorcières, mais aussi leur modernité.

Biographie des auteurs

Éric Giacometti a été journaliste. Il est écrivain et scénariste de la bande dessinée *Largo Winch* et de *Mediator, un crime chimiquement pur*.

Jacques Ravenne est écrivain, spécialiste de la Révolution et auteur de récits historiques.

*Cet ouvrage a été composé par NORD COMPO
pour le compte des Éditions J.-C. LATTÈS
17, rue Jacob – 75006 Paris*

*Imprimé en France par
CPI BRODARD & TAUPIN (72200 La Flèche)
en septembre 2024*

JC Lattès s'engage pour l'environnement en réduisant l'empreinte carbone de ses livres. Celle de cet exemplaire est de : 600 g éq. CO_2
PAPIER À BASE DE FIBRES CERTIFIÉES
Rendez-vous sur www.jclattes-durable.fr

N° d'édition : 01 – N° d'impression : 3057976
Dépôt légal : octobre 2024
Imprimé en France